HILMAR KLUTE

HerzKammerJäger

Buch

Er kam nach München, um Kunstgeschichte zu studieren. Doch inzwischen studiert Josef Celle nur noch die Weinkarte in seiner Schwabinger Lieblingsbar – und arbeitet nebenbei ohne großen Ehrgeiz als Privatdetektiv. Auch Celles jüngster Fall, bei dem ein siebzigjähriger Mann seine leibliche Mutter sucht, verspricht wieder einmal wenig Aufregung. Doch dann überschlagen sich plötzlich die Ereignisse, denn Celle stolpert über eine Leiche – und er entdeckt eine Schmuckschatulle, hinter der leider auch ein paar richtige Kriminelle her sind. Und was das Schlimmste ist: Dank der regen Münchner Presse erfahren die schwerbewaffneten Herren sehr schnell, wer die Schatulle gerade hat.

Seine weiteren, unter ungewohntem Druck durchgeführten Ermittlungen führen den Privatdetektiv in rasantem Tempo von der Obdachlosenszene Münchens bis zu den noblen Villen der feinen Starnberger Gesellschaft – bis Celle schließlich auf ein dunkles Geheimnis stößt, das weit bis in die Vergangenheit zurückreicht.

Autor

Hilmar Klute, geboren 1967 in Bochum, ist Redakteur und Streiflichtautor der *Süddeutschen Zeitung*. Der bekennende Krimifan lebt heute in München. »HerzKammerJäger« ist sein erster Roman.

Hilmar Klute

HerzKammerJäger

Kriminalroman

blanvalet

FSC
Mix
Produktgruppe aus vorbildlich
bewirtschafteten Wäldern und
anderen kontrollierten Herkünften

Zert.-Nr. SGS-COC-1940
www.fsc.org
© 1996 Forest Stewardship Council

Verlagsgruppe Random House FSC-DEU-0100
Das für dieses Buch verwendete FSC-zertifizierte Papier
Holmen Book Cream liefert Holmen Paper, Hallstavik, Schweden.

1. Auflage
Deutsche Erstveröffentlichung November 2008
bei Blanvalet, einem Unternehmen der Verlagsgruppe
Random House GmbH, München.

Umschlaggestaltung: HildenDesign, München
Umschlagfoto: Allan Baxter/Getty Images
Lektorat: Urban Hofstetter
Redaktion: Angela Troni
Herstellung: HN
Satz: deutsch-türkischer fotosatz, Berlin
Druck und Bindung: GGP Media GmbH, Pößneck
Printed in Germany
ISBN: 978-3-442-37109-9

www.blanvalet.de

Oft wird jemand einen Charakterzug erkennen, den er von sich selbst kennt, oder eine Beschreibung des Ortes, in dem er wohnt, und in seiner Eitelkeit schließt er dann, dass es sich bei der dargestellten Person um ihn handelt.

William Somerset Maugham

1

»Er hat mir direkt in die Augen gesehen, während ich seinen Nacken fest im Griff hatte. Ich dachte, er würde jetzt endlich mit dem Geschrei aufhören, deshalb bin ich mit dem Gesicht ganz nah an seines gegangen.«

»Und dann?«, fragte Sven.

»Dann hat er plötzlich zugeschlagen.«

»Er hat was?« Sven stellte die weiße Cappuccinotasse, die er gerade abgetrocknet hatte, in das Regal über der Espressomaschine.

»Er hat zugeschlagen«, sagte ich und klappte die Alessi-Zuckerdose auf. »Ein einziger Schlag mit der linken Pratze und ich habe geblutet wie ein geschächtetes Schaf. Dann fing er das Zappeln an, so lange, bis ich ihn loslassen musste. Anschließend ist er ins Schlafzimmer geflitzt.«

Sven kam ebenfalls ziemlich nah an mein Gesicht und kniff ein Auge zu, damit er meinen linken Nasenflügel besser betrachten konnte.

Eine schöne Gelegenheit für mich übrigens, noch einmal bestätigt zu finden, dass Sven zumindest phänotypisch überhaupt nicht in seinen eigenen Laden passt. Der Junge ist blond, hat Augen so blau wie Mentholbonbons und ein Kinn, auf dem man sich gut einen kleinen Kapitän mit Fernglas vorstellen könnte, der die Horizontlinie abscannt. Ich will damit sagen, dass Sven zwar ein feiner Kerl ist, sein Gesicht aber in etwa so grob ausfällt wie das eines Hafenarbeiters – wenn seine in sauberem Winkel gebogene Geiernase nicht wäre, die ihm zumindest einen Hauch Extravaganz verleiht. Aber vielleicht ist es ja eine Voraussetzung für Weinhändler, dass sie lange Nasen haben, mit denen sie zur Not spontan ein Fläschchen entkorken könnten.

»Ziemliche Schramme, mein Lieber. Das sieht übel aus.«

»Blutet ja nicht mehr«, sagte ich mit schmerzlich-männlichem Unterton und schüttete einen Löffel Zucker in meinen Milchkaffee.

»Du solltest etwas unternehmen«, sagte Sven und widmete sich der nächsten Cappuccinotasse.

»Tu ich ja auch. Morgen geh ich zum Tierarzt und lass ihn kastrieren. Egolf ist jetzt ein halbes Jahr alt, da wird es Zeit, dass ihm die Eier abgeschnitten werden, so hart das klingen mag.«

»Ja, irgendwann schlägt für jeden die Stunde, Josef.«

»Wieso starrst du mich da so an? Meinst du, ich sollte mich auch kastrieren lassen?«

»Na ja, wieso nicht? Ada und du, ihr seht euch doch sowieso nur alle fünf Monate. Lohnt sich alles nicht. Und wenn so eine Kastration dazu beiträgt, Aggressionen abzubauen, ist das doch keine schlechte Sache, oder?«

»Hast du 'nen Schnaps?«

Sven musterte mich verächtlich.

»Ich habe keine Schnäpse, sondern edle Weinbrände und erlesene Liköre. Wenn du Schnaps saufen willst, musst du in den Türkenhof gehen.«

»Ist schon in Ordnung, Sven«, sagte ich und trank meinen Kaffee weiter.

Die Sache mit Egolf hatte mir am Morgen den Rest gegeben. Der Kater hatte in der Nacht meine gesamten Steuerunterlagen zerfetzt, also die Belege und Spesenrechnungen eines ganzen Jahres. Dabei habe ich sowieso immer einen Höllenstress mit dem Finanzamt. Wenn ich diesmal die Steuererklärung wieder nicht pünktlich abgab, hetzten die mir sicher einen Steuerprüfer auf den Hals. Vielleicht soll ich Egolf doch nicht kastrieren lassen, überlegte ich. So ein Hormonkämpfer auf vier Pfoten kann ein ganz gutes Druckmittel sein.

Meine Bilanz für dieses Jahr sah schon ziemlich beschissen aus. Dabei hatten wir erst Ende Januar, und die schlimmsten Dinge waren noch gar nicht geschehen. Ada war seit zwei Wochen irgendwo auf Tour. Ich hatte nur so dunkel in Erinnerung, dass sie ein Seminar in London hatte und dann nach Italien zu einem längeren Workshop fliegen wollte. Meine Freundin Ada unterrichtet Manager. Sie bringt ihnen bei, dass man seine Ellbogen ohne Skrupel benutzen kann, wenn man hinterher schön sauber Supervision macht. Und sie bringt ihnen bei, wie man Erfolg hat; ein Kapital, das mir leider nicht vergönnt ist. Vielleicht ist es ja gerade das, was mich für Ada so interessant macht. Wenn man jeden Tag mit Menschen arbeitet, die eine großartige Zukunft vor sich haben, ist es vielleicht ganz angenehm, sich privat mit einem Loser zu entspannen.

Als wir uns kennenlernten, liebte Ada den Kunsthistoriker in mir, und ich liebte sie, weil ihre Haare sich nicht zwischen Dunkelblond und Hellbraun entscheiden konnten. Das ist doch lustig, oder? Eine Frau, die beinahe stündlich Entscheidungen treffen muss, hat eine vollkommen entscheidungsunfreudige Haarfarbe.

Sie trägt heute noch diese Tagesschau-Sprecherinnen-Frisur, also leicht angedeuteter Seitenscheitel und dann aber die Haare föhnig leicht bis zur Schulter fließen lassen. Ada kann etwas, das ich ums Verrecken nicht zustande bringe: Sie kann von einer Sekunde auf die andere mit ihrem großen Mund lachen, ohne dass es aufgesetzt wirkt. Und sie kann ihr Lachen zwei Minuten lang halten, dann erst fangen ihre Lippen ein bisschen an zu zittern, weil es anstrengend wird. Mit dem Lachen tu ich mich per se ein bisschen schwer.

Jedenfalls war meine Auftragslage seit drei Monaten so unterirdisch schlecht, dass ich schon mit der Miete ins Schleudern gekommen war. Der letzte Job, den ich übernommen hatte, war wieder mal eine von diesen miesen Ehegeschichten. Ein kleiner Einzelhandelskaufmann aus dem Saarland vermutete, dass seine Frau in München einen Liebhaber hatte. Ich heftete mich fünf Tage an die Fersen der Tante, einer biederen Hausmutti, und dachte erst, na ja, gerade die haben es faustdick hinter den gepiercten Ohrläppchen. Aber da war absolut nichts dahinter. Die Frau hatte sich in München einer Schönheitsoperation unterzogen. Mann, die hat sich bloß die Glocken verkleinern lassen, um ihrem hirnamputierten Gatten besser zu gefallen. Ich hab dem Kerl das in knappen Worten auf den Anrufbeantworter gesprochen. Und das Schönste war: Der Herr Einzelhandelskaufmann wollte mein Honorar nicht zahlen, weil er meinte, wenn seine Frau nicht fremdging, hätte ich ja nichts aufgedeckt. Daraufhin drohte ich ihm, mit meinem Freund Egolf zusammen ins Saarland zu reisen und die Sache unter sechs Augen zu klären. Da gab er dann klein bei und bezahlte die Rechnung.

Insofern war mir Egolf indirekt doch wieder nützlich, aber als Geheimwaffe im Hintergrund braucht er keine Hoden. Nachdem ich die Blutung an meinem linken Nasenflügel gestillt hatte, rief ich Doktor Rauffer in der Neuhauser Straße an, der mir sofort für den darauffolgenden Tag einen Termin gab. Ich hätte ihn umarmen können. Dabei hasse ich im Grunde nichts mehr, als andere Menschen zu umarmen oder zu küssen. Deshalb wohne ich auch in der Maxvorstadt, einem Stadtteil von München, in dem das Umarmen und Küssen in etwa so unbekannt ist wie der Verwaltungspräsident des Uranus.

Die Maxvorstadt fängt direkt hinter der Feldherrnhalle an, wenn man aus der Innenstadt kommt. Vom Weltall aus gesehen, müsste dieses Viertel aus lauter penibel gezogenen Quadraten bestehen. Die Straßen sind mit einer solchen Akkuratesse angelegt, als hätte ein Geometrielehrer im Himmel einen derartigen Aufstand gemacht, dass der liebe Gott irgendwann gesagt hat: Ja, ist gut, lass diesen Wahnsinnigen meinetwegen einen kleinen Stadtbezirk entwerfen, irgendein Sumpfgebiet bei München, das sowieso keinen interessiert. Nach und nach zogen sich immer mehr große Mietshäuser durch das Viertel, ein paar Adelige bauten ihre Palais, und Leo von Klenze setzte im Jahr 1836 die Alte Pinakothek auf ein schönes freies Feld. Die Maxvorstadt wurde immer größer: Mitte des neunzehnten Jahrhunderts ließen die Münchner sogar ihre Toten dort bestatten, und fünfzig Jahre später kamen die Künstler, Kabarettisten und Maler hierhin. Im Krieg brannten die alten Häuser wie Zündhölzer nieder, und die tüchtigen Nachkriegsdeutschen bauten die Maxvorstadt wieder auf, mit neuen luftigen Wohnungen, die sogar Balkons hatten.

Das orangerote Haus in der Schraudolphstraße, in dem ich meine Wohnung und mein Büro habe, war vermutlich eines der ersten Freudenhäuser in München. Das würde übrigens auch meine notorisch gute Laune erklären. Als ich vor zehn Jahren hier einzog, hatte ich sogar kurz überlegt, eine Agentur für Callgirls zu gründen. Alles diskret und sauber, ist ja klar. Allerdings hatte ich nicht den Hauch einer Ahnung, wie ich an die Mädchen kommen sollte, deshalb entschied ich mich für das Detektivbüro. War übrigens auch beim Arbeitsamt leichter zu erklären. Ich hatte zwar keinen besonders vorzeigbaren Beruf, aber ich wohnte im besten Viertel von München. Wo gehst du abends schon aus dem Haus und musst genau auf den Weg achten, damit du nicht in der nächsten Kneipe landest? Ich will damit sagen: Die Maxvorstadt ist für einen hart arbeitenden Menschen, der die Gewissheit braucht, jederzeit ein frischgezapftes Helles zischen zu können, genau das Richtige.

Ich verbringe so manche Abende im Schelling-Salon an der Barer Straße, wo sich der soziale Bodensatz dieser Stadt mit dem trinkfreudigen Spießbürgertum mischt. An den Wänden hängen ausrangierte Dreschflegel und Ochsenspanner neben Fotos von verstorbenen Wirten und Gästen. Eine kleine Zeitungsmeldung ist mit einer Reißzwecke an die Holzvertäfelung gepinnt. Sie erinnert an einen alten Säufer, der hier offenbar regelmäßig um seinen Stoff gebettelt hat: »Fünfunddreißig Jahre lang hast du uns genervt. Jetzt gehst du uns ab. Deine Türkenstraße.« Irgendwann wird mein Name mit ähnlich lautendem Text in Svens Cappuccinobar hängen.

Die Billardtische nehmen die gesamte Raummitte ein und sind fest in der Hand osteuropäischer Patriarchen, die den Verlauf jeder Kugel kontrollieren und den tschechischen Kellnerinnen in den Hintern kneifen, was die tschechischen Kellnerinnen dadurch kompensieren, dass sie die japanischen Aushilfskellnerinnen schikanieren. Ich wüsste nicht, wo es in München ein ähnlich scharf konturiertes Soziotop gäbe. An den Holztischen mit den rotweißen Blütenmuster-Tischdecken sitzen ältere Ehepaare und schaufeln Spinat mit Spiegelei in sich hinein, als sei es die Aufgabe von älteren Ehepaaren, Eiweiß und Gemüse in extrem konzentrierter Form zu konsumieren.

Ich kenne die meisten Stammgäste nur vom Sehen, weil die wenigsten von ihnen an Unterhaltungen interessiert sind – genau wie ich. Im hinteren Raum, wo ich manchmal sitze und vor mich hin starre, hocken regelmäßig zwei alte Männer und spielen Schach. Sie reden kein einziges Wort, halten sich den ganzen Abend an ihrer Orangenlimonade fest und ziehen ihre Läufer und Bauern durch die Weltgeschichte. Wenn sie fertig sind, stehen sie auf und gehen schweigend durch die große Tür hinaus, über der wie eine schwer deutbare Mahnung das Relief des Billard-Philosophen Friedrich Wilhelm Joseph Schelling hängt, der sich einfach nach seiner Lieblingskneipe benannt hat.

An den Fenstern sitzen fast immer Asylbewerber und starren auf die graue Barer Straße hinaus, wo alle zehn Minuten die Tramlinie 27 in Richtung Innenstadt scheppert.

Am Dienstag und am Mittwoch ist der Schelling-Salon geschlossen. Manche dieser Abende verbringe ich daher im Türkenhof, einer Kneipe, die aussieht wie ein alternativer Hobbykeller, in dem sich die Demonstranten von

1968 für ein paar Minuten aufwärmen wollten, nachdem sie Pflastersteine in die Redaktionsräume der Bild-Zeitung in der Schellingstraße geworfen hatten. Aber irgendwie sind sie alle hier hängen geblieben. Vielleicht, weil die Revolution doch keine war und das Augustiner-Bier mit den Jahren immer kälter, frischer und besser wurde – sich also zu den Revolutionären diametral entgegengesetzt entwickelt hatte.

Das sind also meine beiden Stammkneipen. Aber mein Wohnzimmer ist Svens Cappuccinobar in der Schellingstraße. Sven hat den Laden vor drei Jahren aufgemacht und verkauft dort vor allem italienische Weine, ziemlich edles Zeug angeblich. Ich hab keine Ahnung davon, weil ich Biertrinker bin. Mir ist es auch herzlich egal, wenn Sven minutenlang über seine neuesten Bouquets referiert. Ich sitze dann einfach da, blicke in seine hellblauen Mentholbonbonaugen und stelle mir das Mittelmeer vor. Svens Gerede verwandelt sich dabei in eine italienische Canzone, die von Liebe und Tod erzählt.

Ada kann ich für solche unnützen Dinge leider nicht gewinnen. Und wenn, dann muss sie zumindest ihr Notebook dabeihaben, damit sie sich Notizen machen oder schnell irgendetwas checken kann. Es gibt Tage, da weiß ich gar nicht, ob Ada überhaupt in München ist oder wieder auf einer ihrer zahllosen Tagungen in Berlin oder Dresden. Am vergangenen Abend hatten wir noch telefoniert, da war sie gerade in Brüssel.

»Josef, ich bin heilfroh, wenn ich nächste Woche wieder in Monaco bin.« Ada sagt immer Monaco statt München, weil das mehr nach Lebensart klingt.

»Du weißt, was übernächsten Samstag für ein Tag ist«, sagte ich.

»Oh, erinnere mich bloß nicht daran, Schatz. Lass uns das Ganze einfach ignorieren. Wir gehen schön essen, und dann machen wir es uns vor der Glotze gemütlich, ja? Ich finde, man sollte runde Geburtstage nicht überbewerten.«

»Das finde ich überhaupt nicht. Außerdem ist das unfair. Als ich vierzig geworden bin, hast du ein Riesentamtam gemacht. Ich habe ein Recht auf Vergeltung. Wir müssen das groß feiern, ich …«

»Du, Schatz, ich muss wieder ins Seminar.«

»Sabbern die Wölfe etwa schon nach ihrer Rudelführerin?«

»Ich ruf dich an, Josi, ja?«

Aufgelegt.

Ich hatte mich schon vor ein paar Tagen erkundigt, was ein schickes Menü bei Adas Lieblingsitaliener kostet. Meine Freundin lädt mich mindestens einmal im Monat in die Osteria Italiana ein, die früher mal Osteria Bavaria hieß und einst Hitlers Lieblingskneipe gewesen ist. Angeblich soll der Wirt den Adolf mal rausgeworfen haben, weil er sein elendes Gekeife nicht mehr ertragen konnte. Aber wer weiß, ob das stimmt.

Jedenfalls klang das Menü, das sie mir vorgeschlagen hatten, einem Geburtstagsessen für eine Manager-Dompteurin angemessen: Es ging mit einer Mangoldsuppe los, gefolgt von einem kleinen Fischteller. Danach Ravioli mit einer vegetarischen Füllung, zum Hauptgang Rinderfilet in einer pikanten Sauce und als Nachtisch ein Rhabarber-Carpaccio.

Zugegeben, ich hatte das Rhabarber-Carpaccio nicht mitkopiert, weil ich das ehrlich gesagt nicht mag. Doch wir konnten ja auch was anderes nehmen. Die sind da überhaupt nicht konventionell, auch wenn die Kellner absolut korrekt sind und jeder Prolet, der ein Weißbier bestellt, herrlich kühl mit dem Satz »Wir haben kein Bier« bloßgestellt wird. Ich finde Gaststätten göttlich, in denen man den Satz »Wir haben kein Bier« zu hören bekommt. Das ist so was von souverän, dass ich glatt leugnen würde, ein Biertrinker zu sein.

Für die folgenden Tage ergab sich allerdings noch ein Problem. Ich hatte keine Ahnung, was ich Ada schenken sollte. Sonst konnte ich jedes Jahr sagen, was soll's, lass uns superchic essen gehen, und das war's. Doch diesmal war es etwas Besonderes: Ada wurde vierzig, und da muss man einfach Schmuck schenken. Ich fühlte, dass ein Brillantring oder eine Diamantkette unumgänglich war, das würde beides zu Ada passen, besonders zu ihrem Lachen, wenn sie es mehr als drei Minuten hält. Und noch etwas hinderte mich daran, die kreischende Frohnatur zu sein, als die man mich sonst kennt und liebt. Ich träumte in letzter Zeit so schlecht. Es war immer wieder dasselbe dumme Zeug: Ich lag auf meinem Bett und raste in wahnsinnigem Tempo in eine finstere Tiefe hinab. Je tiefer ich fiel, desto heißer wurde es. Ich wachte natürlich immer mit vollkommen durchsupptem T-Shirt auf. Ein bisschen wie diese entstellten Typen in Rubens' *Höllensturz der Verdammten*, der in der Alten Pinakothek hängt und vor dem ich Ada kennengelernt hab.

Das ist inzwischen auch schon sechs Jahre her oder so. Jedenfalls stand Ada damals vor diesem *Höllensturz* und betrachtete das Bild von schräg unten. Ich ging zu ihr und fragte sie, was sie an dem Bild so faszinierend finde. Da sagte sie: »Die Abfolge.« Ab da war ich natürlich hin und weg: Endlich mal jemand, der nicht von der Perspektive faselte, von den Fluchtpunkten oder dem ganzen Seminaristenzeug. Nein, Ada fand die Abfolge super. Damals lud ich sie ins Tresznjewski ein, eine Kneipe direkt vor dem Museum, in dem die Kellner ihre Schlipse unter dem zweiten Knopf ins Hemd stecken. Danach gingen wir zu ihr. Ich schlief allerdings auf einer Isomatte und träumte die Abläufe sämtlicher Meisterwerke der Spätrenaissance. Am Morgen sah ich Ada zum ersten Mal ungeschminkt, und ich fand es schön, dass sie mit Makeup besser aussah.

Dieser Spruch von Männern, dass wahrhaft schöne Frauen es nicht nötig haben, sich zu schminken, ist absolut falsch und pervers dazu. Frauen, die durch Schminke mehr rausholen können, als auf den ersten Blick da ist, finde ich viel reizvoller. An Ada mochte ich auch von Anfang an, dass ihr Name beidseitig lesbar ist. Das sagte ich ihr jedoch erst in der zweiten Nacht, als wir nebeneinander auf der Isomatte lagen. Dass sie später eigentlich nur noch an Abläufen interessiert sein würde, konnte ich damals nicht ahnen.

Ansonsten ist Adas Figur eher guter Durchschnitt, würde ich sagen. Wobei das natürlich immer ein bisschen pikant klingt, wenn ein Durchschnittstyp wie ich die große Rede von der Durchschnittlichkeit schwingt. Aber wie sehe ich denn aus? Kurze graue Haare und schwarze, eiförmige Hornbrille zum Pullunder mit Karomuster! Männer wie ich müssen eben auf unauffällige Kleidung achten, ich kann ja schlecht im Dreiteiler beschatten.

Vielleicht darf ich anmerken, dass Adas Taille ein bisschen zu renaissancehaft im Kontrast zu ihrem ziemlich kleinen Busen steht. In der Postmoderne sind solche Unverhältnismäßigkeiten allerdings obsolet, wie wir Systemtheoretiker sagen. Aber mal im Ernst: Ich kann froh sein, dass eine Frau wie Ada mit mir um die Häuser zieht. Wenn wir abends bei Sven sitzen, fällt es mir gar nicht mehr auf, dass Ada Pouilly-fumé trinkt und ich die kleinen Flens-Fläschchen, die Sven jedes Mal zähneknirschend unter der Theke hervorkramt.

»Also, was ist jetzt?«, fragte Sven.

»Wie, was ist jetzt? Was soll sein?«

»Willst du einen Grappa?«

»Ja, gib schon her.«

Es ging wohl gerade ziemlich erdrutschartig mit mir bergab, wenn ich um halb zwölf am Vormittag in Svens Bar stand und Schnaps in mich reinkippte. Doch dieser Tag fing schon so an, wie Tage bei mir normalerweise enden: in der totalen Perspektivlosigkeit. Meine Steuerunterlagen waren zerfetzt, mein linker Nasenflügel zerschrammt, und die Stadt war wie schockgefroren. An den Straßenrändern lagen überall graue Schneehaufen, knochenhart. Hausmeister mit Baseballmützen auf dem Kopf kratzten mit riesigen Schneeschaufeln die Hauseingänge frei. An der Ecke zur Türkenstraße hatte die Stadt eine Sammelstelle für vertrocknete Weihnachtsbäume eingerichtet – ein trostloser Haufen kleiner Tannen und Fichten. In einem Zweig hing noch ein Streifen Lametta wie eine Träne, die man vergessen hatte fortzuwischen. Verdammt, ich neigte wirklich zur Sentimentalität an diesem traurigen Mittwochmorgen.

Sven stellte mir den Grappa neben die leere Kaffeetasse und machte sich erneut ans Abtrocknen.

»Weißt du, was dein Problem ist, Josef?«, sagte er, und seine Emsigkeit in Verbindung mit diesem belehrenden Ton machte mich wütend.

»Ja, ich weiß, was mein Problem ist: Ich habe vor etwa sieben Jahren den Fehler gemacht, ein kleines Büro für private Ermittlungen zu eröffnen, weil ich keine Lust mehr hatte, auf dem Bau Ziegel zu schleppen. Mein Problem ist, dass dieses Büro am Anfang ganz passabel gelaufen ist, ich hatte einen Auftrag nach dem anderen. Gut, es waren meistens keine besonders aufregenden Sachen. Ich hab sogar schon mal eine entlaufene Katze gesucht und gefunden. Das hat mir damals zwar kein Geld gebracht, dafür aber die Sympathie der Katzenbesitzerin. Wie du weißt, hat mir die Frau zum Dank eines der Jungen der wiedergefundenen Mieze vermacht, den dicken Egolf.«

»Der inzwischen ein Halbstarker ist und seinem Ernährer die Nase blutig schlägt.«

»Was verstehst du denn schon vom Leben, Sven? Du kennst doch nur deine elenden Kabinetts und Sowiesos ...«

»Cabernet Sauvignon.«

»Was?«

»Die Rebsorte heißt Cabernet Sauvignon.«

»Zum Teufel damit.«

Ich schüttete mir den Rest Grappa in den Hals und fing an, den Blick ziellos durch die Bar wandern zu lassen. Links hinter der Theke ist ein Monitor angebracht, auf dem Sven seine neuesten Bouquets anpreist, immer schön mit dem aktuellen Preis für seine Nullkommanix-Liter-Pfützchen. Ich mochte den Laden von Anfang an, weil er so schön kühl und schnörkellos ist. Sven achtet streng darauf, dass seine Weine und der Kaffeeduft den Raum dominierten. Wer rauchen will, muss vor die Tür gehen wie die armen Schweine in New York, die sofort erschossen werden, wenn sie auch nur das Zellophan von der Lucky-Strike-Packung abreißen. Der gesamte Raum ist ein subtiles Kunstwerk, und Sven ist der Schöpfer. Der dünne blonde Sven mit der markanten Geiernase. Der norddeutsche Sven mit seinem Faible für alles Mediterrane.

»Magst du ein paar Weinkataloge durchstöbern?«, fragte er und machte sich an einem frischen Karton Weinlieferungen zu schaffen.

»Hast du die *Abendzeitung*?«

»Ja, hab ich. Warte, lass mich erst den Karton …«

»Ich seh sie schon und nehm sie mir selbst.«

Ich griff mir die *Abendzeitung* vom Katzentisch und blätterte lustlos die Seiten um. Mich interessieren die Mordgeschichten ja viel weniger als die Storys über die Münchner Prominenz. Die Fotos finde ich am besten, weil sie immer gleich aussehen. Meistens ist ein alter, reicher Mann mit einer schönen, unbegabten Schauspielerin auf irgendeinem Champagnerempfang abgelichtet. Dann die Geschichten über Miethaie und ihre Opfer. Meistens sind das alte Leute, die seit fünfzig Jahren in ihren Altbauwohnungen leben und von einem Tag auf den anderen rausgeworfen werden. So einen Fall hätte ich mal gerne gehabt, um so einen Mietverbrecher zur Strecke zu bringen.

»Sven, hast du eigentlich schon einmal einen Penner in deiner Bar gehabt?«

»Nein, nur Wolf Wondratschek war mal da, warum?«

Ich las Sven den Lokalaufmacher vor. Immer mehr Obdachlose seien in den vergangenen Wochen spurlos verschwunden. Ich fand das eigentlich keine besonders bemerkenswerte Geschichte. Hey, das sind Menschen, die keinerlei Bindung mehr zu irgendjemandem haben. Die kommen und gehen, wie und wann sie wollen. Warum sollten sie nicht einfach vollständig verschwinden, wenn sie von einer Stadt die Schnauze voll haben? München ist nur lebenswert, wenn man eine Wohnung hat und genug Geld, um sich abends schön in ein Wirtshaus zu setzen oder Billard zu spielen.

»Die Polizei, steht hier, hat in Obdachlosenkreisen recherchiert.«

»Ja und?«, meinte Sven.

»Die Penner haben angeblich gar nicht vorgehabt zu verschwinden. Alle haben von irgendeinem Bombenjob erzählt, bei dem sie einen Haufen Asche machen können.«

»Einen Haufen Asche?«

»Na ja, Geld halt. Jetzt tu nicht so, als könntest du dich nur in deiner Gourmetsprache unterhalten. Weißt du, wer den Artikel geschrieben hat? Dein Freund Lammhuber.«

»Iihh«, machte Sven. »Der Nervenhobel. Der war zum Glück schon seit einer Woche nicht mehr hier. Willst du noch 'nen Grappa?«

Ich nickte, weil ohnehin schon alles egal war. Die *Abendzeitung* legte ich beiseite und stierte aus dem Fenster. Alle Autos waren von einer dünnen Schneeschicht überzogen und hatten frostblinde Windschutzscheiben. Die Fußgänger schienen sich richtig abzumühen in der Kälte. Sven brachte mir gerade den zweiten Grappa, der mich von innen her wärmen sollte, als die Tür aufging. Eine Frau kam herein, die er sofort mit »Frau Doktor« begrüßte.

»Na, Frau Doktor, noch ein warmes Tässchen, bevor es zu den lieben Toten geht?«

Ich sah erst Sven an, dann die Frau und fragte mich, ob das so etwas wie eine Geheimsprache war.

»Ja«, erwiderte die Frau Doktor, »ich wollte die Tour eigentlich absagen wegen des schlechten Wetters, aber es waren so viele Anmeldungen, dass ich es nicht übers Herz gebracht habe. Einen doppelten Espresso bitte.«

Die Stimme der Frau war einzigartig: dunkel wie ein Kohlenkeller und samtig wie mein schwarzer Kater Egolf. Ich schätzte sie auf Mitte vierzig; sie hatte dunkelbraunes, streng nach hinten gekämmtes Haar und einen herzförmigen Mund, der wie eine freche Spielerei in ihrem strengen Gesicht wirkte. Sie setzte sich an die Theke, ein paar Hocker neben mir, und trank wortlos ihren Espresso. Ich hätte sie gerne angesprochen und gefragt, welche Verbindung sie mit den Toten unterhielt. Aber wer weiß, was dahintersteckte. Probleme hatte ich im Moment schließlich mehr als genug. Ada war übrigens auch eines dieser Probleme. Was soll man mit einer Frau machen, die ständig woanders und wenn überhaupt, dann nur per Handy erreichbar ist? Die Frau Doktor hingegen war ziemlich real und näher an mir dran als Ada. Allerdings wusste ich, dass ich mein Hauptinteresse besser auf einen neuen Auftrag legen sollte als auf eine neue Liebesbeziehung.

»Danke für den Espresso. Ich denke, ich schaue morgen wieder rein«, sagte Frau Doktor, legte einen Fünfeuroschein auf die Theke und schwebte aus Svens Bar.

»Wer war denn das?« Eine originellere Frage wollte mir in dem Moment nicht einfallen.

»Das ist Frau Doktor Lessner. Sie macht alternative Stadtführungen. Ihre Spezialität sind alte Friedhöfe. Ich finde das großartig.«

»Was bitte ist großartig an Leuten, die über alte Friedhöfe dackeln?«

»Siehst du«, keifte Sven, »das ist genau das, was ich meine. Du hast keinen Sinn für das wirklich Erbauliche im Leben, für die Schönheit der Vergänglichkeit.«

»Mann, wenn ich die Schönheit der Vergänglichkeit genießen will, brauch ich nur auf mein Konto zu gucken. Wieso bist du so hysterisch, bloß weil diese Tante mit irgendwelchen Kulturzipfeln über alte Grabsteine steigt?«

»Ich bin nicht hysterisch. Ich will dir nur klarmachen, dass Friedhöfe nicht ausschließlich negativ sind. Sie sind, wie hat die Frau Doktor das mal ausgedrückt, das geheime Gedächtnis einer Stadt.«

»Dieses bescheuerte Theoretikergeschwätz konnte ich schon in der Uni nicht ausstehen«, sagte ich.

Sven fing wieder an, mit seinem weißen Lappen rumzuwischen. »Hättest du dir mal ein bisschen was davon angeeignet, dann wärst du jetzt kein frustrierter Privatermittler, sondern könntest mit deinen Studenten …«

»… Friedhofspartys feiern. Das würde ich glatt machen. Im Sommer mit gut gekühltem Champagner und hübschen Studentinnen zwischen den Gräbern lümmeln.«

»Noch 'nen Grappa?«

»Nee, lass mal. Ich geh jetzt nach Hause. Was macht das Ganze?«

»Siebzehn Euro.«

»Du nimmst es echt von den Lebendigen.«

»Von wem sonst? Mach's gut, Josef.«

Ich trat auf die Straße und spürte sofort die eisige Kälte an den Ohren. Selbst die zwei Schnäpse hatten mich nicht aufwärmen können. Als ich die Wohnungstür öffnete, blinkte mir der Anrufbeantworter entgegen wie das Sturmwarnsignal am Ammersee. Ich lief ans Gerät und hörte die Nachrichten ab. Die ersten beiden waren nur Besetztzeichen. Jemand hatte angerufen und wieder aufgelegt, ohne aufs Band zu sprechen. Das macht mich immer ganz besonders nervös. Die dritte Nachricht war von Ada. Sie sagte, dass sie vermutlich noch einen Tag länger bleiben müsse und erst kommenden Mittwoch wieder in München sei. Na ja, darauf kam es inzwischen auch nicht mehr an.

Mein Kater hatte sich auf dem grünen Sofa eingekringelt. Er lag dort wie eine dicke schwarze Sphinx und gab ein genervtes Geräusch von sich. Ich hatte ihn geweckt. Egolf rollte sich auf den Rücken und ließ sich von mir den weißen Bauch streicheln. Ada meint, er müsse eine Siamkatze unter seinen Vorfahren haben, weil sein Schwanz so lang ist und er so erbärmlich schielt.

»Morgen wird sich in deinem Leben einiges ändern, mein Guter«, sagte ich.

Egolf sah mich aus halb geschlossenen Augen an. Wahrscheinlich dachte er: Und für dich erst, Alter. Gegen das, was dir bevorsteht, sind ein paar verlorene Eier ein Jux. Katzen wittern Gefahr bekanntlich viel früher als Menschen.

Ich machte mir einen Espresso und setzte mich damit an den Schreibtisch, um die Post durchzugehen. Zum Glück waren keine Rechnungen dabei, ich hatte offenbar fast alle bezahlt. Gerade hatte ich den ersten Schluck im Mund, als das Telefon klingelte. Ich riss den Hörer herunter, so gierig war ich nach einem neuen Auftrag.

»Celle, Ermittlungen aller Art.«

»Mein Name ist Lankomy.«

»Was kann ich für sie tun, Herr Lankomy?«

Ich hörte lediglich den schweren Atem des Mannes am anderen Ende der Leitung.

»Herr Lankomy?«, fragte ich nach.

»Sie müssen mir helfen, meine Mutter zu finden«, sagte der Anrufer.

»Ihre Mutter?«, fragte ich. Seiner Stimme nach war er nicht mehr in dem Alter, in dem man seine Mutter vermisst.

»Das ist eine nicht ganz einfache Geschichte, und ich kann sie am Telefon schlecht erzählen. Könnten Sie vielleicht zu mir kommen? Ich wohne in der Pension Kaisereiche am Kaiserplatz, können Sie sofort vorbeischauen? Dann regeln wir auch das Finanzielle.«

»Da gibt es nicht viel zu regeln«, sagte ich. »Zweihundert Euro pro Tag, inklusive Spesen.« Früher hatte ich die Spesen extra berechnet, doch ich bin bescheidener geworden, weil die allgemeine Lage so bescheiden ist.

»Wie Sie wünschen. Ich werde bald sehr viel Geld haben, Sie können also verlangen, was sie wollen.«

»Sagen Sie mir noch einmal Ihren Namen, bitte?« Ich fummelte einen Filzstift unter den Papieren hervor.

»Walter Lankomy«, erwiderte der Mann und legte auf.

Das habe ich lange nicht gehabt. Ein Klient, für den die Höhe meines Honorars keine Rolle spielt. Andererseits machte mich stutzig, dass er, laut eigener Aussage, erst demnächst sehr viel Geld haben werde. Das hieß im Umkehrschluss nämlich, dass er im Augenblick nicht so viel, wenn nicht sogar kein Geld hatte. Ich war mir auf einmal nicht mehr sicher, ob das ein guter Auftrag für mich werden würde. Doch ich hatte keine andere Wahl und musste nehmen, was kam. Ich zog also meinen Mantel an und ging zu Fuß Richtung Kaiserplatz: Das ist bestes Schwabing. Die Kaiserstraße zieht sich von hier bis zur Leopoldstraße runter, an den Fassaden der Häuser sind polierte Messingtafeln angebracht und was du in den kleinen Läden zu essen kaufen kannst, ist teuer, aber natürlich auch gesund. Die Pension Kaisereiche ist in einem ziemlich prächtigen alten Haus untergebracht, bei der Fassade haben sich die Anstreicher für einen dunklen Rotton entschieden, Sven würde wahrscheinlich sagen Antinori-Rot oder so was. Direkt über der Eingangstür steht in hellroter Zierschrift das Wort Pension geschrieben. Ich trat in den dunklen Hausflur, und da muss ich sagen, es gibt kaum etwas Schöneres als diese alten Schwabinger Treppenhäuser, in denen du stehst, als hättest du gleich eine Audienz mit einem Malerfürsten und müsstest nur noch ein paar Minuten warten, bis dich der Diener in den Salon ruft. Gleich links vor dem Treppenabsatz war der Eingang zur Pension: zwei schöne, alte Flügeltüren mit Fenstern, durch die man nicht durchsehen konnte und an denen jeweils ein halbhohes Gitter angebracht war. Ich trat ein und fragte den Mann an der Rezeption nach Walter Lankomy. Er nannte mir die Zimmernummer, und ich stieg langsam die knarrenden Stufen hinauf, in der vagen Hoffnung, nach fünf kargen Wochen endlich wieder einen Auftrag zu haben.

Ich klopfte kurz und trat ein, obwohl kein Laut aus dem Zimmer kam. Mein Klient stand vor dem kleinen Fenster und lächelte mich an. Er wirkte wie ein pensionierter Verwaltungsbeamter: dunkle, nach hinten pomadierte Haare und eine dicke Brille mit teilweise vergoldeten Bügeln. Ich sah schwarz, was mein Honorar anging.

»Lankomy«, sagte Lankomy und reichte mir die Hand.

»Josef Celle«, ich gab ihm die Hand, ohne ihm ins Gesicht zu blicken, »doch ich bin mir nicht sicher, ob ich wirklich Ihr Mann bin.«

Ich schaute mich in dem Hotelzimmer um. Sah gar nicht übel aus. Sparsame, aber mediterran angehauchte Einrichtung. Neben dem Bett stand ein gedrechselter Nachttisch, auf dem Lankomy einen Stapel Papier aufgebaut hatte. Die Wände waren in wässrigem Toskanabraun gehalten. Nicht das Schlechteste für so eine kleine Pension. Das Zimmer roch, wie die Schlafzimmer von alten Damen riechen, nämlich nach altem Kölnisch Wasser.

»Was kann ich für Sie tun, Herr Lankomy?«

»Wie ich schon sagte: Suchen Sie meine Mutter.«

Ich erklärte Walter Lankomy, dass es nicht ganz einfach sei, die Mutter eines Mannes zu suchen, von dem man nichts weiß. Und dass ein älterer Mann überhaupt noch auf der Suche nach seiner Mutter ist, müsse selbst ihm einigermaßen seltsam vorkommen.

Der Mann musterte mich während meines kurzen Vortrags belustigt. Ich konnte mir lebhaft vorstellen, dass seine grünen Augen vor zwanzig Jahren in einer solchen Situation gefunkelt hätten wie Diamanten. Heute dagegen schwammen sie in ihrem trüben Tränenwasser wie manisch-depressive Zierfische.

»Wissen Sie, ich habe bis vor ein paar Tagen in dem Glauben gelebt, dass meine Mutter kurz nach meiner Geburt gestorben sei. Ich wurde danach zur Adoption freigegeben, so hatte man es mir zumindest gesagt.«

»Und nun haben Sie Ihren Glauben von heute auf morgen verloren?«

Lankomy deutete ein Nicken an und zog aus der Innenseite seines braunkarierten Jacketts ein Blatt Papier hervor. Er faltete es sorgsam auseinander und hielt es mir vor die Nase.

»Was ist das?«, fragte ich.

»Etwas zum Lesen«, erwiderte er.

Das Schreiben war ziemlich kurz.

Sehr geehrter Herr Lankomy, es gibt Neuigkeiten von Ihrer Frau Mutter. Sie lebt und möchte Sie gerne kennenlernen. Kommen Sie nach München und logieren Sie in der Pension Kaisereiche. Bleiben Sie dort, bis Sie abgeholt werden. Dann erhalten Sie, was Ihnen zusteht. Und das ist eine Menge.

Das war alles, kein Datum, keine Unterschrift.

»Wann haben Sie den Brief erhalten?«

»Vor zwei Tagen. Ich habe mich sofort nach der Pension erkundigt, und als ich festgestellt hatte, dass es sie tatsächlich gibt, habe ich umgehend ein Zimmer gebucht. Heute Morgen bin ich angekommen und habe keine Ahnung, was ich jetzt tun soll.«

Ich faltete den Zettel wieder zusammen und reichte ihn Herrn Lankomy. »Sie sollten sich einen schönen Tag in München machen, abends essen gehen und morgen früh zurück nach Hause fahren«, sagte ich.

»Aber ich will wissen, was dahintersteckt. Es geht immerhin um meine Mutter.«

»Wie alt sind Sie, Herr Lankomy?«

»Neunundsechzig.«

»Haben Sie in den letzten neunundsechzig Jahren Ihre Mutter ein einziges Mal vermisst?«

Lankomy sah mich an. Es schien ein weiterer Zentiliter Tränenflüssigkeit in seine Augen geschossen zu sein.

»Ich bin in einer Pflegefamilie aufgewachsen. Meine Mutter sei früh gestorben, haben sie mir immer gesagt. Ich bin all die Jahre davon ausgegangen, dass es die Wahrheit war.«

»Bis Ihnen der große Unbekannte diesen Brief geschickt hat.«

Lankomy steckte den Zettel wieder in seine Jacketttasche. »Ich habe vor etwa einem Jahr damit begonnen, Nachforschungen anzustellen. Bei verschiedenen Gemeindeämtern in ganz Süddeutschland. Niemand hat mir weiterhelfen können, obwohl ich so ziemlich jedes schwäbische und bayerische Einwohnermeldeamt getriezt habe.«

»Was hat sie dazu bewogen?«, fragte ich.

Lankomy knöpfte sein Jackett sorgsam zu, als handele es sich um den Tresor für den Brief. »Ich habe im Nachlass meiner Pflegeeltern etwas gefunden, das mich nachdenklich gestimmt hat.« Er musterte mich und wartete offensichtlich auf die Frage, worum es sich handele.

»Also, Herr Lankomy? Machen Sie es nicht so spannend.«

Ein nachsichtiges Lächeln umspielte seinen Mund, was mich innerhalb von Sekunden wütend machte. Dann drehte er sich um und wühlte in einer kleinen Reisetasche, die auf dem Bett lag. »Hier haben wir es schon«, murmelte Lankomy und präsentierte mir eine kleine flache Schatulle mit zwei ziemlich aufwendig gearbeiteten Verschlusslaschen.

»Silber?«, fragte ich.

»Schon möglich. Aber das Interessante ist der Inhalt.« Er blickte mir in die Augen, während er die beiden Metallverschlüsse aufspringen ließ.

Vor uns lagen zwei kleine herzförmige blaue Diamanten in einer passend ausgestanzten Aussparung. Links und rechts davon waren weitere Herzformen, allerdings ohne die passenden Steinchen.

»Nehmen Sie ruhig ein Herz heraus«, ermunterte er mich und hielt mir das Kästchen wie eine Pralinenschachtel hin.

Ich holte das linke Diamantherz hervor und hielt es gegen das Fensterlicht. Wirkte ziemlich echt, soweit ich das beurteilen konnte.

»Jetzt sehen Sie sich die Aussparung an!«

Ein Buchstabe war in den dunkelgrünen Samt gepunzt und mit Blattgold ausgelegt, ein großes W, und dahinter die Kombination OF 76/5.

»Wofür steht das W?«, fragte ich.

»Das wird der Name meines Vaters sein. Vielleicht heißt er Walter wie ich. Schauen Sie unter das zweite Herz.«

»Ein T.«

»Das ist der Vorname meiner Mutter.«

»Wie heißt denn Ihre Mutter?«

»Thekla.«

»In der dritten Aussparung ist ein R«, sagte ich.

»Ja, wie rätselhaft.«

»Sie wissen also nicht, für wen das R steht?«, fragte ich und gab Lankomy die Schatulle zurück.

Er hielt sie mit beiden Händen fest. »Nein, ich habe keine Ahnung. Allerdings habe ich die Herzen probehalber ausgetauscht, also das Herz für W in die Aussparung für R gelegt.«

»Und?«, fragte ich.

»Passt nicht. Die Herzen haben unterschiedliche Formate. Ich habe das Kästchen fotografiert und ins Internet stellen lassen. Verstehen Sie, Herr Celle. Ich will es nicht verkaufen, sondern seine Bedeutung in Erfahrung bringen, wem es gehört hat, und jetzt will ich vor allem wissen, wie es mich zu meiner Mutter führt.«

»Und der Brief …«

»Kam natürlich aufgrund des Fotos im Internet. Hören Sie, ich bin ganz nah dran, meine Herkunft aufzuklären. Das ist für einen älteren Herrn nicht ganz unwichtig. Um weiterzukommen, brauche ich jedoch Ihre Dienste als privater Ermittler.«

»Wenn Sie sowieso schon ganz nah dran sind«, sagte ich, »dann können Sie die Sache doch komplett selbst in die Hand nehmen. Wozu wollen sie einen Detektiv engagieren?«

Lankomy lächelte zitternd. »Ich brauche einen Mann, der sich in dieser Stadt auskennt und der keine Angst vor anderen Menschen hat. Das trifft beides nicht auf mich zu. Die Welt ist voller Feinde.«

»Wem sagen Sie das.«

Ich musterte ihn, und mir war klar, dass der Mann alle sieben Sinne beisammen hatte und die Sache ernst meinte. »Haben Sie eine Ahnung, was OF 76/5 bedeutet?«

Lankomy strahlte mich an. »Nein, das ist übrigens ein weiterer Grund, weshalb ich Sie brauche. Nehmen Sie den Auftrag an?«

Ich dachte an mein Konto, an Adas vierzigsten Geburtstag und an Egolf, der am nächsten Morgen kastriert werden sollte. Ein Eingriff, der nicht nur für den Kater schmerzhaft sein würde, sondern auch für mich. Er kostete immerhin sechzig Euro. »Ich werde mich morgen ein bisschen umhören. Ich weiß nicht, ob man da überhaupt etwas erreichen kann. Danach melde mich wieder bei Ihnen.«

»Nein«, entgegnete Lankomy und hob die Hand. »Ich werde Sie morgen anrufen, und dann sagen Sie mir ja oder nein.«

Ich nickte, gab Lankomy die Hand und machte mich auf den Weg.

»Warten Sie«, rief er mir nach und hielt mir ein weiteres Mal das Kästchen hin. »Ich zeige Ihnen, wo ich es aufbewahre.« Er hatte auf einmal etwas Verschmitztes an sich, das gar nicht in sein kleines Spießergesicht passte. Er beugte sich zum Nachtkästchen neben dem Bett herunter und zog die Klappe auf. Mit einem Griff löste er eine schmale Spanplatte, die er mir wie eine Trophäe entgegenhielt.

»Da leg ich es hinein«, sagte er mit einem Verschwörerblick, den Didi Hallervorden nicht bescheuerter hätte aufsetzen können.« Falls mir etwas zustoßen sollte.«

Ich nickte, tippte mir mit der Hand an die Stirn und schlich mich.

Als ich über die Friedrichstraße nach Hause ging, fing es sacht an zu schneien.

2

»Komm, alter Junge, lass dich nicht lange bitten. Es ist nur ein kurzer Ausflug, bloß ein kleiner Schnitt, und danach ist die Welt für dich so entspannt wie ein Heimatfilm. Du wirst nichts vermissen, ehrlich. Dir werden die Weiber so egal sein wie der Deutsch-Französische Krieg. Du wirst nie wieder irgendwelche Spielchen mitmachen müssen, nur um bei einer Tussi zu landen. Du musst einfach nur die Augen schließen und schon wirst du das lockerste Leben haben, das sich ein … au, verflucht!«

Er hatte es genau so gemacht wie am Tag davor. Ich hatte ihn im Nacken gekrault, er hatte mich ein paar Minuten lang angesehen und mit einem einzigen Schlag seiner Pratze bei mir die Bluterkrankheit ausgelöst.

Ich lief ins Bad und drückte mir ein Stück Klopapier gegen den rechten Nasenflügel. In einer Viertelstunde war der Termin beim Tierarzt. Wenn ich mit blutender Nase in der Praxis aufkreuzte, lachten die mich doch aus. Ich tupfte so lange, bis nur noch ein feiner Riss zu sehen war, aus dem es unmerklich hellrot heraussickerte. Dann packte ich Egolf und sperrte ihn in den Transportbehälter. Kaum war er drin, verhielt er sich ganz ruhig, vielleicht weil er spürte, dass es zum Henker ging.

Ich schnappte mir den Kasten und trug Egolf in meinen blauen Polo. Den Weg zum Tierarzt hätte ich auch zu Fuß gehen können, aber bei der Kälte? Das wollte ich dem Kater nicht zumuten, auch wenn er mich gerade zum zweiten Mal attackiert hatte und der Gedanke an Rache süß war.

Das Sprechzimmer war noch leer um acht Uhr morgens, und wir kamen gleich dran. Der Tierarzt spannte Egolf auf eine Art Mini-Streckbank und spreizte ihm die Beine auseinander.

»Wir wollen mal sehen, ob es hier überhaupt etwas abzuschneiden gibt«, sagte er und befühlte Egolfs Pelzkügelchen.

Ich konnte nicht hinschauen und fragte, wann ich Egolf wieder abholen könne.

»Heute Nachmittag um drei haben Sie ihn wieder: putzmunter und um zwei Hoden leichter.«

Ich nickte und warf dem Kater noch einen Blick zu. Den letzten von Mann zu Mann sozusagen. Dann ging ich in Svens Cappuccinobar.

»Mach mir 'nen Tramezzino und 'nen Espresso«, sagte ich, kaum dass ich auf dem Barhocker saß.

»Ich kann dir auch ein richtiges Frühstück ...«

»Sven!«

Wortlos stellte er mir einen Teller mit einem matschigen Tramezzino hin.

»Sag mal, du mediterraner Ausnahme-Caterer«, fing ich an. »Ich hätte da mal eine Frage fachlicher Art an dich.«

Sven sah mich strahlend an, weil er glaubte, ich würde mich ernsthaft für seine Cuisine interessieren.

»Wieso sind deine Tramezzini eigentlich so matschig wie halb getrockneter Ätna-Schlamm? Ich meine, schau dich mal um in deinem Laden. Edelste Tropfen, teure Schnäpse und deine Butterbrote kann man fast trinken.«

Svens Lächeln verblühte wie eine schlecht gegossene Rose. »Die sind nicht matschig, sondern zart. Kannst du bitte aufhören, an Dingen rumzumäkeln, von denen du keine Ahnung hast, Josef?«

Ich kaute auf dem Tost herum, trank den Espresso aus und dachte über diesen Lankomy nach. Die Geschichte klang irgendwie aufregend. Ein abgeschabter Endsechziger findet im Nachlass seiner Pflegeeltern eine Schatulle mit zwei Diamanten drin und glaubt, das eine Herz sei ein Vergissmeinnicht für seinen toten Vater. Und die anderen Herzen lagen noch nicht in der Schatulle, weil ihre Träger noch nicht tot waren. Also, Herr Lankomy und seine Mutter. Was für eine sentimentale Scheiße. Ich erzählte Sven von der Sache und fragte ihn, was er davon hielte.

»Ich finde, du solltest den Auftrag annehmen. Es kann nicht so schwer sein, eine alte Tante in München ausfindig zu machen. Die Stadt ist überschaubar, und du musst einfach nur die Altenheime abklappern.«

»Was, wenn sie in keinem Altenheim lebt, sondern in einer WG oder so was?«

Sven wischte die Theke blank. An den Resopaltischen saßen ein Ehepaar und ein paar Angestellte aus den umliegenden Geschäften. Diese Läden waren mir immer schon ein Rätsel. Noch rätselhafter fand ich, dass die sich alle über Wasser halten konnten mit ihren provenzalischen Möbeln, Gummibärchen und Bildern aus der Plein-Air-Zeit. Egal, Sven machte gute Tramezzinigeschäfte mit denen.

»Alte Menschen leben nicht in WGs. Wenn du die Frau nicht findest, ist es eben Pech. Du hast dann dein Bestes getan und kassierst dein Honorar.«

Ich ließ Sven weiterwischen und rührte in der Kaffeetasse. Während ich hier saß und auf die schockgefrorene Schellingstraße starrte, wetzte der Tierarzt sein Skalpell und trennte meinem dicken Egolf die Hoden ab. Ich stellte mir das in allen Einzelheiten vor: wie die kleinen schwarzen Pelzkügelchen in einen Eimer plumpsten, in den im Laufe des Vormittags immer mehr Pelzkügelchen von Katern purzelten, die an diesem Morgen ihre Kastratenkarriere begannen. In dem Augenblick klingelte mein Handy. Ada war dran.

»Josi, ich bin nicht sicher, ob ich es vor dem Abend schaffe.«

»Du kommst heute Abend?«, fragte ich.

»Nein, nächste Woche Mittwoch, das weißt du doch. Aber ich schaffe es bestimmt nicht vor zehn. Um acht geht mein Flieger von Berlin aus.«

»Soll ich eigentlich einen Tisch in der Osteria für deinen Geburtstag bestellen?«

»Nein«, erwiderte Ada, »lass uns einfach einen Wein bei Sven trinken.«

»Hey, du wirst vierzig. Das kann man doch nicht in einem Laden feiern, dessen Wirt nichts als matschige Tramezzini anzubieten hat.«

Sven, der mitgehört hatte, hörte sofort auf zu wischen. »Spinnst du, sag mal? Ich kann eine verdammt schicke Cuisine machen«, zischte er.

»Also gut«, sagte ich ins Handy. »Dann lass uns lieber bei mir eine Kleinigkeit essen und hinterher einen Absacker bei Sven nehmen, okay?«

Ada war mit diesem Vorschlag einverstanden und verabschiedete sich in ihre Seminargruppe.

»Du bist ein Arsch«, stieß Sven hervor. »Es ist doch

nicht meine Schuld, dass du dauernd diese blöden Tramezzini in dich reinstopfst.«

Ich blickte aus dem Fenster, während mein Freund zeterte. Auf der anderen Straßenseite hielt der Bus, und als er wegfuhr, sah ich Gernot Lammhuber über die Straße wetzen.

»Dein Lieblingsgast kommt!«, sagte ich und drehte mich halb zu Sven um.

»Oh nein, nicht der Oberschmock, bitte!« Er hob die Hände und verdrehte die Augen. Lammhuber war Lokalreporter und immer auf der Suche nach Geschichten aus dem Leben. Wahrscheinlich weil sein eigenes Leben ähnlich trostlos war wie meines.

Lammhuber zog die Tür mit beiden Händen auf, als müsse er einen schweren Tresorraum öffnen. Dabei blieb er mit der Jackentasche an der Klinke hängen, der Idiot.

»Ja, was seh ich: der Herr Meisterdetektiv!«

Lammhuber war Ende vierzig, trug einen Glatzenschnitt und eine Designerbrille, die in seinem Gesicht hing wie eine Operationsklammer.

»Lammhuber, ich hab gelesen, sie haben dich für den Kisch-Preis vorgeschlagen.«

»Den Quiche-Lorraine-Preis vielleicht, Josef. Freut mich ehrlich, dich mal wieder zu sehen. Sven, machst du 'ne schnelle Latte und zwei Grappa klar?«

»Deine Morgenlatte, Lammhuber?«

Sven antwortete nicht, sondern nahm die Grappaflasche vom Regal. Als das Zeug vor uns stand, leerte Lammhuber sein Glas in einem Zug und schüttelte sich wie ein Straßenköter.

»Aaach, leckeres Zeug, Svenniboy. Du, Josi, hast du 'n paar Geschichten für mich? Irgendwelche geilen Upper-class-Schnecken, die ihre Ehemänner mit untalentierten Akademieschülern betrügen? Ich brauch wieder das Menschlich …«

»Allzumenschliche, ich weiß«, sagte ich und nippte vorsichtig an meinem Grappa. Ich wollte auf keinen Fall so versoffen wirken wie Lammhuber und bestellte schnell noch einen Cappuccino.

»Die Realität sieht so aus, dass ich seit fünf Wochen keinen gescheiten Auftrag mehr habe, verstehst du, Gernot. Das Menschlich-Allzumenschliche spielt sich in meinen eigenen vier Wänden ab, für die ich demnächst wahrscheinlich nicht einmal mehr die Miete aufbringen kann.«

»Hey klasse, das ist die Geschichte. Der Niedergang eines Privatdetektivs, ich seh das direkt vor mir.« Lammhuber deutete mit dem Zeigefinger in Richtung des Monitors, auf dem Svens Weinsorten standen, und imaginierte spontan die Schlagzeile plus Anreißer. »Er brachte die Wahrheit ans Licht und so manches Ehepaar vor den Scheidungsrichter. Heimlichtuer zerrte er aus dem Versteck und entlaufene Katzen aus den Fängen der Tierhäscher. Aber jetzt hat das Finanzamt den Privatermittler Josef Celle in den Klauen. Steuerschulden bis zum Abwinken, und seine Miete kann der Mann mit den traurigen Augen hinter der schwarzen Hornbrille auch nicht mehr zahlen. Wie findest du das?«

»Ziemlich gut«, erwiderte ich und schlürfte die Schaummütze von meinem Cappuccino, den Sven mir soeben gebracht hatte. »Das kann nicht von dir sein.«

»Josef, komm, gib mir ein paar Anekdötchen. Ich hab's doch im Moment auch nicht so dicke. Du weißt, dass Petra einen Haufen Kohle von mir verlangt. Dazu Unterhalt für die Kinder, und die Hälfte meiner Ersparnisse sind für den Scheidungsanwalt draufgegangen.«

»Warum lässt du dich auch scheiden?«

»Wie bitte?« Lammhuber rutschte vom Hocker und baute sich mit verschränkten Armen vor mir auf.

»Du hast doch damals selbst die Fotos gemacht.« Er gab Sven ein Zeichen: zwei neue Grappa.

»Ich weiß gar nicht, was du willst«, entgegnete ich. »Du bist doch an der Sache mit den verschwundenen Obdachlosen dran.«

»Ich kann nicht jeden Tag mit diesen bescheuerten Obdachlosen in die Redaktion kommen. Das interessiert niemanden da.«

»Die Geschichte klingt aber ganz spannend.«

Lammhuber musterte mich spöttisch, und ich war erstaunt, dass dieser Knallkopf spöttisch gucken konnte.

»Josef, ich bitte dich: Obdachlose. Damit kannst du keinen toten Iltis aus dem Bau locken. Nicht mal im Winter. Jeder weiß, dass diese Penner keinen Bock haben auf das teure Pflaster hier. Überall, wo sie sich hinhocken, werden sie vertrieben. Außerdem zahlen sie für den Schnaps in Baden-Württemberg deutlich weniger als in München. Jetzt komm schon, ich brauch ein neues Thema. Irgendwas mit Sex, verstehst du?« Bei dem Wort Sex schob Lammhuber den Daumen zwischen Zeige- und Mittelfinger.

»Apropos Sex«, sagte ich. »Sieh mal, Sven, da kommt deine Frau Doktor.«

Ich hätte mir den Spott sparen können, denn die Frau sah so dermaßen fantastisch aus, dass ich überlegte, ob ich lieber mit ihr in die Osteria gehen sollte und nicht mit Ada. Keine Ahnung, warum mir das Granatenmäßige an ihr beim letzten Mal nicht aufgefallen war. Tags zuvor war sie mir irgendwie arrogant vorgekommen. Heute dagegen machte mich ihre Arroganz scharf. Ich hatte große Lust, sie auf einen Grappa einzuladen, aber Sven hatte sie schon in den Klauen, ehe sie den Laden richtig betreten hatte.

»Eine Latte Macchiato zum Aufwärmen, Frau Doktor Lessner?«, fragte er zuckersüß.

»Unbedingt«, antwortete diese. Dabei sagte sie dieses unbedingt mit einer Stimme, die so tief war wie der Abgrund, in den ich jeden Morgen starrte, wenn ich Online-Banking machte. Frau Doktors tiefe Stimme hingegen hatte eine warme Melodie. Sie erinnerte mich an Alexandra, die traurige Sängerin aus den sechziger Jahren, die nicht nur mit einem Zigeunerjungen, sondern auch mit einem toten Baum befreundet war.

»Wenn ich nicht den ganzen Tag in meiner Bar stehen müsste, würde ich gerne mal an einer Ihrer Exkursionen teilnehmen«, sagte Sven.

»Wenn du willst, übernehme ich für ein Stündchen deine Bar«, mischte ich mich ein und war mir dabei selbst nicht sicher, ob ich das ernst meinte oder nicht.

»Damit du mit Lammhuber den ganzen Grappa austrinken kannst.« Sven hob den Zeigefinger und legte wieder diese tantenhafte Ironie an den Tag, die mir bei ihm ziemlich auf die Nerven ging.

»Erzähl doch Gernot von deinem neuen Fall«, sagte Sven plötzlich. Ich fuhr mir mit dem Zeigefinger über die Gurgel, während ich ihn finster ansah. Ich hatte keine Lust, dem Schmierfink die Lankomy-Geschichte auf den matschigen Tramezzino zu schmieren.

»Was höre ich da? Der Meisterdetektiv hat einen neuen

Fall?« Lammhuber beugte sich vor wie ein scheußliches Reptil, das jeder noch so gutmütige Wildhüter auf der Stelle töten würde.

»Darf ich es erzählen?«, fragte Sven.

Ich machte eine lässige Bewegung mit der Hand, die gut aussah und alles bedeuten konnte. Sven interpretierte sie dergestalt, dass er in fünf Minuten die komplette Lankomy-Geschichte aufs Tapet gebracht hatte.

»Sei mir nicht böse, aber wer will so einen Scheiß lesen?«, fragte Lammhuber.

»Wieso?«, erwiderte ich, »Ist doch eine rührende Geschichte. Ein Mann, der seine Mutter sucht und eine alte Schachtel mit zwei Diamantherzen herumschleppt, wovon eines an seinen toten Vater erinnert. Mach doch 'ne Serie draus.«

»Eine Serie«, schnaubte Lammhuber verächtlich und schüttete sich die letzte Pfütze Grappa in den Rachen. »Josef, ich seh schon: Du bist noch viel übler auf den Hund gekommen als ich. Wenn du von solchen Aufträgen lebst, muss es dir richtig beschissen gehen. Das gibt mir wieder Mut. Sven? Ich mach den Zahlemann!«

Sven hatte den Kassenbon für Lammhuber schon bereitgelegt. Der Schmierfink zahlte, tippte sich an die Glatze und schlich raus in die Kälte. Ich hatte gerade beschlossen, in gebührendem Abstand ebenfalls zu gehen, da wandte sich die Lessner an mich.

»Halten Sie mich bitte nicht für aufdringlich, wenn ich Sie einfach anspreche, aber ich finde Ihre Geschichte wirklich sehr rührend. Der Mann versteht nichts von den zwischenmenschlichen Dingen«, fügte sie noch hinzu und machte eine verächtliche Kopfbewegung in Richtung Tür.

»Kann schon sein«, entgegnete ich. »Deshalb wird er ja auch nicht fest angestellt.«

Die Frau Doktor hatte sich mir ganz zugewandt, und ich konnte nicht anders, als mich neben sie zu setzen. Das heißt, einen Hocker ließ ich als Sicherheitsbarrikade zwischen uns frei. Und das war auch dringend nötig, denn sonst wäre ich verbrannt wie eine Motte, die ums Licht flattert, wenn ich dieses außergewöhnlich originelle Bild hier mal bemühen dürfte.

»Was werden Sie jetzt tun?«, fragte sie und leckte den Milchschaum von dem langen Löffel.

»Keine Ahnung, ich denke, ich werde den Fall nicht annehmen.«

»Warum nicht?«, fragte sie, ohne mich anzusehen.

Sicher ein Trick, um mich vollkommen willfährig zu machen, dachte ich. »Ich … ich weiß nicht, ich denke, es wird mir nicht viel einbringen. Der Mann hat vermutlich kein Geld.«

»Sie müssen an das Menschliche denken, das in dieser Geschichte steckt«, sagte die übermenschliche Lessner. »Es kann Ihnen nur Glück bringen, wenn Sie sich eines armen, verzweifelten alten Mannes annehmen.«

Ich hätte gerne noch einen Grappa getrunken, und am liebsten hätte ich der Lessner auch einen angeboten. Doch ich musste an Egolf denken, der vermutlich in tiefer Narkose lag, angezählt und eierlos. Ich musste ihn irgendwann an diesem Donnerstagnachmittag abholen und betreuen. Nur ein Mann kann einen Kater in einer solchen Situation verstehen. Besonders wenn er neben einer Frau wie dieser Doktor Lessner sitzt, muss er es sich zur Pflicht machen, einem kastrierten Kater für den Rest des Tages beizustehen.

»Vielleicht haben Sie recht, ich werde mir die Sache vermutlich überlegen müssen« erwiderte ich. »Ist es heute nicht ein bisschen zu kalt für eine Wanderung über den Friedhof?«

Sie lachte dunkel auf. »Ich bitte Sie«, sagte sie dann. »Gerade wenn es kalt ist, hat man den Kopf frei für das Gedächtnis unserer Stadt. Kommen Sie ruhig mit, Sie werden Ihren Gewinn daraus ziehen können.«

»Siehst du«, mischte sich Sven ein. »Die Frau Doktor sagt es auch. Du solltest dich mal mit anderen Dingen beschäftigen als mit deinen komischen Aufträgen.«

Am liebsten hätte ich ihm eine von seinen Cabernet-Flaschen über die Rübe gezogen, doch ich hielt mich zurück.

»Also, ich werde dann mal ans Werk gehen«, sagte die Lessner und kam einem Schlagabtausch zwischen mir und Sven zuvor. Sie legte einen Fünfeuroschein auf die Theke und schwebte aus der Bar wie ein dunkler Racheengel.

»Für mich wird's auch Zeit«, sagte ich.

Sven hatte sich schon wieder den Cappuccinotassen zugewandt.

Ich fragte mich, was bescheuerter für einen erwachsenen Mann war: alten Muttersöhnchen die Beichte abzunehmen oder den ganzen Tag Tassen zu wienern. Als ich auf der Straße stand, dachte ich kurz darüber nach, ob ich mich nicht arbeitslos melden sollte. Dann bekäme ich wenigstens Stütze und müsste mich nicht so verbiegen. Ich ging langsam nach Hause, schloss die Tür zu meiner Wohnung auf und rief nach Egolf, weil ich es so gewohnt war. Aber der Kater lag ja in seinem tausendjährigen Narkoseschlaf. Ich sah auf die Uhr. Halb zwölf. Um drei konnte ich ihn vom Tierarzt abholen. Was sollte ich in der Zwischenzeit tun? Meinen Grappa hatte ich intus, dummes Geschwätz hatte ich mir auch schon angehört. Die erotische Begegnung des Tages war ebenfalls gelaufen. Ich klaubte das Faltblatt vom China-Heimservice auf, das jemand durch den Briefschlitz geworfen hatte. Als ich mir gerade drei Gerichte ausgesucht hatte und den Telefonhörer abnehmen wollte, gackerte das Ding los.

»Josef Celle, Ermittlungen aller Art?«

»Hier spricht Walter Lankomy.«

»Guten Tag, Herr Lankomy, leider weiß ich immer noch nicht, wie ich Ihnen helfen kann.«

»Vielleicht kann ich Ihnen helfen, mir zu helfen«, sagte Lankomy. Der Mann wirkte erstaunlich gut gelaunt. Das machte ihn mir noch fremder.

»Schießen Sie los«, sagte ich.

»Ich habe vorhin einen Anruf erhalten. Eine Frau sagte mir, dass sie sich mit mir treffen wolle und ich bald ein neues Kapitel in meiner Biografie aufschlagen könne.«

»Hört sich ziemlich pathetisch an«, sagte ich.

»Seien Sie nicht so streng, Herr Celle.« Lankomy war richtig aufgekratzt, er schien sich wirklich etwas von dem Besuch zu erhoffen.

»Na gut, ich freue mich für Sie. Bitte sagen Sie mir doch kurz, wie sie sich meine Rolle in dem Kapitel vorstellen.«

Lankomy zögerte ein paar Sekunden. »Ich möchte, dass Sie bei mir sind, wenn diese Frau hier aufkreuzt. Es ist immer gut, einen Zeugen zu haben, und außer Ihnen kenne ich niemanden in München.«

Kunststück für jemanden, der sich gerade mal seit einem halben Tag in der Stadt aufhielt.

»Hören Sie, Herr Lankomy«, sagte ich. »Ich finde es schön, dass Sie meine Gesellschaft schätzen. Allerdings sollten Sie eines wissen: Ich bin Privatdetektiv und lebe davon, dass mir Menschen Aufträge erteilen. Für diese Aufträge verlange ich Geld. Von diesem Geld wiederum finanziere ich meine luxuriöse Existenz in dieser bescheidenen Stadt. Bitte verstehen Sie mich nicht falsch, wenn ich Ihnen jetzt viel Erfolg bei Ihrer Familienzusammenführung wünsche. Servus.«

»Herr Celle, selbstverständlich werde ich dafür bezahlen, dass Sie mich beschützen«, sagte Lankomy ernsthaft.

»Wovor soll ich Sie denn beschützen? Ihre Mutter ist alt und wird Ihnen nichts tun, und mit Damenbesuch werden Sie in ihrem Alter ebenfalls fertig werden.« Ich hatte kein gutes Gefühl bei der Sache, obwohl mir der Mann leidtat. Vermutlich hatte er keinen Cent in der Tasche, genau wie ich. Und ich stehe nun einmal grundsätzlich auf dem Standpunkt, dass die finanzielle Situation meiner Klienten besser sein sollte als meine eigene.

»Ich weiß nicht«, sagte Lankomy. »Mir wäre es sehr recht, wenn Sie kommen könnten.« Diesmal legte er auf, und ich hatte den Schwarzen Peter.

Der Mann bat mich um Begleitschutz, wenn er seine Mutter im Altenheim besuchte. Andererseits: Warum nicht? Der Job war zwar selten blöd, aber es wäre nicht das erste Mal, dass ich mit etwas Idiotischem Geld verdiente. Vielleicht war es ja gar nicht so schlecht, den geheimnisvollen Briefeschreiber kennenzulernen, der Lankomy in die Pension Kaisereiche gelockt hatte.

Ich legte auf und las noch mal das Asiamenü durch,

weil ich völlig vergessen hatte, was ich bestellen wollte. Da klingelte das Telefon erneut.

»Herr Lankomy«, knurrte ich, »ich kann nicht fliegen.«

»Äh, ich weiß nicht, ob ich hier richtig bin«, sagte eine Frauenstimme. »Hier ist die Tierarztpraxis Rauffer, spreche ich mit Herrn Celle?«

»Allerdings«, entgegnete ich erschrocken. »Ist was mit Egolf?«

»Ihr Kater hat alles wunderbar überstanden, und er möchte jetzt abgeholt werden.«

»Ich dachte, er wacht erst um drei Uhr auf.«

Die Sprechstundenhilfe lachte leise. »Tiere halten sich nicht gerne an Termine«, sagte sie und verabschiedete sich amüsiert.

Ich warf den Asiaprospekt auf den Altpapierstapel, hastete aus der Wohnung und fuhr mit meinem blauen Polo zur Praxis.

Egolf taumelte mir im Aufwachraum entgegen. Sein Silberblick hatte noch ein paar Unzen draufgelegt. Außerdem hatte er ein nasses Hinterteil und verströmte eine umwerfende Duftkombination aus Desinfektionsmittel und Urin.

»Na komm, Dicksack«, sprach ich ihn wie gewohnt an. »Lass mal sehen, was du nicht mehr hast.«

Ich hob den Kater hoch und betrachtete den Ground Zero zwischen seinen Beinen. Der Doc hatte ganze Arbeit geleistet. Egolfs Pelzkügelchen waren weg und damit hoffentlich auch seine Lust, mir ständig die Pratze auf die Nase zu hauen. Ich zahlte die sechzig Euro und bekam von der Sprechstundenhilfe noch ein paar Tipps mit auf den Weg. Egolf dürfe bis morgen früh nichts fressen, weil nach der Narkose die Schluckreflexe nicht hundertprozentig funktionierten. Das dürfte die größte Herausforderung bei diesem Fresser sein.

Als ich Egolf in meiner Wohnung aus der Transportkiste ließ, taumelte er wie ein besoffener Russe Richtung Sofa. Er schaffte es jedoch nicht mehr, hinaufzuspringen, sondern schlief auf dem Parkettboden ein.

»Schlaf dich ruhig aus, Dicker«, sagte ich. »Wenn ich wiederkomme, kriegst du eine Riesenportion Geleethunfisch. Zum Teufel mit den Ärzten und ihren Ernährungstipps.«

Minuten später stapfte ich durch die Kälte. Mir war klar, dass ich ein bisschen spät dran war, aber Egolf war mir wichtiger als ein ödipaler Endsechziger, der Angst vor Damenbesuch hatte. Es fielen ganz feine Puderschneeflöckchen, während ich durch die Görresstraße schlenderte, dann in die Friedrichstraße einbog und durch ein paar Nebenstraßen zur Kaisereiche kam. Allein die Tatsache, dass ich diesen Spaziergang machte, zeigt, wie schlecht ich im Geschäft war. Wenn ein Detektiv es sich leisten kann, erst seinen Kater vom Tierarzt abzuholen und anschließend einen Winterspaziergang zu machen, ist er schlicht und ergreifend abgemeldet.

Ich zog die schwere Tür zur Pension auf und ging direkt in den ersten Stock hoch. An den Wänden des Treppenhauses hingen blass gewordene Fotos von Schwabing aus den sechziger Jahren. Die Leopoldstraße, Cafés, Blasmusik, der ganze Schmarren. Als ich vor Lankomys Zimmertür stand, hob ich die Faust und hielt sie eine Weile in der Luft. Ich wusste nicht, ob ich klopfen oder besser umkehren sollte. Was hatte ich hier zu erwarten?

Die Antwort bekam ich, nachdem ich dreimal geklopft hatte und niemand »Herein« geflüstert hatte. Ich öffnete die Tür, und vor mir lag mein Klient wie ein Altkleidersack auf dem Boden. Lankomy war verdammt übel zugerichtet. Jemand hatte ihm offenbar die Stirn mit irgendetwas durchbohrt. Ich konnte nicht feststellen, ob es eine Schuss- oder eine Stichwunde war.

Lankomy hatte einen dunkelbraunen Mantel an. Vermutlich wollte er gerade aufbrechen, als sein Mörder ihn auf eine weite Reise schickte. Sein Gesicht sah aus wie eine Mehlspeise, die vor längerer Zeit zubereitet, aber dann doch nicht gegessen worden war. Ich beugte mich zu ihm hinunter und konnte mich noch in seiner Tränenflüssigkeit spiegeln. Mann, Lankomy, warum haben Sie am Telefon nicht Klartext geredet?

Ich blickte mich in dem Zimmer um. Der Kleiderschrank war aufgerissen, Decken und Daunenkissen lagen auf dem grauen Teppichboden. Der Killer hatte seinen Auftrag erledigt und das Zimmer nicht gerade besenrein verlassen. Er konnte nicht allzu lange weg sein, denn neben Lankomys Leiche krabbelte eine dunkle Blutspur wie eine Blindschleiche.

Langsam dämmerte mir, dass ich zu spät gekommen war. Lankomy hatte mich um Hilfe gebeten, und ich hatte ihm diese Hilfe nicht zukommen lassen. Damit steckte ich in dieser verdammten Geschichte drin. Ich stieg über Lankomys Körper hinweg und löste die Spanplatte aus dem Nachtschränkchen. Der Kerl, der meinen Klienten aus der Welt geschafft hatte, war jedenfalls ohne die Schatulle verschwunden. Gerade als ich das Kästchen öffnen wollte, vernahm ich Schritte auf dem Gang. Automatisch steckte ich die Schmuckdose in meine Jackentasche. Verflucht, ich tat an diesem Tag offenbar nur Dinge, die man nicht tun sollte.

»Wer sind Sie, und was ist hier los?«, fragte jemand auf dem Flur.

Ich ging zu dem Mann hin, offenbar ein Pensionsangestellter. »Hier ist gar nichts mehr los. Hier war vielleicht mal was los, aber den entscheidenden Moment haben wir wohl beide verpasst. Holen Sie die Polizei! Der Herr, der in diesem Zimmer gewohnt hat, ist tot.«

»Sie haben den Mann umgebracht!«, sagte der Typ.

Ich konnte ihm nicht einmal böse sein, denn wenn ein Mann aus einem Zimmer kommt, in welchem ein anderer Mann tot liegt, macht ein jeder sich so seine Gedanken.

»Ich hab ihn nicht umgebracht«, sagte ich, aber da war der Angestellte schon die Treppe runter und am Telefon, nehme ich an.

Ich ging ins Zimmer zurück und sah mir den toten Lankomy noch einmal an. Inzwischen war der Glanz aus seinen Augen gewichen, und der Kerl hatte sich in eine Wachspuppe verwandelt. Das war kein Anblick, für den ich mich erwärmen konnte, deshalb stellte ich mich ans Fenster, bis die ersten Streifenwagen angerauscht kamen. Aus dem dritten Auto kletterte Jochen Graber, der die Mordkommission leitet. Ich sah, wie er zwei uniformierten Kollegen irgendetwas steckte, vermutlich sollten sie die Straße bewachen. Die beiden, ein Mann und eine Frau, eilten jedenfalls sofort los.

Ich bin wirklich nicht der Typ, der sich hinstellt und lange Reden über die Endlichkeit des Daseins hält. Auch zerbreche ich mir nicht den Kopf über Dinge, die ich nicht mehr ändern kann. Aber den armen Lankomy hatte ich tatsächlich irgendwie auf dem Gewissen. Nicht, dass ich mich direkt schuldig fühlte an seinem Tod, doch wäre ich eine halbe Stunde früher gekommen, so wäre die Kugel vielleicht in der Knarre geblieben. Oder eine Schwesterkugel hätte mich gleich mit erledigt. Wie ich es drehte und wendete: Eigentlich fühlte ich mich schuldig. Dieses Gefühl versetzte mich derart in Trance, dass mich Kommissar Graber anbrüllen musste, um Funkkontakt mit mir zu bekommen.

»Wann haben Sie dieses Zimmer betreten, Herr Celle?«

Ich kannte Jochen Graber von einem anderen Fall. Es war ein Eifersuchtsdrama, dürfte etwa vor drei Jahren gewesen sein. Damals beschattete ich einen Mann, dessen Frau vermutete, er habe ein Verhältnis mit ihrer Schwester. Sie lag nur knapp daneben. Der Mann hatte in Wahrheit eine Beziehung mit ihrem schwulen Bruder. Ziemlich böse Kiste das. Jedenfalls schlitzte sie ihren Mann mit einem Fleischermesser auf. Muss ein richtiger Blutrausch gewesen sein, denn der Kerl starb zwei Stunden nach der Tat im Schwabinger Krankenhaus.

»Also, wann haben Sie dieses Zimmer betreten?«, fragte Graber ein zweites Mal, ohne im Ton schärfer zu werden.

Ich sagte irgendwas von vor einer halben Stunde oder so ähnlich.

»In welchem Verhältnis standen Sie zu Herrn Lankomy?«

Der Raum war rappelvoll mit Beamten von der Spurensicherung, dazwischen stand der Fotograf und machte Schnappschüsse von der Leiche. Bald kamen die Kollegen mit dem Alusarg und brachten Walter Lankomy in die Gerichtsmedizin. Ich steckte die Hand in die Manteltasche, während ich mit Graber sprach. Keine Ahnung, ob der Kommissar mir den kurzen Schrecken anmerkte, der mich durchfuhr, als ich die Schatulle in meiner Tasche berührte.

»Hat Herr Lankomy irgendeine Andeutung gemacht, als er Sie heute noch einmal zu sich in die Pension bat?«, fragte Graber.

»Ja, er sagte, irgendjemand werde ein neues Kapitel in seiner Biografie aufschlagen.«

Graber runzelte die Stirn, nahm seine Brille ab und erwiderte: »Das war ja nicht einmal gelogen.«

»Wie man's nimmt«, gab ich zur Antwort. »Brauchen Sie mich eigentlich noch?«

Da benötigte Graber seinerseits ein paar Sekunden, um aus seiner Gedankentiefe zu mir aufzutauchen.

»Was? Ja, natürlich brauche ich Sie noch. Sie haben schließlich die Leiche gefunden, da bleiben noch ein paar Fragen. Für heute wäre es das jedoch. Ich rufe Sie morgen an, ja?«

Ich nickte und wollte mich zum Gehen wenden, als mir noch etwas einfiel. »Wie ist er eigentlich umgelegt worden?«

»Ziemlich merkwürdig«, meldete sich einer der Männer im Raumanzug zu Wort, der gerade etwas in einen Plastikbeutel plumpsen ließ.

»Vermutlich mit diesem Ding hier«. Der Raumfahrer hielt ein kleines blaues Herz hoch. »Eine Art Diamant, der ihm aus nächster Nähe und mit ziemlicher Wucht gegen den Schädel geschleudert wurde.«

»Vermutlich hat der Täter ein Faible für archaische Killermethoden.«

»Wer hetzt einen Killer auf einen neunundsechzigjährigen, abgewetzten Typen, der nach München fährt, um seine Mutti zu suchen?«

Graber setzte seine Brille wieder auf. »Wenn ich das wüsste, wäre ich am Ende dieses Falls und nicht an seinem blutigen Anfang. Tschau, ich rufe Sie an.«

Als ich kurz darauf wieder im Flur der Pension stand, konnte ich nicht gleich nach Hause gehen. Die Geschichte steckte mir in den Knochen wie ein Granatensplitter. Während ich die Treppe hinunterhechtete, klapperten die Diamantherzen in meiner Jackentasche. Ich sah mich um und zog das Kästchen heraus, und es lagen exakt die beiden Herzen darin, die Lankomy mir gezeigt hatte. Offenbar gab es von diesen Dingern noch mehr, denn die Kiste hatte noch zwei weitere Aussparungen, in welche Initialen eingestanzt waren. In der ersten standen die Buchstaben W und L, in der zweiten R und F. Dass W und L Walter Lankomy heißen könnte, schien mir wahrscheinlich, aber nicht zwingend. Ich hatte plötzlich das Gefühl, irgendetwas falsch gemacht zu haben. Nachdem ich eine Weile ziellos unhergelaufen war, landete ich in der Türkenstraße, genauer im Türkenhof. Vor den holzgetäfelten Wänden standen die ewig besoffenen Altachtundsechziger an immer denselben Stehplätzen neben der Theke. Mein Blick blieb an der ziemlich hübschen Bedienung hängen, die mir gleich ein frischgezapftes Augustiner vor die Nase donnerte. Ich zischte es weg wie ein Gläschen Evian. Das zweite hatte ebenfalls keine Zeit zu verdunsten, und nach dem dritten ging ich in meine Wohnung, wo mir Egolf mit stolz aufgerichtetem Schwanz entgegenkam und miaute.

»Ja, mein Lieber, jetzt wird richtig gut gefressen.«

Ich füllte den blauen Napf mit Geleefutter und den kleineren daneben mit lactosefreier Katzenmilch. Während Egolf fraß, holte ich die Schatulle aus der Manteltasche. Ich ließ die Verschlüsse aufspringen und legte eines der Diamantherzen auf den Küchentisch. Das Herz ist in diesem Fall irgendwie nicht wichtig, dachte ich und sah mir noch einmal die Buchstabenkombination an: ein großes W und dann OF 76/5. Ich weiß nicht, wieso ich auf einmal so müde wurde wie eine Fußballmannschaft, die den Europapokal an einem Abend geholt hat. Jedenfalls räumte ich ein paar Bierflaschen aus dem Kühlschrank, stellte die Schatulle hinein und drapierte die Flaschen anschließend wie einen Palisadenzaun davor.

Das war das berüchtigte Fort Celle, in das niemand hineinkam, aber wer drinnensaß, hatte immer eisgekühlte Erfrischungsgetränke vor sich stehen. Mir fiel ein, dass ich Ada von meinem neuen Spitzenauftrag erzählen könnte. Ich holte mir ihre Nummer aufs Display und hörte mir ihre Mailboxprosa an. Das klang alles dermaßen professionell, dass mir nichts einfiel, was ich draufsprechen sollte. Also spitzte ich die Lippen und pfiff den River-Kwai-Marsch. Weiß der Teufel, warum, ich muss aber auch wirklich nicht alles erklären, was ich in meiner Küche vor der offenen Kühlschranktür tue. Dann schloss ich den Kühlschrank und setzte mich mit einer Flasche Augustiner vor die Glotze.

3

In der Nacht war ich wieder gut in Rubens' *Höllensturz* unterwegs gewesen. Ich muss auf einem dieser Leiber sitzend in einem Höllentempo nach unten gesaust sein, wo schmatzende Monster all die elenden Sünder wegputzten.

Als ich aufwachte, saß ich am Küchentisch. Egolf lag vor mir, zusammengerollt wie eine schwarzweiße Reisetasche. Den blauen Diamanten hatte er unter der rechten Pfote versteckt. Ich hatte im Halbschlaf die Schatulle zwar in den Kühlschrank gestellt, das eine Diamantherz jedoch auf dem Küchentisch liegen lassen. Wahrscheinlich hatte Egolf die ganze Nacht mit dem Ding Fußball gespielt. Oder heißt das bei Katzen etwa Tatzenball? Ich rieb mir die Augen und starrte wieder auf das Kästchen.

Von draußen drang das Licht einer Straßenlaterne in die Küche, die selbst im Halbdunkel ziemlich bescheiden aussah. Die Spüle hatte ich vor fünf Jahren bei Ikea gekauft, und mittlerweile war das Holz zum Altenheim für Holzwürmer geworden. Aber an eine Musterküche wagte ich nicht mal im Traum zu denken. Kunststück, wenn ich ständig von Höllenstürzen träumte.

Ich blickte auf die Uhr: kurz nach sieben. Zu früh, um zu Sven zu gehen. Er machte die Bar nie vor neun Uhr auf. Also musste ich selbst ran. Ich schraubte den Espressokocher auseinander, gab drei Löffel Pulver in den Einsatz, schraubte alles wieder zusammen und stellte ihn auf die Herdplatte.

Während der Kocher seine kleinen Explosionen auslebte, dämmerte mir allmählich, was am Abend zuvor passiert war. Ich sah vor meinem inneren Auge den toten Lankomy in seinem Hotelzimmer liegen und starrte dabei aus dem Augenwinkel auf Egolf, der seine Morgentoilette machte. Er leckte sich gerade die Pfoten. Hätte ich den Kater eine halbe Stunde länger beim Tierarzt im Aufwachraum gelassen, wäre der Mann noch am Leben.

Es war zwar verdammt früh am Morgen, aber mir war trotzdem schon wieder klar, dass ich mich in eine ziemlich unangenehme Sache hineingeritten hatte. Das Kästchen machte mich zum Mitwisser in einer Geschichte, in der ich letztendlich so gut wie nichts wusste. Ich hatte Walter Lankomy nicht helfen wollen. Damit war es meine Pflicht, diesen Fall aufzuklären, das war ich dem armen Kerl irgendwie schuldig. Ich schwöre, dass das normalerweise nicht meine Philosophie ist. Mit einem schlechten Gewissen kann ein Privatdetektiv keinen müden Cent verdienen. Und ein Mensch, der in unseren waffentechnisch so hochgerüsteten Zeiten mit einem Diamantherz erschlagen wurde, verdiente Recherche.

In der folgenden Stunde klemmte ich mich daher ans Telefon und klingelte alle Münchner Altenheime durch, die ich im Internet finden konnte.

»Celle hier, guten Tag. Ich suche eine Frau Lankomy.«

»Da muss ich kurz in unserem Computer nachsehen. Eigentlich darf ich Ihnen ja gar keine Auskunft geben.«

»Das ist auch völlig richtig«, sagte ich. »Aber ich suche

meine Patentante, die seit Ewigkeiten in München lebt. Wissen Sie, ich habe achtzehn Jahre im Ausland verbracht und den Kontakt zu ihr verloren.«

»Das ist traurig«, entgegnete die Verwaltungsangestellte. »Ich will gerne nachschauen.«

Alle schauten gerne nach, wenn ich mit meiner Patentantengeschichte ankam, nur fand niemand eine Frau Lankomy in einem Münchner Altenheim. Eine Dame war allerdings ganz besonders nett. Sie hieß Christine, war Pflegerin in einem nicht sonderlich exklusiven Heim und bedauerte wie die anderen, mir nicht helfen zu können. »Wenn ich noch etwas herausfinden sollte, rufe ich Sie an, ja? Geben Sie mir Ihre Handynummer?«

Weil ich Frauen, die mich nach meiner Handynummer fragen, grundsätzlich meine Handynummer gebe, gab ich Christine meine Handynummer.

Es war jedenfalls genau so, wie ich es befürchtet hatte: Walter Lankomy war völlig umsonst nach München gekommen. Irgendjemand hatte ihm einen bösen Streich gespielt, und weil sie die Sache rund machen wollten, haben sie den armen Mann umgelegt.

Nur wer erlaubt sich einen solchen bösen Scherz, bei dem am Ende ein blauer Diamant als Waffe ins Spiel kommt?

»Ich danke Ihnen«, sagte ich nach eineinhalb Stunden zu der letzten Verwaltungsangestellten. »Da kann man wohl nichts machen.«

Ich hatte übrigens nach dem Telefonat mit Christine bei jeder der Damen meine Handynummer hinterlassen. Schließlich konnte ich nicht wissen, ob Frau Lankomy nicht gerade auf dem Weg in irgendein Altersheim war.

Um kurz nach neun machte ich mich auf den Weg zur

Cappuccinobar, wo ich eine halbe Stunde schweigend an der Theke stand und Sven beim Einsortieren der Weinflaschen zusah.

»Was hat dir denn die Sprache verschlagen?«, fragte er.

Ich bestellte einen doppelten Espresso und erzählte ihm von dem Mord an Walter Lankomy.

Sein Gesicht hellte sich auf. »Ich wusste, dass das ein Auftrag für dich ist!«, sagte er.

»Wo soll da bitte der Auftrag sein? Der Mann ist tot, und einem toten Mann greift man nicht in die Tasche.«

»Einem nackten Mann, du musst die Sprichwörter schon korrekt zitieren«, ermahnte Sven mich augenzwinkernd.

»Ich muss gar nix. Gib mir mal die *Abendzeitung*.«

Ich blätterte die Seiten durch bis zum Lokalteil. Die Lankomy-Geschichte war der Aufmacher, und zu meinem Vergnügen war der Artikel nicht von Gernot Lammhuber geschrieben. Dieser Idiot hatte einfach keinerlei journalistisches Gespür, sonst hätte er sich nicht über Lankomy lustig gemacht. Ein kurzer Einspalter am linken Rand war dagegen von ihm: Die Polizei hat keine neueren Erkenntnisse über vermisste Obdachlose. Ich konnte also darauf warten, dass Lammhuber demnächst hier bei Sven auftauchte und um weitere Infos bettelte. In dem Artikel stand, dass Walter L. aus Stuttgart angereist sei, um nach einer Verwandten zu suchen.

»Hör mal, Sven«, rief ich, »die schreiben: ›Die Polizei stützt sich bei ihren Ermittlungen vor allem auf die Aussagen des Münchner Privatermittlers Josef C., der die Leiche des Mannes am Donnerstag gefunden hatte.‹«

»Na also, was willst du mehr?«, fragte Sven und maß

mit beiden Händen den Abstand zwischen den Weinflaschen aus. »Du hast endlich wieder Presse.«

Ich sah von der Zeitung auf. »Presse? Seit wann brauch ich denn Presse, bitte schön?«

Ehe Sven antworten konnte, ging mein Handy. Kommissar Graber wollte, dass ich vorbeikam. Ich war schon drauf und dran, mich auf eine langweilige Fragestunde in der Löwengrube einzustellen, aber Graber schlug vor, dass wir uns im Oskar Maria trafen, dem Café im Literaturhaus.

»Sven, ich muss leider das Lokal wechseln«, sagte ich.

»Selber schuld«, entgegnete er. »Seh ich dich heute noch?«

»Würd mich wundern, wenn's anders wär.«

Ich zog den Mantel an und lief ziemlich strammen Schrittes Richtung Odeonsplatz. Auf der Ludwigstraße biss mir die Kälte wie eine fette Otter ins Gesicht, während Radfahrer mit dämlichen Andenmützen an mir vorbeiflitzten. Ich krampfte die Hände in den Manteltaschen zusammen. Die Ludwigstraße hatte im Winter so eine klassizistische Kälte. Die steinernen Gelehrten vor der Staatsbibliothek waren erfroren, da half keine platonische Philosophie und keine Descartesche Meditation mehr. Die haben sich ihr schlaues Leben sicher auch anders vorgestellt, dachte ich manchmal. Die Feldherrnhalle sah in dem ganzen Wahnsinnsschnee wie eine Rettungsstation ohne Rettungsmannschaft aus. Der Winter ist in München eindeutig schlimmer als in anderen deutschen Städten, weil alles, was diese Stadt ausmacht, die Cafés, die Biergärten und Badestrände, nicht zu gebrauchen ist.

Als ich die Tür zum Oskar Maria aufzog, entdeckte

ich Graber sofort links vom Eingang. Ich mochte den Kommissar irgendwie, weil er mich eher an einen Akademischen Oberrat erinnerte als an einen Beamten der Mordkommission. Er hatte mir einmal erzählt, dass er ein paar Semester Germanistik studiert habe, bevor er ins Mordfach gewechselt sei.

»Kommen Sie, setzen Sie sich«, rief er mir entgegen.

Ich nahm ihm gegenüber Platz und wartete auf das Verhör. Aber Graber wollte nicht anfangen, bevor ich mir etwas bestellt hatte. Als die Kellnerin kam, orderte ich einen Espresso.

»Das polizeiliche Siegel an der Hotelzimmertür ist aufgebrochen worden«, begann er.

Ich schaute ihn an und sah dabei wohl dermaßen dämlich aus, dass der Kommissar irritiert zur Seite blickte. »Was heißt denn das?«, fragte ich.

»Dass jemand heute Nacht die Plakette abgerissen hat und in das Mordzimmer eingedrungen ist. Das heißt das.«

»Fehlt denn irgendetwas?«

Graber hob die Schultern. Mein Espresso kam, und ich häufte zwei Löffel Zucker in die Tasse. »Nichts, was gestern nicht auch schon gefehlt hätte«, sagte er und wartete, ob ich eine Reaktion zeigte.

Ich: Pokerface für Fortgeschrittene.

»Herr Celle, als Sie gestern auf die Leiche gestoßen sind, haben Sie da irgendjemanden bemerkt, der es besonders eilig hatte oder sich auffällig verhalten hat?«

Ich trank den Espresso in einem Zug aus und schüttelte dabei den Kopf. »Der Einzige, der sich auffällig verhalten hat, war Lankomy. Er war tot«, sagte ich. Graber verzog den rechten Mundwinkel. Immerhin hatte er die

Bereitschaft, meine Bemerkung witzig zu finden. »Was wissen Sie denn über Lankomy?«, fragte ich.

»Nicht besonders viel«, sagte der Kommissar. Nur, dass er in Stuttgart ein kleines Appartement bewohnt und bis vor Kurzem als Angestellter einer Versicherungsfirma gearbeitet hat.«

»Bis vor Kurzem?«

»Er hat gekündigt. Wir haben bei dieser Firma angerufen und uns erkundigt. Der Chef war völlig perplex, als Lankomy ein Jahr vor der ordentlichen Pensionierung die Brocken hingeworfen hat.«

»Hat er denn irgendwelche Gründe genannt?«

»Ja, er hat gesagt, er müsse auf eine langwierige Suche gehen, und wenn die beendet sei, brauche er keine Arbeit mehr.«

»Da hat er ja wohl recht behalten«, sagte ich.

»Unsere Kollegen haben herausgefunden, dass Lankomy das Foto eines alten Familienerbstücks ins Internet gestellt hat«, fuhr Graber fort und zog einen Computerausdruck aus der Innentasche seines Jacketts. »Sehen Sie sich das mal an.«

Ich sah mir das mal an und erkannte sofort die Schatulle, die ich hatte mitgehen lassen. Verdammt, ich musste irgendwie unbeteiligt auf das Bild blicken. Und das bekomm mal hin, wenn du weißt, dass der wichtigste Beweisgegenstand in einem Mordfall in deiner schimmeligen Küche liegt.

»Sieht irgendwie kitschig aus«, sagte ich, hielt das Blatt idiotischerweise gegen das Licht und fragte dann kennerhaft: »Wertvoll?«

Graber schüttelte den Kopf. »Das ist vermutlich gar nicht der entscheidende Punkt«, sagte der Kommissar.

»Ich glaube, dass sich Lankomy mit dem Internetauftritt selbst ans Messer geliefert hat.«

»Man müsste herausfinden, wo diese Schatulle jetzt ist«, erwiderte ich, erwartete allerdings keine Anerkennung für diese messerscharfe Analyse.

»Herr Celle«, sagte Graber und nahm seine eckige schwarze Brille ab. »Die Tatwaffe und die Ereignisse nach dem Mord lassen darauf schließen, dass wir es hier mit ausgemachten Profikillern zu tun haben.«

»Schöne Scheiße«, fiel mir dazu nur ein. »Seit wann schießen Profikiller mit blauen Herzchen?«

»Sie wollen damit irgendetwas symbolisieren. Manche Täter benutzen ungewöhnliche Waffen, um Spuren zu verwischen. Wir haben nur die Munition, verstehen Sie? Die Waffe kann alles Mögliche sein. Ein Blasrohr, eine Zwille, was weiß ich.«

»Eine Zwille, was ist das denn?«

»Na ja, eine Art Flitzebogen. Haben Sie als Kind nie Steine mit einer Zwille geschossen?«

»Nein«, sagte ich, »als Kind habe ich mich mit den Paralipomena von Schopenhauer beschäftigt.«

Graber kippte sich den Rest aus seiner Tasse in den Mund und gab mir im Aufstehen die Hand. »Wenn Ihnen noch etwas einfällt, lassen Sie es mich wissen, Herr Celle.«

Er legte zwölf Euro auf den Tisch und ging.

Ich nahm mir erneut die Getränkekarte zur Brust und rechnete kurz nach, was Graber und was ich getrunken hatte. Was soll ich sagen, meine Bilanz war glorios: Da war noch ein kleiner Calvados für mich drin, den ich sofort orderte. Während ich mir das scharfe Zeug langsam in den Hals träufelte, fiel mir der Brief wieder ein. Warum hatte

Graber nichts davon erwähnt? Sie mussten den Wisch doch in Lankomys Jacketttasche gefunden haben. Oder hatten die Killer ihn etwa mitgehen lassen?

Als ich auf die Kardinal-Faulhaber-Straße trat, war ich innerlich so aufgeheizt, dass mich Rubens sofort als Modell für seinen *Höllensturz* engagiert hätte. Ich beschloss, zu Fuß zu Svens Cappuccinobar zu laufen. Mein Gott, was war das eigentlich für ein Leben, das ich da führte? Von einem Kaffeehaus in das andere. Ein paar Schneeflocken fegten durch die Luft, als wären sie die Scouts für den großen Schneeschauer, der demnächst kommen würde.

Als ich Svens Bar betrat, saß die Lessner an der Theke. Sie sprang sofort von ihrem Hocker auf, als sie mich sah.

»Herr Celle«, sagte sie mit ihrer tiefen Mein-Freund-der-Baum-ist-ein-Zigeunerjunge-Stimme. »Sie sind ja ein Held, Herr Endrikat hat mir gerade von Ihrem Morderlebnis erzählt.«

Herr Endrikat? Ich musste erst ein paar Sekunden Weltzeit vergehen lassen, ehe ich mir darüber klar war, dass Sven mit Nachnamen Endrikat hieß.

»Na ja, ich habe einen Toten gefunden, das ist im Prinzip alles«, erwiderte ich.

Die Lessner ließ aber nicht locker. »Ich bitte Sie, Herr Celle. Sie sind in der *Abendzeitung* zitiert. Sie haben die ganze Geschichte hautnah mitbekommen.«

»Na ja, hautnah …«

»Herr Celle, ich würde wahnsinnig gerne mit Ihnen darüber plaudern. Leider habe ich jetzt eine Friedhofsführung. Aber … nur, wenn Sie Lust haben – wollen Sie mich nicht begleiten?«

Eigentlich hatte ich vorgehabt, bei Sven einen kleinen Grappa zu trinken und anschließend meine Matratze abzuhorchen. Doch die Frau Doktor wollte es unbedingt wissen. Sie wollte, dass ich diese Friedhofsnummer mit ihr durchzog, und ich spürte, dass ich es ebenfalls wollte.

»Wie lange dauert denn die Tour?«, fragte ich und hatte mich damit auch schon in ihre Fänge begeben. Nur wusste ich das in dem Augenblick noch nicht.

»Vielleicht eine halbe, höchstens eine Dreiviertelstunde«, sagte die dunkle Todesgöttin. »Seien Sie kein Spielverderber, kommen Sie mit mir, Sie können bestimmt noch was lernen.«

Sven fing an zu nicken. »Ja, Josi, lass dir ein paar Nachhilfestunden in Kulturgeschichte geben. Das Wissen ist bei dir so verschüttet wie die Vorortsiedlungen von Atlantis«, sagte er und winkte mich mit dem Kopf an die Theke, während die Lessner gerade dabei war, sich ihren hellbraunen Kaschmirmantel anzuziehen. »Weißt du, wer gerade hier war, während du das Lokal gewechselt hast?«, fragte er dann. Ich hatte keine Ahnung und demonstrierte dies durch Kopfschütteln. »Gernot Lammhuber. Er will dich unbedingt wegen der Mordgeschichte sprechen. Ich habe ihm gesagt, dass du auf unbestimmte Zeit verreist bist.«

»Manchmal bist du doch zu was nutze«, sagte ich.

»Also, was ist, Herr Celle?« Die Lessner hatte die Tür in der Hand. Kalte Luft wehte in Svens kaffeeduftgeschwängertes Weinmausoleum. Ich gab mir einen Ruck.

Vor dem Alten Nördlichen Friedhof stand die Handvoll Gestalten, mit denen ich die nächsten fünfundvierzig Minuten meines mit dämlichen Figuren ohnehin reich gesegneten Lebens verbringen sollte: zwei alte Tanten, ein Rentnerehepaar und ein junger Typ mit einer blauen Wollmütze auf dem Kopf und wilden Bartstoppeln im Babygesicht. Er war von der Sorte »Ich bin neu in München und möchte die Stadt von ihrer unbekannten Seite kennenlernen«. Er hatte ein kleines Buch in der Hand, *Letzte Ruhestätten in München*, und er hielt es so, dass alle es sehen konnten.

»Ihr erstes Buch?«, fragte ich den Schnösel.

Er verdrehte nur die Augen und wandte sich ab. Unter anderen Umständen hätte ich ihm die Fresse poliert.

Der Friedhof wirkte wie klarsichtverpackt. Auf den Grabsteinen lag eine feine Schneeschicht, und die Wege waren mit dicken Eisbuckeln beladen. Jogger liefen verschwitzt an den Gräbern und Grüften vorbei, Mütter schoben Kinderwagen durch den Friedhofspark, und ein paar Penner saßen auf den Bänken mit Batterien von Schnapsflaschen und Bierdosen vor sich.

Es muss ein ziemlich übles Los sein, im Winter auf einem alten Friedhof rumsitzen zu müssen. Die Männer hatten speckige und verdreckte Steppdecken auf der Bank ausgebreitet. Ich dachte wieder an Lammhuber und seine Story von den verschwundenen Obdachlosen. Wenn man die armen Kerle hier sah, konnte man mühelos nachvollziehen, dass die sich aus dem Staub machten – irgendwohin, wo es wärmer ist. Vielleicht sollte sich Lammhuber ihnen anschließen. Hier in München würde er es nie zu was bringen.

»Hallo, ich bin Katja Lessner, willkommen zu unserem kleinen Spaziergang durch den Alten Nördlichen Friedhof in Schwabing«, begann die Frau Doktor mit der Führung.

Ich ging als Letzter. Katja Lessner stellte sich an das große Steinkreuz im Zentrum des Friedhofs und winkte uns zu sich. Sie machte das sehr professionell, ich fand sie äußerst souverän, wie sie uns um sich und das Kreuz gruppierte. Gut inszeniert irgendwie. Sie sah nur mich an, als sie anfing zu reden. Vielleicht bildete ich mir das auch bloß ein.

»In den Wintern 1836 und 1854 hatte die Stadt München mit der Cholera zu kämpfen. Viele Bürger sind an dieser Seuche gestorben, und der Magistrat hat dies auf die Ausdünstungen aus den Gräbern zurückgeführt.«

Der junge Mann nahm sein Kinn in die Hand und hörte Katja Lessner mit streberhafter Aufmerksamkeit zu. Die Rentnerin warf ihrem Mann einen Blick zu und machte bei dem Wort »Ausdünstungen« ein angeekeltes Gesicht. Mir ist es schleierhaft, wie sich alte Menschen vor dem Tod ekeln können. Die müssen sich doch wirklich inzwischen vorbereitet haben.

»Deshalb hat das Innenministerium des Königreichs Bayern den Magistrat beauftragt, die Fäulnisprozesse in den Gräbern prüfen zu lassen«, referierte die Todesgöttin weiter. »Man hat also damit begonnen, die Gräber auszuheben und den Zustand der Leichen nach ihrer siebenjährigen Liegedauer zu untersuchen.«

»Sieben Jahre nur?«, fragte der junge Mann. Es war sowieso nur eine Frage der Zeit gewesen, bis er sich zu Wort meldete, um zu zeigen, wie sehr ihn die ganze Sache interessierte.

»Ja«, sagte Katja Lessner, »damals waren die Ruhezeiten so kurz, weil man den knappen Raum dringend benötigte. Die Stadt wurde größer, die Bevölkerung wuchs rasant und damit natürlich auch die Zahl der Toten.«

»Verstehe«, erwiderte der Schnösel und fing an, in seinem Friedhofsbuch zu blättern.

Ich machte derweil eine erstaunliche Entdeckung: Katja Lessner wurde immer schöner, je länger sie vom Tod redete.

»Der Alte Nördliche Friedhof wurde am 5. Oktober 1866 geweiht. Und zwar von beiden Konfessionen, damit sowohl Protestanten als auch Katholiken dort beerdigt werden konnten. Allerdings hatte der Münchner Erzbischof Scherer einiges dagegen, so dass die Weihung beinahe schiefgegangen wäre. Aber dann haben die beiden Parteien sich darauf geeinigt, dass die protestantische Weihe etwas später am Nachmittag stattfand.«

»Was für eine elende Intoleranz«, sagte der Jüngling und legte den Zeigefinger in das aufgeschlagene Friedhofsbuch.

In dem Moment hätte ich wahrhaft große Lust gehabt, ihm eins aufs Maul zu geben. Intoleranz, Mann, wir reden vom neunzehnten Jahrhundert!, dachte ich genervt.

»Der Friedhof wurde allerdings bereits fünf Jahre später zu eng«, redete Katja Lessner weiter. »Die Bevölkerung Münchens ist so rasch gewachsen, dass man mit den Grabstätten nicht hinterhergekommen ist. Zwischen 1868 und 1898 hat sich die Zahl der Todesfälle auf knapp elftausend verdoppelt.«

Ich war völlig verblüfft, wie kalt diese schöne Frau solche Zahlen herunterbetete. Noch dazu mit dieser wunderbar tiefen Alexandra-Stimme. Wenn ich mich in sie verliebt hätte, würde ich mich nur auf Friedhöfen und in Leichenhallen mit ihr verabreden.

»Bitte folgen Sie mir«, sagte sie, und alle dackelten der schönen Todesgöttin hinterher. Katja Lessner war eine

Botin aus einer anderen Welt. Ich folgte ihr widerstandslos, ich war ihrem eisigen Odem verfallen, zusammen mit zwei alten Tanten, einem Rentnerehepaar und einem blonden Klugscheißer.

Katja Lessner führte uns an einen Grabstein mit auffallend leuchtenden Inschriften. Der Stein musste vor nicht allzu langer Zeit renoviert worden sein. Sie stellte sich davor und wartete mit geduldigem, aber kühlem Lächeln, bis wir uns alle aufgereiht hatten.

»Meine Damen und Herren, wir stehen hier vor einem aufsehenerregenden Mordfall aus dem Jahre 1896.«

Eine der alten Tanten hielt sich die Hand vor den Mund. Der Jüngling verschränkte die Arme vor der Brust. Er wollte keine Gefühle zeigen. Ich vermutete, dass er ebenso kühl wirken wollte wie die Frau Doktor, genauso unberührt von all diesen Toten.

»Die Familie von Rose wohnte in der Karlstraße. Von Roses waren Kaufleute, sie verkehrten in den besten Kreisen Münchens. Am 23. Februar fand die Köchin die Ministerialwitwe Caroline von Rose und deren Tochter tot in der Wohnung. Die Polizei glaubte zunächst an einen Unfall.«

»Die meisten Unfälle passieren ja auch im Haushalt«, sagte der junge Blondling.

Katja Lessner schwieg drei kalte Sekunden lang und sah dem kleinen Klugscheißer in die Augen. Der Mann ist praktisch tot, dachte ich. Die Todesgöttin hatte einen ihrer Zuhörer innerhalb von drei Sekunden ins Jenseits befördert. Von nun an würde er für immer schweigen, hoffte ich. »Erst bei der Obduktion stellte sich heraus, dass Julie von Rose und ihre Mutter erwürgt worden waren«, erzählte sie nach der Pause weiter. »Ein Raubmord, der Täter hatte Geld und Pfandbriefe mitgehen lassen.«

»Ist das nicht fürchterlich?«, fragte die eine Tante ihre Mittante, welche den Zeigefinger ermahnend an die Lippen hielt, weil sie wissen wollte, wie es weiterging.

»Der Mörder wurde gefasst und zum Tode verurteilt. Später begnadigte ihn ein Gericht, und er kam lebenslänglich ins Zuchthaus. Er starb 1925 im Gefängnis Kaisheim.«

»Die armen Frauen«, sagte die andere der beiden Tanten, die bisher geschwiegen hatte. »Von den Opfern redet dann kaum noch einer.«

»Da haben Sie ganz recht«, erwiderte Katja Lessner mit ihrem kalten Lächeln. »Aber die Tat bleibt faszinierend, auch nach mehr als hundert Jahren«, fügte sie hinzu.

Wir gingen weiter bis zu den Ehrengräbern an der Nordmauer. »Hier sehen wir die Grablegungen bedeutender Münchner Familien, angefangen mit der Gruft des Industriellen Maffei.«

»Krauss-Maffei«, nickte der Blondling kleinlaut.

»Ich hätte eher auf Peter Maffay getippt«, sagte ich, und alle lachten. Alle außer dem blonden Arsch.

»Und hier«, Katja Lessner hatte sich ein paar Schritte von der Gruppe entfernt, »hier ruht die berühmte Tänzerin Lucile Grahn. Gleich daneben sehen Sie die Gruft des Heinrich von der Tann, der im Deutsch-Französischen Krieg mit einer gerade mal kompaniestarken Armee Orleans gestürmt hat.«

Direkt neben der Gruft des Freiherrn von der Tann befand sich eine Grabstätte mit einer völlig erodierten Grabtafel. Darauf war nichts mehr zu erkennen. Auf dem aufklappbaren Gruftdeckel thronte ein blauer Müllsack und daneben lagen eine braune Decke sowie ein paar Bierdosen und Zigarettenstummel. Der Gruftbewohner selbst war allerdings gerade nicht zu Hause. Katja Lessner hatte inzwischen den blonden Jüngling wie einen Hund an ihrer Seite. Er las ihr ständig irgendwelche Passagen aus seinem dämlichen Friedhofsbuch vor. Ich spürte, dass ich die Frau aus der pubertären Ära dieses Zipfels herausschälen musste, und ging in die Offensive. Mit einem Ruck riss ich dem Burschen das Buch aus den Klauen. Der Blonde sah mich an wie die Jungs in den Gangsterfilmen, denen Al Pacino gerade eine Ladung Blei in den Bauch geblasen hat und die mit diesem erstaunten Blick in die Ewigkeit abdampfen.

»Lassen Sie mal sehen, Kollege«, sagte ich und blätterte den Anhang durch. »Gräber im ANF, was ist ANF?«

Der Kerl war immer noch nicht vernehmungsfähig. Ich hielt ihm das Buch vor die Nase. »ANF!«, rief ich. »Was heißen das?«

Plötzlich hatte er sich wieder gefangen. »Alter Nördlicher Friedhof heißt das, Sie Prolet. Geben Sie sofort das Buch her.« Er grapschte sich den Schmöker und versuchte, seine Gesichtszüge wieder einigermaßen zu ordnen.

Die Lessner stand daneben und tat so, als hätte sie von unserem kleinen literarischen Disput nichts mitbekommen. Sie hörte sich die Belanglosigkeiten der Tanten und des inzwischen munter gewordenen Rentnerehepaares an. Dann tat ich etwas, was vermutlich in Richtung Körperverletzung ging. Ich riss dem Blonden nochmals das Buch aus der Hand und patschte ihm auf die Pfote, als er danach greifen wollte.

»Hey, Sie ...«

»Jetzt sei mal bitte ein lieber Junge«, schlug ich vor und blätterte hastig im Anhang des Buches das Abkürzungsverzeichnis durch. ANF = Alter Nördlicher Friedhof. Okay, hab ich kapiert. ASF = Alter Südlicher Friedhof. WAF = Waldfriedhof und WF = Westfriedhof, alles klar. Und jetzt hier: OF = Ostfriedhof. »Bingo, Bübchen!«, sagte ich und schon hielt der Blonde sein Buch wieder kompakt und zugeklappt in seinen Mädchenhänden.

Jedenfalls wischte der Blondling das Cover mit dem Jackenärmel ab, als hätte sich gerade ein Leprakranker damit einen schönen langen Leseabend gemacht.

OF = Ostfriedhof. Warum sollte in einer Schmuckschatulle die Abkürzung für ein Münchner Kadaverfeld eingraviert sein? Und dann die beiden Zahlen, 76 Schrägstrich 5 – das hörte sich irgendwie nach einer Jeansgröße für übergewichtige Pygmäen an.

»Was ist, gehen wir?«

Ich war mir im ersten Augenblick nicht sicher, wen die Frau Doktor meinte, aber als ich aufsah, standen außer ihr und mir keine weiteren Nekrophilen mehr am Ausgang des ANF.

»Wohin?«, fragte ich.

»Wo pflegen Sie denn um diese Zeit hinzugehen?«

Ich wollte gerade erwidern, dass ich zu Sven gehen würde oder wahlweise in den Schelling-Salon zum Billardspielen. Aber dann fiel mir im letzten Augenblick ein, »nach Hause« zu sagen.

Darauf die Lessner: »Worauf warten wir?«

Ich will nicht sagen, dass es mir peinlich war, eine Frau wie die Lessner in meine gammelige Bude zu führen. Aber ein kühles, minimalistisch eingerichtetes Appartement im Olympiazentrum wäre mir repräsentativer vorgekommen als meine Schwabinger Bücher- und Katzenhöhle. Mein Schlafzimmer ist mit Regalen vollgestellt, und in meinem Wohn- und Arbeitszimmer sieht es nicht viel besser aus. Ich habe immer mal vorgehabt, die Hälfte der Bücher in den Müll zu werfen. Doch jedes Mal, wenn ich eine Ladung in die Tonne gehauen hatte, wurde ich nachts wach und überlegte, ob ich das Zeug nicht irgendwann doch noch lesen würde. Dann bin ich manchmal im Pyjama in den Hof gestapft und habe die elenden Papiercontainer nach meiner Bibliothek umgegraben.

Als ich die Wohnungstür aufschloss, hockte der schwarze Egolf schon im Flur und hatte eine kleine Schachtel Frischkäse vor den Pfoten stehen. Einen Großteil der weißen Flocken hatte er in den grauen Teppich eingearbeitet. Ich schnappte mir den Kater und sperrte ihn ins Schlafzimmer.

»Hier leben Sie also«, sagte die Lessner, und es klang eigentlich eher neutral als verständnislos. Sie blickte sich in meiner Wohnung um, als suche sie irgendetwas.

»Getränk?«, fragte ich.

Sie wollte wissen, was ich dahätte. Ich hatte nur Bier, und da sagte die Lessner, sie habe nichts gegen ein kühles Bier einzuwenden. Ich griff mir eine Flasche aus dem Kühlschrank, nahm den Öffner vom Haken über der Spüle und hebelte den Kronkorken von der Flasche, aus der sofort ein bisschen Schaum aufstieg. Was soll ich sagen, die Lessner beugte sich runter und schlürfte den Bierschaum vom Flaschenhals. Dabei legte sie ihre schlanke braune Hand auf meine rechte Pranke und führte die Pranke samt Flasche ganz langsam an ihre unbeschreiblichen Herzlippen, welche sich blütenkelchhaft um den Flaschenhals stülpten. Alle Achtung, auf diese Weise habe ich noch nie einen Menschen eine Flasche Bier trinken sehen. Ich kenne das aus Filmen, dass Liebende sich erst eine Ladung Champagner in den Mund schütten und dann küssen. Mit Bier geht das jedenfalls auch ziemlich gut, und ich muss auch sagen, es trifft viel deutlicher meinen Geschmack als Schampus.

Die Lessner beendete die Bierkusszeremonie ungewohnt schnell und fing an, mir die oberen Knöpfe meines preiswerten Baumwollhemds zu öffnen. Ich revanchierte mich, indem ich den Reißverschluss, der einen ziemlich extravaganten Halbkreis auf ihrem schwarzen Top beschrieb, mit einem kräftigen Ruck aufzog. Die Frau Doktor führte mich mit der rechten Hand aus der Küche und öffnete mit der linken die Tür zu meinem Schlafzimmer.

»Moment noch«, sagte ich wie die Männer in der Aids-Werbung, bevor sie augenzwinkernd ein Kondom aus einer Schublade ziehen. Meine Art der Verhütung bestand darin, dass ich Egolf schnappte, ihn in die Küche warf und schnell die Tür zumachte.

Es heißt ja immer, dass man nach dem Sex viel freier reden könne als vorher. Jedenfalls verstrickte die Lessner mich in abenteuerliche Plaudereien, während wir auf dem Rücken lagen und an die Decke starrten. Dabei fiel mir zum ersten Mal auf, wie schlecht die Wände in meiner Bude verputzt waren. Katja fragte mich nach meiner Vergangenheit aus, bat mich, von meinen Studienjahren zu erzählen, und irgendwann erkundigte sie sich nach Ada, was sie so mache, beruflich vor allem. Ich erzählte alles, was ich wusste, dabei fiel mir wieder auf, dass das nicht besonders viel war. Irgendwann fragte sie – auch ganz nebenbei –, ob ich ein Foto von meiner Freundin hätte. Ich stand vom Bett auf und suchte in meinem alten Sekretär nach einer brauchbaren Aufnahme von Ada.

Ich entdeckte tatsächlich eine in einer der vollgestopften Schubladen. Stolz zeigte ich sie Katja, diese betrachtete das Bild zwei Minuten lang konzentriert, als wollte sie es mit den Augen abscannen. Dann zog sie mich, ohne ein Wort zu sagen, zu sich auf die Matratze zurück.

War ich in die Lessner verliebt? Vermutlich nicht, weil Liebe etwas mit romantischer Selbstvergessenheit zu tun hat, mit Hingabe. Und ein Mann, der wie ich mit einem Bein im Ruin steht, während der Steuerprüfer ihm das andere Bein langzieht, verbindet mit Hingabe eher lästige Dinge.

»Mir gefällt es, dass du die Dinge wie ein Fatalist nimmst«, sagte Katja.

»Ich bin Fatalist, weil es die einfachste Lösung ist«, erwiderte ich und spielte weiter an ihrem Bauchnabel. Sie lachte, aber ihr Lachen hatte auch einen bösen Klang, ohne dass ich das näher erklären könnte.

»Für eine Todesgöttin bist du ziemlich lebensbejahend«, sagte ich und stellte die Frage in den Raum, ob wir noch mal den Schauplatz wechseln und irgendwo ein scharfes Getränk bestellen sollten.

»Wer dich hat, braucht keine scharfen Getränke«, sagte die Lessner.

Was soll ich sagen, da hatte ich natürlich keine Lust mehr, bei Sven vorstellig zu werden. Zum einen, weil ich Sven den Triumph nicht gönnte, dass ich mich in die Fänge der Todesgöttin begeben hatte. Zum anderen, weil ich auf keinen Fall Gernot Lammhuber begegnen wollte. Ich hatte für einen kurzen Moment wirklich Angst, dass er mich verfolgen könnte. Aber da wusste ich noch nicht, dass ich mich ein paar Tage später nach Lammhuber als Verfolger sehnen würde.

Katja blieb die ganze Nacht. Ich hatte nicht einmal ein schlechtes Gewissen, jedenfalls nicht vor Ada. Höchstens ein bisschen vor Egolf, der seit diesem Tag kein richtiger Kater mehr war.

4

Ich fand in dieser Nacht nicht allzu viel Schlaf, einmal wachte ich jedoch aus dem oberflächlichen Schlummer auf, und da lag nicht Katja Lessner neben mir, sondern Egolf. Ein sicheres Indiz dafür, dass Katja in die Küche gegangen und Egolf durch die Tür entwischt war. Egolf hatte eigentlich strenges Bettverbot, seit er mir einmal auf ein frisches Laken gepinkelt hatte. Außerdem war er nach der Kastration vorübergehend leicht inkontinent geworden. Jedenfalls trug ich ihn aus dem Schlafzimmer ins Wohnzimmer, und dabei hörte ich die Todesgöttin Türen und Schränke in der Küche öffnen und schließen. Als ich sie von hinten mit meinen männlichen Oberarmen umfasste, schrie sie kurz und kleintierhaft auf.

Sie bemühte sich, den Zorn in ihrem Gesicht in einen überraschten Schrecken zu verwandeln, aber die kleine Wutfalte auf der Stirn hatte sie vergessen.

»Mein Gott, hast du mich erschreckt«, sagte sie und sah zu, dass sie mir in die Arme fiel.

»Getränke sind im Kühlschrank«, erwiderte ich, wischte mir die Augen und öffnete die Kühlschranktür, um den Blick auf das überwältigende Panorama von Bierflaschen freizugeben. Dass ich hinter den ganzen Augustiner-Pullen die Schatztruhe aus Lankomys Hotelzimmer deponiert hatte, wollte ich selbst meiner schönen Todesgöttin nicht auf die Nase binden. Ich hatte immer noch die Herzchen vor Augen, vor allem das eine, mit dem Lankomy der tödliche Schuss vor den Bug versetzt worden war.

»Ich habe eine Kopfschmerztablette gesucht«, sagte die Lessner.

Ehrlich gesagt wollte ich da nicht nachfragen, wieso sie die ausgerechnet in dem Fach vermutete, in dem ich Töpfe und Pfannen aufbewahre.

»Harte Drogen sind in meinem Separee zu finden«, hauchte ich – oder versuchte es zumindest.

Sie folgte mir wie ein Schaf zurück ins Schlafzimmer, was mich wunderte. Überhaupt begriff ich nicht ganz, wieso diese piekfeine Frau eine Nacht mit einem Mann verbrachte, der unter nur ein ganz kleines bisschen ins Negative verrutschten Umständen ein paar Meter weiter in speckigen Steppdecken und auf zerschlissenen Isomatten nächtigen würde. Das Einzige, was mich in dieser Zweizimmerwohnung hielt, waren meine Zähigkeit und mein Talent zur Selbstverleugnung, was mir gestattete, auch die erbärmlichsten Aufträge anzunehmen.

Irgendwann waren wir wieder korrekt ineinandergeschmiegt, die Lessner und ich. Ich glaube mich zu erinnern, dass ich sie später noch ein zweites Mal in meiner Wohnung rumspuken hörte. Aber ich brachte es nicht mehr fertig, mich von meinem Lager zu erheben.

Als am nächsten Morgen das Telefon ging, war Ada dran, während die Lessner gerade in meiner Küche die Schränke nach Espressopulver absuchte. Es war halb neun, eine halbe Stunde bevor Sven seine Cappuccinobar öffnete.

»Adas automatischer Weckdienst, guten Morgen, mein Josi«, säuselte meine Freundin.

Das machte mich nicht nur verlegen, sondern auch wütend, weil ich nicht gerne Josi genannt werden möchte. Wenn man mit Vornamen Josef heißt, ist man schon gestraft genug, da muss man nicht auch noch mit Kosenamen gedemütigt werden.

»Du, ich bin ... noch gar nicht richtig wach, Ada ... ich hatte eine ...«

»... anstrengende Nacht«, komplettierte Ada, »ich weiß schon. Was glaubst du, was ich hinter mir habe«, sagte sie. Insgeheim fragte ich mich, ob sie wohl das Gleiche hinter sich hatte wie ich, aber danach konnte ich sie unmöglich fragen. »Mir ist noch eine ganz andere Idee gekommen«, redete sie weiter. »Was hältst du davon, wenn wir an meinem Geburtstag in einen Swingerclub gehen?«

Ich blickte unwillkürlich auf meine Telefonanlage, um mich zu vergewissern, dass ich die Lautsprechertaste nicht versehentlich gedrückt hatte. Ich hätte mich vor der Lessner geschämt, so blöd das auch klingen mag. »Wie kommst du denn auf so etwas?«

Ada kicherte. »Weil mir einer meiner Seminarteilnehmer erzählt hat, dass er mit seiner Frau dort regelmäßig hingeht. Das soll für die Beziehung wie Speed sein. Josi, jetzt sei nicht so verklemmt und lass uns das machen, ja?«

Nun kann man von mir vieles behaupten, aber keineswegs, das ich verklemmt bin. Die Anwesenheit von Katja Lessner in meiner Wohnung war das beste Argument dagegen. Doch dass Ada auf einmal ein Faible für erotische Abseitigkeiten entwickelte, fand ich irritierend.

»Ich will nämlich nicht, dass du dich in meiner Abwesenheit langweilst und auf irgendwelche dumme Gedanken ...«

»Josef, wo ist denn der Kaffee?«, rief die Lessner aus der Küche.

Ada bekam das natürlich mit.

»Das war Egolf«, sagte ich schnell, »ich hab ihn gestern kastrieren lassen, und seitdem schreit er durch die Gegend.«

Ada sagte nichts, und ich sagte erst mal auch nichts.

»Immerhin kann er deinen Vornamen noch aussprechen. Die Hauptsache ist ja auch, dass du nicht kastriert bist«, sagte Ada mit schneidender Stimme, und damit war das Gespräch beendet.

»Ich habe ihn gefunden«, rief die Lessner und hielt die Büchse mit dem Espressopulver wie eine Trophäe hoch.

Ich dagegen hatte zwei Riesenprobleme am Hals. Das eine war ein toter Mann aus Stuttgart und das andere meine virtuose Art, mit Frauen umzugehen. Ich legte den tutenden Hörer auf und sagte Katja, dass sie das mit dem Kaffee sein lassen solle. In dem Moment stolzierte Egolf aus dem Schlafzimmer und pinkelte souverän auf die Schwelle zur Küche. Ich half meiner Besucherin in den Mantel und zog meine Wildlederjacke mit dem Pelzkragen über. Für mich war es wieder mal an der Zeit, mir eine Stunde Nachhilfe in Méditerranée bei Sven zu gönnen. Zum Glück hatte Katja nicht vor, mit mir zusammen dorthin zu gehen.

»Ich habe dich, glaube ich, für heute genug in Anspruch genommen«, sagte sie mit dunkler Stimme und ebenso dunklem Lächeln. Ich wusste wirklich nicht, wie ich dem widersprechen sollte. Sie winkte mir kurz zu und verschwand Richtung U-Bahnhof Josephsplatz. Ich trottete weiter durch die Kälte. Als ich Svens Bar betrat, wo ein paar Frühaufsteher schon vor ihren Cappuccinos hockten, sprang Gernot Lammhuber vom Barhocker auf und hielt mir seine schmierigen Lohnschreiberpfoten entgegen, die keinen Pfifferling wert waren.

»Josef Celle, der Helfer der Mordkommission«, brüllte er.

Ich ließ ihn stehen und bat Sven, mir einen Tramezzino und einen großen Milchkaffee zu geben.«

»Ich kann dir auch ein richtiges Frühstück ...«

»Sven!«

Er holte mit den Fingern einen matschigen Tramezzino aus der Theke und stellte ihn wortlos auf den Tresen.

»Josef, du musst mir ein paar Tipps geben«, hechelte Lammhuber und stand wie ein siamesischer Bruder neben mir.

»Lammhuber?«, sagte ich.

»Ja?

»Primatenabstand!«

Sofort trat er einen halben Schritt zurück. Während er seine Labermaschine anschaltete, biss ich genüsslich in den Tramezzino, der deutlich besser schmeckte, als er aussah. Der Milchkaffee gesellte sich mit seiner riesigen Schaummütze zu seinem labberigen Kumpanen, und irgendwie waren wir in diesem Augenblick drei Freunde, der Tramezzino, der Milchkaffee und meine Wenigkeit. Ada würde sich vielleicht wieder beruhigen, wenn ich ihr erzählte, dass ich eine neue Praktikantin hatte. Das wäre gar nicht einmal so weit hergeholt, weil schon einmal ein junges Mädel für ein paar Wochen bei mir lernen wollte, wie man private Ermittlungen durchführt, ohne das Gesetz zu verletzen. Ich hab mal nachgesehen und festgestellt, dass sie inzwischen ein ziemlich gut gehendes Inkassobüro in Düsseldorf führt. Wieder eine, die bei mir durch die harte Schule des Erfolgs gegangen ist.

»Josef, die Geschichte kann ich ganz groß machen«, hörte ich Lammhuber betteln. »Wir machen ein fettes Porträt von dir. Du erzählst, was die Bullen von der Geschichte wissen und wie du den Alten im Hotelzimmer gefunden hast. Dafür schreibe ich, was für eine Riesennummer du bist. Der beste Privatermittler in München. Mensch, du wirst dich vor Aufträgen nicht retten können.«

»Das ist das Letzte, was ich gebrauchen kann«, sagte ich. »Und jetzt lass mich in Ruhe mit deinen Revolverblatt-Träumereien. Die nehmen das sowieso nicht von dir. Du bist abgemeldet bei denen, begreif das doch endlich.«

Das brachte ihn dazu, wenigstens ein paar Minuten lang die Luft anzuhalten. Sven musterte mich strafend, weil ich den Lammhuber so blitzkriegartig in den Boden gerammt hatte. Aber mir war das alles so was von egal an diesem Morgen.

»Sag mal, Sven, hast du 'ne Ahnung, wo der Friedhof Sendling liegt?«, fragte ich in der Hoffnung, Lammhuber damit auf die falsche Fährte zu führen.

»Klar, ich kann dich hinbringen«, bellte Lammhuber wie von unsichtbarer Hand angeschaltet. »Hast du da zu tun? Ich meine, hast du 'ne Spur, die zu diesem Friedhof führt, Josef?«

Ich nahm einen kräftigen Schluck Kaffee. »Nein, aber ich habe gehört, dass die dort preiswerte Gräber für erfolglose Lokalreporter verkaufen. Ich spendier dir eins, Lammhuber, kannst meinetwegen gleich einziehen.«

Sven bekam einen Fünfer auf die Theke geknallt,

nachdem er mir eine kleine Wegskizze auf einen Kaffeeuntersetzer gemalt hatte. Lammhuber hatte alles, was er brauchte, und ich ging in den schönen, kalten Morgen hinaus. In der Schellingstraße standen überall Lieferwagen, die irgendeinen unnötigen Kram für die kleinen Geschenkläden brachten. Wieder rätselte ich, wie die auch nur einen einzigen Tag überleben können. Allerdings fragen sich das die meisten Leute bei mir auch.

Ich schlenderte langsam Richtung U-Bahn. Die weiße Ludwigskirche hatte nur noch eine Uhr im Turm. Sie tat mir leid, das arme, verkrüppelte Ding. In der Türkenstraße waren sie gerade dabei, die alten Tannenbäume auf einen Lkw zu laden. Ein paar der Bäume standen in der Tür zum Wirtshaus Engelsburg, das vor ein paar Wochen schließen musste. An den Scheiben wuchsen Eisblumen, und an der Tür hing ein gelber Zettel, auf dem sich die Besitzer von den Gästen verabschiedeten. So ging alles den Bach runter hier in diesem Viertel. Wenn schon die uralten Kneipen dichtmachen, kann es nicht mehr lange dauern, bis ich mir auch so ein gelbes Schild an die Tür kleben muss, dachte ich schlecht gelaunt.

Ich nahm die U-Bahn, fuhr bis zum Marienplatz und stieg dort in die S-Bahn Richtung Giesing ein. Während der Fahrt schloss ich die Augen und bekam einen wunderbaren kleinen Kinofilm präsentiert, in dem ich die männliche und die Lessner die weibliche Hauptrolle übernahm. Immer wenn ich die Augen öffnete und die trostlosen S-Bahnhöfe sah, kam ich ganz raus aus der Handlung.

Mein Ziel hieß St.-Martin-Straße, wo ich nach einer knappen halben Stunde ankam. Nachdem ich ausgestiegen war, ging ich unter einer Eisenbahnbrücke immer geradeaus, bis ich an der Friedhofsmauer einen Seiteneingang zum Ostfriedhof entdeckte. Die Wege waren vom Streusand aufgeweicht, auf den Gräbern lagen Wintergebinde mit Tannenzapfen, und links leuchtete die große grüne Kuppel der Trauerhalle zwischen den kahlen Zweigen hindurch, die irgendwie meine Laune hob, vielleicht weil sie in ihrer Eleganz einen schönen Kontrast zu dem Viertel mit der Gewerbeansiedlung und den abgeschabten Altbauten bildete.

In den Sträuchern hing der Schnee, und einige der Grabsteine waren komplett eingeschneit. Ich orientierte mich an den Markierungssteinen, die in jedes Gräberfeld eingelassen waren. Momentan befand ich mich bei Feld 52. Vermutlich musste ich weiter rechts gehen. Ich ging weiter nach rechts, kam zu Gräberfeld 88 und war mir plötzlich sicher, dass ich nun scharf links gehen musste. Das Spiel trieb ich etwa zwanzig Minuten lang. Mein Orientierungssinn ist so unterirdisch, dass ich eigentlich keinen Kater, sondern einen Blindenhund brauche.

Irgendwann hatte ich es tatsächlich geschafft, das Gräberfeld 76 ausfindig zu machen. Es lag auf einer Art Terrasse, die durch mehrere verwitterte Zierpfähle von den anderen Feldern abgetrennt war. In der Mitte stand eine schlanke Säule mit einem dreibalkigen Kreuz. Das Ganze sah aus wie ein verlassener alter Garten. Ich sah mich um: Die Grabsteine standen einigermaßen ordentlich nebeneinander, nein, einer lag auf dem Rücken, die Namen der Toten waren direkt zum Himmel gerichtet.

Ich fing an, von links nach rechts zu zählen: eins, zwei, drei – das waren ein Mann, der knapp über siebzig geworden war, ein junges Mädchen, das mit siebzehn gestorben war und nun von seinem kleinen, ovalen Fotoporträt durch die Jahrzehnte ein fröhliches Lächeln aussendete. Ich hätte nur zu gern gewusst, was sie so früh unter die Erde gebracht hatte. Bei dem dritten Stein wusste ich es, denn der Kerl mit dem Hut und dem Mondgesicht war mit achtundfünfzig gestorben. Ich tippte auf Herzinfarkt wegen zu viel Schweinebraten und Weißbier. Grab Nummer vier war verschwunden, da war nichts weiter als eine Vertiefung, die selbst im hohen Schnee zu sehen war. Als Nächstes kam mein Grab – also nicht mein persönliches, sondern das, weswegen ich an diesen tristen Ort gewackelt war: 76/5. Das war die Chiffre, die in Lankomys Schatulle eingraviert war und die derzeit ihr kühles Dasein in meinem Kühlschrank fristete, hinter den Bierflaschen.

Ich stand vor einer Platte und fing an, den Schnee mit dem rechten Schuh wegzufegen. Natürlich hatte ich nichts dabei, womit ich die Feinarbeit erledigen konnte, nicht einmal einen Handschuh. Also kniete ich mich nach ein paar Sekunden der Schamüberwindung auf die verdammte Grabplatte und kratzte mit den Fingern den Schnee aus den Buchstaben- und Jahreszahlenrillen. Ich hatte gut zu tun, denn nicht nur der Neuschnee, sondern auch der Zahn der Zeit hatten die Arbeit des Steinmetzes fast völlig zunichtegemacht. Außerdem waren das eindeutig zu viele Buchstaben für den Namen Lankomy.

Nach zehn Minuten stand ich auf und sah, was ich freigelegt hatte. Lankomy war Fehlanzeige. Stattdessen hatte ich ein altes Familienwappen ans trübe Tageslicht gebracht und den Namen von Wenzel Graf Gartow zu Bersfeldt, geboren 1891 zu Stettin, gestorben 1963 zu München. Unter dem Wenzel hatte der Steinmetz dessen Gattin Friederike Gräfin Gartow zu Bersfeldt eingearbeitet, geboren 1893, gestorben 1977. Zwischen dem Wappen und dem Namen des Grafen war ein Spruch eingemeißelt: *Dein Herze kann allein zu aller Zeit bestehen*. Mehr nicht.

Graf von Gartow zu Bersfeldt und Walter Lankomy: Ich war nah dran, mich krankenhausreif zu lachen, und sah zu, dass ich den Wertstoffhof verließ. Das Ganze war ein kompletter Flop, ein Missverständnis, ein Witz, was weiß ich. Als ich den Ausgang erreichte, fiel mir ein, dass ich die Grabplatte zumindest mit meinem Fotohandy ablichten sollte. Ich drehte also um und stapfte wieder zu Gräberfeld 76. Und da sah ich ihn schon vor dem Grab stehen, den versoffenen Schädel tief über die Buchstaben gebeugt.

»Lammhuber, alter Schmock, spionierst du mir etwa nach?«

Er schnellte hoch wie eine Gerte, die nach unten gedrückt war.

»Ich … Josef, bitte versteh doch, das ich hinter jeder Story her sein muss. Ich weiß nicht, was du gegen mich hast, Mann. Wenn du mir nur ein paar Details stecken würdest, könnte ich dir Dinge erzählen, die dir einen Auftrag nach dem anderen bescheren. Wer ist das da?«, fragte er und nickte Richtung Grabplatte.

»Das ist das Mozart-Grab. Brandheißer Tipp von mir: Wenn du darüber eine Story schreibst, wird die Musikwelt dir Kränze binden.«

Lammhuber sah mich enttäuscht an. »Kränze werden mir nicht einmal die Kollegen von der Zeitung binden, wenn ich abkratze. Komm, lass uns ein Bier trinken gehen.«

Ich wusste eigentlich keinen besonderen Grund, weshalb ich nicht mit Lammhuber ein Bier trinken gehen sollte. Es gab angenehmere Zeitgenossen, das ja. Aber ich habe auch schon mit größeren Arschlöchern Champagner getrunken. Also machte ich schnell ein Foto von Gartows Grabplatte, und dann gingen wir zu zweit über die matschigen Friedhofswege, auf die wieder frischer Schnee fiel, zum Seitenausgang.

»Da drüben ist die Brecherspitze«, sagte Lammhuber.

Ich dachte ja immer, die Brecherspitze sei irgendwo im Karwendel oder wie diese Gebirgskette heißt. Bisher bin ich erst ein einziges Mal aus München rausgekommen, seit ich hier lebe. Ada hatte mich damals überredet, eine Wanderung zum Herzogstand zu machen, einer der Hausberge, erklärte sie mir. Das klingt immer so münchnerisch welthaltig, wenn man sagt, wir waren gestern auf dem Hausberg, so als hätten wir das Ding zusammen mit der Wohnung angemietet.

»Die Brecherspitze ist das Gasthaus dort drüben«, sagte Lammhuber und nickte nach rechts.

Wir stiefelten über riesige Schneehaufen auf den Gehsteigen und öffneten die Tür zum Gasthof, der recht freundlich aussah: niedrige Theke aus hellem Holz, runde Tische – alles ganz hübsch.

Lammhuber schüttete sich in Blitzgeschwindigkeit zwei Weißbier in seinen Lohnschreiberschädel und fing wieder mit seiner großen Obdachlosen-Story an. »Ich bin mittlerweile hundertprozentig sicher, dass eine große Schweinerei dahintersteckt«, sagte er und pfriemelte sich eine Stuyvesant aus der Packung.

»Deine Kollegen sehen das wohl nicht so«, entgegnete ich.

Er nahm die Kippe wieder aus dem Mund und fuchtelte mir damit vor der Nase herum. »Die wissen nicht, was eine Geschichte ist, Josef. Das sind …« Er steckte sich die Zigarette an, zog mit geschlossenen Augen daran und setzte seine Worte unter Dampf. »Das sind ignorante Windelwichser. Ich habe Informationen aus dem Milieu, dass die armen Kerle von irgendeinem Irren weggebracht und abgemurkst werden. Josef, da steckt eine riesengroße Schweinerei dahinter.«

Ich konnte Lammhuber irgendwie nicht in die Augen sehen. Das hatte natürlich zum einen etwas mit seiner bescheuerten Wäscheklammerbrille zu tun, die ich selbst meinem ärgsten Feind nicht auf die Nase klemmen würde. Aber es war vor allem deshalb, weil ich so viel über Lammhuber und sein trauriges Leben wusste.

Er war eines Tages zu mir gekommen, weil er meine Dienste brauchte. Ich sehe ihn noch heute in meinem Arbeitszimmer sitzen, die zusammengerollte Zeitung wie ein Zepter in der Hand. Anfangs druckste er herum und wollte nicht heraus mit der Sprache.

Ich sagte: »Lammhuber, willst du eine Reportage über Privatunternehmer schreiben, die gerade ihre Gehaltsabrechnung machen?«

Genau damit war ich nämlich gerade beschäftigt, als Lammhuber damit herausrückte, dass seine Frau ihn vermutlich betrog.

»Hast du irgendwelche Indizien?«, fragte ich, ohne von den Rechnungen und Quittungen aufzusehen, die zu sammeln eigentlich vollkommen sinnlos ist, weil ich hinterher sowieso nicht mehr weiß, was wohin gehört.

»Nein«, erwiderte er, »nur das dumpfe Gefühl, dass Petra sich irgendwie anders orientiert.«

Damals war Lammhuber noch in dem Stadium, in dem

man sich einigermaßen diplomatisch ausdrückt. Später verwendete er für seine Frau ein deutlich kräftigeres Vokabular, das ich hier lieber nicht zitieren möchte. Er bot mir dreihundert Mark pro Tag an, ein ziemlich stolzes Sümmchen, aber zu der Zeit war er auch noch ganz gut im Geschäft gewesen. Ich setzte mit ihm einen anständigen Vertrag auf und fing noch am selben Tag damit an, Petra hinterherzuschnüffeln.

Sie war ein paar Jährchen älter als Lammhuber und daher ziemlich früh auf Familie und Kinder programmiert gewesen. Er musste also schon ran, als er noch Volontär bei der *Abendzeitung* war und als hoffnungsvolles Talent galt. Kurz darauf kam das erste Kind, ein Mädchen namens Sarah. Übrigens ein typischer Name im altlinken Milieu. Zwei Jahre später kam dann Marian, und Petra spielte die Familienmutter mit ziemlich viel Pomp. Alle mussten an ihrem Mutterglück teilhaben, und es gab keine Grillparty, die nicht das Ausmaß eines Stadtteilfestes hatte. Für mich waren Lammhubers Barbecues immer besondere Höhepunkte, weil ich nichts so sehr mag wie glückliche Familien und ihre lieben Freunde, alles wunderbare Menschen und der ganze philanthropische Scheißdreck.

Irgendwann kam das Lammhubersche Familienboot allerdings in eine deutliche Schieflage. Das dürfte ungefähr zu dem Zeitpunkt passiert sein, als Lammhubers Stern bei der *Abendzeitung* zu sinken begann. Er hatte einen ziemlichen Bock geschossen, als er einem Stadtrat unterstellt hatte, er sei mit einer thailändischen Kindfrau liiert. Keine Ahnung, wie er einen solchen unrecherchierten Wahnsinn aus seinen vertanen Händen fließen lassen konnte. Jedenfalls kassierte er für diese Geschichte die erste Abmahnung. Petra hatte sich exakt zu diesem Zeitpunkt einen coolen Job als Anlageberaterin an Land gezogen und fing an, sich ihre Notausgänge aus dem schwankenden Familienboot zu schaffen.

Ich stellte Petra drei Tage lang nach. Gleich am ersten Tag durfte ich sie in einem Café im Glockenbachviertel mit einem Typen in Nadelstreifen ablichten. Am Abend war ich Zeuge, wie Petra sich drei Stunden lang in der Wohnung des Typen aufhielt. Am zweiten Tag beobachtete ich die beiden knutschenderweise im Hofgarten. Das Ganze hätte völlig ausgereicht als Beweismaterial, aber ich war klamm und brauchte die Kohle, also hängte ich noch einen Tag dran und konnte durch eine geschickte Beschattungsaktion dokumentieren, wie der Typ es Petra in der Tiefgarage unterm Residenztheater besorgte. Ein ziemlich gewagter Ort für eine schnelle Nummer, doch mir war es recht.

Ich machte zehn Fotos von dem schönen Abend und legte sie Lammhuber, ordentlich in einer Mappe gesammelt, am nächsten Tag vor. Er überwies mir das üppige Honorar, ließ sich scheiden und zahlt sich seitdem dumm und dämlich. Beruflich ging es mit ihm immer weiter bergab, bis sie ihn irgendwann bei der *Abendzeitung* rauswarfen. Inzwischen ist er freier Journalist, oder nein, er nennt sich, glaub ich, *Freelancer*, weil das mehr nach Erfolg klingt.

Ich nahm einen kräftigen Schluck Bier und blickte aus dem Fenster der Brecherspitze. Der Schnee fiel in fetten, nassen Wattebäuschen vom Himmel und schmolz auf den Autodächern. Es taute, und Lammhuber schien allmählich in den Schwachsinn des Marathonsäufers abzugleiten. Ich musste aufpassen, dass ich nicht so endete wie er. Irgendwie faszinierte er mich ja auch, wie er so dasaß mit seinem Hass auf die Erfolgreichen, die ihm seit Jahren die Themen wegschnappen. Die Wut hatte sich in seinen feisten Schädel eingegraben und die Augen tief in die Höhlen gedrückt. Da saßen sie wie zwei böse kleine Tiere, die es irgendwann allen heimzahlen würden, wenn die Stunde der Entrechteten und Zukurzgekommenen schlug.

Die darauffolgende halbe Stunde erzählte er vom Abgrund dieser Gesellschaft, in der Menschen wie diese Obdachlosen irgendwann nur noch Freiwild sein würden, an denen jeder seinen Hass auslassen dürfte. Ich bewunderte Lammhuber sogar ein bisschen, weil ich ihm so viel sozialen Eifer gar nicht zugetraut hatte. Trotzdem sprach ich mit keinem Wort von dem Nachmittag, als ich den toten Walter Lankomy in der Pension Kaisereiche gefunden hatte. Ich erwähnte weder den schmalen Blutstreifen, der hinter dem Schädel hervorgekrochen war, noch die Schatulle mit den Herzen und der Grabbezeichnung OF 76/5. Was es mit dem toten Grafen auf sich hatte, sagte ich Lammhuber allein deshalb nicht, weil ich es selbst nicht wusste.

Als ich wieder in meiner Wohnung war, stellte ich zu meiner Freude fest, dass sich Egolf ein bisschen auf meinem Schreibtisch nützlich gemacht hatte. Er hatte unter irgendeinem Stapel ein paar Kopien meiner Steuerunterlagen gefunden – die wenigen, die es von den Originalen gab. Auch diese hatte er durch den Reißwolf seiner Tatzen gejagt. Eine Katastrophe, denn wenn das Finanzamt auf die Idee kam, bei mir eine Steuerprüfung zu machen, konnte ich mich gleich in OF 76/5 dazulegen. Unter anderen Umständen hätte ich den Kater gefoltert, aber beim Gedanken an die kleinen Pelzkügelchen, die vermutlich an Schweine verfüttert worden waren, hatte ich spontan Mitleid mit ihm. Also gab ich ihm wortlos sein Futter und seine lactosefreie Milch und hörte den Anrufbeantworter ab.

Ada hatte sich nicht mehr gemeldet, dafür hatte mir die Lessner zweimal auf Band gesprochen. Sie fragte, ob ich am Abend mit ihr essen gehen wollte. Ich wollte nicht, das war definitiv klar. Ich wollte vor allem dieser Frau aus dem Weg gehen, schließlich hatte sie dafür gesorgt, dass zwischen Ada und mir Funkstille herrschte. Ich versuchte, Ada anzurufen, aber statt ihrer Stimme hörte ich nur: *The person you have called is temporarily not available.* Wenn wir einen Song hätten, den wir wie diese von Kitsch verseuchten Liebespaare »unser Lied« nennen würden, müsste er heißen: *The person you have called is temporarily not available.*

Ich legte mich aufs Bett und holte mir die Grabplatte noch einmal aufs Fotohandy. Graf Wenzel von Gartow zu Bersfeldt. Dazu dieses Wappen. Ich versuchte genauer hinzusehen, was es darstellte. Sah aus wie ein Haus, irgendetwas Schlossartiges mit kleinen Balkonen und hohen Fenstern. Vielleicht das Stammschloss dieser Grafen.

Zu meiner Studienzeit hatte ich einen Kommilitonen, der sich mit diesem Zeugs beschäftigt hatte. Er war Historiker und pflegte ein seltsames Faible für Adelsfamilien. Ich war mal in seiner Studentenbude im Olympiazentrum: vierzehn Quadratmeter Wohnfläche, vollgestopft mit Büchern über Adel, Wappenlehre und deutsche Geschichte. Ich hab den Kerl damals wahnsinnig bewundert, weil er sich wirklich Tag und Nacht damit beschäftigte, während ich gegen sechs Uhr zuverlässig in der Bierstube saß und das preiswerte Helle in mich reinleitete. Der Knabe hieß Stephan Kammerer, und ich war ziemlich sicher, dass er seit dem Studium in irgendeinem Archiv in München arbeitete.

Ich stand auf, jagte den Laptop hoch, klickte das Telefonbuch an und hatte ihn gleich gefunden: Kammerer, Stephan Dr., Schönfeldstraße 7. Na bitte: In der Schönfeldstraße lag auch das Bayerische Staatsarchiv. Der gute Stephan hatte schon immer praktisch gedacht, und jetzt hatte er sein Lager wohl dauerhaft bei den alten Akten aufgeschlagen.

Ich rief an und erkannte seine Stimme sofort wieder, Kammerer dagegen brauchte eine Weile, bis sich der Aktenstaub in seinem Erinnerungsvermögen verzogen hatte.

»Josef Celle«, sagte er endlich wie ein Kandidat bei Günther Jauch, der sich nach langem Überlegen für eine der drei Lösungen entschieden hatte. »Was ist aus dir geworden, Josef?« Die Frage klang bei Kammerer ein bisschen wie eine Aufgabenstellung. Ich erklärte ihm kurz, was ich nach dem Studium alles nicht gemacht hatte und was ich stattdessen machen musste. Ich erzählte ihm auch, dass ich eine wunderbare Freundin habe, die mir abends, wenn ich nach Hause komme, eine Broccolisuppe kocht und damit meinen Vitaminhaushalt stabilisiert. Dann erwähnte ich möglichst beiläufig, dass ich ein kleines Problem mit einem toten Mann und einem Grab hätte, das nicht zu dem toten Mann passte.

Kammerer sagte daraufhin, ich könne jederzeit zu ihm kommen, weil er immer zu Hause sei und arbeite. Wenn tote Männer nicht zu den Gräbern passen, schlägt die Stunde der Wissenschaft.

Wir verabredeten uns für den folgenden Morgen gegen elf. Das war die Zeit, in der ich meine Gedanken so weit gebündelt hatte, dass ich sogar mit Wissenschaftlern sprechen konnte. Für heute hatte ich mir noch einen kleinen Lokaltermin in der Kaisereiche vorgenommen. Nachdem ich aufgelegt hatte, zog ich meine Jacke an und ging los. Der Watteschnee hatte sein Zepter dem Kollegen Schneeregen übergeben, und der war gerade kräftig dabei, die Straßen einzusauen. Während ich mit hochgezogenen Schultern in Richtung Schwabing ging, verstärkte sich das Gefühl, dass in der Pension noch nicht alle Spuren gesichert waren. Oder zumindest nicht alle Fragen gestellt.

Als ich die Holztür aufzog, war der Rezeptionist gerade damit beschäftigt, irgendwelche Daten in den PC vor ihm zu hämmern. Er tat das mit einer Inbrunst, als müsse er die gesamte Entourage des Scheichs von Dubai in die verschiedenen Stockwerke einbuchen.

»Gott zum Gruße«, sagte ich, und der Kerl wandte sich mir so abrupt zu, als hätte er eine Sprungfeder im unteren Bereich seines Körpers. Ich hatte es mit einem alterslosen Menschen mit weißer Haut und blondem, schütterem Haupthaar zu tun. Einem Menschen, der zwar hier saß und tippte, der aber genauso gut in irgendeinem Grab im OF = Ostfriedhof rumfläzen konnte. Völlig egal, was er machte, es könnte auch jemand anders machen. Was er mir allerdings vorausgehabt: Seine Arbeit musste jemand anders machen, wenn er weg war. Wenn ich weg sein würde, wäre auch die Arbeit weg, die ich machte. So knallhart selektiert das Leben Gewinner und Verlierer.

»Was kann ich für Sie tun?«, sagte der Typ mit einer müden Freundlichkeit, die mich seltsamerweise beruhigte.

»Ich bin der Zeitgenosse, der bei Ihnen am Donnerstag eine Leiche gefunden hat«, begann ich. Der Typ hielt meinem Blick stand, nickte kurz und wies mit der Hand auf den Stuhl neben mir. »Wissen Sie, ich bin Privatdetektiv und war von Ihrem Gast beauftragt, seine Mutter zu suchen.«

»Seine Mutter?« Der Rezeptionist quälte sich ein schmales Lächeln auf die Lippen. »Der Mann hat auf mich nicht den Eindruck gemacht, als sei er auf der Suche.«

»Wie meinen Sie das?«

»Er hat die ganze Zeit, die er hier gewohnt hat, ausschließlich auf seinem Zimmer verbracht. Nur einmal ist er essen gegangen.«

»Woher wissen Sie das?«, hakte ich nach.

»Er hat mich nach einem bestimmten Restaurant gefragt, einem All-you-can-eat-Chinesen in der Hiltenspergerstraße. Ich nehme an, dass er dort verabredet war.«

»Als er zurückkam, ist Ihnen da etwas Besonderes aufgefallen.«

Der Mann starrte mich an, und da erst bemerkte ich, dass er dieselbe komische Tränenflüssigkeit in den Augen hatte wie Lankomy. »Jetzt, da Sie das fragen«, sagte er, »fällt mir ein, dass er tatsächlich etwas Seltsames gesagt hat, als er zurückkam.«

»Nun machen Sie mal kein Quiz daraus«, drängelte ich.

»Er sagte: ›Ich glaube, ich muss mich eine Weile ausruhen.‹«

»Das ist alles?«

Der Weißhaarige dachte kurz nach. »Mehr nicht. Er ist dann gleich auf sein Zimmer gegangen, und ich habe ihn nicht wieder gesehen. Lebend jedenfalls.«

Für mich klang das ein bisschen so, als sei Lankomy seinem gewalttätigen Zimmergast schon vorher begegnet. Die Frage, ob der Rezeptionist den Besucher gesehen hatte, brauchte ich nicht zu stellen. Das hatten Kommissar Graber und seine Männer schon mit negativem Ergebnis erledigt. Ich dankte dem Typ und reichte ihm zum Abschied sogar die Hand.

Der blasse Mann drehte sich um und nahm ein großes Album aus dem Regalfach. »Schauen Sie sich das mal an«, sagte er und schlug eine Seite auf. »Herr Lankomy hat mich, bevor er nach oben gegangen ist, um das Gästebuch gebeten. Das ist ziemlich ungewöhnlich, weil so gut wie nie ein Gast danach fragt. Wissen Sie, die Zeit, in der Gäste sich mit einem schönen Satz verewigt haben, ist lange vorbei.«

»Ja, ich weiß. Die Leute halten ja auch *Wer hat Angst vor Virginia Woolf* für eine Quizsendung.«

Ich betrachtete die Seite eingehend. Lankomy hatte einen schmalen Papierstreifen auf das Albumblatt geklebt. Darauf stand: *Dein Herze kann allein zu aller Zeit bestehen.*

Das war exakt der gleiche Spruch, der in die Grabplatte des Grafen von Gartow auf dem Ostfriedhof eingraviert war.

»Sieht aus wie eine dieser Losungen aus den Glückskeksen, die man beim Chinesen manchmal zum Nachtisch bekommt«, sagte der Rezeptionist. »Da stehen dann die seltsamsten Weisheiten drin. Das Schlimme ist, dass sie meistens genau zutreffen.«

Ich las auf seinem trüben Gesicht einen leisen Anflug von Entsetzen vor der Allgewalt des Schicksals. »Haben Sie der Polizei das gezeigt?«

Der Mann schüttelte den Kopf. »Die haben mich so mit Fragen bombardiert, dass ich nicht mehr dran gedacht habe. Sie sind der Erste, der das hier sieht.«

Und weil er offenbar der Ansicht war, dass ich auch der Letzte sein sollte, klappte er das Gästebuch schnell zu und stellte es wieder ins Regal. Die Staubwölkchen schwebten noch über der Rezeption, als ich mir an die Stirn tippte und den Abgang machte.

Was hatte ich in der Hand? Ein alter Mann, der seine Mutter sucht, wird mit einer Waffe umgebracht, die von professionellen Killern benutzt wird. Als Schmankerl versteckt er eine Schatulle mit zwei kleinen blauen Diamantherzen im Nachtschränkchen, und kaum geht er aus dem Hotel, kommt er mit einem seltsamen Spruch zurück, in dem ebenfalls ein Herz vorkommt. Ich will gewiss nicht sagen, dass ich mich nach den Aufträgen sehne, bei denen ich Hausfrauen beim Sex fotografieren und die Fotos den Ehemännern aushändigen muss. Aber sie bezahlen mich einfach verdammt gut dafür.

Als ich in der Dämmerung durch die Straßen von Altschwabing schlich, überkam mich das traurige Gefühl, eine Art Hobbydetektiv geworden zu sein. Ich schlenderte Richtung Hiltenspergerstraße und fand ziemlich schnell das chinesische Lokal, in dem Lankomy seine Henkersmahlzeit samt Grabspruch in Empfang genommen hatte. Ich ging die schmale Treppe nach unten ins Restaurant, wo mich ein hagerer Asiate begrüßte, der mir sofort einen Tisch zuweisen wollte. Ich sagte, dass ich nichts essen wolle, sondern eine Auskunft über einen alten Mann mit viel Tränenflüssigkeit in den sehnsuchtsvollen Augen benötigte. Okay, ich lieferte dem Chinesen eine brauchbarere Beschreibung von Lankomy.

Der Mann erinnerte sich sofort. »Der Herr hat hier drüben gesessen«, sagte er und zeigte auf einen der Tische, die alle gleich aussahen.

»War er alleine?«, fragte ich.

»Zuerst ja. Also, der Herr ist alleine gekommen, hat Büffet bestellt und sich den Teller vollgeladen.«

»Randvoll, nehme ich an.«

Der Chinese verzog keine Miene. Diskretion vermutlich.

»Während er sich am Büfett bediente, wartete eine Dame, die ich gar nicht reinkommen gesehen hatte, an seinem Tisch«, fuhr er fort. »Sie war vielleicht schon ein- oder zweimal als Gast hier, aber ich bin mir nicht ganz sicher. Wissen Sie, hier kommen von morgens bis abends die verschiedensten Leute rein: Manager, Rentner, Studenten. Meine Kollegin hat sich kurz zuvor mit der Dame unterhalten.«

»Worum ging es?«

»Sie hat meine Kollegin um einen Glückskeks gebeten.«

»Den sie auch bekommen hat?«

»Ja, warum denn nicht. Die Glückskekse sind sehr beliebt wegen der Weisheiten. Allerdings hat mir meine Kollegin erzählt, dass die Dame den Glückskeks sofort aufgebrochen und etwas auf die Rückseite der Weisheit mit dem Kugelschreiber gekritzelt habe.«

»Und dann?«

»Sie hat sich neben den Herrn gestellt und ihn in ein sehr leises Gespräch verwickelt.«

»Haben Sie irgendetwas mitbekommen? Ein paar Satzfetzen vielleicht?«

»Nein, entschuldigen Sie, aber wir hatten noch andere Gäste.«

»Geschenkt. Was ist dann passiert?«

»Die Dame hat dem Herrn den Papierstreifen gegeben und das Lokal anschließend verlassen.«

»Und der Herr?«

»Der hat ruhig weitergegessen, zwei Weißbier getrunken und ist nach einer Stunde gegangen.«

»Wie hat die Dame ausgesehen?«, fragte ich.

Der Mann schob die Augenbrauen zusammen, als müsste er sich verdammt anstrengen, um darauf zu antworten. »Sie hat ein Kopftuch getragen«, entschied er sich.

»Das ist keine Vermummung.« Mir kam auf einmal ein absurder Gedanke. »Sagen Sie: Hatte die Dame eine tiefe Stimme, tiefer, als ein Tintenfisch tauchen kann?«

Der Asiate wunderte sich nicht über meine Formulierung, sondern schüttelte entschieden den Kopf. »Nein, dunkel nicht. Ich weiß nicht, sie hatte keine besonders auffällige Stimme.«

Kann die Lessner die Stimme verstellen?, fragte ich mich und entschied, dass es eher unwahrscheinlich war. Dann konnte es sich eigentlich nur um Lankomys Mutter handeln. Wie abwegig war das denn? Eine alte Mutter lockte ihren fast siebzigjährigen Sohn in ein All-you-can-eat-Restaurant, um ihm ein Gedicht auf eine Glückskekslosung zu kritzeln, nachdem sie ihn siebzig Jahre nicht gesehen hatte?

Der Kellner verbeugte sich kurz und drehte sich zum Büffet um, wo er mit einem großen Löffel in der Fleischschüssel rührte.

Ich mochte den Laden nicht, ebenso wenig wie das trübe Aquarium, in dem nur künstliche Fische rumseichten. Ich mochte auch die lieblosen spießigen Tischdecken und die billigen München-Poster an der Wand nicht – das war alles so abgeschmackt und anbiedernd. Das Buffet sah ich mir erst gar nicht an, weil ich nicht viel Hunger hatte. Ich hasse diese All-you-can-eat-Mentalität, die aus Menschen Fressmaschinen macht. Ach, ich fing an, moralisch zu werden. Das ist immer ein sicheres Zeichen, dass ich gehen muss.

Jedenfalls wusste ich, dass der arme Lankomy hier in München nicht nur von seiner Tränenflüssigkeit begleitet worden war. Er hatte offenbar die ganze Zeit jemanden als Begleitschutz, der ihm vermutlich sogar den Weg ins Jenseits freigeschlagen hatte. Vielleicht sollte ich die Finger von der Sache lassen. Das ist Polizeiarbeit und nicht die Angelegenheit eines privaten Ermittlers, der eine dämliche Affäre mit einer Frau angefangen hat, der er nicht gewachsen ist.

Auf dem Nachhauseweg tippte ich Adas Nummer in mein Handy. Sie ging nicht ran. Irgendwo zwischen Altschwabing und den neuen Bundesländern, wo Ada vermutlich gerade war, spielten sie wieder unser Lied: *The person you have called is temporarily not available.*

5

Die Schönfeldstraße kommt mir immer wie eine Schneise ins neunzehnte Jahrhundert vor. Ich weiß, dass das ein bisschen akademisch klingt, aber diese schmale Straße besteht nur aus Häusern der vorindustriellen Zeit. Auf dem großen Platz vor dem Bayerischen Staatsarchiv steht eine Pferdestatue, ansonsten ist er öd und leer. Wenn man weitergeht, fällt man direkt in den Englischen Garten. Wenn ich einer von diesen Maklerganoven wäre, würde ich sagen: perfekte Wohnlage im Herzen der Weltstadt mit Herz, aber ruhig wie ein Urnengrab im OF = Ostfriedhof. Wahrscheinlich ist es gut, dass ich nicht Makler geworden bin.

Das Haus, in dem Kammerer wohnte, lag an der Ecke Kaulbachstraße. Unten war ein italienisches Restaurant, in dem für diese Tageszeit erstaunlich viele Leute saßen. Ich klingelte und befand mich eine Minute später in einem dieser alten Münchner Treppenhäuser, in denen die Stiegen so breit sind wie seinerzeit die Taillen der Rokokofrauen. Ein alter Käfigaufzug mit verziertem Rufknopf wartete einladend. Ich nahm trotzdem die Treppe, weil ich grundsätzlich auf dem Standpunkt stehe, dass Bewegung der beste Standpunkt ist.

»Weißt du, was mir gerade einfällt?«, fragte Kammerer, der in der Tür stand und mich anlächelte, als wäre ich seine Verlobte, die nur mal eben zur Krankengymnastik war.

»Sag's mir.«

»Diese Geschichte von Herrn Keuner.«

»Brecht.«

»Ein Mann, der Herrn Keuner lange nicht gesehen hatte, begrüßte ihn mit den Worten: ›Sie haben sich gar nicht verändert.‹«

»›Oh‹, sagte Herr K«, fuhr ich fort, »und erbleichte.«

»Grüß dich, Josef.« Kammerer gab mir eine lange, schlanke Hand und zog mich wie einen alten Karpfen in seine Wohnung, die genauso aussah, wie meine aussehen würde, wenn ich ein bisschen mehr Geschmack und Intelligenz hätte: Parkettboden im Flur, ein kleiner antiker Schrank neben der Garderobe und ein paar Stiche an der Wand, das war's.

»Hier wohne und arbeite ich, das geht bei mir Hand in Hand«, erklärte Kammerer.

»Bei mir geht das auch Hand in Hand, allerdings sind sie bei mir ziemlich dreckig.«

Kammerer lachte. Er passte hundertprozentig in dieses helle Wohnzimmer mit der gigantischen Bücherwand und dem kleinen grünen Kanapee an der Wand gegenüber. Kein Fernseher, keine Stereoanlage, kein Konsumgedöns. Er wohnte genauso, wie ich ihn vom Studium her in Erinnerung hatte. Ein bücherbesessener Menschenfreund mit silberner Nickelbrille und kurzem Haar, das mittlerweile an den Schläfen leicht versilbert war. Ein kleiner Schreibtisch stand vor der wilden Bücherlandschaft, auf dem ein Laptop mit eingeschaltetem Bildschirm lief.

»Kaffee, Tee?«

»Was Scharfes?«, fragte ich zurück.

Daraufhin zog Kammerer die rote Koeppen-Gesamtausgabe aus dem Regal und holte ein schönes Fläschchen schottischen Whisky hervor. Gläser standen ebenfalls hinter dem Koeppen, und weil ich so dämlich dreinschaute wie eine Schar Tauben im Gras, sagte Kammerer, dass er hinter Arno Schmidts *Steinernem Herz* noch Calvados und Muscat gebunkert habe.

Ich weiß nicht, wann ich mich das letzte Mal so gut gefühlt habe. Ich saß mit meinem alten Studienkumpel Stephan Kammerer in seiner Gelehrtenklause, trank richtig guten Whisky und ließ mir Geschichten aus einem unbeschädigten Leben erzählen. Geschichten von jemandem, der nach dem Studium gar nicht erst versucht hat, die Uni zu verlassen. Stephan ist einfach bei seinem alten Professor geblieben, der ihm vom ersten Semester an bescheinigt hatte, was für ein begabter Historiker er sei. Und dass es nicht so viele Studenten gebe, die von morgens bis abends in den Tagebüchern von Chateaubriand schmökerten. Nun hatte er eine Stelle als Akademischer Oberrat bekommen und saß an seiner Habilschrift über …

»Worüber schreibst du eigentlich, Stephan?«

Kammerer hatte einen guten Zug mit dem Whisky. Sogar das konnte er besser als ich. »Krieg und Körper«, antwortete er. »Einfacher Titel, komplizierte Geschichte.«

»Das ist genau mein Stichwort«, sagte ich, weil ich jetzt nämlich meine Geschichte auspacken musste. Ich erzählte ihm alles von Anfang an: von Lankomys Tod, dem Schmuckkästchen mit den Herzen, der Grabbezeichnung und meinem Gang über den Ostfriedhof. Nur die Nacht mit der Katja Lessner sparte ich aus. Sonst hätte ich auch von Ada erzählen müssen, und dann wären wir wieder bei der Geschichte mit den Abläufen in Rubens' *Höllensturz* gelandet.

»Du hattest immer schon ein Faible für den Gotha, oder hab ich das falsch in Erinnerung?«, fragte ich.

Kammerer nickte. Er hatte stets den Wunsch gehegt, selbst ein Blaublütiger zu sein. Keine Ahnung, wie ein derart intelligenter Knabe wie er zu einem dermaßen abwegigen Tick gekommen war. Jedenfalls hatte er seinerzeit alle möglichen Adelsverzeichnisse, die er auftreiben konnte, in einem dicken Leitz-Ordner abgeheftet.

»Hast du die Dinger noch?«, fragte ich weiter.

Kammerer antwortete mit einem milden Lächeln. »Ich hab das alles in meinen Dateien«, sagte er und deutete auf den Laptop. »Da ist der ganze deutsche Adel mit sämtlichen Nebenlinien und abgestorbenen Zweiglein drin. Was brauchst du denn?«

Ich nannte ihm den Namen Wenzel Graf Gartow zu Bersfeldt.

»Ach, die«, sagte Kammerer, und es klang, als hätte er mit denen vor Jahrhunderten einen fiesen Nachbarstreit gehabt, der ihm noch immer ein bisschen nachhing.

»Was ist denn mit denen?«, fragte ich.

»Das ist Nennadel aus dem mittleren fünfzehnten Jahrhundert«, erwiderte Kammerer in dem Ton, den man für Sätze wie »Das ist Gammelfleisch aus Niedersachsen« anschlägt. »Die sind aus dem Brandenburgischen, da gibt es sogar noch einen alten Stammsitz. Ist jetzt eine Stiftung für den Aufbau Ost drin oder so. Ganz früher war das ein Raubrittergeschlecht.«

»Passt ganz gut zu meinem Fall. Nur was können die mit meinem toten Lankomy zu tun haben?«

»Keine Ahnung«, sagte Kammerer und tippte ein paar Kennworte in den Laptop. Kurz darauf erschien eine Seite mit Wappen, darunter auch jenes, das ich von der Grabplatte abfotografiert hatte. Das Emblem mit dem schlossartigen Haus drin. Kammerer machte einen Doppelklick auf das Wappen. »Da haben wir den Stammbaum.« Kammerer tippte mit dem Finger auf den Bildschirm. Ich beugte mich über seine Schulter und versuchte, mir einen Überblick zu verschaffen. »Siehst du? Die stammen von den Berrewitz ab.«

»Sind die gut?«

»Das sind ziemlich knorrige Landadelige aus Mecklenburg-Vorpommern. Die Gartows stammen allerdings aus einer ausgestorbenen Nebenlinie. Hier geht's weiter: August Heinrich Wenzel Gartow, 1605 bis 1659, hat eine Henriette Gräfin Bersfeldt geheiratet. Die beiden sind die Eltern von Johann August und Friederike Henriette …«

»Stephan, ich will dich ungern bei deinem Spaziergang durch die Jahrhunderte stören. Aber mein Gartow heißt Wenzel, ist Ende des neunzehnten Jahrhunderts in Stettin geboren und liegt auf dem Ostfriedhof begraben. Im Gräberfeld 76, einem Urnenfeld, um genau zu sein.«

»Ach, verbrannt haben sie den?«, fragte Kammerer, und ich wunderte mich, was daran so besonders war. Oder galt es als unfein, Grafen zu verbrennen? »Normalerweise lassen sie sich in Zinksärgen beisetzen, am liebsten in ihren Familiengrüften. Kann aber gut sein, dass die Familie derart in alle Winde verstreut war, dass sie keine Gruft hatten. Warte, ich scroll mal schnell runter.« Kammerer jagte den Cursor durch die Namen und Jahrhunderte.

»Hier haben wir ihn: Wenzel August Graf Gartow zu

Bersfeldt, 1891 bis 1963, geboren in Stettin, gestorben in München.«

»Das ist alles?«

»Für den Augenblick ja.«

So weit war ich natürlich auch schon: Die Information deckte sich mit den Daten auf der Grabplatte. Ich wollte aber mehr über diesen Grafen wissen, vor allem, was er mit einem armen Schlucker wie Walter Lankomy zu tun hatte.

»Ich muss ein paar alte Dateien aktivieren, und das kann dauern, Josef«, sagte Kammerer und sah mich an, als brauchte er einen Startbefehl.

Ich gab ihm meine Handynummer, dankte ihm für den Whisky und machte mich wieder davon. Es war so gegen eins, ich hatte noch nichts gefrühstückt außer dem Schnaps und bekam Lust auf einen schlabberigen Tramezzino aus dem Hause Sven.

Als ich wenig später in der Cappuccinobar ankam, hatte ich sofort wieder das Vergnügen mit Lammhuber, der gerade dabei war, sich ein schönes, funkelndes Glas Rotwein in den Schädel zu knallen.

Als er mich sah, sprang er auf wie ein Hund, an den ein Ruf ergangen ist. »Josef, ich bin in dieser Sache ein ziemlich gutes Stück vorangekommen.«

»Das sehe ich, Lammhuber, es fehlt schätzungsweise null Komma ein Liter, dann hast du das Glas leer.«

Lammhuber schüttelte ärgerlich den Kopf. »Das meine ich doch gar nicht. Ich komme langsam dahinter, was mit den Obdachlosen ist. Sieh dir das hier mal an.« Lammhuber hielt mir ein zerknittertes Faltblatt hin, und ich dachte zuerst, es handele sich um einen Handwurfzettel vom Wok-Service. Doch es war Werbung für eine Art mobile Arbeitsagentur, die gezielt »Menschen ohne Zukunftsperspektive« ansprach. Ich überlegte kurz, ob ich mich selber dort melden sollte, immerhin passte die Stellenbeschreibung auf mich wie die Faust aufs Auge.

»Das sind Menschenhändler, Josef«, sagte Lammhuber und schwenkte das Weinglas, als würde er tatsächlich etwas davon verstehen. Vom Wein, meine ich.

»Hast du schon was unternommen?«, hakte ich nach und zeigte dabei auf den letzten Tramezzino, der noch in Svens Thekenauslage war.

»Ich hab da angerufen und mich als Penner ausgegeben. Heute um drei treffe ich mich mit denen in der Schleißheimer Straße. Ich werd die schön hochgehen lassen.«

»Soll ich mitkommen?«

Lammhuber schenkte mir sein mitleidigstes Lächeln. »Du, sei mir nicht böse, aber das ist meine Geschichte. Ich hab das recherchiert, und ich werd das auch zu Ende führen.«

»Wollte die Story auch nicht an *Focus* verkloppen«, sagte ich und bestellte einen doppelten Espresso.

»Vielleicht ist die Sache ja gefährlich, Gernot. Der Josef könnte dich beschützen«, sagte Sven und löste damit bei Lammhuber eine Art Heldeneuphorie aus.

»Ich habe das Recht auf meiner Seite. Und ich habe dreißig Jahre Erfahrung als Reporter auf meiner Seite. Ich werde ein Kapitel abschließen und ein weiteres öffnen.«

Ich verstand nicht ganz, was Lammhuber da meinte, und ich war auch nicht scharf darauf, das Gestammel zu interpretieren.

Lammhuber starrte immer wieder auf diesen blöden Handzettel, als wäre es ein Redakteursvertrag für die *Abendzeitung*. Er kippte den Wein runter, ballte die Faust wie einst Thälmann und stieß irgendeine dämliche Kampfparole aus. Nachdem er gegangen war, erkundigte ich mich bei Sven, ob er was von der Frau Doktor Lessner gehört habe.

»Die war vor etwa einer halben Stunde hier«, sagte er.

»Hat sie nach mir gefragt?«

»Warum sollte sie ausgerechnet nach dir fragen? Sie hat dich hier ein einziges Mal gesehen. Glaubst du, die merkt sich so traurige Ermittlervisagen wie deine?«

»Deine Tramezzini müssten dringend mal generalüberholt werden, die sind irgendwie keine Festkörper mehr.«

»Außerdem war sie nicht alleine.«

»Wer war nicht alleine?«

»Na, Frau Doktor Lessner. Da war ein Typ dabei, so ein großer blonder, ziemlich gut gekleidet. Jedenfalls besser als du.«

Die Lessner hatte also einen Mann an ihrer Seite. Konnte mir eigentlich nur recht sein. Trotzdem verspürte ich eine leichte Übelkeit, die entweder Eifersucht war oder mit der Kombination Whisky, Tramezzino und doppelter Espresso in direktem Zusammenhang stand.

»Gibt's was Neues von deinem toten Mann?«, fragte Sven.

»Irgendjemand ist in das Hotelzimmer eingebrochen und hat wahrscheinlich noch mal gründlich saubermachen wollen.«

Er reagierte gar nicht auf meine Antwort, weil gerade ein Stammgast hereinkam, einer von diesen Genießertypen mit langen grauen Haaren, die vermutlich das letzte Mal vor der Schahdemonstration mit kubanischem Shampoo gewaschen wurden. Er fing sofort an, Sven mit Weinphilosophie vollzuquatschen, und der war natürlich im siebten Barolo-Himmel. Sobald ein Weinschwätzer den Laden betritt, ist Josef Celle abgemeldet. Ich schob mir den Rest von dem Tramezzino rein, kippte den kalten Espresso runter und legte fünf Euro auf den Tresen.

Leider hatte ich am Morgen vergessen, den Kater zu füttern. Das fiel mir siedend heiß ein, als ich die Streusandreste auf dem Bürgersteig sah. Im Treppenhaus überlegte ich kurz, ob ich besser umkehren sollte, weil die Lessner vielleicht vor meiner Tür wartete. Aber ich hatte ja einen Versorgungsauftrag für mein Haustier, der mit einem extrem schlechten Gewissen gepaart war. Schlechtes Gewissen, du bist eine grausame Einrichtung, die nur ein härteres Schicksal außer Kraft setzen kann, seufzte ich innerlich. Das härtere Schicksal musste meine Gedankenspiele irgendwie mitbekommen haben, denn als ich meine Wohnung betrat, sah ich, dass während meiner Abwesenheit ein Orkan zu Besuch gewesen war.

Mein Flur gefiel sich darin, mit meiner Garderobe zugedeckt zu sein, will heißen, mein kariertes Jackett, die dunkelgrüne Windjacke und die Fleeceweste lagen in Eintracht auf dem Boden. Im Arbeitszimmer präsentierte der Künstler eine Installation aus meinen Steuerunterlagen, Zeitungen und persönlichen Dokumenten. Ich rief nach Egolf in einer Weise, wie man sonst nur Delinquenten herbeizitiert, deren letztes Stündlein geschlagen hat. Dann fiel mir ein, dass der Kater beim besten Willen nicht in der Lage war, Schubladen herauszureißen und einen Manuskriptschrank umzuwerfen. Ich rief ein zweites Mal nach ihm, diesmal deutlich leiser und ängstlicher.

Hektisch sprang ich ins Schlafzimmer, wo sich mir folgendes Bild bot: Die Matratze war der Länge nach aufgeschlitzt, die Federn wackelten wie Hulagirls beim Kannibalentanz. Das Nachtschränkchen lag auf der Nase, der Kleiderschrank war komplett ausgeweidet. Ich sah unter dem Bett nach. Nichts. Sie hatten meinen Kater entführt, massakriert, was weiß ich. Mir war wirklich egal, was sie mit meiner Wohnung machten, mit den Klamotten, mit den verfluchten Steuerunterlagen. Aber Egolf war mein Lebensgefährte, da ging nichts drüber, nicht einmal Ada. Ich war den Tränen nahe, und das will was heißen. Das letzte Mal hatte ich geweint, als ich eine Schultüte verpasst bekommen hatte. Ich musste sofort die Polizei rufen und eine Vermisstenanzeige für meinen Lebensgefährten aufgeben.

Der Hörer lag auf dem Boden, der Rest des Apparates auch. Ich horchte rein und atmete erleichtert aus: Es tutete. Ich hatte schon die Hälfte von Grabers Nummer getippt, als mein dicker Kater wie ein alter Krieger aus dem Kleiderschrank marschierte, kurz das Maul zu einem anthropophoben Krächzen aufriss und in die Küche verschwand, wo der Sack mit Brekkies aufgebrochen auf dem Boden lag. Vermutlich hatte Egolf sich die Methode der Einbrecher zum Vorbild genommen und für seine Zwecke missbraucht. Doch ich war überglücklich, meinen alten Kumpel in die Arme schließen zu dürfen, daher verzichtete ich auf Sanktionen.

Mit dem schnurrenden Tier im Arm ging ich zum Kühlschrank, in dem die Augustiner-Flaschen wie ein treuer Männerbund nebeneinanderstanden. Ich nahm drei von den Jungs heraus und prüfte, ob das Kästchen noch da war. Wer auch immer in meiner Wohnung gewesen war, der wollte mir bestimmt kein alternatives Wohnmodell vorführen. Dieses dämliche Kästchen machte mich zur Spielfigur. Ich musste unbedingt Graber anrufen, also nahm ich den Telefonhörer ein zweites Mal in die Hand und warf ihn drei Sekunden später wieder auf die Plastikschale zurück. Wenn du, Idiot und Stümper Josef Celle, den Hauptkommissar Jochen Graber davon in Kenntnis setzt, dass du vom Tatort eine Schatulle hast mitgehen lassen, kannst du deine Wohnung sofort auflösen, weil du nämlich noch heute nach Stadelheim ziehen wirst.

Kaum lag der Hörer in seinem postmodernen Plastikbett, dudelte der Klingelton los. Es war Katja Lessner. Sie fragte, wie es mir gehe, und ich erzählte ihr, was passiert war, woraufhin sie sagte, sie komme sofort vorbei und helfe mir beim Aufräumen. Als ich erwiderte, das sei nicht nötig, meinte sie, ich solle die Hilfe einer Dame nicht in den Wind schlagen. Ich gab mich geschlagen und ließ erst mal alles so, wie es war.

Katja wollte in einer halben Stunde da sein. Also hatte ich noch ein bisschen Zeit, wenigstens die gröbste Unordnung zu beseitigen. Zuallererst warf ich die elenden Klamotten wild in den Kleiderschrank und sperrte die Tür zu. Ich musste mich dagegenstemmen, sonst wäre es nichts geworden. Anschließend drapierte ich das Bettzeug auf der Matratze, damit man die Sprungfedern nicht mehr sehen konnte. Da klingelte es auch schon an der Tür.

Ich öffnete, und Katja lächelte mich an wie eine Frau, die gerade mit einem Untoten den Kaiserwalzer getanzt hatte. Sie betrat meine Wohnung und schlug beide Hände vors Gesicht.

»Was hast du denn hier veranstaltet?«, fragte sie und ließ die Hände langsam von den Wangen gleiten. Ungeschickterweise hatte sie ihr schönes, böses Lächeln nicht abgewischt.

»Wie wär's mit 'nem Bierchen?«, fragte ich statt einer Antwort, und sie nickte heftig.

Ich ging an den Kühlschrank und nahm zwei Flaschen aus der Batterie. Die Schatulle blieb dennoch verborgen, immerhin hatte ich die Flaschen zweireihig davor geparkt. Da konnte man nichts sehen. Der Kühlschrank war das beste Versteck, das es gab. Mir hat Bier eigentlich immer gutgetan, in jeder Beziehung. Ich köpfte uns die beiden Pullen und reichte Katja eine.

»Hast du eine Ahnung, was die bei dir gesucht haben könnten?« Sie nahm einen kräftigen Schluck, etwa auf Höhe der zweiten Silbe von »könnten«.

»Vielleicht ein Geheimrezept«, sagte ich.

Abrupt setzte die Lessner die Bierflasche ab und musste sich ein bisschen Schaum vom Mund wischen. »Was denn für ein Geheimrezept?«, fragte sie hastig.

»Für einen erfolgreichen Lebenswandel«, erwiderte ich und nahm meinerseits einen kräftigen Schluck aus der Augustiner-Flasche.

Katja schlug vor, dass wir zusammen ganz systematisch die Wohnung aufräumten. Am besten werde sie sich im Schlafzimmer zu schaffen machen, wie sie sagte, ich könne derweil zusehen, dass ich die Küche auf Vordermann brachte. Daraufhin entgegnete ich, wir könnten uns doch vielleicht zuerst beide im Schlafzimmer zu schaffen machen, und sie lachte wieder ihr tiefes Mein-Freund-der-Baum-ist-ein-Zigeunerjunge-Lachen und zog mich ins Schlafzimmer, das ich fortan Heinz-Guderian-

Zimmer nennen wollte, weil Heinz Guderian der Erfinder des Blitzkriegs war.

Grundsätzlich ist nichts dagegen einzuwenden, es auf einer Matratze ohne Spannbettbezug zu treiben. Aber ich möchte den sehen, der eine wirklich sauber durchgeführte Nummer auf die Beine stellt, wenn links und rechts neben ihm die Stahlfedern wackeln.

Die Lessner fand das weniger irritierend als ich. Vielleicht war sie es gewöhnt, oder ihr blonder Typ stand auf solche abartigen Sachen. Keine Ahnung, jedenfalls dauerte das Ganze seine zehn, zwölf Minuten, und jede Minute brachte mich irgendwie näher zu Ada, ohne dass ich das genauer erklären könnte. Es war nicht einmal schlechtes Gewissen, vielleicht eher so etwas wie eine Ahnung der verpassten Möglichkeiten, was weiß ich.

In der Küche standen noch die beiden Bierflaschen. Wir tranken sie leer und machten uns daran, die Bude wieder auf Vordermann zu bringen, und zwar genau so, wie zuvor abgemacht: Katja zog die Schlafzimmertür hinter sich zu und wühlte meine Sachen in Ordnung, während ich das Chaos in der Küche lichtete und aus der Abstellkammer zwei neue Flaschen Bier holte, die ich in meine Kühlschrankmannschaft einreihte.

Als die Frau Doktor nach einer geschlagenen Stunde aus meinem Schlafzimmer kam, wirkte sie irgendwie unzufrieden. Ich ging ihr ein Stück entgegen und stellte erstaunt fest, dass mein Schlafzimmer noch nie so ordentlich ausgesehen hatte. Es war ein bisschen so wie in diesen Fernsehsendungen, in denen dicke, resolute Fernsehtanten bei komplett ruinierten Hartz-IV-Familien die Bude entrümpeln und neu einrichten. Ich fiel ihr um den Hals und sagte viermal Danke. Natürlich begriff sie die

Ironie, aber da war noch etwas in ihren Augen, das ich nicht direkt mit unbezähmbarer Leidenschaft beschreiben würde. Und wenn es Leidenschaft war, dann hatte sie nichts mit mir zu tun.

»Stimmt irgendwas nicht?«, fragte ich.

Katja schüttelte den Kopf und entgegnete, sie müsse noch eine Führung vorbereiten. Sie sagte nicht, dass sie noch einmal anrufen werde oder mich treffen wolle, sondern hastete ziemlich überstürzt aus dem Haus. Und ich stand da in meiner seltsam aufgeräumten Wohnung, die auf einmal nicht so recht zu mir passen wollte.

Mein Handy klingelte. Ada war dran und fragte, ob ich noch an dem Swingerclub interessiert oder bereits mit meiner neuen Flamme zusammengezogen sei. Sie sagte das nicht verbittert oder wütend, sondern eher so, als müsse sie das in irgendeine Akte eintragen oder ein Kreuzchen bei einem Multiple-Choice-Test machen. Ich erklärte ihr, dass die Frau, die sie neulich im Hintergrund gehört hatte, eine Kunsthistorikerin sei, die etwas mit meinem Fall zu tun habe. Ada sagte nichts weiter dazu, und ich versuchte noch einmal, den Dreh zu ihrem anstehenden Geburtstag zu finden. »Sag mal, stehst du eigentlich auf Schmuck?«

»Wie, auf Schmuck?«

»Na ja, Schmuck. Brillis, Diamanten, Granat, das ganze Programm.«

»Wenn du mich ein bisschen genauer ansehen würdest, wäre dir nicht entgangen, dass ich immer Schmuck trage.«

»Ich würde dich ja gern genauer ansehen, aber du bist immer so schnell weg.«

Da lachte Ada so, wie sie nach der Nacht auf der Isomatte gelacht hatte, nachdem ich ihr erzählt hatte, dass mir im Traum die Abläufe sämtlicher Meisterwerke der Spätrenaissance und so weiter.

Ich weiß nicht, wie lange wir telefonierten, jedenfalls kam mir die Geschichte mit Katja Lessner immer unwahrscheinlicher vor. Erst als Ada auflegte und ich noch einen Blick ins Schlafzimmer warf, wusste ich, dass die Geschichte so real war wie die Sprungfedern, die nach wie vor aus der Matratze guckten. Ich halte nicht viel von Panikmache, aber irgendwie bin ich es nicht gewohnt, dass man in meiner Abwesenheit meine Wohnung durchwühlt und meine Schlafgelegenheit aufschlitzt.

Ich griff nun doch zum Telefon und erzählte Kommissar Graber von der Sache. Er hörte mir lange zu, ohne nachzufragen. Als ich fertig war, merkte er an, dass in München offenbar ein paar Leute unterwegs seien, die ziemlich fieberhaft etwas Bestimmtes suchten. Einer der Hauptschauplätze dieser Suche sei ab heute wohl meine Wohnung. Er kündigte an, mir die Spurensicherung in die Schraudolphstraße zu schicken. Ich konnte nichts entgegnen, denn er hatte schon aufgelegt.

»Sie haben alle Spuren verwischt«, sagte Graber eine gute halbe Stunde später, während seine Männer meine picobello saubere Wohnung nach Fingerabdrücken und sonstigen Spuren absuchten.

»Na ja, das Bett sieht wild aus, aber ansonsten habe ich mich wieder ein bisschen eingerichtet. Sie müssen das verstehen, ich lebe nun mal gerne in geordneten Verhältnissen.«

Graber war ein einziges Sorgenfaltenbündel, während er durch die Wohnung lief, Schränke aufmachte und

Schubladen aufzog, als verberge sich dort irgendetwas, das uns alle ein Stück weiterbringen würde. Ich hatte auf einmal panische Angst, dass sie den Kühlschrank durchsuchten. Einer der Männer machte ihn sogar auf, aber beim Anblick der Flaschenbatterie drehte er sich diskret weg, weil ihm Alkoholiker wohl peinlich waren.

»Hatten Sie in letzter Zeit Kontakt zu Menschen, die sich Zugang zu ihrer Wohnung verschafft haben könnten?«

Ich hatte natürlich Kontakt zu Ada und Katja Lessner, aber das konnte ich dem Kommissar nicht erzählen.

»Sie scheinen für die ein interessanter Mann zu sein«, stellte Graber fest. »Irgendetwas müssen Sie haben, das diese Leute magisch anzieht.«

Ich fragte mich, ob der Kommissar mir misstraute. Der Mann war schwer einzuschätzen. Er wusste, dass ich ihm nicht die ganze Wahrheit sagte, er wusste auch, dass ich ihm die Wahrheit nicht sagen konnte. Und was er ganz genau wusste: Er würde mich niemals auf die konventionelle Polizistenart zum Reden bringen. Ich musste versuchen, immer einen Tick schneller zu sein als Graber oder, falls das nicht funktionierte, einen Tick frecher.

»Sollen wir Ihr Haus bewachen lassen?«, fragte er.

»Um Gottes willen«, sagte ich, »wenn ich hier den Tag über Ihre Kollegen stehen habe, kommt kein einziger Klient mehr zu mir. Schätze, dass mich da ein paar Leute mit jemandem verwechseln.«

»Das glaube ich nicht«, meinte Graber, »Ihr Name stand im Zusammenhang mit dem Leichenfund in der Zeitung. Irgendetwas müssen die mit Ihnen in Verbindung bringen, Herr Celle.« Er sah mich an, und da lag einfach verdammt viel Unausgesprochenes in diesem Kommissar-Graber-Blick.

Die Spurensicherung zog nach zwei Stunden ab. Graber ging als Letzter und riet mir dringend, ihn anzurufen, wenn noch einmal so etwas passieren sollte.

»Falls ich Lankomys Leiche noch einmal irgendwo entdecken sollte, rufe ich Sie auch an, ja?« Das sollte ein Scherz sein, aber irgendwie war die Zeit für Scherze verwelkt.

Ich wartete eine Viertelstunde, dann schloss ich meine Wohnung von außen zweimal ab und ging zu Sven. Ich hatte keine Lust, ihm von dem Einbruch zu erzählen, und wartete, bis er anfing, von einem neuen Tropfen aus der Gegend um Arezzo zu schwärmen. In Arezzo ist ihm die Idee zu seinem Laden gekommen; ich weiß nicht, wie oft er mir schon von seinem Erleuchtungserlebnis erzählt hat.

»Okay«, sagte ich, »schenk mir ein Glas von dem Fusel ein.

»Hey«, sagte er und hob den Zeigefinger, »so nicht. Wenn du keinen Respekt vor …«

»Jetzt mach die Flasche auf und schenk mir bitte ein verdammtes Glas von diesem neuen, fantastischen Rotwein ein. Aber nur, wenn man davon nicht den Humor verliert, schließlich möchte ich nicht so enden wie du.«

Sven kniff die Lippen zusammen und stellte ein halbes Glas Antinori vor mich hin. Ich trank es in einem Zug und gab mir alle Mühe dabei, spöttisch auszusehen. Dann sagte ich: »Im Gaumen ist er leicht schokoladenbissig mit einer Idee Kirsche und einem Paralipomenon Mandelsplitter, dafür ist er rotfleischig im Schwanz und hat einen himbeeraffinen Flügelschlag.«

»Und du hast eine Vollmeise«, sagte Sven, goss mir aber noch ein paar Tröpfchen nach und fing dann Gott sei Dank endlich schallend an zu lachen.

6

Ich machte diesen Job inzwischen seit gut sieben Jahren, und ich hatte zum ersten Mal Angst vor dem, was ich tat. Da waren Leute hinter mir her, die ich nicht kannte. Leute, die ohne große Skrupel ein Türschloss aushebeln und eine Wohnung umkrempeln konnten. Die nichts dabei fanden, die Matratzen von Fremden aufzuschlitzen wie ein erlegtes Stück Wild. Leute, die mich vielleicht schon beobachteten, seit ich diese verfluchte Pension verlassen hatte. Die seltsame Verse auf die Papierstreifen von Glückskeksen schrieben.

Als ich damals mein Studium beendet hatte, war mir vollkommen egal, was ich arbeitete. Ich hätte auch Bauschutt durch die Gegend gekarrt oder Heizungen montiert. Nur eines wollte ich um keinen Preis der Welt: dorthin zurückgehen, woher ich kam. Ich hatte die ersten zwanzig Jahre meines Lebens in einem kleinen Kaff im Ruhrgebiet verbracht. Eine Gegend, in der die Menschen schwer in Ordnung sind, und genau das ging mir schwer auf den Senkel. All diese ehrlichen Häute, davon bekam ich die Krätze! Die Durchschaubarkeit dieser Mentalität hat mich immer abgestoßen. Mehr noch als die Hässlichkeit des Ruhrgebiets, wo in jeder Stadt eine verrostete, alte Zeche steht. Mittlerweile sind diese Monstren Kulturdenkmäler. Jeder halbgebildete Affe bildet sich heutzutage etwas darauf ein, im Ruhrgebiet eine von diesen grausamen Zechenführungen mitgemacht zu haben. Aber was erfährt man da schon: dass sich Männer ohne Schutzmasken die Lungen mit Steinkohlenstaub vollgepumpt haben und daher nun ihren Lebensabend an der Sauerstoffflasche verbringen dürfen.

Ich ging nach München, studierte in etwa zehn Jahre Kunstgeschichte und machte meinen Magister, weil ich sowieso kein BAföG mehr bekam. Wenn es nach mir gegangen wäre, säße ich heute noch in der Bibliothek über Bildbänden und kunsthistorischen Schriften. Verdammt, ich hatte eine Menge in der Birne damals. Und ich hatte mir vorgenommen, ein, zwei Jahre lang Geld zu verdienen und dann noch einmal kräftig zu promovieren. Mein Professor sagte mir zwar, dass ich ein fauler Hund sei, aber er war bereit, meine Arbeit über den *Schellenengel* von Paul Klee zu betreuen. Mann, der *Schellenengel* – ich hatte die Grafik als Student gekauft, und seitdem hing sie in meinem Arbeitszimmer wie das Bild einer ewigen Geliebten. Der Schellenengel hat den rechten Fuß wie im Stechschritt nach vorne gerichtet und den Blick nach hinten. Er ist im Grunde genommen das komplette Gegenteil von mir, auch was seinen Gesichtsausdruck angeht: Der Schellenengel lächelt nämlich. Ich dagegen lächle nur selten, weil es nicht zu meiner Frisur passt. Der Schellenengel hat eine kleine Schelle am hinteren Ende seines Rocks hängen. Natürlich lächelt die Schelle genauso glücklich wie der Schellenengel.

Mein Handy klingelte, als ich gerade auf dem Heimweg vom Tramezzino-Frühstück bei Sven war.

»Stephan hier«, sagte Kammerer mit seiner ruhigen Akademikerstimme, die ganz gut zur kleinen sentimentalen Betrachtung meiner vertanen Chancen passte.

»Ich habe herausgefunden, wo Graf Wenzel von Gartow residiert hat.«

»Nun sag schon.«

»In Starnberg. Er muss sich dort in den frühen zwanziger Jahren ein gigantisches Anwesen gekauft haben. Ich habe im Bayerischen Staatsarchiv nachgesehen, ist ja gleich gegenüber. Die hatten einen Bebauungsplan aus dem Jahr 1919, und da war das Grundstück schon ausgelobt.«

»Du bist ein verdammtes Genie«, sagte ich in der Sprache der Privatdetektive. »Hast du eine genaue Adresse?«

»Die Straße heißt Prinzenweg, das müsste auf der Strecke nach Possenhofen sein. Sag mal, hast du was dagegen, wenn ich mitkomme?«

Was sollte ich schon dagegen haben, wenn sich jemand erbarmte, mit mir auf eine meiner elenden Recherchetouren zu gehen. Ich versprach Kammerer, ihn abzuholen, und legte einen Zahn zu, um in die Schraudolphstraße zu kommen, wo mein alter blauer Polo sehnlich darauf wartete, mit mir *Die Straßen von San Francisco* zu spielen. Ich startete mein Dienstfahrzeug, kurvte an den Studenten vorbei über die Schelling- auf die Ludwigstraße und bog hinter der Staatsbibliothek scharf links ab.

Als ich gegen zehn vor seinem Haus ankam, stand Kammerer schon an der Straße wie einer dieser traurigen Menschen, die einmal in der Woche von einem gutmütigen Bekannten zu einem Ausflug abgeholt werden. Er trug eine dicke Pelzmütze mit herabhängenden Ohrenschützern, die ihm etwas Kaninchenhaftes gaben.

»Mensch, Stephan«, sagte ich zur Begrüßung, »es ist

Tauwetter. Merkst du denn nicht, dass sich hier schon Regen unter den Schnee mischt?«

Er ließ sich nicht beeindrucken und entgegnete, dass es am Starnberger See hundertprozentig schneie.

Und tatsächlich: Wir fuhren mit dem blauen Polo über den feuchten Asphalt des Mittleren Rings, nahmen die an den Standstreifen bereits weiß gepuderte Garmischer Autobahn und fuhren durch die winterlich verschneite Kreisstadt Starnberg, bis wir am S-Bahnhof und damit am See landeten, von wo aus es rechts Richtung Possenhofen ging.

»Du musst jetzt den steilen Berg hochfahren«, sagte Kammerer, der offenbar den Stadtplan fotografisch in seinem Hirn gespeichert hatte.

Das war deutlich leichter gesagt als getan, denn ich hatte wie immer die verdammten Sommerreifen drauf. Das hat bei mir zwei Gründe. Erstens besitze ich keine Winterreifen. Zweitens weigere ich mich, den Winter als Gefahr zu akzeptieren und deshalb verkehrstechnisch aufzurüsten. Also fahre ich im Sommer wie im Winter mit Sommerreifen.

»Ich komm da nicht hoch«, erklärte ich und bog in die nächste Seitenstraße ein, um dort zu parken. Vor uns lag ein schmaler, komplett verschneiter, aber immer noch erkennbarer Spazierweg, der über eine breite Steintreppe zur oberen Straße führte.

»Das dürfte der Prinzenweg sein«, sagte Kammerer.

Es schneite, als würde der himmlische Konditor gerade komplett durchdrehen und sein ganzes Puderzuckerlager leeren. Wir waren vielleicht zwei Minuten unterwegs, da sahen wir das Haus. Dieser Gartow kann kein übles Leben gehabt haben, dachte ich. Die Villa war ganz in

Kaisergelb gehalten und mit kleineren und größeren Terrassen beklebt. Alles war auf feinste Art verziert und verschnörkelt und stand in einem großen, verwilderten Park. Und noch etwas: Das Haus sah exakt so aus wie das in dem Wappen auf Gartows Grabplatte. Ich hatte also wieder mal einen Volltreffer gelandet.

»Vermutlich kommt man nur über den Prinzenweg ins Haus«, sagte Stephan und schlug vor, dass ich mich alleine auf den Weg machte. Er wollte sich unterdessen ein bisschen bei den Nachbarn umhören, was die so über das Haus und dessen Bewohner erzählen. Ich fand das eine gute Idee, auch wenn mir ein bisschen mulmig zumute war bei dem Gedanken, das Grundstück ohne Begleitung betreten zu müssen.

Ich quälte mich die Stufen hoch und kam tatsächlich auf den Prinzenweg, den ich fast bis zur Possenhofener Hauptstraße vorging, ohne von hier oben erkennen zu können, wie man zu dieser verdammten Villa gelangte. Es war kein Mensch weit und breit zu sehen, und die verklinkerten Einfamilienhäuser wirkten wie Attrappen. Mein Orientierungsvermögen ist ungefähr so ausgeprägt wie die Englischkenntnisse von Wanderratten. Aber ich musste mich schon sehr täuschen, wenn das kleine Landhaus, vor dem ich stand, nicht exakt der Gartowschen Villa vorgelagert gewesen wäre.

Ich las auf einem Silberschild, dass sich hier eine Immobilienagentur eingemietet hatte. Doch auch hier war es wie überall in dieser seltsamen Straße: tot und still. Ich ging durch das offene Tor und wagte mich seitlich an der Villa vorbei. Die Rollläden waren heruntergezogen – da war wirklich niemand drin. Ein paar Schritte weiter, und ich stand direkt vor der gelben Villa, die wir von unten gesehen hatten. Von vorne wirkte sie nicht ganz so gepflegt, eher bescheidener Anstrich, würde ich sagen. Aber nach vormalig vornehmer Herrschaft roch das Teil allemal. Ich nahm die kleine Treppenempore und beäugte das Hammerteil von einem Türklopfer. Das Ding war ein großer, kupfereiserner Löwenkopf mit Satyrgesicht – ziemlich ungewöhnlich für diese Gegend. Egal, ich entschied mich sowieso für die moderne Türklingel rechts.

Das Bimmeln echote durchs ganze Haus, und ich war gespannt wie ein Expander, ob mir ein livrierter Butler oder eine resolute Hausdame öffnete. Die ersten fünf Minuten war es allerdings so, dass gar keiner öffnete. Ich bin nicht feige, jedenfalls nicht feiger als alle anderen. Doch irgendeine blöde Art von Respekt verbot es mir, ein zweites Mal zu klingeln. Ich hatte mich schon wieder umgedreht und die Treppenempore ins Visier genommen, als ich Schritte im Haus hörte. Es waren flinke, große Schritte, die mich sofort ein bisschen erleichterten, weil sie etwas Praktisches hatten und nicht gravitätisch daherkamen wie normalerweise die Schritte in solchen Häusern.

Die Tür ging nach innen auf, was einen coolen Geisterhandeffekt hatte. Hinter dem Dunkel des Türrahmens und vor dem Halbdunkel des Raumes erschien ein Gesicht, das mir zulächelte. Es war das Gesicht eines Mannes, der etwa vier oder fünf Jahre jünger war als ich. Ein ovales Asketengesicht mit einer Nase, an der man Handtücher hätte aufhängen können, wenn die Biegung nach oben gegangen wäre. Den schmalen Mund klammerten zwei tiefe, gut geschwungene Falten ein, dazu grüne Augen und eine hohe Stirn. Der Mann reichte mir die Hand, ich nahm sie und stellte mich als Kunsthistoriker vor, was nicht gelogen war.

»Wissen Sie«, sagte ich und versuchte, möglichst bienenfleißig zu wirken, »ich sehe mir regelmäßig Villen und Landhäuser in Oberbayern an, weil ich vorhabe, eine Art Topografie des Feudalbaus zu schreiben. Einen Verlag habe ich auch schon, und wenn mir das Kulturamt ein bisschen was vorschießt, könnte ich nächstes Jahr einen herrlichen Bildband veröffentlichen. Ihr Haus wäre natürlich auch mit drin, Herr …«

»Quindel«, sagte er, »Volker Quindel, kommen Sie doch rein.«

Im nächsten Moment stand ich in einem großen Flur, in den durch eine große Glaskuppel an der Decke Licht fiel. Zur Empore im ersten Stock führte eine Wendeltreppe mit schmiedeeisernem Gitter, und an den Wänden hingen Porträts von Adeligen. Ich nahm an, dass es sich um die Grafen von Gartow handelte.

»Das Haus hat früher den Grafen von Gartow gehört«, sagte Quindel, als könnte er meine Gedanken lesen. »Ich bin hier sozusagen der Hausverwalter.«

»Das ist ja mehr als prachtvoll«, stellte ich ein bisschen unbeholfen fest, aber mich interessierte dieser ganze Jugendstil-Klimbim nun mal einen Dreck. Im Gegensatz zu Quindel, dem schlanken Typ mit dem Gibraltarkinn.

»Sie sehen nicht gerade wie ein Hausmeister aus«, sagte ich.

Er lachte und bog sich ein bisschen nach hinten. Da sah ich erst, wie beneidenswert schlank er war. Das schwarze Seidenhemd und die seidene Stretchhose verstärkten den Eindruck noch.

»Sie haben recht«, sagte er dann, »den Hausmeisterjob mache ich so nebenbei. Ich bin Kaufmann und habe unten im Keller ein kleines Büro.«

Ich sah mich um. Da war eigentlich nichts, was auf ein Büro hindeutete. Hinter den Mahagonitüren dürften vielleicht Herrenzimmer und Damensalons gewesen sein, doch ganz sicher kein Büro mit Fax und PC, in das ein Typ wie dieser Quindel allerdings auch nicht so richtig passen würde.

»Darf ich fragen, was Sie kaufen?«, fragte ich.

Quindel schaute ein bisschen irritiert, fing sich jedoch schnell wieder. Er schien mir überhaupt ein Typ zu sein, der mit Irritationen kühl und professionell umgehen konnte. »Immobilien natürlich«, erwiderte er, und seine Faltenklammern gaben den schmalen Lippen großzügigen Grinsraum. »Vielleicht hätte ich für Sie ja auch etwas Passendes«, fügte er hinzu und lächelte erschreckenderweise gar nicht mehr dabei. Diese Typen haben nichts anderes im Kopf, als jedem stets und überall eine Bude zu verticken. Als er wissen wollte, wo ich wohne, sagte ich, im Münchner Norden. Keine Ahnung, wieso ich mich so vage ausdrückte. Vielleicht hatte ich Angst, dass ich hier mit einem Kaufvertrag für das Nymphenburger Schloss herauskam.

»Seit wann leben Sie hier?«, erkundigte ich mich.

»Seit vier Monaten«, sagte er. Er blickte auf seine Armbanduhr. Auf einmal fing er an, nervös zu werden, und wollte mir mit kleinen Signalen zu verstehen geben, dass ich mich möglichst schnell verziehen sollte. »Fassen Sie es nicht als Unhöflichkeit auf, wenn ich mich jetzt von Ihnen verabschieden muss«, sprach er gestelzt weiter. »Ich habe noch ein paar Termine hier in der Gegend.«

»Gut zahlende Kundschaft, nicht wahr?«

Quindel lächelte verlegen, doch seine Verlegenheit hatte auch eine Spur Brutalität, wie eine in die Enge getriebene Ratte, die sich einerseits bedroht, andererseits zum Beißen herausgefordert fühlt. Er reichte mir die Hand, die nun waschlappenhaft feucht war. Ich habe mehrfach schlechte Erfahrungen mit schlabberigen Händen gemacht. Killerhände sind so. Hände, die nur kleine Hebel ziehen müssen, um eine Katastrophe anzurichten.

Quindel brachte mich freundlicherweise zum Prinzenweg. Wir kamen vorbei an dem leerstehenden Landhaus mit den heruntergezogenen Jalousien, an zugeschneiten Sträuchern, Buchsbäumen und einem kleine Rosengarten, der mir beim Herkommen gar nicht aufgefallen war. Ich wollte gerade wieder Quindels weiche Pfote ergreifen, als mein Handy klingelte.

»Sorry«, murmelte ich und fummelte im Mantelfutter herum, in dem ein Loch war, durch das mein Telefon gerutscht sein musste. Es sah aus, als wollte ich mein Mieder hochziehen. »Ja, ich verstehe«, sagte ich, und ich glaube, Quindel spürte, dass mir das Gespräch unangenehm war. Am anderen Ende war Kammerer, der mit einigen Nachbarn geredet und angeblich Sensationelles herausgefunden hatte. Das Dumme war nur, dass er seine Euphorie auch in seine Stimme legte. Man konnte ihn selbst drei Meter neben uns noch schreien hören.

»Ja, mein Schatz«, sagte ich, »ich komme sofort, muss nur noch einen alten Freund verabschieden.«

Keine Ahnung, ob Quindel mir die Nummer abnahm. Jedenfalls gab er mir kurz seinen Waschlappen, ich wrang ihn aus und starrte zwei Sekunden später auf seinen Rücken.

Auf der Prinzenstraße hatte sich der Schnee inzwischen teppichdick verfangen. Ein Range Rover fuhr vorbei und zog eine breite Reifenspur durch den Schnee. Die Spur war eine Art Markierung: Achtung, Fremder, hier wohnen Menschen, die so viel Geld haben, dass sie den ganzen Starnberger See damit füllen könnten. Apropos: Ich kam an eine Stelle, von der aus ich einen ziemlich guten Blick auf den See hatte. Grau wie eine Schiefertafel lag er da. In der Ferne sah ich die kleine Kapelle von Aufkirchen, einem Promiort; aus den Kaminen der Seevillen quälte sich fetter hellgrauer Rauch, und auf der Schieferplatte kurvten ein paar größere Boote herum. Mir gefiel die Landschaft, weil sie ruhig und bedrohlich zugleich war.

Am Fuß der verschneiten Treppe stand Stephan Kammerer und lachte mir entgegen. Ich beneidete diesen Mann. Für mich ging es in dem Fall um einen Toten, den ich kannte, eine Schmuckkiste, die ich aus dessen Pensionszimmer hatte mitgehen lassen, und eine verwüstete Wohnung, in der ich zufällig wohnte. Für Kammerer dagegen war alles Forschung und Erkenntnisgewinn. Zumindest glaubte ich das.

»Hast du was rausgefunden?«, fragte er. Ehe ich antworten konnte, fing er auch schon selbst an zu erzählen. Er hatte sich bei den Nachbarn ein wenig umgehört und erfahren, dass bis vor wenigen Monaten noch die letzte Gräfin von Gartow in dem Chalet gewohnt hatte. Die Dame sei schon alt und habe sich daher entschlossen, das Haus zu verpachten.

»Den Pächter kennen die alle gar nicht«, sagte Kammerer. »Einer der Nachbarn, ehemaliger Geschichtsprofessor aus Tübingen, will den Kerl schon mal gesehen haben. Er hat wohl sogar ein paar Worte mit ihm gesprochen und will bemerkt haben, dass der Mann niemanden an sich ranlässt.

»Finde ich jetzt nicht so ungewöhnlich«, entgegnete ich. »Wer will schon jeden an sich ranlassen, du etwa?«

»Nein, das nicht«, sagte Kammerer. »Aber der Professor hat erzählt, dass in dem Chalet manchmal die ganze Nacht das Licht brennt. Außerdem sind öfter mal schwarze Sheriffs auf dem Grundstück.«

»Schwarze Sheriffs?«

»Ja, diese halbkriminellen Security-Typen, die jeden verprügeln, der in die Nähe des Gartens kommt.«

Da war ich vermutlich gerade mitten in eine Zigarettenpause von den Herren geraten. Jedenfalls hatte ich bei meinem kurzen Besuch bei Quindel nichts Besonderes bemerkt. »Hast du irgendetwas über Wenzel von Gartow herausgefunden?«, fragte ich.

Kammerer strahlte mich an, als habe er seit Stunden auf diese Frage gewartet. »Allerdings«, erwiderte er und strahlte weiter.

»Komm, mach's nicht so spannend, ich muss heute noch meine Steuererklärung abgeben.«

»Also, pass auf«, legte er los. »Dieser Nachbar hat den Gartow natürlich nicht mehr persönlich gekannt. Der alte Graf ist in den frühen Sechzigern gestorben.«

»Im Jahr 1963, um genau zu sein«, sagte ich.

»Ja. Und als er nach Starnberg gezogen ist, war er gerade mal Mitte dreißig und stinkend reich. Kein Mensch wusste, woher er die Kohle hatte, verstehst du?«

Ich schüttelte den Kopf, auch weil ich hoffte, damit die Schneemütze abzuschütteln, die sich auf mein graues Haar gestrickt hatte. »Woher hatte er das Geld?«

Kammerer grinste wieder. Langsam ging er mir auf die Nerven mit seinem Trumpfkartengetue. »Keine Ahnung, Josef. Aber ich hab eine Adresse, die wir uns mal näher anschauen sollten.«

Wir gingen zu meinem Wagen, der in der kurzen Zeit – es war noch nicht ganz Mittag – komplett eingeschneit war. Kammerer machte es sich auf dem Beifahrersitz bequem, während ich mit Handfeger und Eiskratzer versuchte, die Scheiben freizubekommen. Dieses feine, vornehme Starnberger Schneegeriesel machte mich wütend, weil es zu diesem dezenten Reichtum hier passte wie die Mauer zur Ostzone.

»Der Mann, zu dem wir fahren, ist so eine Art Heimatforscher«, sagte Kammerer, während ich den Motor startete. »Wenn du die Possenhofener Landstraße weiter Richtung Tutzing fährst, kommen wir automatisch nach Feldafing, da wohnt der Knabe, ein gewisser Doktor Anton Fallgrieser, pensionierter Oberstudienrat. Er hat sich sein ganzes Leben lang mit der Geschichte der Region befasst.«

»Könnte mir Schlimmeres vorstellen«, sagte ich und versuchte, den blauen Polo durch die Schneemassen zu manövrieren. War nicht ganz einfach mit den Sommerreifen, aber wir kamen vorwärts. Als wir auf der Hauptstraße fuhren, war alles kein Problem mehr, weil wir direkt hinter einem Räumfahrzeug herzuckelten.

»Kannst du den nicht überholen?«, fragte Kammerer.

»Klar kann ich. Ich kann aber auch eine Flasche Abflussreiniger schlucken, das käme ungefähr aufs Gleiche hinaus.«

Die Fahrt dauerte elend lang. Wir rollten an verschneiten Wiesenhängen vorbei und mussten sogar eine halbsteile Straße hochfahren, was mich fast mein Nervenkostüm gekostet hätte. Einmal mussten wir aussteigen und schieben und dreimal nach Doktor Fallgrieser fragen, bis wir vor seinem Haus standen. Es war eine ziemlich windschiefe Hütte, also das komplette Gegenteil des Gartowschen Chalets. Ein Teil des Hauses ging turmartig nach oben, dahinter fiel ein Garten schluchtenartig ab, es war echt ein bizarres Anwesen, in dem dieser Herr Doktor Fallgrieser wohnte.

Haus und Fallgrieser konnten sich nicht ähnlicher sein. Der Mann ging sicher scharf auf die achtzig zu, entsprechend gebückt stand er in der Tür. Er trug einen gelb-weißen Bart, der ein paar haarfreie Inseln aufwies. Die dicke dunkelbraune Hornbrille musste noch aus dem Krieg sein und seine Manieren aus dem frühen neunzehnten Jahrhundert. Er begrüßte uns mit einer leichten Verbeugung, und ich hatte schon Angst, er müsste für den Rest seines Lebens so verharren. Aber als er uns den Weg durch die Wohnung wies, schien er doch ziemlich gut in Schuss zu sein. »Ich darf vorangehen«, sagte er, und ich wunderte mich, dass der Alte uns einfach so in sein Haus bat. Als wir ins Wohnzimmer kamen, blieb Kammerer sofort vor der gigantischen Bücherwand stehen, die fast die Ausmaße einer Klosterbibliothek hatte. Alles ziemlich alte Schinken, jedenfalls auf den ersten Blick.

»Interessiert es Sie denn gar nicht, warum wir Sie besuchen kommen, Herr Fallgrieser?«, frage ich. Der Alte hatte sich an einen Tisch mit spiegelglatter Fläche gesetzt und starrte auf den Widerschein seines Gesichts, als könne er nicht fassen, wie die Zeit darin gewütet hatte.

»Die Menschen kommen zu mir, weil sie etwas über den Starnberger See und seine Geheimnisse wissen wollen«, sagte er, ohne mich anzusehen. »Es gibt keinen anderen Grund, einen alten Mann wie mich aufzusuchen. Möchten die Herren einen Enzian?«

Kammerer drehte sich ruckartig von der Bücherwand weg. »Oh, unbedingt, Enzian immer gerne«, sagte er.

Der alte Mann stand umständlich auf, ging dann aber mit gewohnter Grazie zu einem alten Bauernschrank, der mit grünen Malereien verziert war. Er öffnete die quietschende Tür, und ich hätte mich nicht gewundert, wenn plötzlich eine kleine Armee in historischen Uniformen herausmarschiert wäre. Er holte eine Flasche Schnaps und drei Zinnbecher heraus, stellte sie auf die blanke Tischplatte und schenkte ein.

Fast in der Mitte des Zimmers stand eine riesige blaue Vase, die aussah wie ein chinesisches Tempeltotem. Keine Ahnung, warum sich manche Menschen Vasen in die Buden stellen, wenn sie nicht einmal Blumen reinpflanzen.

»Was wollen Sie wissen? Wer König Ludwig umgebracht hat?«

»Das würde mich brennend interessieren«, erwiderte Kammerer und nahm das Pinnchen.

Ich klemmte mir den Zinnzipfel zwischen die Finger, und Doktor Fallgrieser führte den Becher mit beiden Händen zum Mund.

»Da kann ich Ihnen Unterlagen zeigen, die eine ganz klare Sprache sprechen«, sagte der Alte, woraufhin Kammerer ihm immer wieder Stichworte zum Thema König Ludwig gab.

Ich musste einschreiten. »Herr Doktor Fallgrieser«,

sagte ich. »Wir sind gekommen, um Sie nach dem Grafen Wenzel von Gartow zu fragen.«

Der Alte ließ den Mund offen stehen, als erwarte er Besuch von einer Zugvogelgesellschaft, die unbedingt einen schnellen Nistplatz brauchte. Mit einem Ruck griff er nach dem Pinnchen und kippte sich den Rest Enzian in den Schädel. »Gartow«, sagte er dann und schüttelte sich wie ein nasser Köter. Schwer zu sagen, ob es am Schnaps oder am Namen Gartow lag.

»Sie meinen die Familie von Gartow, die im Chalet am Prinzenweg gewohnt hat?«

»Gibt es noch eine andere?«

Er schüttelte den Kopf und sah mit einem Mal niedergeschlagen aus.

»Ich hab den alten Wenzel noch gekannt«, fuhr er fort und schaute wieder ein bisschen fröhlicher aus der Wäsche. Vielleicht hoffte er, bald wieder den Bogen zu König Ludwig schlagen zu können. »Er ist Anfang der zwanziger Jahre von Berlin nach Starnberg gekommen, weil er ein Grundstück gekauft hatte und sich hier niederlassen wollte.«

»Woher hatte der Mann das Geld?«

»Sehen Sie, das ist das große Geheimnis des Grafen von Gartow. Der Mann war blutjung, stammte aus einer vollkommen verarmten Adelsfamilie und hatte sein Medizinstudium in Berlin nach dem sechsten Semester abgebrochen. Aber als er hierherkam, war er steinreich, und seine Ehefrau war es auch.«

»Wann haben Sie den Grafen kennengelernt?«, fragte Kammerer.

»Das dürfte in den frühen fünfziger Jahren gewesen sein«, antwortete der Alte. »Gartow war damals im

Stadtrat ziemlich einflussreich und hat sehr viel für das Krankenhaus und das Altenstift getan. Er hat fast alle Starnberger Gemeinden mit Spenden überzogen.«

»Ein Wohltäter also«, sagte ich und ich sah nach, ob noch ein Rest Enzian in meinem Zinnpinnchen war.

»Ja, ja«, machte Fallgrieser. »Allerdings – in sein Haus hat er nie jemanden eingeladen. Kein Mensch wusste, wie er mit seiner Gattin lebte. Die Gräfin war meistens in München unterwegs, sie mochte das Leben hier draußen nicht. Ich glaube, es war ihr zu provinziell.«

»Kinder?«, fragte ich.

»Ja, die von Gartows hatten eine Tochter, Gerhild. Die Dame hat bis vor einem halben Jahr in dem Chalet gewohnt.«

»Warum ist sie aus der Traumbude ausgezogen?«, fragte ich.

»Das Haus ist ihr zu groß geworden. Außerdem hat sie einen Pächter gefunden, der schnell mit ihr einig wurde.«

»Haben Sie diesen Herrn Quindel einmal kennengelernt?«, hakte ich nach.

Fallgrieser fühlte sich sichtlich unwohl bei unserem kleinen Mittagstalk Er hätte lieber Heimatgeschichten erzählt. »Nein, ich kenne den Mann nur vom Hörensagen. Die Nachbarn erzählen, dass er selten da sei, und wenn, dann nur nachts.«

»Ja, das haben wir auch schon gehört«, meldete sich Kammerer zu Wort.

»Haben Sie selbst eine Erklärung für den Reichtum von Graf Gartow?«, bohrte ich nach. Ich war ziemlich sicher, dass Fallgrieser uns am liebsten hinauskomplimentiert hätte.

»Nein«, erwiderte er, »niemand wusste, wieso der Mann so viel Geld hatte, und es ging ja auch niemanden etwas an.«

»Vor allem, wenn jemand so freigiebig ist und wie Gartow eine ganze Kleinstadt mit milden Gaben versorgt.«

»Aber meine Herren«, begehrte Fallgrieser plötzlich auf. »Warum denn so viel Emotionen bei einer Geschichte, die eine halbe Ewigkeit zurückliegt? Lassen Sie den Toten doch ihre Ruhe …«

»Wenden wir uns nun wieder dem allgegenwärtigen König Ludwig zu?«, fragte ich süffisant, und Kammerer bekam leuchtende Augen.

»Wenn Sie das interessiert …« sagte Fallgrieser.

Wortlos stand ich auf, reichte dem Alten die Hand und blickte über seine lodenverkleidete Schulter auf die abschüssige Wiese hinter dem Haus, wo der Schnee die Sträucher luftdicht in Beschlag genommen hatte. Eine kleine, halb verfallene Hütte stand nahe am Drahtzaun, der an die untere Straße grenzte. Ich nickte Kammerer zu, der die ganze Zeit vor dem Bücherregal stehen geblieben war und an diversen Gegenständen rumfummelte.

Seltsamerweise machte den Alten das nervös, und er ging energisch, wenn auch Haltung bewahrend auf Kammerer zu. »Bitte berühren Sie die Sachen nicht«, sagte er. »Es handelt sich um recht alte Erinnerungsstücke, die ich hier aufbewahre. Meine Frau ist seit vielen Jahren tot, und ich hänge an den Sachen. Nippes würden Sie das wahrscheinlich nennen«, setzte er nach und sah mich an, als wäre ich ein elender Prolet, den er besser nicht in sein windschiefes Haus gelassen hätte.

Kammerer zog die Hand aus dem Bücherregal zurück. Allerdings mit einer derart ungeschickten Bewegung, dass ein kleines Teil mit einem hellen Klicken auf den Parkettboden fiel. Fallgrieser drehte sich um, ich drehte mich um, und ehe der Alte sich danach bücken konnte, hielt ich es in der Hand: Es war ein kleiner blauer Diamant in Herzform. Ich kannte die Sorte, hatte selber welche davon im Kühlschrank, schön würdig hinter den Bierflaschen versteckt. Es war einer von der Sorte, mit der mein Klient Walter Lankomy umgebracht worden war.

»Was ist das denn Hübsches?«, fragte ich.

Mit seinen dünnen, blau geäderten Greifern klaubte mir der Alte den Diamanten aus der Hand. »Ein Andenken an meine liebe Frau, wie ich Ihnen schon sagte. Sie hat es gerne um den Hals getragen. Ich denke, wir haben aber jetzt genug geplaudert, meine Herren.« Fallgrieser streckte den rechten Arm aus, an dem entlang wir ins Freie gehen sollten.

Als wir draußen waren, machte er die Tür zu, ohne uns zu verabschieden.

»Nicht schlecht, mein Lieber«, sagte Kammerer. »Was hat der bloß für ein Problem mit diesem geschmacklosen Stein?«

»Keine Ahnung, ich kenn mich mit so was nicht aus«, sagte ich.

»Kennst du das: *Dein Herze kann allein zu aller Zeit bestehen*?«

»Nee, was soll das sein?«

»Keine Ahnung, ein Gedicht, schätze ich.«

»Möchte nicht wissen, was der Alte für Leichen im Keller hat«, sagte Kammerer.

Wir stiegen in meinen blauen Polo und fuhren nach München zurück, wo es inzwischen genauso haltlos schneite wie am Starnberger See.

7

Mittlerweile war es kurz nach zwei. Ich parkte in meiner Straße und ging dann mit Kammerer zu Fuß zu Sven. Er kannte die Cappuccinobar noch nicht, und ich dachte, es würde ihm gefallen, zu sehen, wie jemand lebt, der im Studium nicht fleißig genug war. In den Straßen lag verdammt hoch Schnee, ein Räumfahrzeug quälte sich durch die Schellingstraße.

Als wir eintraten, stand Lammhuber an der Theke und hielt uns eine Seite seiner verfluchten Zeitung entgegen. »Da siehst du, was Recherche ist, Josef!«

Ich beachtete ihn zunächst nicht, sondern rief Sven zu, er solle gleich mal zwei Grappa für uns einschenken. Kammerer winkte sofort ab. Er habe schon genug von dem Enzian in Feldafing. Also war ich wieder mal der Einzige, der einen Schnaps brauchte. Außer Lammhuber natürlich, der schon ein leeres Grappaglas vor sich stehen hatte.

»Also, Kisch-Lorraine«, sagte ich, »was hast du denn diesmal für eine Ente recherchiert, du Investigativ-Nervensäge?«

»Lies selbst«, sagte er und tippte mit dem Finger auf die Zeitungsseite, die er Sven vermutlich schon fünfmal rauf und runter vorgetragen hatte.

Ich las selbst. Es ging darum, dass Lammhuber sich in eine Zeitarbeitsfirma eingeschlichen hatte, die offenbar billige Arbeitskräfte ins Ausland vermittelte. Er schilderte in seiner komplett talentfreien Schreibe, wie er sich heldenhaft in die Firma reingezeckt und hinter die finsteren Machenschaften gekommen war.

»Das Prinzip ist einfach und brutal«, stand da. »Obdachlose, also Menschen, nach denen niemand fragt, werden einfach geködert, in Lieferwagen gesteckt und über die Grenze nach Tschechien gebracht. Dort sind sie dann Freiwild für Ausbeuter und Lohndrücker.«

»Liest sich wie ein kommunistisches Kampfblatt«, sagte ich und schob die Zeitung zu Lammhuber zurück.

Der sah mich nur verächtlich an und murmelte etwas von knallharter Recherche und persönlichem Einsatz.

»Von Beweisen dagegen keine Spur, mein Lieber«, setzte ich hinterher.

»Die werden mir nach der Geschichte vermutlich eine Stelle anbieten. Ich denke, ich werde sie annehmen. Gut, ich verliere dann natürlich meine Unabhängigkeit, aber als Redakteur kann ich auf jeden Fall mehr bewegen. Das soziale Bewusstsein im Blatt stärken, verstehst du, Josef?«

»Nee.«

»Natürlich nicht. Weil du dich nur für deine dämlichen Aufträge interessierst, die dir die Miete sichern. Aber wir arbeiten nicht nur, um uns das Leben angenehm zu gestalten, mein Lieber. Wir haben einen verdammten Auftrag, du und ich.«

»Ich hab überhaupt keinen Auftrag. Leider. Ich hätte gerne einen, damit ich mir einen Bodyguard leisten kann, der mich vor Schwätzern wie dir beschützt«, entgegnete ich.

Aber es war vollkommen egal, was ich sagte: Lammhuber konnte man nicht beleidigen. Der Mann war schon von seiner Zeitung dermaßen gedemütigt worden, dass er nicht einmal die sprichwörtliche Restwürde besaß, die einen mit halbwegs gehobenem Blick durchs Leben gehen lässt.

»Na ja, jedenfalls ist die Pennergeschichte jetzt vom Tisch«, sagte Sven. Offenbar wollte er das Thema ein für alle Mal aus seinem Feinkostladen haben. »Übrigens hat die Frau Doktor nach dir gefragt, Josef.«

Ich erschrak. Keine Ahnung, warum. Normalerweise erschrecke ich nicht, wenn es um Frauen geht. »Was wollte sie denn?«, fragte ich möglichst unbeteiligt und nippte an meinem Grappa.

»Ich weiß es nicht. Sie sagte, sie würde vor ihrer nächsten Friedhofsführung noch einmal reinschauen.«

»Wann ist die?«

»Nachher um fünf, kurz bevor es dunkel wird.«

Kammerer war damit beschäftigt, den Milchschaum von seinem Löffel abzulecken. Lammhuber las noch einmal seine Reportage von vorne bis hinten durch, und Sven war gerade dabei, einen neuen Weinkarton aufzureißen. Ich hatte also ein paar Minuten Zeit, um mein Gehirn auszuschalten, aus dem Fenster zu starren und den Schneeflocken gutes Gelingen zu wünschen. Aber an diesem Nachmittag waren in der Schellingstraße nicht nur Schneeflocken unterwegs. Auf der gegenüberliegenden Straßenseite stand ein schwarzer BMW mit getönten Scheiben. So etwas sieht man normalerweise ziemlich selten im Studentenviertel.

»Du, Sven, hast du gerade eine Weinlieferung aus Sizilien erhalten?«

»Nee, wieso?«, antwortete Sven, ohne von dem Weinkarton aufzusehen. »Seit wann interessierst du dich für meinen Rotwein?«

»Vergiss es«, sagte ich, ging langsam zur Tür und trat auf den Gehsteig. Just in dem Moment ließ der Fahrer den Motor an und fuhr langsam und knirschend über den frischen Schnee davon.

Noch in der Cappuccinobar hatte ich über die Auskunft die Adresse von Gerhild von Gartow herausbekommen, die Dame wohnte in der Hompeschstraße, bestes Bogenhausen. Ich fuhr also mit Kammerer gegen drei über die Prinzregentenstraße hoch zum Friedensengel und bog auf der Ismaninger Straße nach links ab. Ich kannte die Hompeschstraße aus der Zeit, als ich noch Flaneur war. Nicht, dass ich Flaneure besonders sympathisch finde – heute ist jeder, der alle paar Schritte vor einem Schaufester stehen bleibt, ein Flaneur.

In der Nähe vom alten Bogenhausener St.-Georgs-Friedhof stellte ich den blauen Polo ab. Dürfte eine selten gesehene Marke in dieser Gegend sein, hier stehen sonst nur S-Klasse-Mercedes und 3-er BMWs herum. Links vom Friedhof schwingt sich der Wilhelm-Hausenstein-Weg in einem feinen Bogen durch die Maximiliansanlagen an einem Wiesenhang entlang. Unten liegen im Sommer die diskreten Sonnenanbeter, für die der Eisbach drüben mit seinen Nackten nicht so das Richtige ist. Es ist unspektakulär, aber man ist schön versteckt und ungestört. Das gilt übrigens auch für den St.-Georgs-Friedhof, auf dem ich gerne mal liegen möchte, wenn es sich nicht vermeiden lässt, den Löffel abzugeben. Ich hätte gerne die Stelle neben Rainer Werner Faßbinder, und ich würde ihm die ganze Zeit damit auf die Nerven gehen und ihm ständig sagen, er solle sich den albernen Fusselbart abrasieren. Verstehst du: Fassbinder möchte über Filme und Politik und die Verhältnisse mit mir diskutieren, und ich sag ihm immer: »Rainer hin, Werner her: Rasier dir endlich den blöden Fusselbart ab.« Aber dazu wird es nie kommen, weil man verdammt berühmt sein muss, um hier verscharrt zu werden. Denn es ist ein Friedhof mit gefühltem Blick auf die Isar und den Herzogpark.

Kammerer hatte seine Instruktionen, denn ich hatte meine Strategie mit ihm besprochen. Die meisten Häuser in der Hompeschstraße sehen so aus, als befänden sich entweder Konsulate von Schurkenstaaten darin oder Burschenschaften. Die Straße war nicht geräumt, und es knirschte laut unter unseren Schritten. Gerhild von Gartow wohnte Hausnummer siebzehn, in einem neueren Haus. Neuer heißt in dieser Gegend: späte sechziger Jahre. Ein gepflegtes Mehrfamilienhaus mit großzügigen Balkonen und orangefarbenen Jalousien, die alle eingerollt waren bis auf eine. Der Vorgarten war schneegeräumt, die Bewohner hatten sogar daran gedacht, die Sträucher vom Schnee zu befreien, damit sie nicht abbrachen.

Auf dem Klingelschild stand Gartow. Kein Titel, nur der Name. Der Türöffner schnurrte wie eine Katze in einer Thunfischdose. Im Treppenhaus hätte eine Familie von Normalmalochern gut eine Woche Luxusurlaub machen können: gedrechselter Tisch mit Topfpalme, in der Nische im Zwischengeschoß stand ein riesiger Intarsienschrank, und im ersten Stock kamen uns Kammerer und Celle aus einem ovalen Spiegel mit Barockrahmen entgegen. Ein Klick, und die Tür ging auf. Vor uns erschien eine ältere Dame im schwarzen Kostüm mit perfekt ondulierter Graufrisur. Sie war offenbar von einer Visagisten-Crew geschminkt worden, der unter anderem Michelangelo und Picasso angehört haben mussten. Mit anderen Worten: Die Frau sah perfekt, aber auch ein bisschen renoviert aus. Es klang nicht einmal besonders unfreundlich, als sie sich erkundigte, was wir wollten.

»Mein Name ist Josef Celle, und das ist mein Kollege Stephan Kammerer«, sagte ich.

»Ja, und?«, fragte Frau von Gartow weiter. Selbst das klang eher nach reservierter Neugier als nach Ablehnung.

»Mein Name ist Kammerer«, drängte sich mein Begleiter nun nach vorne, »ich bin Historiker.«

Anstatt ein drittes Mal nachzufragen, warum wir vor ihrer Tür standen, sagte sie:

»Historiker sind Sie. Sie kommen wohl zu mir, weil Sie vermuten, ich sei so alt, dass ich Ihnen die deutsche Geschichte mündlich erzählen kann?«

Damit hatte uns die alte Dame natürlich die Instrumente gezeigt, wie die Mediziner so schön sagen. Das zeugte von echtem deutschen Adel: mit sanftem Zynismus gewürzter Witz und eine elegante Ausdrucksweise. Ich war allerdings deutlicher schachmatt gesetzt als Kammerer, der den Angriff sofort parieren konnte.

»Das wäre natürlich die eleganteste Form der Überlieferung, gnädige Frau«, sagte er, und für dieses *gnädige Frau* beneidete ich ihn fast mehr als um sein Habilitationsthema. »Die Sache ist die: Ich versuche seit Jahren eine Art Genealogie des bayerischen Hochadels zu erstellen und bin dabei natürlich auch auf Ihren werten Namen gestoßen, Frau von Gartow.«

Die alte Dame in ihrem schwarzen Kostüm stand immer noch sehr lässig neben dem großen gerahmten Spiegel. Mit einem kleinen Ruck löste sie die Schulter vom Türrahmen und bat uns einzutreten. Ich folgte Kammerer in den kleinen Flur, der aussah wie die Gedenkstätte für einen romantischen Lyriker.

Zwei große Landschaftsbilder hingen links und rechts an den Wänden, dazwischen war eine Vitrine mit alten Büchern platziert und diagonal gegenüber ein Schirmständer mit zwei eleganten Spazierstöcken und einem Schirm drin. Die Gartow ging vor, und wir dackelten hinter ihr her durch einen ovalen Durchgang mit grünen Samtvorhängen samt goldenen Kordeln ins Wohnzimmer, das das Flair eines Damensalons in Schloss Nymphenburg hatte. Der Stil changierte zwischen Rokoko und Biedermeier, der Kapitalwert zwischen einer halben und einer Million Euro. Auf einem vermutlich dreihundert Jahre alten Buffet stand die Büste eines Mannes mit streng nach hinten gekämmtem, gewelltem Haupthaar und einer gigantischen Nase. Im ersten Moment dachte ich, es sei Sven.

»Bitte nehmen Sie Platz, meine Herren«, sagte sie und kündigte an, gleich einen Tee zu bringen.

Kammerer setzte sich auf das kleine blaue Sofa, ich nahm im Sessel daneben Platz. Es dauerte etwa drei Minuten, bis die Gartow mit einem großen Teetablett hereinrauschte, das ihr Kammerer sofort aus der Hand nehmen wollte.

»Nee, nee, nee!«, sagte die Alte preußisch schnarrend. »Wenn ich das jetzt in fremde Hände gebe, fällt alles zu Boden.«

Sie drapierte das Tablett auf dem runden Tischchen und schenkte jedem eine halbe Tasse ein. In den Porzellandöschen waren weißer und brauner Kandis für uns und Süßstoff für sie. »Wissen Sie«, fuhr sie fort und sah nur Kammerer an, »unsere Familie hat nicht zum Hochadel gehört, das wäre eine Übertreibung. Aber die Gartows waren einmal ein Raubrittergeschlecht, das durch, wie würde man das heute nennen, Resozialisierung zu einem bemerkenswerten gesellschaftlichen Einfluss gelangt ist.«

»Ja«, sagte Kammerer beflissen, »einer Ihrer Urgroßväter war mit Moses Mendelssohn befreundet.«

Keine Ahnung, wo er das wieder herhatte. Vielleicht hatte er es sich auch ausgedacht, damit wir hier einen soliden Eindruck machten.

»Oh, das wusste ich gar nicht. Aber in der Tat waren einige von Gartows in den damaligen Berliner Salons gern gesehene Gäste.«

»Rahel Varnhagen«, ergänzte Kammerer und nickte wie diese todeswürdigen Klassenstreber, die immer einen Tick mehr wussten als der Geschichtslehrer. Aber ich ließ ihn machen, denn er bekam es gut hin, die alte Lady mit seinem akademischen Charme einzuwickeln. Alte Gräfinnen mögen junge, aufstrebende Wissenschaftler, denn die können sie schön protegieren. Vielleicht vermachte die Gartow Kammerer ja ihre Eigentumswohnung? Die müsste er dann verticken, und von meinem Anteil würde ich mir ein Häuschen in Südfrankreich kaufen. Im Languedoc – wegen der exquisiten Biersorten.

»Irgendwann ist Ihre Familie in Oberbayern gelandet«, sagte Kammerer, und ich war froh, dass wir von der europäischen Geistesgeschichte endlich zur Gegenwart gekommen waren. Jedenfalls beinahe.

»Ja«, bestätigte die Gräfin und führte ihre Tasse zum Mund. »Mein Vater, Wenzel von Gartow, hatte Vermögen gemacht und ein Haus oberhalb des Starnberger Sees gekauft. Ich habe bis vor wenigen Monaten noch selbst dort gewohnt.« Sie nippte an dem Tee und stellte die Tasse wieder auf dem Biedermeiertischchen ab. »Das ist er übrigens«, sagte sie nach einer Weile und nickte zu der großnasigen Büste hin.

So hat also der alte Wenzel ausgesehen, dachte ich und war froh, dass ich den Kerl nicht auch noch kennenlernen musste.

»Warum sind Sie ausgezogen?«, fragte ich. Die Gartow richtete ihre Antwort jedoch wieder an Kammerer. »Wissen Sie, wenn Sie alt sind, brauchen Sie kein Chalet mehr. Es ist mir einfach zu groß geworden, deshalb habe ich beschlossen, es zu verpachten.«

»An wen?« Ich war für die harten Fragen zuständig.

»An einen jungen Mann aus Ostdeutschland. Er war daran interessiert, ein Büro in der Nähe von München aufzumachen, liebt aber die Natur und die Abgeschiedenheit. Für ihn war es offenbar die ideale Gelegenheit. Er hat sich in den Kellerräumen eingerichtet, der Rest des Hauses ist zwischenzeitlich ungenutzt.«

»Wissen Sie …«, begann ich.

Kammerer unterbrach mich. »Gnädige Frau, hat Ihr Herr Vater vielleicht interessante Aufzeichnungen zur Familiengeschichte hinterlassen? Irgendwelche Stammbäume zum Beispiel oder Chroniken, die uns etwas mehr Aufschluss über Verzweigungen Ihres werten Geschlechtes geben?«

Der Mann konnte Süßholz raspeln wie ein Konditormeister. Doch er war kein schlechter Stratege. Er merkte, dass meine Fragen zu direkt waren und wir Gefahr liefen, uns verdächtig zu machen. Die von Gartow hatte jedenfalls Vertrauen zu ihm gefasst, und das war unser verdammtes Kapital.

»Nein«, erwiderte sie, und ich merkte, wie sie nervös mit der Perlenkette an ihrem Hals spielte. »Es gibt keine solchen Aufzeichnungen. Allerdings …«

»Ja?«, sagte ich, woraufhin Kammerer mit einer heftigen Handbewegung andeutete, dass ich die Klappe halten sollte.

»Es gibt da«, fuhr die Gartow fort, »ein kleines Erbstück, das ich seit langem vermisse und von dem ich glaube, dass es in unsicheren Händen ist.«

»Was genau meinen Sie?«, fragte ich.

»Es handelt sich um ein Schmuckkästchen. Wissen Sie, nichts Besonderes, auch nichts allzu Wertvolles. Aber es ist ein Andenken an meinen Vater.«

»Wie sieht denn das Kästchen aus?«, hakte Kammerer nach, und ich muss sagen, die Frage hätte ich ein paar Sekunden später auch gestellt.

»In wessen Händen kann es Ihrer Meinung nach sein?«, setzte ich nach.

Die Gartow warf mir einen nervösen und zugleich missbilligenden Blick zu, um dann, an Kammerer gerichtet, zu antworten. »Ich habe nicht die geringste Ahnung. Aber ich würde einiges investieren, um dies herauszufinden.«

»Gnädige Frau«, sagte Kammerer, »vielleicht ist das Schicksal Ihnen gerade besonders gnädig. Der Herr neben mir ist nämlich Privatdetektiv, und das Wiederbringen von verlorenen Menschen und Dingen gehört zu seinem Handwerk.«

So elegant-philosophisch hätte ich das selber nie formulieren können, und immerhin musterte mich die Gartow auf einmal mit einem gewissen Respekt. Jedoch auch mit einer plötzlich erwachten Nervosität.

»Sie sind Detektiv? Ich wusste gar nicht, dass es so etwas noch gibt.«

»Doch«, sagte ich, »allerdings ist der Beruf vom Aussterben bedroht wie alte Adelsgeschlechter.«

Kammerer verdrehte die Augen.

Die Gartow dagegen überhörte meine Bemerkung. »Was ich viel nötiger gebrauchen könnte, ist eine Dame, die mir hin und wieder ein paar Besorgungen macht. Ich weiß einfach nicht, wo ich einen Menschen finden soll, dem ich vertrauen kann. Die Person, die ich momentan beschäftige, gehört jedenfalls nicht dazu. Wenn Sie mir so eine Hilfe besorgen könnten, wäre ich Ihnen sehr dankbar.«

Ich nickte und sagte, dass ich mich umhören würde.

Das Telefon ging. Die Gartow stand auf und nahm den Hörer von einem schwarzen historischen Apparat, der auf einem Sekretär stand. Ihre Miene wurde auf einmal hart und kalt. Dazu sprach sie in kurzen, kalten, harten Sätzen, die ganz anders klangen als ihr aristokratischer Tonfall.

»Sie müssen sehen, wie Sie das wieder in Ordnung bringen«, zischte die Gartow, bevor sie auflegte. Sie blieb einen Moment vor dem Sekretär stehen, als müsste sie sich einen Satz zurechtlegen, mit dem sie die knappe Grammatik ihres Telefonats annullieren könnte.

»Meine Herren, bitte entschuldigen Sie mich, aber ich

bin es nicht gewohnt, Besuch zu haben. Es strengt mich sehr an, auch wenn es außerordentlich angenehm war, Ihre Bekanntschaft zu machen.«

Sie ging durch den Flur bis zur Wohnungstür, während wir unsere Mäntel anzogen und ihr ziemlich verdattert hinterherliefen. Sie fertigte uns innerhalb von einer Minute ab und machte die Wohnungstür hinter sich zu. Zack standen wir wieder im Hausflur und starrten uns in dem gerahmten Spiegel an.

»Habe ich jetzt eigentlich den Auftrag oder nicht?«

»Ich glaube nicht«, sagte Kammerer.

Wir gingen schweigend die Treppe hinunter und durch den knirschenden Schnee der Hompeschstraße. Erst als wir in meinem blauen Polo saßen, meinte Kammerer, dass er wirklich vieles dafür gebe, wenn er erführe, was das für eine Schmuckkiste sei.

»Hat sie nicht gesagt, dass sie eine Gesellschafterin braucht?«, fragte ich.

»Vielleicht kannst du dir ja ein Kostüm kaufen und die Hausdame für die Frau Gräfin mimen«, sagte er.

»Ich fahr dich besser nach Hause«, entgegnete ich nur. Ich kurvte zuerst in die Schönfeldstraße, setzte Kammerer dort ab und bretterte dann in die Schraudolphstraße, wo just in dem Augenblick ein schwarzer BMW aus einer Parklücke direkt vor meinem Haus fuhr. In Schwabing einen Parkplatz zu finden kam in etwa so häufig vor wie der Besuch des Papstes in einem After-Work-Club. Diese verfluchte Schmuckkiste verfolgte mich überall. Aber der schwarze Wagen ähnelte der Karre, die vor ein paar Stunden vor Svens Cappuccinobar gewartet hatte und dann genauso schnell weggerast war.

Ich parkte den blauen Polo trotzdem in der Lücke und

drückte die Haustür auf, die nie ins Schloss fiel. Weiß der Teufel warum. Im Treppenhaus standen keine Antiquitäten rum, und einen Spiegel gab es auch nicht, dafür roch es immer schön nach Meister Proper, und auf den Fußmatten waren keine Begrüßungssprüche. Ich zog ein paar Rechnungen und Werbeprospekte aus dem Briefkasten und fing an, mich die Treppen hochzuschleppen, als schnelle Schritte von oben zu hören waren. Außer mir wohnten fast nur alte Menschen hier, was mir ganz lieb war, denn die bekamen fast nichts mit, weil sie die Glotze ständig auf Heavy-Metal-Lautstärke hatten. Doch da kam irgendwer heruntergerast, der eindeutig einer neuen, frischen Generation angehören dürfte.

»Oh, was für eine Überraschung«, sagte ich, als ich vor Katja Lessner stand. Sie hatte einen kleinen Schweißfilm auf der Stirn, was mir sehr gut gefiel.

»Ich habe gedacht, dass du zu Hause bist«, sagte sie ohne eine Spur von Verlegenheit und schlang mir die Arme um den Nacken.

»Bist du in meiner Wohnung gewesen?«, fragte ich.

Die Lessner machte die Arme lang und hielt mein Gesicht von sich weg wie eine Glühbirne, bei der man prüft, ob der Draht gerissen ist. »Wie kommst du darauf, dass ich in deiner Wohnung war?«

»Na ja, in letzter Zeit waren da eine Menge Leute drin, warum also nicht auch du? Aber nimm's nicht so tragisch, lass uns lieber was trinken gehen, mir ist nach einem Bier.«

Sie lächelte mich an und schüttelte langsam den Kopf. »Nein, mein Schatz«, sagte sie, »ich hab gleich eine Führung über den ANF.«

»Was?«

»Den Alten Nördlichen Friedhof. Langsam solltest du dir die Abkürzungen merken.«

»Fällt mir schwer.«

»Hast du morgen Abend schon was vor?«, lockte sie mit ihrer tiefen Zigeunerjunge-dein-Baum-ist-tot-Stimme.

»Morgen ist Dienstag«, sagte ich, »nein, hab nichts vor.«

»Dann komme ich morgen um acht Uhr zu dir und koche uns beiden was.«

»Du kochst uns beiden was? Wieso das denn?«

Sie lachte, als lachte sie mich aus. »Weil es mir Spaß macht, dich zu bekochen. Du musst nichts besorgen. Lass dich überraschen, ich bring auch den Wein mit.« Sie küsste mich auf den Mund, sprang die restlichen Stufen hinunter und war im nächsten Moment hinter der zufallenden Haustür verschwunden.

Oben angekommen, schloss ich die Wohnungstür auf, gab Egolf etwas zu fressen und sah mir noch einmal die Steuerunterlagen an – oder vielmehr das, was davon übrig geblieben war. Nach etwa drei Minuten bekam ich einen Wutanfall, packte die verfluchten Blätter in einen leberwurstfarbenen Din-A4-Umschlag, hastete aus der Wohnung und warf das Zeug in den nächsten Briefkasten, bevor ich mich in Svens Cappuccinobar verfrachtete.

Es war erstaunlicherweise ziemlich voll bei ihm. Ein paar Leute von der Uni mit grauen Kurzhaarfrisuren saßen in ihren orangefarbenen und grünen Acrylpullovern an den Tischen und zogen sich einen Antinori rein. Ich dachte ja ganz lange, Antinori wäre dieser verbrecherische Genforscher, der Schafe klont. Offenbar klonte er auch Rotweine.

»Josef, heute ist deine Chance!« Das sagte nicht Sven

zu mir, sondern Lammhuber, der vor seinem vermutlich zehnten Grappa an der Theke hockte und mich schafsblöd angrinste.

»Den Eindruck habe ich ehrlich gesagt überhaupt nicht«, sagte ich.

»Ja, mein Lieber, die Geschichte mit den Pennern zieht Kreise. Inzwischen beschäftigt sich die Polizei mit der Angelegenheit. Ich habe heute Morgen mit Kommissar Graber telefoniert, den dürftest du ja auch gut kennen«, berichtete Lammhuber mit dieser versoffenen Süffisanz, deretwegen ich meiner Faust am liebsten ein Dauerabo für seine Fresse ausstellen würde.

»Aha«, erwiderte ich nur und bat Sven, mir einen doppelten Espresso hinzustellen.

Sven nickte nur kurz und machte sich wieder ans Scharwenzeln. Die Akademiker gierten nach Weingeschwätz und Traubenphilosophie.

»Wenn du willst, kannst du mitkommen, Alter«, sagte Lammhuber, und seine neu erworbene Selbstsicherheit machte ihn noch schmutziger, als er ohnehin schon war. »Die werden den verdammten Schleuserladen hochgehen lassen, und ich werde demnächst seltener hier mit dir stehen können.«

Die letzte Bemerkung jagte eine Spur Sonne auf mein Gesicht.

»Ehrlich? Du kommst nicht mehr?«

Lammhuber hob den Grappa gegen das Deckenlicht, als prüfe er einen sehr alten Roten. »Schätze mal, dass die mich in den nächsten Tagen zum Chefreporter machen werden. Sie kommen einfach nicht mehr drum herum, verstehst du?«

Ich nickte, weil Nicken immer hilft.

»Die Obdachlosengeschichte ist ein Riesenskandal. Das ist auch ein Armutszeugnis für diese Stadt. Und ich lege den Finger direkt …«

»… in die Wunde, ich weiß, Lammhuber. Trotzdem komme ich nicht mit zum Tatort. Ich finde diese ganze Pennergeschichte lächerlich.«

Lammhuber machte große Augen. »Lächerlich? Hier geht es um Menschenrechte, Josef. Aber«, jetzt hatte er sich wieder dieses selbstzufriedene Grinsen ins Gesicht geritzt, »du hast es ja nicht so mit der Moral.«

»Was willst du denn damit sagen?«

»Na ja, ich habe dich natürlich ein bisschen beobachtet in den letzten Tagen.«

In dem Moment hätte ich ihm am liebsten eine reingezimmert.

»Diese dunkelhaarige Frau mit der Friedhofsführung … es geht mich ja nichts an …«

»Richtig, Lammhuber. Es geht dich einen Dreck an. Und wenn du mir nachspionierst, bring ich dich um.«

Das saß komischerweise, obwohl ich ein bisschen erschrocken war, dass er mir tatsächlich zutraute, ihn kaltzumachen. Jedenfalls zahlte er hektisch und trollte sich. Ich sah ihm hinterher, wie er viel aufrechter als sonst durch die Schellingstraße in Richtung Schleißheimer marschierte, wo seine blöde Menschenhändlerfirma lag.

Ich blieb noch eine halbe Stunde sitzen und dachte darüber nach, was ich bisher erreicht hatte. Unterm Strich war es wie ein Puzzle, das kein Mensch zusammenbrachte. Ich hatte einen toten Mann in einem Pensionszimmer. Ich hatte ein Grab, das nicht zu dem toten Mann passte, eine Villa, die nicht zu ihrem Bewohner passte, und eine Gräfin, die zu gar nichts passte. Außerdem hatte ich eine Freundin, der es nicht passte, dass ich eine Frau in meiner Wohnung hatte, während es dieser Frau offenbar nicht passte, dass sie meine Wohnungstür nicht ohne Weiteres öffnen konnte.

Da mein Leben jedoch immer schon aus Ereignissen und Menschen bestanden hatte, die nicht zueinanderpassten, genehmigte ich mir einen Grappa und sah den fetten Flocken zu, die sich wie Blutegel auf die Autodächer setzten. Ich war sicher, dass sie schmatzten, wenn sie den Lack aufsogen. Genüsslich stellte ich mir vor, wie die Flocken auf den Alten Nördlichen Friedhof niederfielen und sich in Katja Lessners Haar festschmatzten, während sie ihre bildungshungrigen Leichenfledderer durch die Grabsteinfelder jagte.

Dann beschloss ich, mir das Ganze in natura anzusehen, wie der Lateiner sagt. Ich zahlte und ließ Sven mit seinem weinschlürfenden akademischen Mittelbau zurück.

Vor dem Friedhofstor stand Katja Lessner und war gerade dabei, ihre Gäste zu verabschieden. Es war das übliche Personal: gelangweilte Rentner, Studenten und ein paar Hausfrauen, die mit dem Tag offenbar nichts Besseres anzufangen wussten. Es war nach sechs, und es wurde langsam dunkel, ab und zu huschten Jogger in roten und blauen Thermoanzügen vorbei. Manche hatten sich auch kleine Lampen an der Stirn befestigt, damit sie nicht auf die Fresse fielen. Ich wollte warten, bis die Lessner den letzten Rentner mit einem Handschlag verabschiedet hatte. Dann würde ich sie fragen, ob wir nicht lieber in die Osteria Romana gehen sollten, anstatt bei mir zu Hause in meiner Elendsküche zu versauern. Schließlich sind wir keine Studenten mehr, die abends trostlose Pasta panschen müssen.

Irgendwann hatte sie alle Exkursionsteilnehmer in den Feierabend verabschiedet, und die Leute verschwanden im Dunkel. So mies beleuchtet ist die Arcisstraße. Ich ging ein paar Schritte in Richtung Katja und wollte gerade den Arm heben und sie rufen, da sah ich, wie der schwarze BMW direkt vor ihr anhielt. Es war eindeutig dieselbe Karre, die vor ein paar Stunden bei Svens Bar und vor meinem Haus gestanden hatte. Ich konnte nicht erkennen, wer darin saß, weil die Scheiben getönt waren. Jedenfalls beugte die Lessner sich auf der Beifahrerseite ziemlich tief runter, und ich bekam nur ihren Schildpattkamm zu Gesicht, der ab und zu hinter dem schwarzen Dach auftauchte. Offenbar hatte sie eine Menge mit diesen Typen zu bequatschen.

Was sollte ich machen? Weggehen und schon mal den Herd putzen, weil Madame mich am nächsten Abend bekochen wollte? Oder sollte ich auf sie zugehen und mir von ihr die Herren vorstellen lassen? Schließlich schienen sie sich auch brennend für mich zu interessieren. Mein Problem löste sich nach fünf Minuten von selbst. Der BMW raste mit einem Kickstart davon, die Lessner drehte sich um und ging durch das Tor in den Alten Nördlichen Friedhof. Neugierig geworden heftete ich mich sofort an ihre Fersen. Wieso muss die dunkelstimmige Alexandra-mein-Baum-ist-tot plötzlich wieder in den stockfinsteren Friedhof gehen, wo sie gerade erst die kulturfixierten Rentner durchgejagt hat?, fragte ich mich und ging in Deckung. Trotz der Dunkelheit musste ich ein bisschen vorsichtig sein, wenn ich unbemerkt hinter ihr herlaufen wollte.

Die Jogger hüpften wie Computeranimationen durch die karge Parkanlage, während Katja Lessner zielgerichtet auf die Gruftnischen im Nordteil des Friedhofs zusteuerte. Ich schlug mich ein bisschen in die Gräberfelder abseits des öffentlichen Weges. So konnte ich mich hinter den Grabdenkmälern verstecken.

Ich hatte keine Ahnung, was diese Frau alleine auf dem Friedhof zu suchen hatte. Am Ende hatte sie tatsächlich gute Connections zu den Mächten der Finsternis. Ich an ihrer Stelle würde die Typen ja nicht auf einem Friedhof in der Münchner Vorstadt treffen, wo Freizeitsportler und junge Mütter ihr Unwesen trieben. Vor dem großen schmiedeeisernen Kreuz in der Mitte des Friedhofs blieb ich stehen und verfolgte die Lessner mit Blicken. Mir war es zu riskant, direkt hinter ihr herzulaufen. Einmal umgedreht, und ich steckte in der Bredouille. Überhaupt hielt ich mich auf Abstand, und es war auch kein Problem, hinter dem protzigen Grabstein der Familie Fischer-Dick zu stehen und die Lage von dort aus zu beobachten.

Direkt vor der Gruft des Freiherrn von der Tann saß ein Typ auf einer Bank, neben ihm zwei riesige Plastiktüten und eine schmutzige Steppdecke. Der Mann dürfte schon eine ganze Weile dort gesessen haben, auf jeden Fall musste die Lessner ihn während ihrer Führung bemerkt haben. Ich sah, wie sie sich vor ihn stellte und den Kopf senkte. Wieder guckte ich auf ihren Schildpattkamm. Der Typ blieb die ganze Zeit sitzen. Also, ich meine, normalerweise steht man ja auf, wenn eine Dame mit einem spricht. Aber wenn die Habseligkeiten nur noch aus zwei Plastiktüten und einer schmutzigen Steppdecke bestehen, ist es eigentlich auch egal, ob man irgendwelche Konventionen einhält oder nicht. Der Lessner war es jedenfalls ziemlich gleichgültig, wie sich der Typ benahm. Irgendwann richtete sie sich ein bisschen auf und griff in ihre Manteltasche, aus der sie eine blitzende weiße Karte zog. Der Typ nahm die Karte nur zögernd entgegen. Katja musste sie ihm fast ins Gesicht stecken, bis er das Ding endlich in den Klauen hatte, der Penner.

Die ganze Zeit über redete sie auf ihn ein, als müsste sie einen Taubstummen davon überzeugen, dass man in brennenden Häusern keine Zigarettenpausen machen sollte. Irgendwann begann der Typ langsam zu nicken, so als wäre durch Katjas Monolog in ihm ein Zustimmungsmechanismus ausgelöst worden. Als sie sich seine Hand grapschte, sah es aus wie ein Geschäftsabschluss. Dann drehte sie sich um und marschierte Richtung Ausgang.

Ich bemühte mich, mit ihr Schritt zu halten, was nicht ganz einfach war, weil ich aus Beschattungsgründen durch den kniehohen Schnee des Gräberfelds staksen musste. Sie war schneller am Ausgang als ich, daher rannte ich die letzten Meter und kam gerade noch rechtzeitig, um zu beobachten, wie sie in den schwarzen BMW einstieg, der nach dem üblichen Kickstart in Richtung Innenstadt verschwand.

8

Egolf war seit dem Eingriff ein anderer. Er saß die meiste Zeit schnurrend auf meinem Schreibtisch, ließ meine Unterlagen in Frieden und lebte sein kontemplatives Felidenleben, um das ich ihn oft beneidete. Nicht, dass ich unbedingt eine Katze werden wollte. Vor allem hatte ich keine Lust, kastriert zu werden. Aber dafür hatte Egolf auch keine Probleme mit dunkelstimmigen Frauen und schwarzen BMWs. Egolf hatte überhaupt ziemlich wenig Probleme, und die Geschichte unserer Freundschaft ist auch für mich eine der wenigen angenehmen Episoden meines Lebens.

Es war im August des vergangenen Jahres. Ich hatte wieder mal Ebbe im Terminkalender und folglich auch auf dem Konto und drehte eine Runde um den Block, bevor ich mir im Türkenhof die Kante geben wollte. Meine Kasse war so leer, dass eine Kakerlakenfamilie darin eine zweiwöchige Wattwanderung hätte unternehmen können. Ich hatte, ehrlich gesagt, keine Ahnung, wie ich die nächste Miete bezahlen sollte, und dachte mal wieder daran, alles hinzuwerfen und als Hausbote bei der Deutschen Bank anzuheuern.

Während ich durch die Straßen schlenderte, entdeckte ich in der Adalbertstraße den Farbausdruck an einem der Baumstämme. Das Bild zeigte eine Katze und war von einer gewissen Yvonne verfasst. Sie war vierundzwanzig

Jahre alt, Studentin, und wollte unbedingt ihre Jolante wiederhaben. Weil ich ein Faible für junge Studentinnen habe, die ihren Katzen Pferdenamen geben, riss ich eine der Fransen mit ihrer Telefonnummer ab. Ich trug den Papierfetzen zwei Tage lang mit mir herum, bis ich ihn eines Abends aus der Jeanshosentasche zog, weil ich mal wieder die Waschmaschine mit meinen Ausnahmetextilien füllen wollte. Ich legte den Fetzen auf den Schreibtisch und wählte die angegebene Nummer.

Yvonne Unbehauen meldete sich, und ich sagte: »Hallo, mein Name ist Celle«. Leider war mir erst in dem Augenblick bewusst, wie unsinnig es war, diese Frau anzurufen, ohne zu wissen, wo ihre Katze steckte. Yvonne Unbehauen hatte trotzdem sofort Lust, sich mit mir zu unterhalten. Als ich ihr erklärte, dass ich privater Ermittler sei und mit ein paar brauchbaren Angaben zu Jolante eine erfolgversprechende Fahndung einleiten könnte, lud sie mich in ihre Wohnung ein.

Ich fuhr noch am selben Abend zu Yvonne Unbehauen, die einen Zwanziger-Jahre-Schnitt trug und Jeans anhatte, die erst unter dem Beckenknochen anfingen, ihre Funktion als Hosen zu erfüllen. In den zwei Stunden zwischen meinem Anruf und meinem Erscheinen hatte sie alles Mögliche eingekauft und zog kurze Zeit später eine selbstgemachte Moussaka aus dem Ofen. Dann ging alles wahnsinnig schnell. Sie sagte: »Mach doch schon mal den Wein auf«, und weil sie meinte, der Wein brauche eine Weile, um sich zu entfalten, zog sie mich schnell nach nebenan, wo sie ein kleines Klappbett stehen hatte.

Ich weiß nicht, wie lange ein Rotwein braucht, bis er sich endgültig entfaltet hat. Yvonne Unbehauen brauchte jedenfalls nicht so lange, und die Sache auf dem Klappbett nahm uns volle zwei Stunden in Anspruch. Die Moussaka mussten wir anschließend wieder aufwärmen, aber aufgewärmte Gerichte schmecken bekanntlich noch einmal so gut, heißt es.

Ada hatte drei Wochen Kompaktseminar in Lissabon, und ich wohnte während dieser Zeit bei Yvonne Unbehauen, die jeden Abend ein anderes mediterranes Gericht sowie all die anderen Dinge mit mir ausprobierte, die man mit Süden und lockerem Lebensstil in Verbindung bringt. Irgendwann in der dritten Woche kam ich auf Jolante zu sprechen, die Katze, deretwegen ich eigentlich da war. Als ich den Namen aussprach, fing Yvonne Unbehauen an zu lachen. Ihr ganzes junges Gesicht war eine einzige große Lachfaltenlandschaft geworden, und ich lachte zögernd mit, obwohl ich natürlich nicht verstand, was daran so lustig war.

»Komm«, sagte Yvonne Unbehauen plötzlich, schnappte sich meine Hand und marschierte mit mir runter in den Keller. Sie öffnete die Tür zu ihrem Kellerabteil, und da war Jolante. Sie lag auf der Seite, während fünf Katzenjungen wie verrückt an ihren Zitzen nuckelten. »Jolante geht's gut«, meinte die stolze Besitzerin strahlend. Ich verlangte eine Erklärung, weil ich so schräge Sachen eigentlich nicht besonders mag. Yvonne Unbehauen kniete sich neben die Katze und ihre Jungen und erzählte mir, dass sie erst zu Semesterbeginn mit ihrer Jolante aus Hannover nach München gekommen sei. Sie habe hier einfach niemanden kennengelernt. Die Kommilitonen seien ihr zu blöd, und da sei sie auf die Idee gekommen, die Farbausdrucke mit der vermissten Katze an die Bäume zu pinnen. Denn im Gegensatz zu

Yvonne Unbehauen hatte Jolante in München durchaus Anschluss gefunden.

»Ich hatte schon fünf Männer in meiner Wohnung«, sagte sie«, aber du bist wirklich der lustigste Vogel von allen.« Vorsichtig zog sie eines der schmatzenden Tierchen von Jolante weg. »Wenn eine junge Frau ihre Katze vermisst, ist das für Männer wie Fliegenpapier«, erklärte Yvonne Unbehauen und drückte mir das Katzenjunge in die Arme. »Tschau«, sagte sie dann und ließ mich im Hausflur stehen. Mich und den kleinen Kater Egolf, der heute mein dicker Kater Egolf ist.

Er lag wie gesagt auf dem Schreibtisch, an dem ich saß, und es war Dienstagmorgen Punkt neun Uhr, als das Telefon ging.

Ada war dran. »Überraschung!«, sagte sie, und ich musste mir auf die Zunge beißen, um nicht auszurufen, dass ich von Überraschungen langsam die Nase voll hatte. »Ich bin heute Abend bei dir!«

»Heute Abend!«, schrie ich nun doch los, »das geht überhaupt …« Ich fing mich so schnell wie ein Footballspieler das Ei. »Ich meine, das geht überhaupt über meinen Verstand«, jauchzte ich verfluchter Heuchler. Heute Abend wollte die Lessner zu mir kommen und mit mir essen. Heute Abend war mein Waterloo. Heute Abend sollte ich vielleicht besser aus der Stadt verschwunden sein. »Heute Abend«, sagte ich, »da kann es sein, dass ein paar Leute zu mir kommen wegen ein paar geschäftlicher Sachen.«

Ada ließ sich nicht von ihrer entschlossenen Euphorie abbringen.

»Hey, Josi«, rief sie. »Wenn du Geschäfte machst, muss ich unbedingt dabei sein. Schon damit du nicht irgendetwas unterschreibst, für das du hinterher einen Kredit aufnehmen musst. Ich lande so gegen sieben und schneie schätzungsweise um acht, halb neun bei dir rein. Tschau, Josi, bis heute Abend!«

Egolf hatte sich inzwischen in eine Art Karyatide verwandelt und hockte regungslos in seinen Pelz gekuschelt auf dem Schreibtisch. Vielleicht hätte ich an diesem Morgen einen Billigflug nach Thailand buchen sollen oder nach Dubai oder was weiß ich. Jedenfalls hätte ich nicht das machen sollen, was ich immer mache: die Dinge einfach auf mich zukommen lassen. Denn es sollte nicht mehr lange dauern, bis mich die Dinge wie eine Megawelle plattwalzten.

Ich kam gleichzeitig mit Lammhuber in Svens Bar an.

»Lammhuber, alter Kitsch-Kisch, was machst du denn für ein Gesicht? Ist deine Zeitung pleitegegangen?«

Ein bitteres Lächeln wuchs auf Lammhubers Mund. Er hielt mir die Tür auf und nickte, dass ich vor ihm eintreten sollte. Sven war wieder mal bei seiner Lieblingsbeschäftigung: Er packte eine neue Kiste mit Weinflaschen aus.

»Hey, Sven«, rief ich mit aufgedrehter Laune, »ich bring dir den Großinvestigator mit!«

Vier Studentinnen im Prada-Look saßen an zwei Tischen und blätterten in ihren Klarsichtmappen irgendwelche Referate durch. Heute bilden die Studenten richtig effektive kleine Arbeitsgemeinschaften und sind längst nicht mehr so verbummelt und ziellos wie wir damals. Die vier jedenfalls tranken Latte Macchiato für Svens ziemlich stolze drei Euro achtzig, und das Ganze sah aus wie eine kleine Aufsichtsratssitzung. Ich stellte mir vor, dass jeden Augenblick Ada reinkäme und mit den vier Tussen Supervision machte.

Sven tauchte kurz mit dem Kopf hinter der Theke auf und begrüßte uns knapp, aber freundlich.

»Machst du mir eine Latte Matschekito und dem Lammhuber eine Flasche Grappa fertig?«

Sven ärgert sich immer so schön, wenn ich die italienischen Wörter falsch ausspreche, deshalb mache ich mir einen Sport daraus.

Lammhuber legte mir die Hand auf die Schulter, was mir einen unangenehmen Schauer verursachte. »Lass gut sein, Josef«, sagte er nur.

Ich war wirklich erschrocken, denn seine Stimme klang gar nicht mehr so triumphal wie noch am Tag zuvor. »Was ist los, Lammhuber? Musst du München verlassen, weil dich die *Herald Tribune* abgeworben hat?«

»Ich muss München verlassen, weil mich die *Abendzeitung* rausgeworfen hat.«

»Ich dachte, du hast den Obdachlosenskandal aufgedeckt?«, sagte ich.

Nun fing Lammhuber an, die Geschichte zu erzählen, die ihn als Journalisten für alle Zeiten erledigt hatte. Der Laden, in den er sich eingeschlichen hatte, war eine ganz normale Leiharbeitsfirma. Die haben keine Penner nach Russland verkauft, sondern versucht, Arbeitslose für Montagearbeiten in Lohn und Brot zu bringen. »Als die in der Redaktion Wind davon bekommen haben, bin ich sofort zum Chefredakteur zitiert worden«, erzählte Lammhuber mit gebrochener Stimme. »Ich habe sogar lebenslängliches Hausverbot bekommen, Josef.«

Verdammt, Lammhuber tat mir leid, obwohl ich seine Selbstgefälligkeit hasse wie Linsensuppe. Aber arrogant hat er mir irgendwie besser gefallen als am Boden zerstört.

»Ich werde in dieser Stadt nie wieder als Reporter arbeiten können. Nächste Woche versuche ich, mich irgendwo auf dem Land als Lokaljournalist zu bewerben.«

»Die Gegendarstellung ist schon drin«, sagte Sven, ohne von seinem Weinkarton aufzusehen.

Lammhuber vergrub das Gesicht in beiden Händen, und ich war drauf und dran, ihm eine Hand auf die Schulter zu legen, doch ein gutartiger Reflex hielt mich im letzten Moment davon ab. Und der Gedanke, dass ich vermutlich die Lösung für Lammhubers Problem hatte: Katja Lessner. Ihre Begegnung mit dem Penner am Abend. Allerdings konnte ich mir nur schwer vorstellen, dass eine einzelne Frau es fertigbrachte, massenhaft Obdachlose verschwinden zu lassen. Aber wozu steckte sie Leuten wie dem Kerl auf der Parkbank eine Visitenkarte zu? Vielleicht stand sie auf abgerissene Typen? Das würde auch ihr seltsames Interesse für mich erklären.

Sven tauchte nach einer Weile wieder hinter seiner Theke auf und machte sich an die Fertigstellung meines Milchkaffees. Für Lammhuber schenkte er tatsächlich ein Gläschen Grappa voll. Das arme Schwein würde demnächst komplett vor die Hunde gehen, das war absehbar. Ich hätte mich nicht gewundert, wenn er noch an diesem Abend mit einer speckigen Decke und zwei Plastiktüten vor der von-der-Tann-Gruft hocken würde. Dann würde die Lessner vorbeikommen und dem armen Teufel eine schneeweiße Karte in die Hand drücken, und er wäre selig. Verdammt, ich hätte zu gerne gewusst, was auf der Karte stand, die sie dem Typen auf dem Alten

Nördlichen Friedhof gegeben hatte. Vor allem hätte ich gerne gewusst, wer Katjas Chauffeur war.

Ich sah zu, wie sich Lammhuber mit trübem Blick über seinen Grappa hermachte. Der Mann war geliefert, Strandgut, vielleicht morgen schon. Ich betrachtete ihn ziemlich lange, als mir plötzlich eine Idee kam.

»Sag mal, Lammhuber«, fing ich an. »Du hast doch jetzt im Prinzip Zeit, oder?«

Er sah kurz und müde auf und nickte.

»Was hältst du davon, wenn du gewissermaßen in meine Dienste trittst?«

Zuerst war Lammhuber wieder beleidigt, weil er dachte, ich wollte ihn demütigen. Aber ich hatte eine ziemlich geniale Idee, für die keiner so geeignet war wie dieser versoffene Schmalspurrechercheur. Wenn die Lessner am Nachmittag wieder eine ihrer Totentouren unternahm, könnte er sich als Penner auf die Bank setzen und einfach nur warten, was passierte. Ich erklärte Lammhuber die Sache so: Er müsse als Spitzel auf der Parkbank hocken und darauf warten, dass ihn jemand anspricht. Ich erwähnte nichts von einer Frau, nichts von der Lessner und schon gar nichts von der schneeweißen Visitenkarte.

Während ich Lammhuber anwarb, hörte Sven sogar auf, die Weinflaschen zu sortieren. »Ich finde das eine gute Sache, Gernot«, sagte er in seinem besten Sozialarbeitertonfall. »So bleibst du am Ball.«

Lammhuber nickte zu allem. Nicht, weil er begeistert von der Idee war, sondern weil es letztlich nichts mehr ausmachte, ob er sich für oder gegen eine Sache entschied. Er hatte ohnehin nichts mehr zu verlieren.

»Ich werde für dich ein richtig schönes Pennerkostüm

besorgen«, sagte ich mit einer Euphorie, die vollkommen unangebracht war und die mir gerade deshalb so gut gefiel.

Da ging mein Handy, und Graber bat mich ins Kommissariat. Ich war derjenige, der die Leiche von Walter Lankomy gefunden hatte, das schien eine lebenslange Verpflichtung zu sein. Also klopfte ich Lammhuber auf die Schulter, zahlte und fuhr mit der U-Bahn zur Polizeiwache in der Ettstraße.

Grabers Büro kenne ich noch von anderen Fällen. Er hat sich für die minimalistische Variante entschieden: kahle Wände, kein einziges Bild, neben der Tür steht ein Stahlschrank für Akten und am Fenster ein Schreibtisch aus Glas. Laptop drauf, ein paar Unterlagen und ein Telefon – fertig. Graber saß über die Fotos vom Tatort gebeugt, als ich in sein Büro kam.

»Herr Celle, setzen Sie sich. Ich habe eine Neuigkeit, die Sie interessieren wird.«

»Lankomys Mörder hat sich gestellt?«

Graber sah mich von unten an wie jemand, der über eine kleine Lesebrille hinweglinst.

»Nein, gestellt hat sich niemand«, sagte er. »Aber Lankomys Leiche ist aus der Gerichtsmedizin verschwunden.«

Ich schwieg ein paar Minuten, weil Graber auch stumm blieb.

»Warum sagen Sie nichts, Herr Celle?«, fragte er dann, ohne mich anzusehen. Es kam mir vor, als habe er mich in Verdacht, den toten Lankomy gezockt zu haben. Aber was sollte ich mit der Leiche eines Auftraggebers? Wenn der mich zu Lebzeiten nicht bezahlt hatte, würde ich von dem Toten auch nichts zu erwarten haben. Endlich setzte sich Graber aufrecht hin und sah mich an. »Heute Nacht muss irgendjemand in die Pathologie eingedrungen sein, um die Leiche zu stehlen. Wir hätten sie morgen zur Beerdigung freigegeben.«

»Wer hätte den Mann beerdigt?«, fragte ich,

»Sehen Sie, das ist eine interessante Frage«, sagte der Kommissar. »Es hat sich ein Herr gemeldet, der in den Unterlagen zu Lankomy bislang nicht aufgetaucht ist.«

»Wie heißt der Mann?«

Graber wühlte in seinen Notizzetteln und hielt ein gelbes Post-it gegen die Neonlampe. »Fallgrieser, Anton.«

Ich biss mir auf die Unterlippe, damit nicht die kleinste Regung mein geniales Pokerface zerstören konnte. Fallgrieser, der Ahnenforscher aus Feldafing mit dem Diamantherzen im Regal. Was hatte dieser Kerl für ein Interesse daran, die Leiche meines armen Lankomy unter die Erde zu bringen?

»Haben Sie den Namen schon einmal gehört, Herr Celle?« Graber musterte mich geradezu eindringlich.

Ich sagte, dass mir der Name völlig unbekannt sei. »Haben Sie nachgeforscht, um wen es sich handelt?«, fragte ich dann.

»Natürlich haben wir das. Her Fallgrieser ist ein einundachtzigjähriger ehemaliger Lehrer aus Feldafing, der von dem Mord in der Zeitung gelesen haben will.«

»Entschuldigen Sie«, wandte ich ein, »aber wenn ich für jedes Mordopfer in München eine Beerdigung organisieren würde, könnte ich mich gleich mit in den Sarg legen.«

Graber blickte angewidert zur Seite. Komisch, dass er meinen Humor auf einmal nicht mehr schätzte. »Wir wollten Herrn Fallgrieser befragen«, sagte er, »aber er war nirgendwo aufzutreiben. Sein Haus in Feldafing war unbewohnt.«

»Vielleicht hört der Mann nicht gut«, sagte ich und wusste, dass ich in der nächsten Stunde Folgendes zu tun hatte: Pennerkostüm für Lammhuber besorgen, meinen blauen Polo von zu Hause holen und möglichst speedy nach Feldafing fahren.

Graber schaute in seine Unterlagen und machte sich ein paar Notizen. Er ließ mich warten. Er wusste, dass ich es eilig hatte. Er wusste auch, dass ich unter Druck stand und dabei den Eindruck vermeiden musste, unter Druck zu stehen. Ich sah ihm ruhig zu, wie er aufstand, an seinen Aktenschrank ging und sehr langsam einen weiteren Ordner herauszog, dann wieder an seinen Schreibtisch zurückkehrte und dort anfing, in der Akte wie in einem Fotoalbum zu blättern. Zum Glück merkte Graber nach fünf Minuten, dass er einen eher preiswerten psychologischen Trick gewählt hatte, um mich mürbe zu machen. Graber hatte mich im Verdacht, von Anfang an. Er wusste, dass ich in der Lankomy-Sache Einzelheiten kannte, die ihm und seinen Ermittlern entgangen waren. Er wollte mich beobachten, studieren, abchecken, was weiß ich. Deshalb hatte er mich herbestellt. Er verriet mir Ermittlungsergebnisse, um meine Reaktion zu testen. Aber ich bin zäh, ich kann das aushalten, ich kann ruhig bleiben, das sind die wenigen Eigenschaften, die mich für meinen Beruf qualifizieren.

Plötzlich blickte Graber unvermittelt wie ertappt auf und sagte: »Okay, Herr Celle, das war's.«

Auf dem Rückweg vom Kommissariat stellte ich mich vor einen Altkleidercontainer, und zum Glück kam schon nach wenigen Minuten jemand vorbei, der einen Sack einwerfen wollte. Ich bequatschte den älteren Mann, mir die Sachen zu überlassen, weil ich sie dringend für meinen kranken Bruder benötigte. Es ist erstaunlich, dass die Leute einem tatsächlich jeden Mist abnehmen. Jedenfalls hatte ich, was ich brauchte, nahm ein Taxi zu Svens Bar, drückte Lammhuber die Tüte in die Hand und gab ihm den Auftrag, nachmittags um fünf im Alten Nördlichen Friedhof parat zu sitzen.

»Was ist, wenn die mich abholen?«, fragte Lammhuber resigniert.

»Das wäre doch das Allerbeste«, sagte ich und schlug ihm auf die Schulter. »Dann hast du wirklich die Story deines Lebens. Geschichten, die man selber erlebt hat, sind absolut wasserdicht. Da kann dir niemand an den Kragen springen, Gernot.«

Lammhuber nickte wie ein trauriger alter Dackel und versprach mir, das Zeug demnächst anzuziehen.

»Nein, jetzt«, forderte ich ihn auf. »Du musst die Kluft sofort anziehen, ich bestehe darauf.«

Er wollte gerade den Hosengürtel aufmachen, als Sven wie ein Tasmanischer Teufel hinter der Theke hervorgewetzt kam. »Spinnst du, nicht hier in meinem Laden. Sollen die Leute denken, ich mach hier eine Art Swingerclub für Bekloppte auf?«

Er zog Lammhuber in sein Lager, ich stürzte hinterher, und, was soll ich sagen, innerhalb von fünf Minuten hatte Gernot Lammhuber auch äußerlich seinen kurzen Weg ins Prekariat hinter sich gebracht.

Gegen Mittag schwang ich mich in meinen blauen Polo und fuhr Richtung Starnberger See.

Irgendwie hatte sich hier draußen noch nicht herumgesprochen, dass allgemeines Tauwetter angesagt war. Die Straßen waren komplett verschneit, am Rand des Gehsteigs türmte sich alter, schmutziger Schnee, der schon wieder eine feine frische Schicht bekommen hatte. Auf der Possenhofener Straße kam ich einen kurzen Moment ins Schleudern, und den Weg zum Haus von Anton Fallgrieser schaffte ich dank eines dreifachen Rosenkranzgebets.

Es stimmte, was Graber gesagt hatte: Das alte, schiefe Haus war wie ausgestorben. Das war die Gelegenheit. Ich parkte den Wagen, holte einen Schraubenzieher aus dem Werkzeugkasten und machte die Tür auf. Ein leiser Klick. Das Wohnzimmer mit den alten Möbeln sah aus wie ein Heimatmuseum. Dieses Haus benötigte eigentlich keinen Bewohner, und im Grunde war Fallgrieser ja auch kein richtiger Bewohner. Er war mehr Inventar als lebendiger Mensch. So war er mir jedenfalls vorgekommen, als ich ihn mit Kammerer besucht hatte.

Ich blickte mich noch einmal in dem Wohnzimmer um. Die Bücher, alles alte, staubige Schinken aus dem neunzehnten Jahrhundert, rührte ich nicht an. Die Bilder an den Wänden spiegelten intellektuelle Bürgerlichkeit wider. Vorsichtig ging ich an der großen blauen Vase vorbei zum Verandafenster, von dem aus man auf den schräg abfallenden Garten sehen konnte. Ich musste aufpassen, dass mich niemand von der Straße aus beobachtete. Der Sekretär rechts von der Fensterseite hatte acht kleine, dicht nebeneinanderliegende Schubladen, die ich alle einzeln aufzog. Es war der übliche Kram darin, der sich im Laufe von Jahrzehnten in den Wohnungen alter Leute ansammelt: Fotos, Andenkenpostkarten, Brillen.

Die Fotos betrachtete ich ein bisschen genauer. Besonders das mit Fallgrieser und seiner verstorbenen Frau. Die Dame sah ziemlich gut aus, scharf, hätte ich fast gesagt. Jedenfalls schärfer als Fallgrieser, der damals schon ziemlich steif wirkte.

Als ich das Foto umdrehte, warf ich einen Blick auf das Datum: 6. März 1947. Die beiden standen untergehakt vor einem großen Grundstück, im Hintergrund erkannte man ein Stück vom Starnberger See mit Segelbooten. Das Bild war auf keinen Fall hier in Fallgriesers Haus aufgenommen worden, weil man den See von hier aus nicht sehen konnte. Vom Chalet des Grafen von Gartow aus konnte man den See dagegen ganz gut sehen. Ich schob das Bild in meine Gesäßtasche und suchte weiter, bis ich in der vorletzten Schublade das blaue Diamantenherz fand, das Kammerer so achtlos in die Ecke gepfeffert hatte. Fallgrieser musste es sofort, nachdem wir das Haus verlassen hatten, in die Schublade seines Sekretärs gelegt haben.

Ich muss sagen, dass ich einen Moment lang Skrupel hatte, das Ding einzustecken, aber dann flutschte es doch irgendwie in meine Hosentasche. Das muss eine Krankheit von mir sein, bei Lankomys Schmuckkiste ist es mir auch passiert.

Ich wollte mich gerade von den rustikalen Räumlichkeiten verabschieden, als ich ein Geräusch im oberen Stockwerk hörte. Ich blieb sofort stehen, damit mich der knarrende Holzboden nicht verriet. Die Schritte schienen sich in einem ziemlich kleinen Radius zu bewegen, so als habe derjenige, zu dem sie gehörten, eine bestimmte Aufgabe an einer bestimmten Stelle zu verrichten. Dann verließen die Schritte den Raum über mir und kamen schnell und trippelnd die Treppe herunter. Ich stellte mich neben den Bauernschrank und hatte verdammt Schiss, dass die Schritte in dieses Zimmer kamen und der Kerl, der die Schritte verursachte, mich plattklopfte. Die Tür wurde geöffnet und wieder geschlossen.

Draußen lag Schnee, deshalb konnte ich nicht hören, wie die Schritte sich ihren weiteren Weg vorstellten. Ich wartete vielleicht zehn Minuten, bis ich es wagte, aus der Tür zu hechten und in meinen blauen Polo zu springen.

Als ich im Wagen saß, schleppte sich Fallgrieser den schmalen Weg zum Grundstück hoch. Er bemerkte mich nicht, weil er stur auf den Boden stierte. Ich startete und fuhr langsam und so normal wie möglich vom Grundstück. Wer war dort oben hin und her gegangen?

Als ich durch Starnberg kurvte, rief mich Kammerer auf dem Handy an.

»Ich hab's endlich rausgefunden!«, schrie er, und ich musste das Handy vom Ohr weghalten.

»Was hast du gefunden? Verdammt, jetzt schrei doch nicht so.«

»Ich hab gefunden, wo das Gedicht her ist.«

»Welches Gedicht, verflucht?«

»Na, das mit dem Herzen, das zu aller Zeit besteht, Josef. Du hast mich danach gefragt, nachdem wir bei Fallgrieser gewesen sind.«

Kammerer meinte diesen behämmerten Vers, den eine geheimnisvolle Dame Lankomy beim All-you-can-eat-Chinesen zugesteckt hatte. Mittlerweile war ich mir gar nicht mehr so sicher, ob diese geheimnisvolle Dame nicht sogar meine schöne Todesgöttin war.

»Du, Stephan, ich bin gerade schwer in Starnberg unterwegs. Was hältst du davon, wenn du heute Abend zu mir zum Essen kommst? Ich habe verstärkten Damenbesuch und könnte Verstärkung maskuliner Seite gut gebrauchen.«

»Okay«, sagte Kammerer, »wann soll ich da sein?«

Ich sagte ihm, dass er um sieben kommen solle, und auf die Frage, ob er eine Flasche Wein mitbringen solle, antwortete ich, er solle keine Flasche Wein mitbringen.

Ich fuhr direkt nach Hause, machte den Kühlschrank auf und zog eine Flasche Bier raus. Nachdem ich die halbe Flasche leergetrunken hatte, stellte ich sie auf den Küchentisch. Dann räumte ich fünf weitere Flaschen aus dem Kühlschrank und hob meinen Schatz: die elende Kiste mit den Herzaussparungen. Ich fummelte das neue Herz, das ich in Fallgriesers Hütte abgegriffen hatte, aus der Hosentasche und legte es in die dritte Aussparung. Passte nicht. Ich klaubte das Ding wieder heraus und probierte es mit der vierten Ausstanzung mit dem Buchstaben R. Passte.

Ich musste unbedingt etwas über die Frau dieses Studienrats herausfinden. Herrgott, wie ich diese Recherchiererei hasse. Bei den eifersüchtigen Ehemännern kann ich stundenlang irgendwo im Wagen sitzen und Doppelwhopper in mich reinstopfen. Irgendwann kommen die untreuen Ehefrauen dann schon mit irgendeinem Typen aus irgendeinem Hotel, und ich mache zehn Fotos und lege dem Auftraggeber die Rechnung vor.

Ich fischte das Foto aus der Jackentasche, ging ins Büro und legte es neben die offene Schatulle auf den Schreibtisch. Fallgriesers Frau schien einige Jahre jünger gewesen zu sein als er. Irgendwie hatte der Kerl schon vor vierzig Jahren ausgesehen wie ein alter Mann. Vielleicht weil er damals wie heute diese oberbayerische Tracht trug. Vielleicht auch, weil er seinerzeit schon diesen unerklärlichen Blick eines Mannes hatte, der immer etwas Unausgesprochenes mit sich herumträgt.

Warum wollte Fallgrieser die Leiche von Lankomy beerdigen? Wieso besaß er genauso ein Diamantherz wie Lankomy? Und drittens: Wieso war ich eigentlich so hackendämlich, am Abend sowohl Ada als auch die Lessner und Kammerer bei mir zu empfangen? Ich steckte das Foto in einen Briefumschlag und legte ihn in meinen Kühlschrank.

Es mag pathologisch klingen, aber ich unterhalte ein tiefes Vertrauen zu diesem Kühlschrank. Kein Mensch, der in meine verdammte Bude einbricht, kommt auf die Idee, den Kühlschrank zu durchsuchen.

Ich schloss die Wohnungstür zweimal ab und ging zu Sven, wo Lammhuber in zu kurzen braunen Acrylhosen, einem grünen, fadenscheinigen Hemd und einem ekelhaften hellgrün karierten Sakko saß.

»Lammhuber, endlich passen Outfit und innere Werte bei dir wie die Faust aufs Auge zusammen!«, rief ich gleich beim Eintreten.

Sven zischte mich an, dass ich etwas rücksichtsvoller sein sollte. Aber ich wusste nicht, warum ich Lammhuber schonen solle. Schließlich war er mein Mitarbeiter, und als solcher konnte ich mit ihm so umspringen, wie das in Leiharbeitsfirmen üblich ist.

»Okay, Gernot«, sagte ich. »Du weißt, was du zu tun hast.«

Lammhuber rührte sich nicht vom Fleck. Er hockte da wie eine alte Krähe, die innerhalb der nächsten halben Stunde vom Hochspannungsmast kippen würde. Offenbar hatte er sich von Sven einen Grappa nach dem anderen einschenken lassen und war nun vollständig verstummt – ein elender Anblick, wenn man bedenkt, dass dieser Mann unter notorischer Logorrhöe gelitten hat. In jungen Jahren muss er tatsächlich ein ziemlich talentierter Knabe gewesen sein. Mit Biss, Gespür für Themen, all das Zeug, das einen guten Gesellschaftsreporter ausmacht. Aber es ist bei Lammhuber so wie bei den meisten Boulevardjournalisten. Die Sauferei hat ihm die Gehirnzellen weggesprengt, als hätten die Franzosen in seinem Schädel das angestellt, was sie sonst auf dem Mururoa-Atoll machen. Lammhuber ist stumpfsinnig geworden, und sein Gespür für Menschen und Situationen ist abgestorben wie bei einem Hund, dem ein Kater wie Egolf die Nase mit einem Pratzenschlag abgekratzt hat.

»Komm, Gernot, einen Grappa noch, und dann geht's an die Arbeit«, sagte Sven und stellte Lammhuber tatsächlich noch ein Glas Schnaps vor die Nase.

Ich ging hin und schnappte mir das Glas, ehe der Kerl die Griffel danach ausstrecken konnte. »Du bist perfekt präpariert«, sagte ich. »Dein Outfit, dein Promillestand – alles prädestiniert dich für die Aktion.« Ich sah auf meine Armbanduhr: In zwanzig Minuten würde die Lessner ihre obligatorische Friedhofstour starten. Ich gab Lammhuber einen Klaps auf die Schulter. Er rutschte vom Hocker, und ich konnte ihn gerade noch auffangen.

»Okay, Josef«, stammelte er. »Ich gehe da hin. Aber nur, weil du mein bester Freund bist und wir uns immer gut verstanden haben.«

Mir ist nichts so zuwider wie das zutrauliche Gewimmer von Besoffenen. Aber in diesem Fall war es genau das, was ich brauchte. Ich ertrug es sogar, dass mir Lammhuber in seinen elenden Lumpen um den Hals fiel. Ich ertrug seinen Gestank und sein Geflenne, weil ich wusste, dass er diese Bar im nächsten Augenblick verlassen würde, um für mich auf dem Friedhof den Lockvogel zu spielen.

Ein paar Minuten später schleppte er sich über die Schellingstraße, an deren Rand die dicken Schneehaufen lagen, die so dreckig waren wie Lammhuber selbst.

Das sollte für lange Zeit das Letzte sein, was ich von Lammhuber sah. Ich weiß bis heute nicht, was in den Stunden passiert ist, in denen sich Lammhuber als Obdachloser auf einer Bank im Friedhof niedergelassen hat.

Die Zeit bis zum Abend verbrachte ich nämlich in meiner Wohnung und sah mir die Herzkiste etwas genauer an. Ich nahm die beiden Diamantherzen heraus und schüttelte die Kiste wie einen Barmixbecher, aber sie gab kein Geräusch von sich. Also ging ich davon aus, dass sie kein besonderes Geheimnis barg, außer den Diamantherzen in den passend ausgestanzten Löchern und den ausgestanzten Löchern ohne Herzen, aber mit Initialen.

Egolf schlich die ganze Zeit auf dem Schreibtisch herum und schmiegte sich an die Herzkiste, als sei sie die Freundin, auf die er so lange gewartet hatte. Doch es war sowieso zu spät für ihn, da die schwarzen Pelzkügelchen nun mal ab waren. Der Kater schnupperte an den Herzen in der Kiste. Natürlich rochen sie nach nichts, deshalb erlosch sein Interesse an der Kiste sehr bald, und er schaute sich lieber auf dem Küchenboden nach etwas Verwertbarem um. Ich wusste irgendwie nicht weiter: Auch nachdem ich die Kiste gegen das Licht gehalten und selbst als ich die Einlage mit den Einstanzungen herausgenommen hatte, war nichts zu sehen außer einem Blechboden ohne besondere Merkmale.

Enttäuscht stellte ich die Kiste wieder in meinen Kühlschrank hinter die Augustinerflaschen. Vorher zog ich mir allerdings ein Bierchen raus und trank es gemütlich am Schreibtisch sitzend leer. Dann legte ich mich ins Bett und fand mich Sekunden später in einem Traum wieder, der mich in den mir mittlerweile vertrauten Vorgang des Abwärtsrutschens versetzte. Diesmal saß ich auf einer Art Renaissancestuhl und raste damit wie eine alte Sau in den Höllenschlund, von dem eine stinkende Hitze aufstieg, als sei er eine gigantische Jauchegrube, in welcher der ganze Scheißdreck unserer elenden Welt gesammelt wird. Es war, wenn man so will, ein schwer kulturkritischer Traum. Während der Fahrt machte der Renaissancestuhl ruckartig Halt, und Lammhuber stieg zu. Ich saß also mit Gernot Lammhuber auf dem Schoß auf diesem elenden Stuhl und fiel immer tiefer in diese Hölle. Die Hitze wurde unerträglich, der Gestank war es per se – und plötzlich war ich wach.

Egolf saß auf meiner Brust und hatte eine Packung verschimmelten Schweineaufschnitt in der Mache. Ich schrie kurz und kleintierhaft auf und fegte den Kater mitsamt seiner stinkenden Beute von meinem Oberbett.

»Verdammt, Egolf, wo hast du dieses ekelhafte Kadaverzeug her?«, schrie ich, dabei kannte ich natürlich die Antwort.

Während ich schlief, war der Kater einer seiner Lieblingsbeschäftigungen nachgegangen: Er hatte den Abfalleimer durchwühlt und irgendwo in dem ganzen Müll das verschimmelte Fleisch gefunden. Ich stand auf, nahm die Packung, in der nur noch eine Scheibe grün schimmernder Wurst lag, und warf das Zeug zurück in den Müll. Dann sah ich auf die Uhr: Es war fast sechs. Lammhuber musste seine Penneraktion längst beendet haben. Dass er noch nicht zurück war, wunderte mich. Andererseits: Warum sollte er sich ausgerechnet bei mir melden? Ich packte die Tüte mit dem Abfall zusammen, verließ die Wohnung und entsorgte die Tüte in der Mülltonne. Danach machte ich mich auf den Weg zu Svens Bar.

»Lammhuber?« Sven räumte gerade Antipasti in das Thekenfenster ein. »Keine Ahnung, wo der ist.«

»Er müsste eigentlich längst wieder hier sein, oder?«

Sven zuckte thekenwischend die Achseln. »Du, ich hab keine Ahnung, wo er sich rumtreibt. Aber gerade war der Typ von der Frau Doktor hier und hat einen Espresso getrunken.«

Ich spürte wieder dieses unheimliche Gefühl im Oberbauch, das immer dann auftritt, wenn ich gefühlsmäßig zu stark beteiligt bin, um es mal auf Therapeutendeutsch auszudrücken. »Wie sah der Typ aus?«, fragte ich.

Sven verdrehte die Augen. »Ich hab ihn dir doch schon mal beschrieben, Josef. Schlank und ziemlich blond, Ende vierzig, schwarz angezogen.«

»Mach mir bitte einen Doppio«, sagte ich und erkundigte mich, wie lange der Typ hier gewesen sei.

»Ungefähr zwanzig Minuten. Er hat kein Wort gesagt, sondern die ganze Zeit nur auf die Straße gestarrt.«

»Auf die Straße? Hast du 'ne Ahnung, warum?«

»Du kannst vielleicht Fragen stellen, Mann.«

»Das ist mein Job, also bitte: Warum hat der Kerl auf die Straße gestarrt?«

»Ja, das weiß ich doch nicht. Vielleicht hat er einfach

Lust gehabt, auf die Straße zu starren, weil die Autos alle eine hübsche Schneehaube auf dem Dach haben.«

»Weiß du, manchmal glaub ich, dass du auch eine Schneehaube hast, allerdings eher unter der Schädeldecke, und da friert sie dir langsam, aber sicher das Gehirn weg.«

»Arschloch!« Er sagte das so, wie er »Drei Euro vierzig« sagte. Dann machte er mir den doppelten Espresso, und ich starrte ebenfalls auf die Straße, während ich ihn trank. Ich hatte kein gutes Gefühl, Lammhuber als Köder auf den Alten Nördlichen Friedhof geschickt zu haben. Und ich hatte auch kein besonders gutes Gefühl, was den kommenden Abend anging.

»Übrigens«, sagte Sven irgendwann, »ist der Typ von Frau Doktor Lessner nach zwanzig Minuten abgeholt worden.«

»Von wem?«

»Von einem Kerl in einem schwarzen BMW.«

9

Ich war kaum wieder in meiner Wohnung, da klingelte es. Bestimmt Lammhuber, dachte ich. Der Teufel soll mich holen, wenn ich vorher je auf den Gedanken gekommen wäre, ich könnte enttäuscht sein, wenn nicht Lammhuber vor der Tür steht.

»Hallo, ich hab ein Fläschchen Shiraz mitgebracht«, sagte Stephan, der im grauen Pfeffer-und-Salz-Mantel vor mir stand wie ein frühes Mitglied der Gruppe 47, das sich die Bahnfahrt zur Dichtertagung in irgendeinem fränkischen Bauernkaff vom Mund abgespart hatte.

»Bin zu früh, was?« Kammerer strahlte mich an.

Er hatte so gute Laune, weil es ein seltener Augenblick für ihn war, irgendwo eingeladen zu sein. Sein Freundeskreis: nichts als Büchermenschen wie er, die nie auf die Idee kommen würden, ein Dinner zu veranstalten. Da ist selbst ein Abendessen bei Josef Celle ein Ereignis, das bei ihm vermutlich gleich hinter der kompletten Entschlüsselung der Merseburger Zaubersprüche kommt.

»Ich habe übrigens noch ein bisschen mehr über den Grafen Gartow herausgefunden«, sagte Kammerer, kaum dass ich ihm den Mantel abgenommen hatte.

Egolf kam sofort auf ihn zugetrippelt und schmiegte sich an sein rechtes Bein. Kammerer beugte sich schüchtern zu dem Kater hinunter und streichelte ihm mit zwei Fingern über den schwarzen Kopf. Ich ging in die Küche und holte eine meiner Weinreserven aus dem Schrank. Sven hatte mir zu meinen letzten beiden Geburtstagen je eine Flasche Antinori geschenkt. Während ich den Korken herausquälte, kam Kammerer mit dem Kater auf dem Arm in die Küche. Ich fiel ja vom Glauben ab: Egolf nähert sich nie irgendjemandem freundschaftlich, der nicht zum Haushalt zählt. Und zum Haushalt zählen, alles in allem, nur Egolf und ich. Aber bei Kammerer lag er im Arm und schnurrte wie ein alter Aggregator.

»Du hast ihn bestochen«, sagte ich, den langsam zerbröselnden Korken im Blick.

»Nein, dein Kater hat ein ungestilltes Bedürfnis nach Bildung«, antwortete er.

Das war es, was ich an Stephan Kammerer mochte: Er war furchtbar gebildet und trotzdem intelligent genug, sich selbst auf die Schippe zu nehmen. Hätte es damals an der Uni mehr solche Typen gegeben, wäre ich vielleicht auch dageblieben.

Wir setzten uns an den Küchentisch, tranken den Antinori und waren seltsam ausgelassen — so ausgelassen, dass es überhaupt nicht zur Situation passte. Meine Wohnung war von irgendwelchen Kriminellen durchwühlt worden. Schwarze BMWs tauchten an allen Ecken und Enden auf, wo ich mich zufällig gerade befand. Lammhuber war in der Finsternis des Alten Nördlichen Friedhofs verschollen. Und die Schatulle, die ich in meinem Kühlschrank aufbewahrte, war offenbar für Leute interessant, die sich so etwas normalerweise nicht ins Wohnzimmer stellen würden. Ich hatte bislang niemandem von der Herzkiste erzählt, aber an diesem Abend beschloss ich, Kammerer einzuweihen. Der Wein war großartig, jedenfalls fand Kammerer ihn ausgezeichnet, und der verstand mehr davon als ich.

»Ich muss dir etwas zeigen«, sagte ich, während er das Weinglas gegen die Küchenlampe hielt.

»Schöne Farbe«, sagte er.

Ich ging zum Kühlschrank, räumte drei Flaschen Bier raus und hatte schließlich die Herzkiste in der Hand, die ich ihm vor die Nase hielt.

»Seit wann sammelst du wertloses Kunsthandwerk?« Er nahm die Kiste in die Hand, öffnete die Laschen und grinste. »Ach, nee«, sagte er dann. »Ein Steinchen wie diese hier haben wir doch bei unserem Heimatforscher in Feldafing gefunden?«

Eigentlich hatte ich mir geschworen, möglichst wenige Menschen in diese Sache einzuweihen. Alle, die etwas wussten, konnten ihr Wissen gegen mich verwenden, sprich: mir den Hahn abdrehen. Doch Kammerer vertraute ich, oder sagen wir besser: Ich musste ihm vertrauen, weil ich seine Hilfe brauchte. Also erzählte ich ihm die ganze Geschichte. Vom Mord an Lankomy bis zu den Typen im BMW, die mir ständig auflauerten. Er blieb die ganze Zeit bei seinem Lächeln und war nicht einmal besonders erstaunt über die ganze Geschichte. Ich muss sagen, dass es mich für ein paar Sekunden stutzig machte. Allerdings nur für ein paar Sekunden, weil ich meinem ehemaligen Studienkollegen bedingungslos vertraute.

»Die dürften dich wohl kaum am Kragen haben wegen dieser blöden Kiste hier«, sagte er, »die ist nämlich nichts wert. Und die Diamanten …« Kammerer nahm eines der beiden Herzen raus und hielt es gegen das Licht. »Ich bin kein Experte, aber die Dinger sehen auch nicht so aus, als seien sie sonderlich wertvoll.«

»Es sind immerhin Diamanten«, entgegnete ich, obwohl ich nicht die geringste Ahnung von Diamanten hatte.

Kammerer nahm jetzt das andere Herz in die Hand. »Irgendwie sehen sie ja seltsam aus«, sagte er und kniff ein Auge zu. »So als seien sie nach einem bestimmten Verfahren serienmäßig hergestellt worden.«

Ich musste zugeben, dass ich die Steine nicht so genau betrachtet hatte wie er. Doch als er es sagte, hatte ich mit einem Mal auch das Gefühl, dass ein System dahintersteckte.

»Ich habe mich mal ein bisschen schlaugemacht, was deinen Grafen Wenzel von Gartow angeht«, sagte Kammerer und nahm eine Backe voll Rotwein. »Der Mann war 1921 an der Charité als Gerichtsmediziner und Präparator tätig.«

»Wie hast du das denn herausgefunden?«

»Recherche, Josef. Eine Tugend, die nicht nur Privatdetektive pflegen. Ich habe beim Virchow-Institut angerufen und mir Unterlagen heraussuchen lassen. War nicht sonderlich viel, es gab nur eine Personalakte aus dieser Zeit. Jedenfalls war dein seliger Graf Pathologe und dürfte schon in jungen Jahren ganz gut verdient haben.«

»So viel, dass er sich eine Villa am Starnberger See leisten konnte? Oder waren die in den zwanziger Jahren besonders preiswert?«

»Glaube ich nicht. Irgendwann in den dreißiger Jahren muss Gartow mit irgendetwas ziemlich viel Geld gemacht haben. Also richtig viel Kohle, weil er danach seinen Beruf als Arzt an den Nagel gehängt hat.«

»Woher weißt du das?«

»Ich habe im Staatsarchiv nachgesehen. Die haben

Akten aus dem Einwohnermeldeamt Starnberg, und da war Wenzel von Gartow als Privatier eingetragen. Mit fünfundvierzig Jahren, ich meine, wer ist mit fünfundvierzig Privatier?«

»Ich hätte nichts dagegen, in ein paar Jahren Privatier zu sein«, wandte ich ein.

Aber Kammerer ließ sich nicht mehr ins Reich des Witzes reißen. »Vielleicht müssen wir noch einmal seine Tochter Gerhild besuchen.« Er nahm einen kräftigen Schluck Rotwein und schüttelte beim Schlucken den Kopf. »Sag mal, kann ich das Kistchen mal mitnehmen?«, fragte er dann und nickte zur Schmuckschatulle hin.

»Weiß nicht«, sagte ich. »Das Ding bringt den Leuten, die es haben, nicht viel Glück.«

»Ich brauche kein Glück«, erwiderte Kammerer grinsend und griff nach der Kiste. »Die Tochter ist sowieso ein Kapitel für sich«, fuhr er fort und lenkte mich von dem Kistchen ab, das er vor sich auf den Tisch gestellt hatte. Er legte die Hand darauf, als wolle er das Teil segnen, dann schwenkte er den Wein im Glas. »Übrigens«, sagte er, »habe ich herausgefunden, woher diese Gedichtzeile stammt. Du weißt schon: *Dein Herze kann allein zu aller Zeit bestehen.*«

In dem Augenblick passierte etwas, was einen unter normalen Umständen zum Lachen reizen würde. Aber in dieser Situation war es ein großes Unglück, und ich muss sagen, dass ich heute manchmal die Zeit zurückdrehen möchte, um mich noch einmal anders entscheiden und die Katastrophe abwenden zu können: Es klingelte an der Tür, und gleichzeitig ging das Telefon.

»Stephan, machst du bitte mal auf, ich denke, das ist

unsere Köchin!«, rief ich, während ich schon den Hörer in der Hand und Adas Stimme im Ohr hatte.

»Josi, ich bin gerade gelandet und nehme jetzt den Flughafenbus zum Hauptbahnhof. Keine Ahnung, wann der in München ankommt ...«

»La ... lass dir Zeit«, stammelte ich und sah noch, wie Kammerer sein Weinglas auf den Tisch stellte und entspannt in den Flur Richtung Wohnungstür ging.

»Die Maschine hatte natürlich mal wieder Verspätung«, sagte Ada. »Dafür hab ich uns ein paar Flaschen superteuren Wein mitgebracht. Den hat mir einer meiner Schüler geschenkt. Sein Vater besitzt ein Weingut im Elsass, und er sagt, das sei das Beste, was es in Deutschland mittlerweile gibt.«

Ich hörte, wie die Wohnungstür aufging und Kammerer ein »Hallo« in den Hausflur rief. In wenigen Minuten würde Katja Lessner vor mir stehen, und ich telefonierte mit Ada. Bescheuerter kann eine Situation gar nicht sein, dachte ich, als plötzlich der Hausflur explodierte.

Es war ein gigantischer Knall, dem eine große Stille folgte, in der ich wie in einem Vakuum stand. Ich rechnete jeden Moment damit, dass sich unter mir eine Tür auftat und ich in einen elend langen Schacht fiel, an dessen unterem Ende die Rubensschen Höllentiere mit ihren Zungen nach mir leckten.

»Josi?« Adas Stimme holte mich zurück. »Josi, was ist denn da los bei dir? Ist irgendetwas explodiert? Du hast doch keine Gasleitung. Was ist ...?«

»Moment«, sagte ich, legte den Hörer beiseite und ging wie auf Eiern in den Korridor.

Ich sah die offene Wohnungstür, in der Kammerer nicht stand. Also ging ich näher ran, und als ich die Fußmatte erreicht hatte, hörte ich zwei Frauen kreischen und eine Altherrenstimme brüllen, man müsse sofort die Polizei rufen. Der Hausflur war voller Menschen, von denen ich ein paar überhaupt nicht kannte, aber es mussten alles Nachbarn sein. Auf dem Fußboden des Zwischengeschosses lag Stephan Kammerer in einer dunkelroten Blutlache, die immer größer wurde wie in einem bösen Märchen.

Ich hielt mich am Treppengeländer fest, während ich die paar Stufen zu ihm hinunterstieg.

Kammerers Gesicht hatte nichts abbekommen. Er hatte die Augen weit aufgerissen und noch immer einen amüsiert-ungläubigen Ausdruck auf dem Gesicht. Vielleicht hatte er die Gedichtzeile im Kopf, deren Autor er mir hatte verraten wollen, bevor Türklingel und Telefon geläutet hatten. Nach zwei Minuten ging unten die Tür auf, und eine Frau stieß einen Schrei aus, bevor sie die Tür wieder zuknallte. Ich ging zurück in die Wohnung und erklärte Ada, was passiert war. Sie sagte nur, dass sie sich am Flughafen ein Taxi nehme. Dann legte ich auf und rief Graber an.

Ich weiß nicht mehr, was ich in den Minuten vor seiner Ankunft gemacht oder getan habe. Jedenfalls war meine nächtliche Höllensturz-Vision Wirklichkeit geworden, ohne dass es hier irgendwelche Perspektiven und Fluchtpunkte für mich gab.

Kommissar Jochen Graber saß mit mir am Küchentisch, genau wie Kammerer eine halbe Stunde zuvor. Sogar Kammerers Weinglas stand vor ihm, und ich saß neben dem Kripobeamten wie eine gelähmte Krähe.

Graber spielte mit seinen Händen und sah mich nicht

an. »Haben Sie eine Ahnung, wer Ihnen da an den Kragen wollte?«, fragte er nach einer Weile.

In dem Augenblick wurde mir erst klar, dass eigentlich ich auf dem Boden des Zwischengeschosses liegen sollte. Warum sollte es jemand auf Kammerer abgesehen haben? Den kannte doch niemand außerhalb seines Fachbereichs.

»Das ist jetzt das zweite Mal, dass jemand versucht hat, Ihnen zu nahe zu kommen«, sagte der Kommissar ziemlich trocken.

»Ja, aber diesmal waren sie verdammt aufdringlich«, sagte ich und spürte, dass ich ruhig wurde, wenn ich nüchterne Sätze von mir gab.

Die Männer von der Spurensicherung wandelten in ihren weißen Raumanzügen durch meine Wohnung. Den Treppenflur hatten sie abgesperrt, das ganze Haus war Tatort, ein Umstand, der meine Popularität in der Mietergemeinschaft nur steigern konnte.

»Herr Celle, Sie müssen mir jetzt endlich erklären, was die bei Ihnen suchen. Sagen Sie jetzt nicht, Sie wüssten es nicht. Was haben Sie hier versteckt, das Ihre Verfolger so dringend brauchen, dass sie sogar einen Menschen dafür umbringen?«

»Vielleicht meine westfälischen Schlachtplattenrezepte«, entgegnete ich. »Aber die habe ich im Kühlschrank hinter den Bierflaschen versteckt.«

In diesem Augenblick krabbelte mir ein kalter Schrecken wie eine Schlange in den Hals. Das verdammte Kästchen war ja gar nicht mehr im Kühlschrank. Es hatte zuletzt hier gestanden, genau hier, neben dem Weinglas, in dem eine Mehlmotte um ihr flatterhaftes Leben kämpfte. Kammerer hatte die Schatulle mit nach Hause nehmen wollen.

»Herr Kommissar, ich … habe keine Ahnung, was die von mir wollen. Ich weiß nur, dass es irgendetwas mit der Leiche in der Kaisereiche zu tun hat. Mehr kann ich wirklich nicht sagen.«

»Ich werde Sie beschützen lassen, Herr Celle. In München laufen offenbar Menschen herum, die nichts so dringend ersehnen wie Ihren Tod.«

Grabers Einschätzung war schwer zu widerlegen. Außer, dass die Typen nicht herumliefen, sondern mit einem schwarzen BMW durch München fuhren. Und dass einer von den Typen vermutlich die Frau war, mit der ich eine Nacht auf meiner aufgeschlitzten Matratze verbracht hatte. Katja Lessner hatte für mich kochen wollen. Dass sie so schwer verdauliche Mahlzeiten zubereitete, ließ meinen emotionalen Abstand zu ihr größer werden. Aber wo, verdammt noch mal, war die verfluchte Kiste gelandet? Hatte Kammerer sie etwa mit in den Flur genommen, wo sie ihm das Ding aus den Händen geschossen hatten? Ich durfte auf keinen Fall so tun, als vermisste ich etwas. Graber war misstrauisch genug. Verdammt, ich musste die Schatulle wiederfinden.

»Mein Kater ist verschwunden«, sagte ich.

Graber nickte stumm, als wisse er, dass Egolfs Schicksal besiegelt sei, weil er vermutlich durch den Knall so verschreckt war, dass er sich aus dem Staub gemacht hatte. Wahrscheinlich würde sein dickes schwarzes Katergesicht in den nächsten Tagen ebenfalls an den Straßenbäumen hängen, samt eingeschnittenen Papierfransen mit meiner Telefonnummer. Ich schämte mich ein bisschen, dass der Gedanke mich trübsinniger stimmte als der Tod von Stephan Kammerer.

Einer der Streifenbeamten, die das Haus absicherten,

kam zu uns in die Küche. »Herr Kommissar, da ist eine Dame, die zu Herrn Celle möchte.«

Graber sah mich an, als verlange er eine Erklärung dafür, dass eine Frau den Wunsch hatte, mich zu besuchen. Ich sagte, das gehe schon in Ordnung, und der Beamte führte Ada zu mir, die mir zum ersten Mal seit Jahren um den Hals fiel, was mich schwer irritierte.

»Was ist nur mit dir los?«, fragte sie.

Ich zuckte mit den Schultern. »Keine Ahnung, irgendjemand scheint meine Wohnung entmieten zu wollen und hat den Falschen erwischt.«

Ada hatte rote Flecken im Gesicht, sie war offenbar richtig erschrocken. Wenn ein Toter im Hausflur liegt, helfen nicht einmal mehr die Strategien der Managerschulung. Nach ein paar Sekunden löste sich ihre Schockstarre, und Ada umarmte mich wie in alten Zeiten, als wir uns noch regelmäßig Rubens' *Höllensturz* in der Alten Pinakothek angeschaut hatten. Allerdings brauchten wir keine Gemälde mehr, denn der Höllensturz hier im Haus war so real wie die Leiche von Stephan Kammerer, die gerade in einen Sack gepackt wurde. Einen Moment lang glaubte ich sogar, vom Flur aus den Reißverschluss zu hören, der den Leichenbehälter verschloss.

»Die Hauptsache ist, dass du am Leben bist, Josi«, sagte Ada.

Ich sah Graber an. Er stand auf und legte Ada und mir jeweils eine Hand auf die Schulter. »Aber das darf niemand außer uns wissen«, sagte er. »Sonst kommen wir in der Sache nicht weiter.«

Ich hätte von Jochen Graber einiges erwartet, zum Beispiel, dass er mich eine Nacht lang in die Mangel nehmen würde, um all das aus mir herauszupressen, was ich ihm offensichtlich verschwieg. Aber der Mann war Profi genug, um zu wissen, dass man einen guten Privatdetektiv eine Woche lang verhören konnte, ohne auch nur das Apostolische Glaubensbekenntnis aus ihm herauszubekommen.

Während die Leiche von Stephan Kammerer in der Blechkiste Richtung Gerichtsmedizin abtransportiert wurde, standen Graber, Ada und ich in meiner kleinen Küche und hielten jeder eine Flasche Bier in der Hand.

»Wie gut haben Sie Stephan Kammerer eigentlich gekannt?«, fragte der Kommissar.

»Du hast mir nie von ihm erzählt«, sagte Ada.

Also fing ich an, ein bisschen von früher zu plaudern, als ich noch brav an der Ludwig-Maximilians-Universität eingeschrieben war und Vorlesungen hörte, in denen es um Fluchtpunkte ging. Damals hätte ich eigentlich schon den kriminalistischen Wink in dem Wort Fluchtpunkte bemerken müssen. Ich sagte, ich hätte Kammerer zufällig im Café an der Uni wiedergetroffen, wir seien ins Schwärmen geraten und hätten uns ein bisschen angefreundet. Dann hätte ich ihn einfach zu mir nach Hause eingeladen, um ein Glas Wein mit ihm zu trinken.«

»Kochen wollten Sie nicht?«, fragte Graber.

Zum Glück lachte Ada in dem Moment hell auf. »Josi kann nicht einmal ein Ei aufschlagen«, sagte sie, und jeder hätte in einer entspannteren Situation darüber gelacht.

»Was ich Ihnen jetzt sagen werde, Herr Celle, klingt vielleicht makaber, ist aber für Ihre Gesundheit unverzichtbar.«

»Mit Herrn Makaber bin ich ziemlich eng befreundet, tun Sie sich also keinen Zwang an.«

Ada blickte verstohlen durch die offene Schlafzimmertür. Sofort dachte ich an die Lessner und die Sprungfedern, die aus der Matratze ragten.

»Wir werden versuchen, die ganze Geschichte unterm Deckel zu halten«, sagte Graber. »Die Presse wird davon nichts erfahren, und Sie werden in ihrem eigenen Interesse auch nichts weitererzählen.«

Als der Kommissar die Presse erwähnte, hätte ich beinahe eine halb witzige Bemerkung über Lammhuber gemacht, den ich im Pennerkostüm auf den Friedhof geschickt hatte. Ich konnte sie mir jedoch im letzten Moment verkneifen. Vor allem, weil ich inzwischen wirklich ein ungutes Gefühl hatte, was Lammhubers Schicksal betraf.

»Kurz und gut, Herr Celle«, sagte Graber. Wir werden einfach so tun, als hätten die Täter Sie erwischt und Sie wären jetzt tot. Ihre Wohnung lassen wir versiegeln.«

»Wo soll ich in der Zwischenzeit wohnen?«

»Bei mir natürlich«, sagte Ada.

»Natürlich«, sagte ich.

Graber nickte, und ich fürchtete den Moment, da ich meine Wohnung für immer verlassen würde. Der Kommissar drängte im selben Moment zum Aufbruch, und Ada wollte auch sofort verschwinden. Die Härte war vollkommen aus ihrem Gesicht gewichen. Mord macht eben selbst weibliche Managercoaches windelweich.

Die beiden waren schon im Hausflur, als ich aus dem Schlafzimmer das helle, langgezogene Schreien hörte, das Egolf immer von sich gab, wenn er eine Büchse Kitekat brauchte. Ich war cool genug, nicht seinen Namen zu rufen, so dass Ada und Graber nicht bemerkten, wie ich ins Schlafzimmer ging und den Kater neben der Schmuckschatulle auf dem Boden liegen sah. Er hatte es offenbar geschafft, das Ding mit den Pranken vom Tisch zu wischen und à la David Beckham in Richtung Schlafzimmer zu dribbeln. Er wischte die Kiste immer noch liberomäßig auf dem Parkettboden hin und her. Ich war so verdammt froh, meinen dicken, kastrierten Egolf wiederzuhaben, dass ich ihn aufhob, in den Arm nahm und sofort einen Pratzenschlag kassierte. Ich spürte, wie mir das Blut warm und dünn in Richtung Mundwinkel floss. Die Kosten für die nutzlose Kastration würde ich vom Tierarzt zurückverlangen, sobald ich wieder ein bisschen Luft hatte.

»Josi, kommst du dann?« Adas Stimme hallte im Hausflur.

»Ja, gleich!«, rief ich zurück. »Ich hab nur noch eine Kleinigkeit vergessen.

Ich ließ Egolf auf die Matratze fallen und hob die verdammte Schmuckkiste auf, die mir diesen ganzen tödlichen Ärger eingebracht hatte. Egolf hatte die Samteinlage ziemlich gut bearbeitet, und zwar dergestalt, dass die Diamantherzen rausgefallen waren. Ich warf mich auf den Boden und sah unterm Bett nach, wo ich zumindest eines davon fand. Das andere hatte er in die Nähe des Kleiderschranks bugsiert. Gott sei Dank waren die Herzen so blau, dass ich sie leicht finden konnte.

Ich sah mir die Kiste genauer an. Egolf hatte mit den Pratzen die obere Schicht der Einlage so weit aufgekratzt, dass ein gelblicher Papierfetzen zu sehen war, den ich vorsichtig aus dem Futter fummelte. Eine halbe Minute später hatte ich einen sorgfältig zusammengelegten Zettel in der Hand und begann, das Papier behutsam aufzufalten.

»Herr Celle, bitte kommen Sie jetzt, wir müssen die Wohnung versiegeln«, rief Graber im Hausflur.

Schnell steckte ich den Wisch in die Hosentasche, schnappte mir den Kater und nahm auf dem Weg in den Flur das Katzenklo mit, damit wenigstens Egolf sich bei Ada zu Hause fühlte. In meinen Hosentaschen klapperten die Herzen. Ich stellte Katzenklo und Egolf auf den Parkettboden und legte die Herzen zurück in die Schmuckkiste. Und die Kiste stopfte ich auf die Schnelle wohin, verdammt?

Ich sah mich im Schlafzimmer um wie in einem Museumsraum, in dem es manches Interessante und Überraschende zu entdecken gibt. In meinem Schlafzimmer gab es aber nur mein Bett und meinen halb verfallenen Kleiderschrank. Und es gab den Rollladenkasten, oben am Fenster. Hastig stieg ich auf das Fensterbrett, fummelte den Deckel von dem Rollladenkasten ab und versteckte die Kiste darin. Deckel zu, und runter vom Fensterbrett. Jetzt nur noch schnell Egolf ins Katzenklo verfrachtet und ab in den Hausflur, wo Graber und Ada sich die Blutspritzer von Stephan Kammerer am Rauputz der Flurwand ansahen.

Der Kommissar und seine Jungs schirmten uns ab, als seien wir ein Diktatorenpärchen, das vor einer tobenden Menge fliehen muss. Sie hatten die Schraudolphstraße bis zur Schellingstraße hin abgesperrt. Diskreter ging es vermutlich nicht, aber was machte das noch aus? Ich hockte mit Ada auf der Rückbank des Streifenwagens, Graber setzte sich vorne neben den Polizisten, der einfach losfuhr.

»Wir werden jetzt etwa eine Stunde lang durch München fahren«, sagte Graber.

»Wozu soll das gut sein?«, wollte Ada wissen. »Wir kennen die Stadt inzwischen ganz gut.«

Ich erklärte ihr, dass sie so versuchen wollten, mögliche Verfolger zu erkennen und festzunehmen. Zwei weitere Polizisten fuhren hinter uns her.

»Stephan wollte mir noch etwas sagen, bevor es passiert ist«, sagte ich beiläufig.

Sofort drehte Graber sein Gesicht zu mir. »Was denn?«

»Keine Ahnung. Es hatte etwas mit einer Gedichtzeile zu tun, die ich irgendwo aufgeschnappt habe und nicht einordnen kann.«

»Wie geht denn die Zeile?«, fragte Ada übertrieben interessiert.

Sie hatte wohl Angst, dass mich der Mord an Kammerer unter Schock gesetzt hatte und ich jetzt anfing, irgendwelche Phrasen auswendig zu lernen. Ich konnte ihr auf keinen Fall sagen, dass es mich mehr erschüttert hätte, wenn Egolf draufgegangen wäre. Ein Kater gegen einen promovierten Historiker – das ist nicht vermittelbar.

Während der Fahrt fing ich plötzlich an zu zittern. Zuerst dachte ich, es sei die Kälte, aber im Wagen lief die Heizung, also kurz gesagt: Ich hatte plötzlich eine Höllenpanik, weil jemand mein einzigartiges, reiches und buntes Leben auslöschen wollte. Wenn Ada nicht angerufen hätte, wäre ich wie ein zerfetzter Fasan im Hausflur aufgeschlagen, und die kroatische Putzfrau hätte am nächsten Tag nicht Stephan Kammerers, sondern mein Blut in ihren Plastikeimer gewrungen. Stephan war tot, ich lebte, und was das Wichtigste war: Meinem alten, eierlosen Kater Egolf war nicht eines seiner schwarzen Härchen gekrümmt worden. Ich musste irgendetwas tun, etwas sagen vielleicht, um meine innere Spannung abzubauen.

»*Dein Herze kann allein zu aller Zeit bestehen.*« Ich sagte nur diesen einen Satz.

Graber hob die rechte Hand und dirigierte mit dem Zeigefinger das Versmaß, während er deklamierte: »*Dieweil es die Natur aus Diamant gemacht.*«

Der Satz fuhr mir wie ein Stromschlag ins Gekröse. Ich kann nicht behaupten, dass ich besonders empfänglich bin für Lyrik. Aber dieser Satz war wie die Headline für den ganzen Schlamassel der letzten Tage.

»Woher ... woher kennen Sie das, Herr Kommissar?«

Graber machte eine wegwerfende Handbewegung. »Vier Semester Germanistik, habe ich Ihnen doch schon gesagt. Solche Texte vergisst man nicht. Christian Hofmann von Hofmannswaldau: Vergänglichkeit der Schönheit, Spätbarock. Wo wohnen Sie, Frau ...?«

»Hofer, Ada Hofer«, sagte Ada und nannte ihre Adresse.

Bis wir in der Bauerstraße angekommen waren, hatte ich kein einziges Wort mehr gesagt. Zum Glück hörte auch das Zittern auf, vielleicht, weil ich auf einmal rasende Kopfschmerzen bekam – auf irgendetwas muss sich der Körper schließlich konzentrieren.

10

Egolf benahm sich in den ersten Tagen in Adas Wohnung wie ein Waldarbeiter im Beau Rivage. Er zeigte keine besondere Lust, sich auf die gestylte Wohnlandschaft einzulassen, und entschied sich von Anfang an dafür, sämtliche Geschäfte auf dem Parkett zu verrichten. Irgendwie schien der Anschlag ihn wieder aggressiver gemacht zu haben. Er kratzte und biss, sobald Ada versuchte, ihn zum hygienischen Alltag hinzuführen. Selbst sein Lieblingsspielzeug, die Stoffmaus und ein schwarzweißer Stoffvogel, interessierte ihn einen Dreck.

Mir ging die Gedichtzeile, die Graber am Mordabend zitiert hatte, nicht aus dem Schädel, und ich redete mir ein, dass ich mit dem Satz *Dieweil es die Natur aus Diamant gemacht* die Lösung des Problems finden würde.

Allerdings hatte ich noch ein anderes Problem, nämlich Ada. Das heißt, sie selbst war natürlich kein Problem, aber unsere zauberhafte Verbindung war seit dem Telefongespräch, als Katja Lessner in meiner Wohnung war, leicht angetickt. Und unter den Umständen mussten wir auch noch auf unbestimmte Zeit zusammenwohnen. Ada hatte sich eine Woche frei genommen, um auf mich aufzupassen.

Wir hatten noch nie eine gemeinsame Wohnung gehabt, und wir hatten auch nie darüber gesprochen, aber seit der Nacht, die ich auf ihrer Isomatte verbracht hatte, war zwischen uns klar, dass wir auf keinen Fall zusammenziehen würden. Das wäre allein wegen unserer völlig disparaten Vorstellungen von Innenarchitektur unmöglich.

Adas Wohnung war mit sparsamen Designermöbeln ausgestattet, also schmale schwarze Ledercouch im Wohnzimmer, Coffeetable und eine kleine, gläserne Schrankbar, solche Sachen. Ihre Küche bestand aus einem einzigen geschliffenen Mahagonibrett, in das eine Edelstahlspüle und ein Ceranfeld eingelassen waren. Wenn einer von diesen Beziehungsberatern unsere beiden Wohnungen vergleichen würde, so würde er sofort sagen, dass wir beiden nicht zusammenpassen. Was soll ich sagen: Der Beziehungsberater hätte recht und gleichzeitig unrecht. Ada und ich haben uns noch nie wirklich gestritten, weil wir uns nämlich viel zu selten sehen, um zu streiten. Immer wenn sich eine Disharmonie anbahnt, flüchte ich schnell zu Sven oder in meinen Luxusloft. Seit jenem Tag in der Pinakothek vor Rubens' *Höllensturz* haben wir uns beruflich ziemlich diametral entgegengesetzt entwickelt. Aber an unserer Freundschaft hat das nichts geändert. Ich sage immer Freundschaft, weil das Wort Liebe schon für Hunde- und Katzenbesitzer reserviert ist. Aber mal im Ernst: Ich habe Ada nie gefragt, was sie an mir findet, und sie hat mich nie gefragt, was ich an ihr finde. So kann man ganz gut miteinander klarkommen, finde ich.

Nur kamen da eben drei Dinge zusammen, die unser schön ausbalanciertes Verhältnis ein bisschen ins Taumeln brachten: der Mord an Stephan, mein kleiner Ausrutscher mit Katja Lessner und die Tatsache, dass wir für unbestimmte Zeit gemeinsam in Adas Wohnung leben mussten. Ich schwöre, ich gehöre nicht zu den Männern, die auch nur ein Quäntchen Lust auf klärende Gespräche verspüren. »Lass uns reden« – dieser Satz ist mir so fremd wie der Koran. Jedenfalls hockten wir auf ziemlich engem Raum aufeinander, und ich spürte, dass Ada diese Nähe unangenehmer war als mir, weil sie mir misstraute.

»Das mit dieser Frau hat überhaupt keine Bedeutung für uns«, sagte ich und schämte mich für den Satz, noch ehe ich ihn ganz ausgesprochen hatte.

»Für dich hat er vielleicht keine Bedeutung«, sagte Ada mit einer Kälte, gegen die das Wetter draußen tropisch war. »Für mich dagegen schon, und ich werde dir das eines Tages heimzahlen.«

»Wie du meinst.«

»Ist sie eigentlich jünger als ich?«, fragte Ada.

Da fiel mir wieder ihr vierzigster Geburtstag ein und dass Frauen in diesem Alter angeblich besonders empfindlich sind. »Nein«, sagte ich, »ich glaube, eher älter als du. Was spielt das schon für eine Rolle?«

Ada sah mich flüchtig an und wendete den Blick zum Fenster. »Nein, das spielt keine Rolle«, sagte sie seltsam verträumt.

»Wie meinst du das?«

Sie drehte sich abrupt um und lachte auf, allerdings nicht fröhlich, sondern wie jemand, der am Ende doch den Trumpf in der Hand hält. »Reden wir nicht mehr drüber, Josef. Ich zahle es dir einfach gelegentlich heim, und dann sind wir quitt, okay?«, sagte sie und lächelte mich knapp und kühl an wie nach einem gelungenen Geschäftsabschluss.

Ich nickte aus zwei Gründen: einmal, weil ich so überrascht war, und zweitens, weil Ada mir diesen Deal anbot. Wie würde sie es mir heimzahlen und mit wem? Natürlich war ich nicht in der Position, danach fragen zu dürfen. Außerdem hatte ich noch ein paar andere Dinge am Hals, gegen die war die Pest eine Kinderkrankheit. Wer wollte mich aus meiner Wohnung blasen? Wer wollte, dass ich hier auszog und möglichst auf dem OF = Ostfriedhof unterkam? Und was wollte die Lessner exakt von mir? Dass sie auf die Steine scharf war, konnte ich mir kaum vorstellen. Was sollte eine kulturell gebildete Frau wie Katja Lessner mit ein paar öden Diamanten, die noch dazu in diesem völlig indiskutablen Herzdesign daherkamen?

Kommissar Graber besuchte uns einen Tag nach dem Mord bei Ada. Die Ballistiker hatten inzwischen ihre Arbeit verrichtet und herausgefunden, dass Stephan Kammerer mit einer Ceska, Kaliber 7,65, umgelegt worden war, einer Kanone, mit der tschechische Killer ihre Aufträge gerne ausführen.

»Es ist noch kein wirklicher Beweis«, sagte Graber und stand dabei so traurig in Adas Arbeitszimmer, dass ich ihn am liebsten durch seine eigenen Leute hätte schützen lassen.

»Hören Sie, Herr Kommissar«, sagte ich. »Ich bin wirklich sehr froh, dass sie uns Ihre Hilfe anbieten wollen. Aber ich kann mich nicht die ganze Zeit in dieser Wohnung verstecken.«

»Sie müssen!«, rief Graber, und dieser Ausbruch zeigte mir, wie hilflos der Mann war. Er hatte zwei Morde aufzuklären, zu denen es als einzige Verbindung bisher nur die identische Tatwaffe gab. Der Kommissar wusste genau, dass er mich niemals würde schützen können. Das war meine Chance. Er mochte meine Ermittlungen nicht, doch er konnte mich nicht daran hindern.

»Sie müssen sich die nächsten Wochen in dieser Wohnung aufhalten«, sagte er noch einmal. So, wie er es sagte, hörte es sich allerdings an, als glaubte er selbst nicht, dass es mir das Leben retten würde, wenn ich mich für immer in Adas Designerlandschaft einbunkerte. »Ich habe Ihre alte Wohnung zur Vermietung freigegeben.«

»Sie haben was?«

Graber beschwichtigte mit den Händen. »Nur zum Schein. Wir hoffen, dass die Täter immer noch glauben, in Ihrer Wohnung etwas zu finden. Deshalb werden wir sie ausschreiben.«

»Glauben Sie, diese Leute sind so dumm, dass sie meine Wohnung mieten und sich dann von Ihnen schnappen lassen?«

»Dumm nicht«, sagte Graber und sah mich streng an. »Aber sie sind entschlossen, sich das zu holen, was Sie bei Ihnen, ich sage es mal vorsichtig, vermuten.« Er gab Ada die Hand und nickte mir nur knapp zu, bevor er die Wohnung verließ.

Damit war ich also in Adas Designerwohnung gefangen. Wenigstens war mein alter Kumpel Egolf bei mir, sonst wäre ich zwischen dem ganzen Alessi-Geschirr und den Stahlrohrsesseln sicher wahnsinnig geworden. Irgendwie nahm ich die Wohnung zum ersten Mal richtig wahr, und ich erschrak sogar ein bisschen über die Kälte, die sie verströmte. Einmal sah ich mein Gesicht im Spiegel und hatte das Gefühl, dass ich fünf Jahre älter geworden war. Die beiden Falten zwischen den Nasenflügeln waren so tief wie die Furche eines Traktors, und ich sah irgendwie ängstlich aus, obwohl ich mich nicht so fühlte.

Das Schlimmste war jedoch, dass ich nicht mehr in Svens Cappuccinobar gehen konnte. Ich fing sogar an, Lammhuber zu vermissen. Sven durfte auf keinen Fall erfahren, dass ich noch am Leben war. Er würde es garantiert Lammhuber weitererzählen, binnen zwei Tagen wüsste es das ganze Viertel, und irgendwann stünde der schwarze BMW unten vor Adas Haustür.

Graber wollte auf Zeit spielen und warten, bis über die Geschichte Gras gewachsen oder besser Schnee gefallen war. Gut, vergessen kann man das natürlich nicht, wenn ein Mann in seinem eigenen Hausflur erschossen wird und nie mehr Cappuccino ohne Schaummütze bestellen kann. Aber der Alltag geht weiter, Tramezzini müssen belegt werden und Weinlieferungen ausgepackt. Oder die Stadtverwaltung. Der Winter brachte sie Tag für Tag an die Grenze ihrer Belastbarkeit. Den Eindruck hatte ich jedenfalls, wenn ich aus dem Fenster auf die Bauerstraße sah, in der sich der Schnee türmte, als hätte ein Irrer eine Riesenportion davon aus Alaska bestellt. Die Räumkommandos kamen nicht mehr nach, und die Kälte war so groß, dass die Reisebüros ihre Sonderangebote aus den Fenstern nahmen, weil die Leute für eine Reise auf die Malediven jeden Preis gezahlt hätten.

Nach einer knappen Woche kamen die Bücher an, die ich mir auf Adas Namen an ihre Adresse hatte schicken lassen, darunter ein Fachbuch über Edelsteine, das ich lustlos durchblätterte und dann in den Müll warf. Keines der abgebildete Steinchen hatte auch nur annähernd Ähnlichkeit mit meinen Herzdiamanten. Das andere

Buch war eine Sammlung von Barockgedichten, und das mit dem Herzen aus Diamant war auch drin. Das Ding hieß tatsächlich *Vergänglichkeit der Schönheit* und war von diesem Christian Hofmann von Hofmannswaldau. Wenn Kommissar Graber bei Günther Jauch aufgetreten wäre, hätte er sicher eine verdammt gute Figur gemacht. Eine bessere als ich jedenfalls. Allerdings hat das nicht viel zu bedeuten, weil ich so gut wie nirgendwo eine gute Figur mache.

Das Gedicht ging los mit der Zeile: *Es wird der bleiche Tod mit seiner kalten Hand dir endlich mit der Zeit um deine Brüste streichen*. Ein absoluter Hammer, so was zu schreiben. Das ist Stephen King fürs Poesiealbum, würde ich sagen. Es ging damit weiter, dass der Typ in dem Gedicht seiner Freundin ausmalte, wie sie aussehen wird, wenn sie tot ist: Der liebliche Korall der Lippen wird erbleichen, der Schultern warmer Schnee wird werden kalter Sand und so weiter.

Mir war ziemlich schnell klar, weshalb der Typ so sauer war: Seine Freundin war eine ziemlich eitle Schachtel, die sich verdammt viel auf ihre Schönheit einbildete. Doch der Typ hat ihr klipp und klar reinen Wein eingeschenkt: Wenn du hin bist, dann bist du ein Häufchen Asche, weiter nichts. Nur das Herz, und da muss der Typ gewissermaßen klein beigeben, das wird so schnell nicht verrotten, weil es nämlich gar nicht aus Fleisch und Blut ist. Diese unterkühlte Schlampe hat ein Herz aus Diamant. Mann, der Knabe muss ziemliche Höllenqualen gelitten haben. Vielleicht war dieser Hofmannswaldau ein Kumpel von Rubens, obwohl das zeitlich nicht hinhaute.

»Sag mal, was liest du denn da? Gedichte?«, fragte Ada.

Wir saßen in ihrer Küche, schräg gegenüber von dem kaltgeschliffenen Mahagonibrett. Ada hatte eine Handvoll Termine abgesagt, irrsinnig wichtige Seminarveranstaltungen, wie sie immer wieder betonte. Aber es gehe nun mal nicht anders, sagte sie, schließlich müsse sie sich um mich kümmern. Ich frage mich, ob ich erst halb in die Luft fliegen muss, bis meine Freundin Ada Lust hat, ein paar freie Tage mit mir zu verbringen.

»Ja«, sagte ich, »es sind Gedichte. Sie handeln von einem Typen, dessen Frau immer auf Achse ist. Deshalb fühlt er sich einsam und möchte mit ihr italienisch essen gehen.«

»Ooch, das klingt ja rührend«, sagte Ada. »Der Typ weiß hoffentlich, dass er die Wohnung seiner Angebeteten nie wieder wird verlassen dürfen?« Sie legte dabei beide Hände auf meine Wangen und streichelte mein glattrasiertes Kinn. »Deshalb muss er seiner Angebeteten auch nolens volens aus der Hand fressen.«

Während sie das sagte, knöpfte Ada mir das Hemd auf und zog mich von meinem Stuhl hoch. Es war eine einzige fließende Bewegung, und als wir fertig waren, hatte selbst der zäheste Italiener im Viertel die Küche zugemacht.

Am darauffolgenden Morgen ging mein Handy. Ada war mit ihrem Nissan in die Stadt gefahren, um ein wenig Arbeitskleidung zu kaufen, also Gucci-Röcke und Armani-Blusen, all das Zeug, das man braucht, um Managerschüler bei Laune zu halten.

Auf dem Display erschien die Nummer von Stephan Kammerer. Ich wusste erst nicht, ob ich rangehen oder das Ding ins Klo werfen sollte, weil sich irgendjemand einen üblen Scherz mit mir erlauben wollte. Jeder halbwegs aufgeklärte Mensch weiß, dass ein Toter sich nicht aus dem Jenseits per Telefon meldet. Das wäre nämlich viel zu teuer, und Flatrates bieten sie meiner Kenntnis nach im Himmel noch nicht an. Meine Neugier oder besser das, was nach all den Ereignissen davon übrig geblieben war, ließ mich die Idee mit dem Klo verwerfen und rangehen.

»Hier Celle«, sagte ich und war im selben Moment erschrocken über meine Dämlichkeit. Josef Celle war schließlich tot, weggeknallt von einem Wahnsinnigen, abgeschossen in seinem eigenen Hausflur. Und das alles, weil er einen Gegenstand in seiner Wohnung versteckt hielt, für den sich Typen interessierten, von denen man nicht meinen sollte, dass sie filigrane Schmuckkästchen schätzten. Ich ließ meine Tarnung also auffliegen, bevor ich sie richtig angenommen hatte.

»Hier spricht Sina Kammerer.« Die Stimme klang jung, so jung, dass ich im ersten Moment dachte, Kammerer habe eine Tochter gehabt, von der er mir nichts erzählt hatte.

»Ich bin Stephans Schwester«, sagte sie.

Ich hätte am liebsten das getan, was alle feigen Typen in einem solchen Moment tun würden: auflegen. Aber ich legte nicht auf, sondern stotterte mir einen Kondolenzspruch zurecht: »Das … tut mir leid … ich meine, dass Ihrem Bruder, also, dass Stephan das passieren musste.«

»Sie meinen, dass mein Bruder in Ihrem Hausflur ermordet wurde?« Sina Kammerers Stimme klang erstaunlich fest und hatte einen leichten ironischen Unterton, der mir einen stahlkalten Schrecken einjagte.« Hätten

Sie Lust, kurz in die Schönfeldstraße zu kommen? Ich bin gerade dabei, die Wohnung aufzulösen, und bin auf ein paar Unterlagen gestoßen, die mit Ihnen und Ihrem Fall zu tun haben.«

Ich schwieg ein paar Sekunden, und das Schweigen war plötzlich in der ganzen Wohnung. Keine Ahnung, warum mir das auf einmal auffiel. Vielleicht, weil ich plötzlich Angst hatte, aus diesem Schweigen nie mehr herauszukommen, weil ich mich für den Rest meines Lebens im Wohnzimmer verstecken musste wie Salman Rushdie. Wobei ich, ehrlich gesagt, nicht sicher bin, ob sich Salman Rushdie wirklich in seinem Wohnzimmer versteckt hat, nachdem die irren Iraner die Fatwa über ihn verhängt hatten. Jedenfalls war mir Salman Rushdie nicht so wichtig wie Sina Kammerers Unterlagen. Ich hatte keine Ahnung, welches Risiko ich eingehen würde, wenn ich ohne Maske in die Schönfeldstraße fuhr. Jedenfalls würde es mein letzter öffentlicher Auftritt als Josef Celle sein. Ich legte auf und verließ zwei Minuten später Adas Wohnung.

Ich ging zu Fuß in die Schönfeldstraße und dachte während des ganzen Weges daran, dass ich gleich die Wohnung eines Mannes betreten würde, der an meiner Stelle ins Aus geblasen worden war. Von Leuten, die wir beide nicht kannten und mit denen einer wie Kammerer ganz gewiss nicht freiwillig Umgang gepflegt hätte.

Als ich auf den Klingelknopf neben Kammerers Namen drückte, schnurrte der Türöffner sofort los, als hätte Stephans Schwester seit Stunden darauf gewartet, dass jemand die Klingel drückte.

Der Weg in den zweiten Stock kam mir vor wie die Nanga-Parbat-Besteigung. Ich hatte eigentlich keine Lust, noch einmal in Stephans Wohnung zu gehen, diese Buchreihen zu betrachten und genau zu wissen, dass hinter der Koeppen-Ausgabe der Schnapsvorrat versteckt war. Und dann diese Frau, von der ich bis vor Kurzem gar nicht gewusst hatte, dass es sie gab. Stephans Schwester, was ging mich seine Schwester an?

Meine Zweifel waren jedoch unbegründet, denn in der Tür empfing mich ein Lächeln, das so bezaubernd war, dass man es anstelle des Winterstreudienstes hätte einsetzen können.

»Ich habe Sie mir ganz anders vorgestellt«, sagte das Lächeln. »Irgendwie härter, unverwüstlicher.«

Ich hatte in dem Moment keine Ahnung, was ich darauf sagen sollte. Ich sah nur diese Frau an, ihre dunkelblonden, zum Zopf gebundenen Haare, den Studentenlook, die stone washed Jeans und die weiße Spitzenbluse. Um den Hals hatte Sina Kammerer eine altertümliche Perlenkette gelegt, vermutlich weil sie die Wohnung ihres toten Bruders ausräumte und dabei pietätvoll erscheinen wollte. Eine junge Frau, die das Trauern nicht gewohnt war.

Ich schätzte sie jünger als Stephan Kammerer, dem sie so verdammt ähnlich sah, dass es mir die Brust zusammenschnürte. Sie gab mir die Hand, stellte sich vor und machte eine lässige Kopfbewegung, dass ich eintreten sollte.

Sina hatte die Wohnung so gut wie ausgeräumt. Überall standen Umzugskartons, von denen manche dermaßen ungeschickt gepackt waren, dass sie nicht zugingen. Sie führte mich so geschäftsmäßig durch die Räume, als suche sie einen Nachmieter. Als wir in Stephans Arbeitszimmer standen, schlug sie plötzlich die Hände vors Gesicht und ließ sie ganz langsam die Wangen hinabgleiten, so dass ihre Gesichtshaut ein bisschen nach unten rutschte.

»Er hat … Stephan hat mir von Ihnen erzählt, Herr Celle.« Ich stand stumm und angespannt vor ihr. »Er hat gesagt, Sie seien ein seltsamer Typ, ein bisschen kaputt, aber wahnsinnig sympathisch. Und dass er Sie beneidet um Ihr abenteuerliches Leben.«

Ich schluckte und schüttelte den Kopf. »Nein, das ist gar nicht so, ich meine, mein Leben ist viel weniger aufregend als das Ihres Bruders. Ich habe ihn beneidet, nicht umgekehrt.«

Sie sah mich empört an, und dass sie dabei ihr Lächeln beibehielt, machte sie für mich unwiderstehlich. »Mein Bruder war ein Büchermensch, wissen Sie. Er hat immer Menschen beneidet, die sich mit den Dingen des Lebens beschäftigen. Deshalb war er auch so glücklich, dass Sie ihn in Ihren Fall eingeweiht haben. Er war in den letzten Tagen vor seinem Tod so glücklich, wie ich ihn vorher noch nie erlebt hatte.«

Ich sah aus dem Fenster auf die Fensterreihe des gegenüberliegenden Hauses. Einen Moment lang glaubte ich, eine Gardine habe sich bewegt, doch vielleicht täuschte ich mich auch.

»Stephan hat mich jeden Tag angerufen und mir von dieser Geschichte mit dem ermordeten Pensionsgast und der Gräfin erzählt. Er sagte, dass er Ihnen vermutlich keine sonderlich große Hilfe sei, aber vielleicht ein bisschen was herausbekommen könne, das Ihnen weiterhilft.«

Bei mir war mittlerweile alles zugeschnürt.

»Er hatte eigentlich an einer Dokumentation über die

Beziehung der bayerischen Herrscher zu den Franzosen schreiben wollen«, fuhr Sina fort. »Aber er hat sich in der letzten Zeit nur mit Ihrem Fall beschäftigt.«

Sie zog eine Schublade aus Kammerers Schreibtisch auf und entnahm ihr einen grünen Hefter, der randvoll war mit Kopien. »Das war das Letzte, woran er gearbeitet hat«, sagte Sina und gab mir die Mappe. »Ich habe kurz hineingesehen«, sagte sie. »Es sind Kopien aus Standesämtern und so. Er hat sich verdammt tief in Ihre Sache hineingegraben.«

Sie sah mich an, weil sie wusste, dass ich den Vorwurf in ihrer Stimme nicht überhört hatte. Ich hätte ihren Bruder schützen müssen, das war Sinas feste Ansicht. Ich hätte dafür sorgen müssen, dass ihm nichts geschah. Doch es war ihm etwas passiert, und wenn ich nicht gewesen wäre, wenn mein blödes Detektivbüro damals bankrottgegangen wäre, dann säße Kammerer noch an diesem Schreibtisch, um über das Verhältnis der bayerischen Herrscher zu den Franzosen zu brüten. Ich klemmte mir die Mappe unter den Arm, ohne hineinzusehen. Stattdessen starrte ich Sina an, die wieder lächelte.

»Wenn Sie möchten«, sagte ich, »lade ich Sie zum Essen ein. Vielleicht sogar schon heute Abend …«

Sie lächelte weiter, allerdings kopfschüttelnd. »Ich werde heute noch zurück nach Karlsruhe fahren. Ich heirate nämlich nächste Woche, wissen Sie.«

Nein, das wusste ich natürlich nicht. Genauso wenig wie ich das andere wusste, von dem sie mir erzählte, weil man es noch nicht sehen konnte.

»Im zweiten Monat«, sagte sie und nestelte an den Spitzen ihrer Bluse herum. »Stephan hat sich sehr darauf gefreut, bald einen Neffen zu haben, dem er die Welt erklären kann.« Als ich nickte, sagte sie: »Ich meine natürlich die Welt, wie mein kleiner Bruder sie gesehen hat.«

Wieso kleiner Bruder? Warum nannte die zierliche Frau meinen ehemaligen Kommilitonen Stephan Kammerer ihren kleinen Bruder? Vielleicht, weil sie glaubte, reifer zu sein als er, weil sie ihn für lebensuntüchtig hielt.

»Wir sind nämlich Zwillinge, wissen Sie.«

Woher denn? Ich wusste fast gar nichts über die beiden, vor allem wusste ich fast gar nichts über Stephan, das wurde mir immer klarer, je länger ich der Frau zuhörte.

»Er ist zwanzig Minuten nach mir auf die Welt gekommen, deshalb bin ich seine ältere Schwester. Für heute Abend sind die Möbelpacker bestellt. Das ganze Zeug hier geht auf den Wertstoffhof.« Sie drehte sich um, öffnete einen großen Kleiderschank im Flur und warf daraus wahllos Jacken und Mäntel in einen blauen Müllsack.

Wenn bei mir einmal die Lichter ausgehen, dachte ich, könnte Ada meinen Kram in einer großen Tengelmann-Tüte unterbringen, und mein Hauptnachlassverwalter wäre sowieso der städtische Wertstoffhof.

»Eine Frage hätte ich noch«, sagte ich. Sina ließ sich nicht aufhalten, weiterhin Wäsche und Kram in den Sack zu stopfen.« Kennen Sie sich mit Gedichten aus?«

Sie lachte kurz auf, und ich wusste nicht genau, ob sie es wegen meiner Frage tat oder wegen der Dinge, die sie gerade im Schrank ihres Bruders entdeckte.

»Haben Sie schon einmal die folgenden Zeilen gehört: ›*Dein Herze kann allein zu jeder Zeit bestehen, Dieweil es die Natur aus Diamant gemacht*‹?«

Sina hörte für Sekunden auf, die Kleider aus dem

Schrank zu reißen. Sie sah mich nicht an, sondern starrte nur in den blauen Müllsack wie in einen Abgrund, in dem der ekelhafteste Teil ihres Lebens vor sich hin faulte. »Woher haben Sie das«, fragte sie, noch immer ohne aufzusehen.

»Es hat etwas mit dem Fall zu tun. Ihr Bruder kannte das Gedicht auch.«

»Ja«, erwiderte Sina, »es ist ein bekanntes Gedicht aus dem Barock. Setzen Sie sich bitte«, sagte sie dann und wies schnell und fahrig auf den Sessel neben dem Schreibtisch. Sie knotete den Sack flüchtig zusammen, doch der Knoten löste sich sofort wieder auf. Sie lehnte sich gegen die Schreibtischkante. »Herr Celle, Sie haben einen, wie soll ich sagen, unvollständigen Eindruck von meinem Bruder.«

»Wie meinen Sie das?«

Sina hielt einen beigefarbenen Pullover von Stephan in der Hand, betrachtete ihn sekundenlang, als überlegte sie, ob sie das Kleidungsstück als Andenken mitnehmen sollte, und warf ihn dann in eine der Kisten. »Mein Bruder war nicht ihr freundlicher Begleiter und Ratgeber in dieser Geschichte. Stephan hat Sie für seine Zwecke benutzt.«

»Ich verstehe immer noch nicht.«

»Mein Bruder und ich«, fing sie an, »haben Ende der achtziger Jahre in einer kleinen Wohnung in Berlin zusammengelebt. Es war kurz nach der Wende, und wir waren endlich frei.«

»Wieso frei?«, fragte ich.

»Stephan und ich stammen aus Erfurt. Als die Mauer gefallen ist, waren wir Studenten. Mein Bruder wollte unbedingt Arzt werden. Er begann, Medizin zu studieren.

Aber nach dem vierten Semester stellte er fest, dass er sich lieber mit der Geschichte der Medizin beschäftigte als mit Krankheiten.«

»Was ich gut nachvollziehen kann«, versuchte ich einen Scherz, der so unangebracht war wie die Glühbirne in meiner Abstellkammer.

»Er hat ziemlich viel in Archiven geforscht und irgendwann eine interessante Entdeckung gemacht, von der er mir lange Zeit nichts erzählt hat.«

»Hat er den Namen von Gartow in dem Zusammenhang genannt?«

»Nein, den einzigen Namen, den Stephan immer wieder genannt hat, war der von Volker Quindel. Er war ein paar Jahre jünger als Stephan und hatte gute Kontakte zu den Archiven der Kliniken, auch zu denen in der DDR. Quindel stammte nämlich aus Leipzig.«

»Wann haben Sie Quindel kennengelernt?«

»Etwa ein halbes Jahr, nachdem wir nach Berlin gezogen waren. Stephan hat ihn zum Essen mitgebracht.«

Ich sah auf ihre Lippen, auf denen die ganze Zeit ein Lächeln zitterte. »Hat er Ihnen gefallen?« Meine Fragen zeichnen sich im Allgemeinen durch Feinfühligkeit und Rücksichtnahme aus.

»Volker und ich waren vier Jahre zusammen«, sagte Sina. »Es ist gleich am ersten Abend passiert. Er hat sich wahnsinnig um mich bemüht, und ich fand ihn fantastisch, weil er so genau wusste, wie man glücklich wird.«

»Wie bitte?«

»Ja, er wusste, was man anstellen muss, um nie mehr unglücklich im Leben zu sein. Er nahm mich mit auf Reisen, wir waren zusammen in Griechenland und einmal in den USA, weil er dort irgendwelche alten Medizinarchive aufgestöbert hatte.«

»Was hat er in diesen Archiven gesucht?«

»Er hat immer gesagt, er suche das Geheimnis der Menschheit.«

»Ist Ihnen das nicht ziemlich platt vorgekommen?«, fragte ich.

»Nein. Ich war jung und habe Volker geliebt. Da kommt einem nichts platt vor. Ich wurde schwanger. Als das Kind kurz nach der Geburt starb, war es aus zwischen uns.«

»Von seiner Seite aus?«

»Nein.«

»Also von Ihrer Seite aus?«

»Es hatte etwas mit dem Kind zu tun …«

»Weil Sie den Verlust nicht verkraften konnten?«, fragte ich.

Auf einmal rutschte sie von der Schreibtischkante, ging an mir vorbei und fummelte fahrig an dem blauen Müllsack herum. »Ich kann mit Ihnen nicht darüber reden. Sie müssen mich entschuldigen, Herr Celle, aber ich habe jetzt ein anderes Leben vor mir. Ich bekomme ein Kind, ich werde heiraten, und ich werde mit dem Leben, das vorher war, nichts mehr zu tun haben. Ich muss das hier hinter mich bringen.«

»Dieses Kind«, stammelte ich, »könnten Sie mir nicht erklären, was …«

Sina kam auf mich zu, wischte sich eine Haarsträhne aus dem geröteten Gesicht und gab mir knapp die Hand.

Ich hatte noch einen ziemlich ansehnlichen Katalog an Fragen, den ich ihr gerne präsentiert hätte. Aber, was soll ich sagen, Madame hatte gesprochen und klipp und klar gemacht, dass sie darüber hinaus keinen Kommentar mehr abgeben wollte. Sie wartete gar nicht erst ab, bis ich aus der Wohnung war, sondern ließ mich in der offenen Tür stehen und ging zurück zu ihren Umzugskisten und Müllbeuteln.

Als ich die Treppen runterstieg, hatte ich das Gefühl, dass ich bei dieser Frau ein paar entscheidende Hinweise auf Stephans Tod finden könnte. Nur welche könnten das sein? Schließlich kannte ich nicht mal die passenden Fragen zu diesen Antworten. Außerdem stellten sich bei mir mal wieder meine legendären gemischten Gefühle ein. Einerseits fühlte ich mich immer noch schuldig an Kammerers Tod und am Unglück seiner Schwester obendrein. Aber wenn Stephan tatsächlich ein Studienfreund von diesem Quindel war, dann hatte er mir die ganze Zeit etwas vorgespielt.

Für Sina war die Geschichte vermutlich erledigt. Andererseits hätte sie dann offener mit mir reden und bei der Sache mit dem Kind etwas gesprächiger sein können. Sie wollte in der kommenden Woche heiraten und würde in ein paar Monaten ein Kind bekommen, das seinen Onkel Stephan nur vom Hörensagen kennen würde. Irgendwann einmal würde jemand vielleicht den Namen dieses seltsamen Privatdetektivs fallen lassen, mit dem der Onkel sich an einen undurchsichtigen Fall mit einem toten Rentner und einer alten Gräfin gehängt hatte. Doch im Grunde würde niemand in der Familie von der Geschichte etwas wissen wollen.

Als ich auf die Schönfeldstraße trat, sah ich gerade noch, wie der schwarze BMW abfuhr. Ich hatte mich also doch nicht getäuscht. Hinter den Gardinen im Nachbarhaus hatte mich jemand beobachtet. Und auf der Straße hatten sie wieder auf mich gewartet. Hinter den getönten Scheiben saßen Männer, die jederzeit genau wussten, wo ich mich gerade aufhielt. Sie saßen in schwarzen Anzügen auf ihren Lederpolstern und schraubten mit dicken Fingern Zielfernrohre an ihre Waffen. Vermutlich lachten sie, wenn sie sahen, wie Josef Celle immer wieder im Fadenkreuz tanzte, und irgendwann würden sie sich zwei Sekunden lang ernsthaft konzentrieren, den Hebel ziehen und nach getaner Arbeit in gemäßigtem Tempo weiterfahren.

Ich ging an diesem Vormittag nicht gleich in Adas Wohnung zurück, weil ich fürchten musste, dass ich verfolgt wurde, sondern lief in den Englischen Garten. Den grünen Hefter hielt ich unter der Jacke versteckt, wie ein Dokument, das ich dringend ins Pentagon bringen muss, während hinter mir der russische Geheimdienst her ist.

Ich marschierte ziemlich stramm über die schneebedeckten Wiesen, auf denen hartgefrorene Hundehaufen lagen. Vom Monopteros stieg ein bisschen Qualm auf. Vermutlich waren die Kiffer selbst im Winter nicht davon abzuhalten, sich hier ihr Zeug reinzupfeifen. Alle paar Augenblicke drehte ich mich um. Zum Glück lief niemand hinter mir her, auch nicht, als ich die Eisbachbrücke überquerte, die ins Lehel führte. Komischerweise fühlte ich mich erst sicher, nachdem ich über die Max-Joseph-Brücke nach Bogenhausen gelaufen war. So wie früher die Flüchtigen erst über den Fluss mussten, ehe sie außer Gefahr waren.

Gleich am Anfang der Mauerkircherstraße ist eine Kneipe namens Catwalk. Ich ging rein, bestellte mir einen doppelten Espresso und breitete die Papiere aus dem grünen Hefter wie Memorykarten vor mir auf dem Tisch aus.

Kammerer musste wirklich mehrere Tage in den Archiven verbracht haben. Ich war erschrocken, als ich sah, wie sehr Stephan sich in den Fall reingehängt hatte. Das Ganze musste eine wahre Obsession für ihn gewesen sein. Er war sogar noch einmal nach Starnberg gefahren, um dort im Stadtarchiv zu wühlen. Denn etwa zwanzig Dokumente aus den dreißiger und vierziger Jahren stammten von dort. Kammerer hatte alles kopiert und mit kleinen Kommentaren versehen. Was mich nur wunderte, war die Menge der Papiere, die sich mit Rosa Fallgrieser befassten, der früh verstorbenen Frau unseres Heimatforschers aus Feldafing.

Rosa! Der Name mit R, für den die dritte Aussparung in der Schatulle gedacht war, in die das blaue Herz aus Fallgriesers Wohnzimmer gepasst hatte wie das Lächeln auf die Lippen der Mona Lisa. Kammerer hatte sogar Rosas Sterbeurkunde in die Finger bekommen. Danach hatte die Frau am 26. April 1948 mit dreiundzwanzig Jahren das Zeitliche gesegnet. Ein Jammer, so ein blutjunges Ding und dazu der alte Fallgrieser. Allerdings vergesse ich immer, dass die alten Säcke früher auch mal jung gewesen sind.

Als Todesursache stand da »plötzliches Herzversagen«, und Kammerer hatte mit Kugelschreiber daneben geschrieben: »Schwammiger Begriff. Im Grunde sterben wir alle an plötzlichem Herzversagen.« Ich konnte mir jedenfalls nicht vorstellen, dass Kammerer irgendwelche metaphysischen Brocken wälzen wollte. Ich hatte einen Ausschnitt aus den *Starnberger Nachrichten* von Anfang Mai 1948 in der Hand: »Wie die Starnberger Öffentlichkeit erst jetzt erfuhr, ist am 26. April d. J. die liebenswerte Gattin unseres Gemeinderats und Heimatforschers Anton Fallgrieser eines unerwarteten Todes gestorben. Frau Rosa Fallgrieser hat unserer Seegemeinde Feldafing als Förderin der Kultur und des Heimatwesens große Verdienste erwiesen. Die Einäscherung hat in aller Stille stattgefunden.«

Das Wort »Einäscherung« hatte Kammerer mit einem Textmarker gelb gefärbt und noch einmal mit schwarzem Filzstift unterstrichen. Dahinter klebte eine schwarz gerahmte Todesanzeige, das Papier war ziemlich gelb. Ich faltete es vorsichtig auseinander, und schon nach dem ersten Entfalten schimmerte das Gelb von Kammerers Textmarker durch. Dann erst sah ich, was er angestrichen hatte. Der Spruch hinter dem Namen lautete: *Dein Herze kann allein zu aller Zeit bestehen, dieweil es die Natur aus Diamant gemacht.*

Als Nächstes bekam ich ein Schreiben der Kriminalpolizei München in die Finger, datiert vom 2. Mai 1948. Darin stand, dass nach dem Tod von Rosa Fallgrieser Ermittlungen eingeleitet worden seien, weil die Todesursache unklar war. Als Zeugin war damals, und da musste ich wirklich zweimal hinsehen, obwohl der Name nicht gerade gängig ist, ein Fräulein Thekla Lankomy, geboren am 12. September 1922, vernommen worden.

Seltsamerweise hatte Kammerer den Namen weder markiert noch unterstrichen. Vielleicht, weil er längst vergessen hatte, dass der Mann, der mich in diesen Fall und Kammerer indirekt ins Jenseits geschubst hatte, Walter Lankomy hieß. Dem Alter nach dürfte es Walter Lankomys Mutter gewesen sein, die damals zur Polizei gegangen war, weil sie den Verdacht hatte, Fallgrieser habe seine junge Frau umgelegt. Aber offenbar hatte man Thekla Lankomy wenig Glauben geschenkt und den Fall schnell zu den Akten gelegt. Warum sollten die Münchner Kriminalbeamten auch einem ledigen Mädel glauben, das zudem noch ein uneheliches Kind hatte? Oder war Walter Lankomy zu der Zeit gar nicht mehr bei ihr? Hatte Thekla den Jungen damals bereits zur Adoption freigegeben?

Gegen Mittag schob ich die Kopien zusammen und legte sie wieder in den grünen Hefter. Ich musste zurück in Adas Wohnung und endlich meine Existenz als Josef Celle gegen die eines Straßenpenners tauschen.

11

Tags darauf saß ich in der Früh vor Adas Schminktisch. Ich hatte versucht, mir Bartstoppeln ins Gesicht zu malen, aber es sah aus, als wollte ich als Panzerknacker auf eine Faschingsfeier gehen. Ada sagte, man müsste den Kajal dünn auf den Wangen verschmieren, dann sähe es wie Bartschatten aus. Es war ein bisschen pervers: Ich saß vor dem Schminktisch meiner Freundin, um mich für eine andere Frau zurechtzumachen: Für Ada wäre ich gerne ein erfolgreicher Ölmagnat, und für Katja Lessner wollte ich ein Penner sein.

Wir hatten uns in dieser Nacht geeinigt, dass es für mich nur einen Weg gab, aus dieser Wohnung rauszukommen: Ich musste mir eine andere Identität zulegen. Für den Bundesnachrichtendienst war ich allerdings vermutlich eine Nummer zu klein. Die würden mir bestimmt nicht mit einem neuen Pass aus der Patsche helfen.

»Mit einer Gesichtsoperation wäre ich auch nicht einverstanden«, sagte Ada.

»Ich könnte mich damit aber auf ein bestimmtes Durchschnittsalter trimmen lassen, sagen wir Anfang dreißig. Das bleibt mir dann für immer und ewig.«

»Was soll ich mit einem Mann, der zehn Jahre jünger ist als ich?« Ada verschmierte mir den Kajal professionell auf den Wangen und malte mir mit einem Lippenstift ein paar Abschürfungen auf den Hals.

»Was soll das sein? Seit wann haben die Penner in München Chlorakne?«

»Sei nicht so empfindlich«, sagte Ada. »Du kannst nicht aussehen wie Leonardo DiCaprio, wenn du ein Obdachloser sein willst.«

Wir hatten jeder eine Aufgabe, Ada und ich. Ada war gewissermaßen meine Pflegehilfe, musste mich Tag und Nacht betreuen, mir Essen besorgen und kühle Getränke. Und das alles, obwohl ich sie mit Katja Lessner betrogen hatte. Dass sie mir das alles bei Gelegenheit heimzahlen wollte, nahm ich nicht weiter ernst, ehrlich gesagt.

»Du erinnerst dich doch an diese Gräfin, von der ich dir erzählt habe?«, fragte ich.

Ada nickte vorsichtig. »Du meinst, diese Gerlinde?«

»Gerhild«, korrigierte ich, »Gerhild von Gartow. Sie sucht eine Gesellschafterin. Das hat sie mir bei unserem Besuch gesagt. Und da dachte ich, dass …«

»Da dachtest du, dass ich die Salondame für Frau von Gartow spielen könnte?«

»Warum denn nicht? Wie man mit jungen Raubtieren umgeht, weißt du schließlich. Da wirst du doch auch mit bissigen alten Damen zurande kommen.«

Ich musste eine verdammte halbe Stunde darauf verwenden, um Ada zu überzeugen, dass ich nur mit ihrer Hilfe aus dieser verfluchten Geschichte herauskam. Während ich argumentierte, verwandelte Ada mein Gesicht mit ihrem Schminkset in das eines Mannes, auf dem jahrelang Testfahrten unternommen worden waren.

»Okay«, sagte sie nach einer Weile.

»Okay was?«

»Du siehst okay aus. Also für mich bist du der beste Penner meines Lebens.«

»Darf ich dich küssen?«, fragte ich und hielt ihr mein Hartz-IV-Gesicht hin.

»Bitte nicht«, erwiderte sie lachend.

»Ich verzichte nur darauf, mich an dich ranzumachen, wenn du dich an die Gartow ranmachst«, sagte ich.

»Warum hast du das nicht gleich gesagt?«

Ada zog eines ihrer spießigsten Kostüme an, eines mit lauter Borten und Rüschen – absolut richtig für den Job bei der Gräfin.

»Jetzt wäre nur noch eine Frage zu klären«, sagte ich.

»Nämlich?«

»Wer von uns beiden als Erster rausgeht. Zusammen können wir uns jedenfalls nicht sehen lassen, weil wir so nicht zusammenpassen.«

Bei dem Wort zusammenpassen sahen wir uns ein paar Sekunden lang irritiert an. Schließlich ging ich als Erster.

Ich musste ausprobieren, ob meine neue Identität wasserdicht war, zumindest was mein Äußeres betraf. Wie ein Taucher, der zuerst in ein kleines Wasserbassin springt, um zu überprüfen, ob sein Taucheranzug dicht hält, wollte ich einen Gang durch die Maxvorstadt machen, damit ich sichergehen konnte, dass ich meine Rolle als Penner optimal ausfüllte.

Die erste Viertelstunde passierte nichts. Ich spazierte ein bisschen durchs Viertel, um meine neue gesellschaftliche Position auszutesten. Die Menschen auf der Straße sahen mich kaum an, und weil sie das früher auch nicht gemacht hatten, fühlte ich mich eigentlich nicht viel schlechter als sonst. Selbst die Klamotten, die ich anhatte, waren im Prinzip dieselben. Ada hatte nur ein paar Löcher in meine Jeansjacke geschnitten und auf einige Stellen meiner Hose etwas Bratenfett geträufelt. Ich konnte sogar einen Plattenladen betreten, ohne dass mich die anderen Kunden blöd anschauten. Allerdings bewegte ich mich in einem politisch ziemlich korrekten Viertel, und das war kein aussagekräftiges Testgebiet.

Ich überlegte kurz, ob ich in einen exquisiten Hutladen gehen sollte, um mir etwas für meine mit Olivenöl bearbeiteten Haare anfertigen zu lassen. Aber man soll die Dinge nicht übertreiben. Ein paar Studenten musterten mich mitleidig. Vielleicht hatten sie auch nur einen Schrecken bekommen, weil sie in mir eine Art Projektion sahen: Genauso könnten sie, wenn die Zeiten noch schlechter würden, in fünf, sechs Jahren ebenfalls hier rumlaufen. Dass sie den Doktor mit cum laude geschafft haben würden, dürfte ihnen ein eher flüchtiger Trost sein.

Ich beschloss, meine schicke neue Identität einem Härtetest zu unterziehen, und machte mich auf den Weg zu Svens Bar.

Vielleicht sollte man seine Freunde nicht nach moralischen Gesichtspunkten auswählen. Ich habe bis zu diesem arschkalten Wintertag noch keine ausgereifte Theorie zum Thema Freundschaft und zwischenmenschliche Werte vorlegen können. Ich dachte immer, Freundschaften findet man wie Kaugummifladen auf dem Straßenpflaster. Und ich stand früher auch nie auf dem Standpunkt, dass jemand besonders integer sein muss, um mit mir befreundet zu sein. Um ehrlich zu sein, muss auch niemand mit mir befreundet sein, um mit mir Umgang zu pflegen. Mir sind solche Dinge egal.

Ich zog die Tür zu Svens Bar auf und wäre fast rückwärts wieder herausgestürzt, als ich sah, wer da an der

Theke stand, die linke Hand in der Manteltasche, die rechte mit einer Seite der *Abendzeitung* beschäftigt: Volker Quindel, der Pächter des Gartow-Chalets in Starnberg. Die Cappuccinobar war so gut wie leer, nur an einem der Tische saß ein Pärchen, das sich mit einem iPod auseinandersetzte.

»Entschuldigen Sie«, sagte Sven mit einer fast kreischend hohen Stimme, die ich bei ihm noch nie vernommen hatte, während er im Sturmschritt auf mich zugewalzt kam. »Wir haben geschlossene Gesellschaft.«

»Ich ... aber ich ...« stammelte ich. Zum Glück hatte ich rechtzeitig daran gedacht, die Stimme ein wenig zu verstellen, so dass darin ein Hauch von Osteuropa mitschwang. »Ich dachte ... wissen ... ich Geld, und da ...«

»Was Sie gedacht haben, ist hier unwichtig«, sagte Sven, den ich seitdem in einem ganz anderen Licht sehe. »Hier ist keine Suppenküche, sondern ein Weinlokal mit ausgesuchter Kundschaft. Ich möchte Sie daher bitten zu gehen.«

Während Sven mich in wenigen Worten an den sozialen Abgrund argumentierte, schien ich das Interesse von Quindel geweckt zu haben. Er hatte aufgehört, die *Abendzeitung* zu lesen, und musterte mich verstohlen. Dass mich Sven, bei dem ich jeden Tag matschige Tramezzini aß und leckeren Milchkaffee trank; dass mich Volker Quindel, den ich unter einem Vorwand in seinem Schloss am Starnberger See besucht hatte, um herauszufinden, was ein blonder Geschäftemacher in einer Jugendstilvilla verloren hatte; dass mich, zusammengefasst, keiner von beiden als Josef Celle, Privatdetektiv, zweiundvierzig Jahre, ledig, verschuldet, erkannte, war mir ein innerer Reichsparteitag.

»Woll nur Express trink«, stammelte ich, und mein Vergnügen wuchs im gleichen Maß, wie die Zahl meiner Wörter schmolz.

»Ein Espresso kostet bei mir so viel Geld, das können Sie gar nicht bezahlen. Ich bitte Sie jetzt wirklich, mein Lokal zu verlassen. Auf Wiedersehen und einen schönen Tag noch.«

Ich machte eine kleine Verbeugung und ging rückwärts wieder hinaus. Verdammt noch mal, ich bin wirklich kein Typ, der zum Sozialkitsch neigt. Aber als ich wieder auf der Straße stand, erschien mir der Winter deutlich kälter als zwei Minuten zuvor. Ich blieb ein paar Sekunden stehen. Quindel schien durch meinen Auftritt nervös geworden zu sein, jedenfalls drehte er sich unablässig nach mir um. Sven dagegen hatte den Zwischenfall vermutlich längst vergessen. Das heißt, den stinkenden Penner hatte er vergessen, der es gewagt hatte, sein Aromareich zu betreten. Vielleicht ist mein Freund Sven Endrikat ja auch nur konsequent. Ich meine: Warum sollte er die Sozialschiene fahren? Er verkauft hochwertige Produkte, und zu seiner Kundschaft zählen eben keine unwerten Subjekte.

Ich fing Quindels Blick auf und warf ihn wie eine Handgranate zu ihm zurück. Sie dürfte gezündet haben. Dann schlenderte ich gebückt und betont langsam weiter. Ich hatte gerade die Arcisstraße erreicht, da sah ich, wie Volker Quindel die Bar verließ und nach mir Ausschau hielt. Ich tat so, als hätte ich ihn nicht bemerkt, und trottete weiter die Straße hoch wie ein Mann, für den diese Straße so gut oder schlecht ist wie jede andere.

»Entschuldigen Sie!« Das war Quindels Stimme.

Ich widerstand dem Bedürfnis, mich umzudrehen. Ein

Penner fühlt sich nicht sofort angesprochen, dachte ich. Ein Penner hat so wenig Selbstwertgefühl, dass er gar nicht auf den Gedanken käme, dass jemand etwas von ihm will.

»Bleiben Sie einen Augenblick stehen, bitte!«

Erst daraufhin machte ich Halt. Jede Bewegung wollte überlegt sein. Ich drehte mich langsamer um, als die Erde sich um sich selbst dreht. Ich drehte mich um, wie ein Schneemann schmilzt: langsam, aber mit sicherem Blick auf das Resultat.

Quindel kam freundlich lächelnd auf mich zu.

»Entschuldigen Sie«, sagte er, »ich war Zeuge, wie der Wirt Sie aus seinem Lokal komplimentiert hat.«

Bei mir: Schweigen.

»Sie dürfen ihm das nicht übel nehmen. Der Mann ist gewissermaßen ein Snob. Er liebt es, sich als Dandy auszugeben, und da ist er gegebenenfalls ein bisschen ungerecht.«

Ich war einigermaßen überrascht, wie gut Quindel meinen Kumpel zu kennen schien. Sollte Sven etwa mehr über diesen komischen Typen wissen, als er mir erzählt hatte? Ich sah mir den Immobilienmakler genau an: dieses blonde Gerecke mit den Potenznarben im Gesicht und dem professionellen Blick in den graugrünen Augen. Das war also der Gespiele meiner schönen, dunkelstimmigen Geliebten Katja Lessner, die mir eigentlich etwas Leckeres zu essen hatte kochen wollen. Vielleicht hatte sie das Rezept nicht gefunden, oder die Schalotten waren aus. Vielleicht stand gerade der Mann vor mir, der die Sprungfedern aus meiner Matratze gelockt hatte. Ich musste aufpassen, dass ich mein schlechtes Deutsch nicht durch emotionalen Übereifer preisgab.

»Ich … gewohnt, dass rausschmeißen«, stammelte ich. »Nix schlimm. Versuch woanders.« Ich hatte fertig und drehte mich wieder um.

Aber Quindel legte mir eine große Hand auf die rechte Schulter. So muss sich ein Autoreifen fühlen, wenn er eine Parkkralle verpasst bekommt. Ich hatte kaum eine Chance, dieser Hand zu entwischen.

»Vielleicht kann ich Ihnen sogar helfen«, sagte er mit einer Stimme, die man normalerweise zur Erteilung von Befehlen verwendet.

Ich drehte mich zu ihm um und zuckte mit den Schultern. »Ich … glaub … weiß … nix … wie.« Guter Satz, fand ich.

»Haben Sie einen festen Wohnsitz?«, fragte Quindel.

»Ich … wohn … Haus nix … Grab is Haus.« Ich wurde immer besser. Jedenfalls war das Wort »Grab« goldrichtig, um ein Lächeln auf Quindels elende Hackfresse zu zaubern.

»Ich verstehe. Sie sind gezwungen, die Nächte auf dem Friedhof zu verbringen. Das ist sicher verdammt unangenehm bei der Kälte, nicht wahr?«

Ich hob und senkte die Schultern und musste gar nicht mehr viel machen, um sehr hilflos auszusehen. Quindel sah sich verstohlen um wie die kleinen Diebe im Mediamarkt, bevor sie den iPod in die Tasche ihrer Bollerhosen verschwinden lassen.

»Wissen Sie, Herr …« er wartete ein paar Sekunden, und als ich statt einer Antwort nur heftig nickte, fragte er konkret nach. »Dürfte ich Sie um ihren Namen bitten?« Ich nickte.

»Name Wickiewicz, Adam«, sagte ich.

»Sie sind Pole?«, fragte Quindel.

»Ja, Pole«, ich nickte wie ein Dackel, »Pole ... Pole, jajaja. Ich Pole!«

»Sie sind Pole und ...«

»Ja, jajaja, Pole, Polepolepole!«, bestätigte ich im Rahmen einer Nickorgie.

»... und haben keine Wohnung. Aber ich, ich habe eine Wohnung, verstehen Sie?« Quindel tippte sich mit dem Zeigefinger an die Brust, um mir auch gestisch zu erklären, dass er im Gegensatz zu mir eine Wohnung besaß.

»Und in dieser Wohnung können Sie wohnen.« Quindels Zeigefinger flog von seiner Brust zu meiner und setzte dort sein spechtartiges Gepiekse fort.

»Sie können in einer richtigen Wohnung leben, die ich bezahle. Und Sie bekommen Arbeit von mir.«

»Oh, Arbeit, Arbeit, ich bin nix gut Arbeit ... ich nix weiß, ich Pole.«

Quindel sah mich an, als hätte er einen Staubsauger gekauft und in der Packung steckte stattdessen ein Toaster. Ich musste natürlich irgendwie auf sein Angebot eingehen, doch ich durfte nicht zu euphorisch wirken. Andererseits konnte ich mit meinem minimalistischen Wortschatz keine grundlegenden Verhandlungen führen.

»Diese Wohnung ist ganz in der Nähe«, sagte Quindel. »Sie kann sofort bezogen werden. Die Miete übernehme ich.«

»Oh«, machte ich, »gut ... wann Wohnung?« Quindel grinste. Er hatte einen Teilsieg errungen. Damit galt es offenbar nur noch, die Konditionen auszuhandeln.

»Allerdings müssen Sie sich die Miete verdienen, Herr Wickiewicz.«

»Ja, Wickiewicz«, sagte ich, »Adam.«

»Ich weiß. Also, Herr Wickiewicz. Ich hätte da eine

kleine Arbeit für Sie. Es ist nichts Besonderes, keine große körperliche Anstrengung. Nehmen Sie das hier.« Aus der Innentasche seines Mantels zog er eine blitzend weiße Karte. Ich schnappte mir das Ding und starrte blöd und unwissend darauf. »Kommen Sie morgen früh zu der Adresse«, sagte Quindel.

Ich nickte, erst zögernd, dann heftig. »Ja, jajaja. Ich … morgen … gut kommen.«

Quindel nickte zufrieden. »Dann kommen Sie mal mit mir«, sagte er.

Wir gingen in die Schraudolphstraße in Richtung des alten orangefarbenen Hauses, in dem bis vor zehn Tagen mein Büro und meine Wohnung waren. Quindel hatte den passenden Schlüssel für die Haustür unten und führte mich zielsicher in den ersten Stock, wo er meine Wohnungstür öffnete. Ich trat in meine Bude und dachte, ich sei in einem Auffanglager gelandet. Mein gesamtes Mobiliar war verschwunden, der Korridor war jedenfalls komplett leer. Meine Küche war wenigstens zum Teil erhalten geblieben. Der Kühlschrank stand zumindest noch dort, wo er immer war und mir mannigfachen Trost mit gekühlten Getränken bereitgehalten hatte. Im Schlafzimmer hatten sie immerhin meinen Schrank stehen lassen und das Bett mit der kaputten Matratze.

Seltsam, aber ich war immer der Ansicht, Wohnungen werden unmöbliert vermietet. Und wenn möbliert, dann mit Möbeln, die einigermaßen intakt sind. Verdammt, was hatte Graber sich dabei gedacht, mir die Bude auszuräumen? Ich hatte mein Konto so weit überzogen, dass Generationen von privaten Ermittlern schuften mussten, bis es wieder ausgeglichen war. Wo war mein ganzes Zeug? Etwa auf dem Sperrmüll? Ich hätte am liebsten geschrien, dass ich damit ruiniert sei, aber mir fiel nicht ein, was »ruiniert« auf Polnisch hieß.

Quindel sah sich während der ganzen Zeit nervös um. Er schien unter Zeitdruck zu stehen. »Noch etwas, Herr Wickiewicz. Heute Abend zwischen elf und zwölf Uhr sind Sie bitte in dieser Wohnung, ja?«

»Um zwölf, jajaja.«

»Gut«, sagte er, gab mir die Hand und erinnerte mich noch einmal daran, dass ich morgen früh zu der Adresse auf der weißen Visitenkarte kommen sollte.

Ich stammelte wieder irgendetwas Deutsch-Polnisches zusammen und wartete, bis er die Wohnung verlassen hatte, aus der ich vor knapp einer Woche so brutal vertrieben worden war. Mein Schreibtisch, meine gesamten Steuerunterlagen – alles war verschwunden. Ich fing an, Graber zu hassen. Vielleicht würde ich ihn bei Gelegenheit mit einem Diamantherzen erschlagen. Ich lief durch meine eigene Wohnung wie ein Pole, der fremd in Deutschland ist und in seiner neuen Unterkunft irgendetwas sucht, das ihn an Masuren erinnert.

Aus der speckigen Steppjacke klaubte ich mein Handy, das ich vorsichtshalber ausgeschaltet hatte. Ein polnischer Obdachloser mit Handyvertrag wäre womöglich komisch rübergekommen. Ich schaltete das Telefon an und stellte fest, dass Ada schon dreimal versucht hatte, mich zu erreichen. Schnell holte ich mir ihre Nummer aufs Display.

»Na endlich, du Penner«, sagte sie. »Was machst du gerade?«

»Bin in meiner Wohnung.«

»Wo bist du?«

Ich erzählte Ada in vier Minuten, was passiert war.

»Cool«, erwiderte sie. »Ich bin gerade in Starnberg.«

»Was machst du in Starnberg?«, fragte ich.

Daraufhin erzählte Ada mir in vierundzwanzig Minuten, was passiert war.

Sie hatte einfach bei der Gräfin geklingelt und war, genau wie Kammerer und ich, ohne Weiteres vorgelassen worden. Die alte Dame hatte ihr Tee serviert und von der Schatulle gesprochen, die sie vermisste und die sie hoffte, bald wiederzubekommen. Ich war mir inzwischen ziemlich sicher, dass die alte Schachtel genau wusste, was sich in der Kiste befand. Der gelbe Zettel, den ich aus dem Futter geklaubt hatte, war voller chemischer Formeln, die ich nicht einmal ansatzweise deuten konnte. Ich hatte ihn in meinem Portemonnaie versteckt. Vermutlich war dieser alte Wisch der Grund, weshalb Stephan Kammerer tot war und meine Wohnung so aussah, wie sie aussah. Vielleicht hatten die Formeln auch etwas damit zu tun, dass in München so viele Obdachlose spurlos verschwanden, womöglich handelte es sich um eine Formel, mit der man Menschen auflösen konnte, was eigentlich eine gute Erfindung war. Ich würde sie als Erstes bei Lammhuber ausprobieren. Wobei Lammhuber ja bereits verschwunden war, wie mein schlechtes Gewissen mir schlagartig ins Hirn flüsterte.

Ada hatte sich mit der alten Gräfin festgequatscht, und irgendwann hatte die alte Dame sie gefragt, ob Ada sie nach Starnberg fahren könne. Sie habe dort alte Freunde, die sie besuchen wollte. Das war im Grunde nicht weiter verwunderlich, schließlich hatte Gerhild von Gartow bis vor Kurzem noch in der Villa oberhalb des Sees gelebt. Während der Fahrt telefonierte die Alte mit ihrem Handy. Ada sagte, das Gespräch sei nicht sonderlich freundlich gewesen. Jedenfalls bat die Gartow Ada, sie am Starnberger Bahnhof abzusetzen. Ada solle übermorgen wiederkommen und ihr ein wenig Gesellschaft leisten, dann könnten sie auch über Geld reden und so weiter. Ada ließ die Gartow wie gewünscht am Bahnhof raus, fuhr dann aber nicht weiter, sondern parkte das Auto, meinen blauen Polo nämlich, irgendwo an der Straße und ging zurück zum See. Die Alte lief einige Minuten an der Uferpromenade hin und her und blickte immer wieder auf ihre Armbanduhr. Sie kam Ada ziemlich nervös vor. Nach einer Viertelstunde kam eine Frau auf sie zu und gab ihr die Hand. Ada konnte nicht genau erkennen, wie die Frau aussah, doch sie war wohl ziemlich groß. Die beiden stritten kurz, aber dafür ziemlich laut, und anschließend ging die Gartow zur S-Bahn und stieg in den Zug Richtung München.

»Was machst du jetzt noch in Starnberg?«, fragte ich, während ich aus dem Fenster meines früheren Arbeitszimmers sah und eine Taube beobachtete, die in der Dachrinne des gegenüberliegenden Hauses ein Bad nahm.

»Ich versuche herauszufinden, wer die andere Dame war«, sagte Ada. »Sie läuft etwa fünfzig Meter vor mir am Seeufer entlang. So etwas nennt man Beschatten, mein Pennerlein.«

»Wie willst du etwas über diese Frau herausfinden, du kennst doch niemanden in Starnberg.«

»Josi, was haben Frau von Gartow und ich gemeinsam?«

»Ihr seid beide gerade in Starnberg.«

»Falsch«, sagte Ada. »Wir sind beide Frauen. Und ich weiß zufällig, wie man das Geheimnis einer Frau herausfindet. Im Gegensatz zu dir, übrigens.«

Sie hatte recht, keine Frage. Und sie hatte noch etwas: nämlich das Gespräch beendet. Die Taube in der Dachrinne schüttelte sich das Wasser vom Federkleid, arbeitete sich vorsichtig zum Rinnenrand vor und ließ sich in die Tiefe fallen. Ich krallte mir den roten Plastikstuhl, den die Bullen mir in die Küche gestellt hatten, schleppte ihn ins Schlafzimmer und wartete darauf, dass es dunkel wurde. Das Handy ließ ich eingeschaltet. Allerdings war es unwahrscheinlich, dass Ada mir noch einen Gutenachtkuss sendete. Und falls Graber sich meldete, hätte ich zwei Gründe, nicht ranzugehen: Erstens rede ich grundsätzlich nicht mit Leuten, die mir meine Bude entmöbeln. Und zweitens war das ganz allein meine Geschichte hier.

Aber kaum hatte ich meinen Protestgedanken beendet, klingelte mein Mobiltelefon los, und ich drückte den grünen Knopf. Ada war dran, sie saß im Auto und fuhr Richtung München.

»Ich habe diese Frau näher kennengelernt«, sagte sie am Telefon. »Sie heißt Katja Lessner und ist die frühere Gesellschafterin von Frau von Gartow.«

Ich saß auf dem Plastikstuhl im Schlafzimmer und stellte mir kurz vor, wie es gewesen wäre, wenn an jenem Abend nicht die Auftragskiller, sondern Katja Lessner in meine Wohnung gekommen wäre, um das angekündigte Abendessen zu kochen. Das wäre vermutlich auch nicht ganz leichenfrei ausgegangen.

»Ach, Katja ... ich meine, die Gartow hatte eine Gesellschafterin?«

»Ja«, sagte Ada. »Katja Lessner hat gewissermaßen die Bankgeschäfte der Gräfin geführt. Die Gartow hat ihr voll vertraut. Was ich übrigens verstehen kann, Frau Lessner ist wirklich eine seriöse Person, Josef.«

»Ja«, erwiderte ich, »kann ich mir gut vorstellen.«

»Wieso kannst du dir das gut vorstellen? Du kennst die Frau doch gar nicht. Also, pass auf: Die Lessner und die Gartow haben sich gestritten, weil ein Erbstück verschwunden ist. Eine Schmuckkiste oder so was. Am Ende hat die Gartow der Lessner den Auftrag erteilt, das Ding zu suchen. Aber die gute Frau Lessner war nicht successful, wenn du verstehst, was ich meine.«

»Erfolgreich, tippe ich mal«, sagte ich.

»Exakt. Vor genau zwei Stunden hat die Gräfin Frau Lessner aus ihren Diensten entlassen. Was übrigens schon länger geplant war, weil sie schließlich eine neue Gesellschafterin haben wollte.«

»Da hast du gute Chancen, nehme ich mal an.«

»Denke schon. Ich habe ihr jedenfalls kurz überschlagen, wie sie die Immobilie in Starnberg effizienter verpachten kann. Der Typ, der momentan darin wohnt, macht ihr offenbar auch nur Scherereien.«

Ich frage mich oft, warum Ada nicht auch noch meinen Job mitmacht. Im Grunde genommen bin ich nie an dem Ort, wo die entscheidenden Dinge passieren, und wenn ich dort bin, komme ich garantiert zu spät. Vielleicht sollte ich es so ausdrücken: Ich habe oft wahnsinniges Glück in meinem Job. Na ja, eigentlich stimmt das auch nicht, denn wenn ich Glück im Job hätte, wäre ich kein privater Ermittler.

»Was hat sie dir von dem Kerl erzählt?«, fragte ich.

»Nicht viel. Nur, dass er ein altes Familiengeschäft der Gartows fortsetzen soll.

»Was für ein Familiengeschäft?«

»Irgendetwas mit Schmuck. Du, ich glaube, die haben eine ganze Menge Kapital.«

Das ist ein weiterer Unterschied zwischen uns beiden. Ich würde Kohle sagen, Ada sagt immer Kapital.

»Wie es aussieht, will die Lessner jetzt selbst an das Kapital.«

»Woher weißt du das?«, fragte ich auf meinem Plastikstuhl.

»Ich bin der Frau an den Seearkaden in Starnberg ein bisschen nachgelaufen.«

»Sauber.«

»Ich konnte mich sogar nah genug an die Lessner ranpirschen, um ein paar Fetzen von ihrem Handygespräch mitzubekommen.«

Ada meinte, die Lessner wolle die Gartow berauben, weil sie am Telefon einen bestimmten Satz gesagt hatte. »Sic sagte«, ſuhr Ada fort, »›dann gehen wir heute Nacht in die Wohnung und drehen das Laminat um‹.«

Spätestens hier hätte Ada selbst merken müssen, dass ihre detektivische Handwerkskunst lange nicht so ausgereift ist wie meine. Die Wohnung von der Gartow ist nämlich mit Kirschholzparkett ausgelegt. In meiner Wohnung dagegen ist Laminat verlegt.

Die Dämmerung kam und war auch schnell wieder weg, denn im Winter gibt es nicht diese schönen langsamen Übergänge zwischen blauer Stunde und Dunkelheit. Um fünf Uhr war es stockfinster, und ich stellte mir vor, was in der leeren Wohnung demnächst alles passieren würde. Ich bin gewiss kein Spinner, aber ich sah mich für einen kurzen Augenblick tot in der Ecke liegen, genau an der Stelle, wo bisher immer Egolfs Katzenklo stand.

Ich saß auf dem Plastikstuhl wie jemand, der demnächst hingerichtet wird. Aber ich sage immer: Egal, worauf du wartest, ob es eine Frau ist oder der Tod – es macht dich fertig, es macht dich müde und irgendwann schläfst du einfach ein. Doch als ich einschlief, schwebte ich nicht auf feinziselierten Traumwolken durch eine Zauberlandschaft. Im Gegenteil: Ich raste wie der Teufel auf dem elenden Plastikstuhl in das Höllenfeuer, und ich war viel schneller unterwegs als diese fetten, sündigen Leiber. Ich war sogar rasend schnell, alles ging plötzlich entsetzlich rasch vonstatten. Ich schwöre, ich war in meinem ganzen Leben noch nicht so speedy unterwegs wie in diesem Fegefeuer. Dann trennten mich nur noch wenige Millimeter von dem großen Höllenschlund, in dem die Ungeheuer hockten und Menschenbeine fraßen wie frittierte Hühnerbollen. Eines der Monster hatte schon das Maul aufgerissen, und aus diesem Maul kam ein schriller Schrei, dann noch einer und noch einer und …

Sie klingelten dreimal kurz, als hätten wir ein Zeichen verabredet, und ich wäre vor Schreck fast von dem verdammten Plastikstuhl gekippt. Ich sah auf die Digitalanzeige meines Radioweckers, den mir Grabers Männer freundlicherweise gelassen hatten: 21.04 Uhr. Hatte Quindel nicht gesagt, er wolle erst um elf kommen? Ich sprang auf, betätigte den Türöffner und horchte in den dunklen Hausflur. Es war nichts zu hören. Kein Schritt, kein Laut. Also schloss ich wieder die Tür und ging zum Fenster. Ich sah gerade noch, wie zwei Beamte in einen Audi Quattro einstiegen und in Schrittgeschwindigkeit losfuhren. Graber ließ seine Männer also vor meinem Haus patrouillieren – das war nicht schlecht. Nur als Quindel die Tür aufgeschlossen und den Polen Wickiewicz in meiner Wohnung geparkt hatte, waren sie nicht zur Stelle gewesen.

Ich wollte mich gerade zurück auf meinen Wellness-Stuhl setzen und noch einmal in Ruhe Zwiesprache mit dem schreienden Monster halten, als es an der Tür klopfte. Wenn das Quindel war, musste ich schnell wieder zum Polen werden, innerlich meine ich. Äußerlich sah ich immer noch ganz passabel pennerhaft aus.

Ich machte die Tür auf und blickte mitten in Grabers Gesicht, durch das für einen Sekundenbruchteil ein Zucken ging, das wie ein unfreiwilliges Lächeln aussah, das allerdings sofort wieder dem gewohnten Ernst wich, mit dem Graber stets durch die Welt läuft. Er nickte mir knapp zu und ging an mir vorbei in die Wohnung. Hinter ihm stand ein Kollege, den ich bisher nicht kannte: ein Mann mit Schnauzbart und einem lieben Grinsen. Damit kann er sicher ängstliche Kinder vor dem Schlafengehen beruhigen, dachte ich.

»Wie sind Sie in diese Wohnung gekommen?«, fragte der Kommissar und starrte auf meine Penner-Klamotten, als hätte ich mir ein Kleid aus Mehlwürmern schneidern lassen.

»Ich … Miete … freundlich Mann bezahlt. Arbeit ich.« Wieder ein Satz, der mit den entscheidenden Wörtern auskam und vor allem durch seine Lakonie bestach, fand ich.

»Wie ist Ihr Name?«, fragte Graber und nickte seinem Kollegen zu, der stumm meine Wohnung inspizierte.

»Wickiewicz, Adam«, sagte ich und machte einen kleinen, krummen Diener.

»Ausweis?«, fragte der Kommissar weiter.

»Pole«, sagte ich, und der Schnauzbärtige grunzte verächtlich amüsiert.

»Herr Fritsch, wir werden den Herrn hier jetzt ins Präsidium fahren und dort ein Verfahren wegen Hausfriedensbruchs und gefährlichen Eingriffs in die polizeiliche Ermittlungsarbeit einleiten«, sagte Graber und wendete mir den Rücken zu, während er die Tür öffnete.

»Kommen Sie bitte«, sagte Herr Fritsch und griff ungewöhnlich hart an meinen Oberarm.

Ein paar Minuten später hockte ich im Streifenwagen, den der gute Herr Fritsch durch die Dunkelheit kutschierte. Graber saß schweigend neben mir auf dem Rücksitz. Die Stadt wirkte in der Dunkelheit noch kälter als am Tag, und die Laternen ließen die Schneegebirge an den Straßenrändern noch weißer aussehen.

Ich hatte bisher einen Fall, zu dem ich keinen wirklichen Auftrag hatte, und war mein eigener Auftraggeber geworden. Wenn ich schon nicht herausfinden werde, was es mit diesen verdammten Diamanten auf sich hat, muss ich zumindest die Mörder meines Freundes Stephan Kammerer finden, dachte ich. Das klang verdammt desperadohaft, und ich fühlte mich plötzlich gar nicht mehr so schlecht in diesem Wagen, in dieser kalten Nacht, in dieser feierlich beleuchteten Stadt.

Als wir an der Ettstraße ausstiegen und ins Präsidium gingen, dachte ich für einen kurzen Moment daran, einfach wegzulaufen. Fritsch hatte mir nur den Arm auf meinen Rücken gelegt, aber der sanfte Druck dieses Arms machte deutlich, dass er mich jederzeit in einen unbequemeren Griff nehmen könnte. Sobald ich eine heftige Bewegung machte, würde sich der freundliche, schnauzbärtig lächelnde Herr Fritsch auf mich werfen, mir den Arm bis zum Hals hochreißen und seine spitzen Knie auf mein Schulterblatt pressen. Ich nahm also von meinen Ausbruchgedanken Abstand und ging mit den beiden Beamten ins Gebäude. Wir standen zu dritt im Paternoster und sahen zu, wie die Stockwerke unter uns wegrutschten wie ferne Inseln.

»Sie müssen uns die Wahrheit sagen«, erklärte Graber.

Ich saß in meinem Pennerkostüm vor seinem gläsernen Schreibtisch und sah aus dem Fenster, in dem sich das minimalistisch eingerichtete Büro spiegelte, so als könnten auch Büroräume eitel sein. »Ich immer Wahrheit, Herr Wachtmeister«, presste ich heraus und beobachtete, wie Graber dem freundlichen Herrn Fritsch einen Blick zuwarf, der mich ganz kribbelig machte.

»Möchten Sie sich nicht das Gesicht waschen, Herr Wickiewicz?«, fragte Graber nun und nickte in Richtung von Herrn Fritsch, der neben einem Spülbecken stand.

Fritsch lächelte und nahm ein schmales Handtuch vom Haken. Ein Stück Seife in Apfelform lag in einer blauen, kleinen Schale. Aber wenn ich anbiss, hätte ich meine schöne Penneridentität in der Pfeife rauchen können.

»Nein«, sagte ich, »nix Wasser, schlecht für Haut.«

Meine Argumente bewegten sich an der Schwachsinnsgrenze, aber Graber nickte immer nur, als sei es das Vernünftigste von der Welt, dass ein abgeschabter Penner sich Sorgen um seinen Teint machte. Ich hatte nicht mehr das Gefühl, dass ich Graber zum Narren hielt, sondern dass er den Spieß irgendwie umgedreht hatte. Allerdings konnte ich den Spieß nicht mehr sehen. Er bestand auch nicht mehr auf meinem Ausweis, den ich ohnehin nicht hatte.

Während ich mit rudernden Armen Herrn Fritsch zu verstehen gab, dass er das Handtuch wieder aufhängen durfte, ging Grabers Telefon.

»Ja, nein, Sie können jetzt abziehen von der Schraudolphstraße. Wir haben einen Verdächtigen auf dem Präsidium, den wir vernehmen werden. Fahren Sie alle zwei Stunden am Haus vorbei, das dürfte für diese Nacht reichen.«

Herr Fritsch hängte das Handtuch lächelnd zurück an den Haken. Graber war aufgestanden und schlenderte mir mit den Händen in den Hosentaschen entgegen. »Sie dürfen nicht mehr in diese Wohnung zurück, Herr Wickiewicz, haben Sie das verstanden?«

Ich nickte stumm, weil ich plötzlich den Gedanken hatte, es sei besser, möglichst wenig zu sagen. Warum fragte er mich nicht aus? Er saß wieder an seinem Schreibtisch und zeichnete irgendetwas ab. Dann ließ er sich von Fritsch eine neue Mappe bringen, die er ebenfalls abzeichnete. Plötzlich sah er mich an. »Wissen Sie eigentlich, wer vor Ihnen in dieser Wohnung gelebt hat?«

»Vor ... nein, nix Ahnung«, sagte ich in spontanem Polnisch.

»Ein Mann, der geglaubt hat, eine Verbrecherbande zur Strecke bringen zu können, indem er ein paar Menschen zum Abendessen eingeladen hat.«

Ich wusste nicht, was ich darauf sagen sollte. Graber sprach von mir. Das heißt, er erzählte dem Obdachlosen Adam Wickiewicz vom Schicksal des Privatdetektivs Josef Celle.

»Was is mit Mann?«, fragte ich ängstlich, und ich hatte wirklich Angst vor dem, was Graber mir über den Mann erzählen würde.

»Man hat ihn umgebracht. Erschossen.« Graber machte wieder seine Haken unter irgendwelche Dokumente.

»Erschossen«, wiederholte ich, und in dem Augenblick bekam ich das Zittern in den Fingern. Natürlich wäre ich tot, wenn nicht Kammerer an die Tür gegangen wäre. Das wollte mir der Kommissar wohl noch einmal ins Hirn meißeln.

»Ja, der Mann wurde in seiner eigenen Wohnung von unbekannten Männern misshandelt und anschließend geköpft«, sagte Graber und sah mir dabei ins Gesicht.

Der Kerl kennt keine Gnade, dachte ich. Er schien offensichtlich Spaß daran zu haben, sich die brutalsten Todesarten für mich auszudenken.

»Herr Wickiewicz?«, sprach Graber, und ich nahm Haltung an wie beim Bund.

»Wenn Sie in die Wohnung zurückgehen, wird jemand kommen und Sie ebenfalls enthaupten.« Er sprach laut und deutlich, wie man mit Ausländern redet oder mit Kindern.

»Was ist enthauptet?«, fragte ich.

Graber machte einen letzten Haken mit dem Kuli und nickte seinem freundlichen Kollegen zu. »Herr Fritsch wird Sie jetzt nach unten begleiten, und dann gehen Sie irgendwohin, wo es warm ist.«

Nach diesem Satz stand der Kommissar auf, ich erhob mich ebenfalls. »Aber Sie gehen nicht in die Wohnung des Mannes, der erschossen worden ist, haben Sie das verstanden?«

Ja, verdammt, ich hatte verstanden. Ich kam mir mittlerweile schon wirklich erschossen und enthauptet vor. Ich nickte, weil mir nichts anderes einfiel.

Graber nickte Herrn Fritsch zu, der wieder sein freundliches Schnurrbartlächeln lächelte.

Ich folgte dem lächelnden Herrn Fritsch und ließ mich von ihm zum Ausgang begleiten. Er würde diesen Dienst zu Ende schieben und dann nach Hause zu seiner Frau und seiner kleinen Tochter oder seinem kleinen Sohn fahren, und sie würden ein leichtes und leckeres Abendessen zu sich nehmen. Und alle küssen sich immer, wenn irgendein Ritual ansteht. Ich wollte ihm die Hand geben, weil er so freundlich dreinblickte und weil ich sein zufriedenes schnurrbärtiges Lächeln mochte.

Doch Fritsch sah mir lächelnd in die Augen und sagte: »Lass dich nie wieder von uns erwischen, Polacke, sonst brech ich dir alle Knochen.« Dann stieg er in den Paternoster und fuhr zum Himmel auf.

Draußen traf mich die Kälte wie eine Ohrfeige von ganz oben. Ich sah zu Grabers Büro hinauf und glaubte ihn sogar vor seinem Schreibtisch hin und her gehen zu sehen. Gleich würde der liebe Herr Fritsch reinkommen, und beide lachten sich tot über mich.

Ich kreuzte die Arme über der Brust und marschierte los. Als ich in meiner Straße ankam, war ich fast erfroren. Mein Gesicht brannte vor Kälte. Ich sah hoch in meine Wohnung – alles dunkel. Ich war also noch rechtzeitig vor Quindel angekommen. Als ich mich die Treppe zu meiner Wohnung hochquälte, war ich fast tot vor Erschöpfung. Erst als ich vor der Tür stand, schoss mir das Adrenalin wie angesammeltes Staudammwasser aus den Nebennieren. Ich hatte ja gar keinen Schlüssel für meine Bude. Quindel hatte mich hier hereingelassen, und als Graber mich mitgenommen hatte, da hatte Fritsch die Tür einfach zugezogen.

Ich versuchte es mit dem alten Kreditkartentrick. Natürlich habe ich keine richtige Kreditkarte, jemand, dessen Konto so leer ist wie das Weltall, ist nicht kreditkartenwürdig. Doch ich hatte zufällig eine Karte für den

Waschsalon in der Gesäßtasche, ein graues schmuddeliges, aber festes Plastikkärtchen, das ich in der Türritze auf und nieder schrammen ließ. Das Geräusch war lauter, als ich dachte, es zersägte die Stille des nächtlichen Treppenhauses, und immer wenn die graue Karte den Türriegel fast nach hinten geschoben hatte, schnellte das verdammte Ding wieder vor und veranstaltete einen Höllenlärm im Treppenhaus.

Das passierte mir dreimal, und als ich beim vierten Mal den Riegel endlich nach hinten gedrückt bekam, sprang die Tür auf. Ich flog wie ein Sputnik in meine Wohnung, und obwohl es ziemlich dunkel war, sah ich ihn, sah die kleinen, festen Umrisse, sah, dass er mich mit kleinen, runden Augen anblickte und mit beiden Händen eine Pistole umfasste, mit der er direkt in mein Gesicht zielte. Als Nächstes sah ich Volker Quindel mit einem Schritt aus meiner Küche kommen, die Hände in seinen langen hellbraunen Mantel vergraben, und ich sah, wie er dem kleinen Mann zunickte, der wie eine mechanische Puppe mit der Waffe in der Hand auf mich zukam. Plötzlich sprang er wie ein Frosch hoch und zog mir die Pistole über den Schädel. Das Letzte, was ich dachte, war, dass ich Egolfs Lieblingskatzenfutter Thunfisch und Huhn in Gelee fressen würde, wenn diese Kanone nicht eine original Ceska 7,65 war.

12

Wenn du in dem Zustand bist, in dem du keine sichere Diagnose mehr treffen kannst, ob du schläfst oder wach bist, fängst du an, dich ersatzweise zu erinnern. Es gibt Menschen, denen flattert in solchen Momenten ihre gesamte Kindheit wie ein riesiger Schmetterling entgegen. Andere erinnern sich an ihre erste Liebesnacht oder an die erste Zigarette. Bei mir ist das Repertoire an solchen schönen Erinnerungen etwa so groß wie die Festplatte eines Computers aus den frühen achtziger Jahren.

Vielleicht habe ich mich auch zeit meines Lebens zu wenig um schöne Erinnerungen gekümmert, auf die ich während der halben Stunde, in der ich in Gegenwart von Quindel und dem Zwerg mit seiner Ceska 7,65 verbrachte, zurückgreifen konnte. Jedenfalls fielen mir die Augen immer wieder zu, und meine Wohnung wurde offenbar in meiner Anwesenheit entkernt. Ich bekam das Ganze aber nicht richtig mit, weil der Zwerg mir nämlich mit dem Kolben seiner Ceska 7,65 eins über den Schädel gebraten und meine kompletten Synapsen lahmgelegt hatte.

Ich wusste auch nicht mehr, was anschließend passiert war. Die tschechische Knarre war definitiv das Letzte, was mir von diesem frühen, dunklen Wintermorgen in meiner Wohnung in Erinnerung geblieben ist. Natürlich außer dem Geräusch sich biegender Bretter und krachender Hölzer, das sich in meiner Fantasie zu einer Art gigantischem Abholzungsprojekt ausweitete.

Irgendwann wurde ich in meinem Dämmerzustand so wütend über den Krach, dass ich beschloss, dem World Wildlife Found beizutreten, falls ich je wieder richtig aufwachen sollte. Bis dahin reproduzierte mein Gedächtnis immerhin das, was sich in den Stunden zuvor zugetragen hatte

Ich starrte also direkt in die Mündung dieser tschechischen Killerpistole, während Quindel, die Hände auf dem Rücken, wie ein Lageraufseher in meiner Wohnung spazieren ging. Vorsichtig langte ich mir mit zwei Fingern über den Schädel und fühlte die Beule. Wie konnte dieser Zwerg einem normal gewachsenen Mann wie mir mit einem Sprung dermaßen eins über den Schädel brennen?

»Sie müssen entschuldigen, Herr Wickiewicz«, sagte Quindel und hielt mir die rechte Hand hin. Ich schüttelte den Kopf, weil ich lieber im Sitzen Karussell fahren wollte. »Aber wenn jemand ohne einen Schlüssel zu haben in eine Wohnung eindringt, wird mein Kollege hier nervös.«

Der Zwerg sah sich in meiner Wohnung um wie vorhin der freundliche Herr Fritsch.

»Warum sind Sie überhaupt aus dem Haus gegangen, lieber Herr Wickiewicz?«, fragte Quindel, während er dem Zwerg durch ein Nicken irgendwelche Befehle gab.

»Ich … Frischluft gekauft. Spazieren.« Irgendwie gefiel mir diese reduzierte Art, mich auszudrücken, inzwischen richtig gut. Ich überlegte kurz, ob ich künftig nicht immer so reden sollte, vorausgesetzt, der Killerzwerg ließ mir eine Zukunft.

»Wir werden das Zimmer jetzt ein bisschen untersuchen, Herr Wickiewicz«, sagte Quindel. »Für Sie ist das nicht weiter interessant, ich bitte Sie nur, einfach sitzen zu bleiben.« Er sah mich an, als sei er sich auf einmal doch nicht mehr so sicher, ob ich Privatdetektiv oder ein polnischer Landstreicher war. Ich dagegen fragte mich, warum er mich nicht fortschickte. Was hatte Quindel von der Gegenwart eines alten Penners, während sein fleißiger Zwerg die Wohnung umkrempelte? Der Typ, gut einen Kopf kleiner als ich und mit kahl geschorenem Schädel, sah mich mit stupider Kälte an. Er hatte einen kleinen roten Lederkoffer in der linken Hand, den er auf den Boden legte. In seiner kleinen rechten Faust hielt er die Ceska 7,65 wie eine Kinderrassel. Quindel nickte ihm zu, woraufhin der Zwerg den roten Lederkoffer aufschnappen ließ. Was soll ich sagen: Das Ding war ein richtiger Werkzeugkoffer mit Brechzangen, Schraubendrehern und allem Gedöns. Er zog eine mittelgroße Brechzange heraus und fing an, die ersten Laminatbretter auszuhebeln. Es schien ihm keine besondere Mühe zu bereiten, meinen Boden umzugraben und mich gleichzeitig mit der Pistole in Schach zu halten.

»Ein Freund hat hier ein kleines Präsent für uns versteckt, verstehen Sie, Herr Wickiewicz?« Quindel zwinkerte, und ich fing allmählich an zu begreifen, dass er die Schmuckschatulle suchte. »Bleiben Sie einfach ganz entspannt.«

Während Quindel seinen Sermon abließ, hackte der Killerzwerg in meinem Schlafzimmer Holz, als wäre er in einem kanadischen Wald. Als er damit beschäftigt war, das Fensterbrett abzuhebeln, sah ich kurz zum Rollladenkasten hoch. Kurz genug, um keine Interpretationsvorlage zu liefern, dachte ich.

Quindel sah aus dem Fenster. Vielleicht ist ja wieder die Taube da, die so gerne in der Dachrinne badet, überlegte ich. Andererseits war es schwer vorstellbar, dass Quindel Gefallen am Verhalten von Stadttauben fand.

Auf einmal wusste ich, worüber der Mann nachdachte: Er wollte die ganze Sache hier sauber hinter sich bringen. Er würde sich die Schmuckschatulle besorgen und verschwinden. Den polnischen Penner Wickiewicz konnte er als Gratisbeigabe gleich mitnehmen und später schön säuberlich zerlegen, genau wie die anderen Obdachlosen auch.

»Haben Sie eigentlich Verwandte in München?«, fragte Quindel, ohne sich vom Fenster wegzudrehen.

Der Zwerg drückte seinen festen, kleinen Körper weiter gegen das Fensterbrett, das tatsächlich ein bisschen nachgab.

»Nein, ich … kenne nur Sie.«

Der Killerzwerg war so nahe an der Schatulle, dass ich etwas unternehmen musste. Er durfte das verdammte Ding einfach nicht finden, sonst wäre alles, was ich mir bis dahin aufgehalst hatte, umsonst gewesen.

»Sagen Sie Ihrem Liliputaner, dass ich meine Diamanten nicht unter der Fensterbank verstecke!«, rief ich unvermittelt in schönstem Josef-Celle-Deutsch, so dass sich Quindel erschrocken umdrehte.

Im selben Moment gab das verfluchte Fensterbrett dem Drängen der Mikrobe nach und sprang nach oben. Der Zwerg taumelte mir ein paar Schritte entgegen, wobei er die Ceska wie eine heiße Kartoffel in seiner kleinen, dicken rechten Hand hielt. Ich schlug ihm auf den Ellbogen, das Ding fiel zu Boden, und ich stürzte mich auf die Ceska. Da holte der Zwerg mit dem linken Bein aus und wollte mir ins Gesicht treten. Bevor sein Beinchen auch nur in die Nähe meiner Nase gelangte, hatte ich abgedrückt und schoss zweimal von schräg unten auf den Zwerg. Die Kugeln wurden ihm mit derartigem Speed in den Bauch geblasen, dass er wie eine Silvesterrakete in die Luft flog. Er knallte gegen das Fenster und hielt sich im letzten Moment am Rollladenzug fest. Der Rollladen rutschte ein paar Zentimeter nach unten, doch irgendwie riss der Zwerg so heftig daran, dass sich der ganze Kasten aus der Verankerung löste und runterkrachte.

Bei der Gelegenheit sprang auch der Deckel des Rollladenkastens auf, und die Schmuckkiste knallte auf den aufgerissenen Boden wie ein Schatz, der aus einem alten Dachboden direkt vor die Füße der Schatzsucher fällt. Übrigens noch vor dem Killerzwerg, der nach wie vor an dem Rollladenzug hing. Als er endlich auf dem Boden ankam, war er tot und Quindel mit der Schmuckkiste verschwunden.

Damit besaß ich keinen Schatz mehr, sondern nur noch den gelben Zettel mit den Formeln, den ich zum Glück in meinem Portemonnaie verwahrte, auch wenn ich keinen Schimmer hatte, was diese Formeln bedeuteten. Ich beugte mich vorsichtig zu dem toten Zwerg runter. Er hatte die Augen halb geöffnet, und während ich vor ihm kniete, saugte sich meine Hose mit Blut voll. Mit dem rechten Handrücken stieß ich die Ceska von der Leiche weg und sah noch, wie sie geschmeidig unter mein Bett glitt. Dann holte ich mein Handy raus und wollte schon Grabers Telefonnummer eintippen, als mir einfiel, dass ich dann die Wickiewicz-Nummer begraben musste. Denn wenn Graber meine Handynummer auf dem Display erkannte, würde ich auffliegen. Mein Gott, ich brauchte fast zehn Minuten, bis ich an diesem elenden Telefon die Funktion gefunden hatte, mit der man die eigene Nummer unterdrücken konnte. Ob der Apparat auch eine Taste hatte, mit der man andere Menschen unterdrücken konnte?

An das Gespräch mit Graber kann ich mich nicht mehr erinnern, auch nicht an das, was ich sagte oder was Graber antwortete. Ich weiß nur noch, wie das Leben innerhalb von Sekunden aus dem Zwergengesicht wich und wie er seinem schwindenden Leben mit großen, dunkeln Augen hinterhersah.

Erst als ich das Handy wieder in meine speckige Jacke zurückgesteckt hatte, dämmerte es mir, dass ich soeben einen Menschen erschossen hatte.

»Zwei Schüsse«, sagte Kommissar Graber und schlug das schwarze Jackett des Toten zur Seite.

»Die Waffe ist eine Ceska 7,65«, fügte einer der Männer von der Spurensicherung hinzu.

»Jeder der beiden Schüsse war tödlich«, lautete der Kommentar des Polizeiarztes.

Der Tote lag auf dem Rücken, die Augen starrten an die Decke – übrigens die einzige Fläche in meiner Wohnung, die dieser Mensch nicht auseinandergenommen hatte. Mein Laminatboden war zum größten Teil umgegraben, die Holzlatten lagen wie Kriegstrümmer im Schlafzimmer, in der Küche und im Flur herum. Dass ich in der Lage meine Kaution vom Vermieter zurückbekommen würde, war so unwahrscheinlich wie die Auferstehung des Fleisches. Graber kümmerte sich die erste Viertelstunde gar nicht um mich, während ich in einer Ecke des Schlafzimmers kauerte, das aussah wie eine ägyptische Grabungsstelle.

»Sie haben den Mann präzise erwischt«, tat mir einer der Spurensicherer im Vorbeigehen kund.

»Ich ... musste ... Notwehr.« Für diese Stammelei brauchte ich mich nicht mal groß zu verstellen.

Graber legte kurz die Hand auf die Schulter von Herrn Fritsch, als wollte er ihm sagen, warte mal kurz. Dann kam er auf mich zu und baute sich vor mir auf. »Sie haben geschossen, Herr Wickiewicz?« Es klang nicht wie ein Vorwurf, sondern eher nach sportlichem Interesse.

»Ich ... musste ... Notwehr.« Der Satz hat bei dem Spurensicherer funktioniert, er wird sicher auch bei Graber seine Wirkung tun, dachte ich.

Aber der Kommissar hatte etwas im Blick, was mir schon ein paar Stunden vorher im Präsidium aufgefallen war und mich irritiert hatte. So eine Art belustigte Wut. »Sie haben den Mann erschossen. Ich muss Sie festnehmen, weil Sie unter Mordverdacht stehen. Haben Sie das verstanden?«

Ich nickte, weil ich nicht wusste, was »Ja, ich habe verstanden« auf Polnisch hieß.

»Möchten Sie Angaben zum Tathergang machen?«, fragte Graber, und sein Blick sagte mir: Pass auf, Junge, du hast genau zwei Möglichkeiten: Entweder du hörst mit dem Theater auf, oder ich sperr dich für die nächsten drei Monate in U-Haft, und deine Lizenz als privater Ermittler kannst du in die Isar werfen.

»Ja«, sagte ich.

Im Schlafzimmer ging ein Blitzgewitter los, als sie den toten Killerzwerg noch einmal in seiner ganzen Schönheit fotografierten. Kurz darauf stellten sich zwei Beamte neben mich, der eine sagte »Bitte« und streckte die Hand Richtung Wohnungstür aus.

Es war acht Uhr morgens, als die Tatortsicherung abgeschlossen war. Draußen versuchte der Tag, ein bisschen was aus sich zu machen. Das Kratzen der Schneeschaufeln der Hausmeister war in den Straßen zu hören. Es hatte wieder geschneit an diesem frühen Morgen, an dem ich zum Täter geworden war. Fritsch hatte mich in einen Mannschaftswagen geschoben, drei Kollegen saßen mir gegenüber, einer saß neben mir. Diesmal fuhr mich Graber nicht in seinem Dienstwagen zur Wache, sondern ich musste in die Holzklasse, die für die Schwerverbrecher reserviert war. In Grabers Augen war ich allerdings auch ein Schwerverbrecher. Ich war der polnische Obdachlose Adam Wickiewicz, der in der Münchner Wohnung des Privatdetektivs Josef Celle einen kleinen Mann mit ein paar gezielten Schüssen weggeblasen hatte.

An diesem Morgen fiel mir zum ersten Mal die Losung auf, die über dem Eingang der Hauptwache in spitzer Jugendstilschrift eingemeißelt war: »Nach seinem Sinne leben ist gemein. Der Edle strebt nach Ordnung und Gesetz.« Mir war zwar nicht sofort klar, wieso das eine im Widerspruch zum anderen stehen sollte, aber ich musste mir wirklich über andere Dinge den Kopf zerbrechen. Zum Beispiel darüber, wie ich Kommissar Graber in radebrechendem Deutsch glaubhaft den Tathergang schildern sollte, ohne dass meine Maske aufflog. Ich erzählte, wie der Zwerg mir seine Pistole über den Schädel gezogen und wie er angefangen hatte, den Laminatboden aufzuhebeln. Und dann der Rollladenkasten! Sollte ich Graber etwa sagen, dass ich genau in dem Moment schießen musste, als der Zwerg in die Nähe der Schatulle gekommen war?

»Kleiner Mann zielt auf mich und sagt: ›Kaputt.‹«

Seltsam, dass man mit wenigen Worten so viel ausdrücken kann.

»Der Mann hat also geäußert, dass er sie töten will, Herr Wickiewicz?« Graber saß über seine verschränkten Arme gebeugt am Schreibtisch, als wollte er hinter meine Maske kriechen.

»Ja, und ich mit Fuß tritt in Ei.«

Der Kommissar lehnte sich in seinem Stuhl zurück und übersetzte: »Sie haben den Mann also mit einem Fußtritt in die Hoden außer Gefecht gesetzt. Möchten Sie einen Kaffee, Herr Wickiewicz?«

»Ja, Kaff«, erwiderte ich. Herr Fritsch zog lächelnd die Kanne aus der Kaffeemaschine, schenkte ein und brachte mir eine Tasse. Ich nahm einen Schluck, und der Geschmack war so bitter wie meine persönliche Gesamtsituation.

»Warum haben Sie den Mann getötet, wenn Sie ihn mit einem Fußtritt unschädlich machen konnten?«, fragte Graber.

»Weil er …«

»Herr Wickiewicz, wie viele Männer waren in der Wohnung?«

»Zwei«, sagte ich.

»Zwei?« Graber schnellte wieder nach vorne.

»Ja, Mann, den ich totgeknallt, und ich selber.« Ich spürte, dass ich aus der Nummer nur wieder herauskam, wenn ich Graber glaubhaft erklären konnte, dass ich den Killerzwerg aus Notwehr getötet hatte.

»Wo ist die Tatwaffe?«, fragte der Kommissar.

Ich spürte instinktiv, dass diese Frage meine Chance war. Ich hatte die Ceska unter das Bett getreten. Der Teufel allein weiß wieso, lass es Instinkt gewesen sein, nenn es Vorsehung – egal.

»Unter Bett«, sagte ich und versuchte, etwas Flehendes in meinen Blick zu legen.

»Es stimmt, Chef«, schaltete sich Herr Fritsch ein, »die Kollegen haben die Waffe tatsächlich unter dem Bett gefunden.«

Graber fragte, ob der Killerzwerg mich erneut angegriffen habe, nachdem ich ihn mit einem empfindlichen Tritt außer Gefecht gesetzt hatte.

»Ja, Zwerg fliegt auf Waffe, Adam fliegt hinterher. Schneller, dann Schuss, tot.«

Über das Gesicht des Kommissars huschte ein schnelles Grinsen, das sofort wieder verschwand wie eine Maus im U-Bahn-Schacht. »Sagen Sie, tut es Ihnen eigentlich nicht leid, was Sie getan haben?« Graber sprang auf und stellte sich ans Fenster, hinter dem frische Schneeflocken einen vorsichtigen morgendlichen Tanz versuchten. »Sie haben einen Mann erschossen, Herr Wickiewicz, auch wenn es offensichtlich Notwehr war.«

Ich schwieg mein tiefes polnisches Schweigen und blickte dabei zu Boden wie ein reuiger Sünder. In dem Moment fragte ich mich sogar selbst, warum ich keinerlei Gewissensbisse hatte. Immerhin hatte ich dieses kleine Killerschweinchen erschossen, das noch unter einer silbernen Plane in meinem Schlafzimmer lag. Aber warum hätten mich auf einmal Skrupel packen sollen, nur weil ich einen Kerl umgenietet hatte, der meine Wohnung unter normalen Umständen garantiert nicht verlassen hätte, ohne mich mit ein paar tschechischen Kugeln vollzupumpen? Warum sollte ich den Tod eines Mannes bedauern, der vielleicht auch meinen Freund Stephan Kammerer im Hausflur umgenietet hatte?

»Sie können jetzt gehen, Herr Wickiewicz«, sagte Graber, nachdem er noch einmal den Schneeflockentanz begutachtet hatte.

»Gehen?«, fragte ich und war wirklich überrascht, dass er mich einfach ziehen lassen wollte.

Der Kommissar setzte sich an den Schreibtisch, und in nächsten Moment spürte ich wieder die sanfte Hand des freundlichen Herrn Fritsch auf meiner linken Schulter. Ich stand auf und marschierte an seiner Seite aus dem Raum. Draußen schloss er die Tür und lächelte mich schnauzbärtig an. »Wenn es nach mir ginge, würde ich dich ins Lager stecken.«

Ich nickte, und Fritsch sagte: »Schleich dich!«, bevor er zurück in Grabers Büro ging.

Als ich draußen auf der Straße stand, drehte ich mich um und las noch einmal den Spruch mit dem gemeinen Einzelnen und dem Edlen, der nach Ordnung und Gesetz strebt. Ich schloss die Augen und sah den Killerzwerg wie eine reife Frucht von meinem Fensterbrett fallen. Ich sah, wie sein Kopf auf meinen Laminatboden knallte oder besser auf den Teil, den er nicht aufgehebelt hatte. Ich sah, wie seine Augen sich nach oben drehten. Dann machte ich die Augen wieder auf und rannte an die Mauer und kotzte auf einen kleinen Vogelbeerstrauch, der leider im Weg stand.

Danach wischte ich mir den Mund mit dem linken

Handrücken ab und ging an der Frauenkirche vorbei durch die Kardinal-Döpfner-Straße in die Fürstenstraße, bog links in die Theresienstraße ab, marschierte mit eingezogenem Kopf durch die Amalienstraße und landete geradewegs in Svens Cappuccinobar. Das letzte Mal, als ich hier erhobenen Hauptes rausgekommen war, war ich noch der private Ermittler Josef Celle, der ein überzogenes Konto und auch sonst ziemlich viel Ärger, aber immerhin noch keinen Menschen umgebracht hatte.

Als ich die Tür aufmachte, warf Sven sein Putztuch auf die Theke und kam wie eine Furie auf mich zugerannt.

»Ich habe Ihnen doch bereits gestern gesagt, dass hier kein Platz für Sie ist«, fauchte er.

Ich brauchte gut eine halbe Minute, um zu begreifen, dass ich ja immer noch mein Adam-Wickiewicz-Kostüm trug.

Als Sven eine Handbreit vor mir stand, sagte ich: »Sven, du bist wirklich ein asoziales Arschloch.« Schön, was wenige Worte manchmal bewegen können. Das Wort Arschloch schien mich jedenfalls vollständig zu enttarnen.

»Josef? Sag mal, wieso … ich meine, warst du gestern etwa auch …?«

»Ich bin Adam Wickiewicz und erlebe am eigenen Leib, wie es ist, wenn man als Abschaum der Gesellschaft behandelt wird.«

»Aber ich dachte, du bist tot? Die Polizei war da und hat erzählt, dass du in deiner Wohnung erschossen worden bist. Die haben mich ausgefragt, ob ich irgendetwas wissen würde.«

»Und?«

»Ja, nichts«, sagte Sven und zitterte ein bisschen. »Ich habe ja keine Ahnung …«

»Besonders erschüttert warst du aber nicht über mein tragisches Ende, wie?«

Sven schnappte sich wieder seinen legendären weißen Lappen. »Josef, jetzt sei nicht albern. Du kommst hier rein, blökst mich an und siehst aus wie ein ....«

»Ein Penner? Ja, sag es nur, Sven. Ein Penner ist aber auch ein Mensch wie du und ich.«

Er sah mich an, als hätte ich Meningitis.

»Also komm, Sven, mach mir einen Grappa und glotz nicht so dämlich.«

Seine Hand zitterte beim Einschenken. Ich genoss es so sehr, wie ich den Anblick der beiden Zivilbeamten genoss, die sich im Hauseingang auf der gegenüberliegenden Straße versteckt hielten wie Tiere, die einen Platz für den Winterschlaf suchen. Natürlich konnte mich Graber nicht einfach so ziehen lassen, das war mir klar geworden, nachdem ich meinen bescheidenen Mageninhalt an den Vogelbeerstrauch weitergegeben hatte. Der Kommissar ließ mich bewachen, denn er wollte wissen, was ich für Geschäfte machte. Er versuchte es mit der leisen Methode und schickte mir seine Männer hinterher.

Ich trank den Grappa aus und fragte Sven, wie ich unauffällig von hier verschwinden konnte. Sven zog mich in die Küche, wischte mir mit ein paar Zewa-Tüchern den Adam-Wickiewicz-Dreck aus dem Gesicht und ließ mich zum Hinterhof raus. In der nächsten halben Stunde öffnete ich etwa zwölf Kellertüren, kletterte über eine Mauer und passierte fünf Hausflure, bis ich am Ende als Josef Celle in der Türkenstraße stand, auf die just in jenem Moment ein gigantischer Schneeschauer niederging.

Als ich kurz darauf Adas Haus erreichte, sah ich von der Straße aus Licht in der Küche brennen. Ich ging nach oben, schloss die Tür auf, und zum Glück war es mein alter Kater, der mich mit hoch aufgerichtetem Schwanz begrüßte. Allerdings hatte Egolf etwas in seinem Silberblick, das auf gewisse atmosphärische Störungen hindeutete.

»Egolf, alter Knabe, hat die eiskalte Herrin dich etwa aus der Küche ausgesperrt?«, begrüßte ich ihn.

Die Tür zur Küche war tatsächlich geschlossen, aber ich hörte Stimmen. Stimmen, von denen eine Ada gehörte, die andere war dunkler. Ich glaubte zu wissen, was mich gleich erwartete: einer von Adas unerträglichen Jungmanagern war zu Besuch, einer dieser Enddreißiger im grauen Business-Anzug, die ständig »Sinn machen« sagen und »das wär das Optimalste«. Ich bin oft genug auf diesen Partys gewesen, auf denen mich Ada immer als Eventmanager ausgibt, um sich nicht bloßzustellen. Ich habe bis heute keine Ahnung, was ein Eventmanager tut.

Ich zog die Küchentür auf und sah, wie Ada ihrem Besuch gerade ein Glas Wein einschenkte. Und ich erstarrte zur Salzsäule, noch bevor Ada den Satz sagte: »Darf ich vorstellen, Josi. Das ist Katja Lessner, von der ich dir am Telefon erzählt habe.«

Katja saß mit dem Rücken zu mir und drehte sich ganz langsam um. Es kam mir vor, als wäre die Umdrehung der Erdachse dagegen eine Sache von wenigen Minuten.

Ich gab ihr die Hand und sagte: »Freut mich.«

Die Lessner lächelte und nickte mir kurz zu, ohne einen Ton von sich zu geben. Meine Hand berührte sie kurz mit zwei Fingern.

»Josef ist Unternehmensberater«, sagte Ada, weil sie mir in Gegenwart Dritter immer Berufe zuteilt, die vorzeigbar sind.

»Darauf hätte ich auch getippt«, erwiderte die Lessner und stand langsam vom Stuhl auf. »Ich muss jetzt los«, sagte sie dann.

Zum Glück ging in dem Augenblick das Telefon.

»Lass nur, Ada, ich finde schon raus«, sagte die Lessner.

Zwei Sekunden später war Ada in ihrem Arbeitszimmer verschwunden, und ich stand mit Katja im Korridor.

»Ich krieg dich, Schätzchen«, sagte sie, während sie die Wohnungstür einen Spalt breit öffnete. »Und ich kriege auch das, was du vor mir versteckt hältst.« Sie huschte in den Hausflur.

Ada kam zurück und nahm ihre Jacke vom Garderobenständer. »Das war die Gräfin Gartow. Sie will mit mir einen Vertrag machen. Ich fahr schnell hin, ja?«

»Warte«, sagte ich und griff nach Adas Arm. Sie sah mich mit erstauntem Lächeln an. »Wie kommt diese Frau in deine Wohnung?«, fragte ich.

»Wieso«, erwiderte Ada, »magst du sie etwa nicht?«

Ich ließ nicht locker, bis Ada mir die Geschichte ihrer Begegnung mit Katja zu Ende erzählt hatte. Nachdem Ada das Handygespräch von Katja Lessner am Ufer des Starnberger Sees belauscht hatte, heftete sie sich an ihre Fersen. Natürlich bekam Katja Adas ungeschickte Beschattungsaktion sofort spitz und drehte den Spieß um. Wie Ada aussah, hatte ich der Lessner schließlich in unserer Stahlfedernacht verraten, als ich ihr das Foto gezeigt hatte.

»Wissen Sie, mir gefällt der Starnberger See im Winter noch besser als im Sommer.« Das war der Satz, mit dem die Lessner Ada köderte. Ein ziemlich banaler Satz, aber er reichte aus, um meine Freundin einzuwickeln.

»Ich gehe ziemlich oft hier spazieren«, log Ada.

»Tatsächlich? Seltsam, dass ich Sie noch nie gesehen habe. Aber vielleicht sind wir ja auch immer zu unterschiedlichen Zeiten unterwegs.«

Es war eine einfache, kurze Konversation, freundlich, aber geschickt eingefädelt. Die Lessner fragte Ada, ob sie Lust habe, mit ihr einen Kaffee zu trinken, und eine Viertelstunde später saßen die beiden bei Cappuccino und Grappa in einem italienischen Restaurant. Die Lessner stellte sich Ada als Gesellschafterin der Gräfin von Gartow vor. Ada hielt das für einen Fahndungserfolg. Sie glaubte tatsächlich, Katja sei so naiv und habe sich ihr zu erkennen gegeben. In Wirklichkeit musste die Lessner Ada schon viel länger im Visier gehabt haben. Als die Gartow Katja ihren Gesellschafterinnenjob vor die Füße geworfen hatte, dürfte ihr ziemlich schnell klar gewesen sein, dass die Frau im Auto ihre Nachfolgerin war. Die Lessner hatte Ada an jenem Winterabend im Starnberger Restaurant eingewickelt wie die Spinne ein kleines Insekt. Genau wie die Spinne verzichtete sie auch darauf, ihr Opfer sofort auszusaugen. Sie kitzelte es vielmehr so lange, bis es klein beigab und ihr Avancen machte. Damit hatte die Spinne sogar noch einen weiteren Brocken im Netz: nämlich mich.

»Was halten Sie davon, morgen zu uns zum Frühstück zu kommen?«, sagte Ada, nachdem die Lessner die dritte Runde Grappa bestellt hatte.

»Ich würde mich sehr freuen. Um zehn? Ich bringe die

Semmeln mit, darauf bestehe ich.« Damit verabschiedete sie sich.

In der Nacht, in der mir der Killerzwerg die Ceska 7,65 unter die Nase gehalten und Volker Quindel ihm den Befehl gegeben hatte, mein Luxusappartement zu dekonstruktivieren, dürfte Katja Lessner triumphiert haben wie selten zuvor. Durch Adas Ungeschicklichkeit wusste sie damit, wo ich untergekommen war. Sie wusste außerdem, dass ich lebte, und sie wusste, dass sie mich in der Hand hatte wie einen flügellahmen Spatz. Ich war inzwischen ziemlich sicher, dass Quindel sie angespitzt hatte, mich scharfzumachen, um an das Schmuckkästchen zu kommen.

»War doch für eine Detektivamateurin keine schlechte Aktion, oder?«, sagte Ada und holte mich aus meinen Gedanken.

Ich nickte, weil ich nicht mehr wusste, was ich sagen wollte. Die Lessner war darüber informiert, dass ich am Leben war und bei Ada wohnte. Von dem Zettel mit dem Schmuckkästchen konnte sie allerdings nichts ahnen. Quindel dagegen hatte sicher vor Wut getobt, als er das Schmuckkästchen auseinandernahm und feststellen musste, dass der Zettel mit den Formeln nicht mehr im Unterfutter war. Ich war überzeugt, dass er hinter dem Zettel her war, auch wenn ich nach wie vor nichts mit den seltsamen Formeln anfangen konnte. In wenigen Stunden würde er hier mit seinen schwarz gekleideten Kumpels alles auf den Kopf stellen.

»Ich nehme die U-Bahn«, sagte Ada und küsste mich auf die Wange. Ich wartete, bis Ada die Wohnung verlassen hatte, und machte mich dann noch einmal an die Unterlagen aus Kammerers Nachlass. Mir ließ die Todesanzeige für Fallgriesers Frau keine Ruhe. Vielleicht war das mit dem Barockgedicht ja auch nur eine fixe Idee.

Ich ging ins Bad, stellte mich in die Badewanne und streckte die Arme bis zu dem kleinen Entlüftungsgitter zehn Zentimeter über dem Duschkopf. Die Kachel rechts neben dem Gitter löste ich nach ein bisschen Hin- und Herwackeln heraus. Das verdammte Teil rutschte mir natürlich glatt aus den Händen, aber zum Glück fing ich es in letzter Sekunde auf. Vorsichtig legte ich die Kachel in die Badewanne und streckte mich dann wieder in die Höhe, damit ich den kleinen Zettel in den Hohlraum stecken konnte. Ada hatte mich, als wir uns kennengelernt hatten, auf dieses Versteck aufmerksam gemacht. Sie hatte damals einen höheren Geldbetrag darin gebunkert wie eine alte Tante, die ihre Ersparnisse im Strumpf versteckt. Ich hatte sie natürlich mehr als einmal damit aufgezogen.

Ich sah mir noch einmal die Todesanzeige für Fallgriesers Ehefrau mit dem Gedicht von Hofmannswaldau an. *Dein Herze kann allein zu aller Zeit bestehen, Dieweil es die Natur aus Diamant gemacht.* Wieso tauchte dieser Spruch in der Todesanzeige für eine junge Frau aus den vierziger Jahren auf?, fragte ich mich. Wieso schrieb eine Frau, von der ich ziemlich sicher war, dass es sich um Katja Lessner handelte, diesen Vers auf den Papierstreifen eines Glückskekses bei einem Schwabinger Billigchinesen. Wenn die Natur das Herz wirklich »aus Diamant gemacht« hatte, stand ich – und nicht nur ich – vor einem medizinischen Rätsel. Aber vielleicht hatten die Formeln ja auch etwas damit zu tun, dass man dem Herzen gewissermaßen ein bisschen nachgeholfen hatte?

Ich schwöre, ich hatte an diesem Morgen nicht die geringste Ahnung, was für ein Wahnsinn in diesen Zeilen und in diesen chemischen Formeln lag. Ich hatte lediglich das ungute Gefühl, dass Ada da in etwas hineingetappt war, von dem sie unbedingt die Finger lassen sollte, wenn sie ihren vierzigsten Geburtstag bei voller Gesundheit feiern wollte. Was mich betraf, so war ich angesichts all der Leute, die es auf mich abgesehen hatten, mehr als unsicher, ob ich als Geburtstagsgast überhaupt in Erscheinung treten würde.

Ich faltete Kammerers Kopien sorgfältig zusammen und steckte sie mit dem Formelzettel in das Loch im Badezimmer, das ich anschließend mit der Kachel wieder hübsch versiegelte. Dann zog ich meine Adam-Wickiewicz-Jacke an, weil sie mich so schön wärmte wie eine Dreiliterflasche Wodka, und verließ die Wohnung.

Ich wollte nicht riskieren, dass Grabers Männer mich wieder in ihre Schleierfahndung einbanden, und stieg in der Barer Straße in ein Taxi. Der Taxifahrer war ein stummer Mann mit grauem Spießerbart und nickte nur, als ich mein Reiseziel Hompeschstraße einbrachte.

Während wir auf der Prinzregentenstraße Richtung Bogenhausen fuhren, dachte ich über das nach, was Anton Fallgrieser gesagt hatte, als ich mit Kammerer meinen Hausbesuch bei ihm absolvierte: »Lassen Sie doch den Toten ihre Ruhe.« Eigentlich konnte man es dem Alten nicht verdenken, dass er nicht mehr über seine jung verstorbene Frau reden wollte. Andererseits erzählen alte Witwer eigentlich ganz gerne von ihren toten Frauen, um die Erinnerung an sie wachzuhalten. Tot ist nämlich nur derjenige, der vergessen ist.

Der Fahrer fluchte, als wir die zweispurige kurvige Auffahrt zum Europaplatz nahmen, weil wieder irgendein

Idiot, ohne zu blinken, nach rechts rutschte. Hier kann man im Handumdrehen in einen fetten Unfall mit Blechschaden verwickelt werden.

In meinen entspannteren Jahren war ich oft hier oben, besonders abends, wenn die Prinzregentenstraße wie eine kleine Prachtallee beleuchtet ist und man bis zum Hofgarten blicken kann, inklusive Carls-Palais. Ich war einmal sogar mit Ada hier, in unserem ersten Sommer, und Ada trug ein gestreiftes Kleid mit Spaghettiträgern. Damals ist mir zum ersten Mal aufgefallen, dass Ada ganz schmale Schultern hat. Vermutlich trägt sie deshalb in den Seminaren immer Hosenanzüge, damit ihre Managerschüler nicht merken, wie zierlich ihre Dresseurin ist. Aber jetzt war Winter in München, und die Prinzregentenstraße sah aus wie ein russischer Boulevard – eisig und endlos.

Der Fahrer bog in die Hompeschstraße ein und konnte gewissermaßen die Früchte des Streudienstes ernten. Ein großer Wagen mit gelbem Blinklicht hatte eine schöne Sandschneise zwischen die Schneeberge gefräst. Vor dem Haus der Gräfin stand ein schwarzer BMW, und gerade als er den Motor ausmachte, sah ich Ada in Begleitung von Katja Lessner zu der schwarzen Karosse gehen. Ich ließ den Taxler in einer Einfahrt halten, damit sie mich nicht sehen konnten. Vermutlich waren die Damen gerade dabei, die Übergabe zu regeln. Katja reichte den Stab an Ada weiter, die künftig ihre Stelle als Gesellschafterin der Gräfin einnahm. Aber irgendetwas war mir unheimlich an dieser Situation. Der BMW hatte verdunkelte Scheiben. Ich kannte dieses Auto: Immer wenn es irgendwo auftauchte, war hinterher irgendetwas kaputt und irgendjemand tot.

13

An jenem Morgen ließ ich den Fahrer den schwarzen BMW verfolgen. Er nickte wieder wie am Anfang, als ich ihm mein erstes Ziel genannt hatte. Sie fuhren zunächst durch Haidhausen, da ging es noch relativ einfach. Aber auf der Einsteinstraße wechselten sie plötzlich die Spur und rasten in Richtung Riem. Wenn ich sage »rasten«, dann spreche ich von einem Tempo, bei dem selbst der abgebrühteste Taxifahrer in Streik tritt.

»Zu schnell«, sagte der Mann mit dem grauen Spießerbart und fuhr bei der Autobahnauffahrt rechts ran. Da war der BMW mit meiner Freundin drin, und hinter den getönten Scheiben saß ein Typ, der mit lässiger Hand den fünften Gang einlegte, und das Ding brauste wie ein Zäpfchen auf der Umlaufbahn davon. Mein bärtiger Chauffeur drehte um, und wir dümpelten im Stadtverkehr vor uns hin.

Es dauerte etwa zwanzig Minuten, dann klingelte mein Handy.

»Ich habe dir gesagt, dass ich dich kriege, mein Schatz«, flötete Katja Lessner.

Zum ersten Mal löste die Alexandra-mein-toter-Zigeunerjunge-hängt-am-Baum-Stimme blankes Entsetzen bei mir aus. Ich musste an die Nächte mit ihr denken, an die Fragen, die sie mir gestellt, und an das Foto von Ada, das ich ihr dämlicherweise gezeigt hatte.

»Katja, sag mir sofort, wo du bist. Wir können das Ganze doch unter uns klären!«, rief ich ins Telefon.

»Aber mein Schatz«, summte die Lessner in ihrem schönen Bass. »Was haben wir schon zu klären? Hinter mir sitzt deine liebe Freundin, die auch ein bisschen meine Freundin geworden ist. Aber ich habe es nicht so sehr mit gleichgeschlechtlichen Freundschaften, wie du weißt. Du ahnst, was du zu tun hast, nicht wahr? Ist dir eigentlich aufgefallen, dass die weiße Visitenkarte parfümiert ist?«

Ich wollte gerade erwidern, dass ich den olfaktorischen Test nicht gemacht hatte, doch da hatte sie mich schon weggedrückt.

Sie hatte Ada in die Falle gelockt, und damit hatte sie mich tatsächlich in der Hand. Warum hatte ich die Lessner bloß nie gefragt, wo sie wohnt? Immerhin kannte sie meine Wohnung, also wäre ein Gegenbesuch nur fair gewesen. Sie hatten Ada, so viel war klar. Quindel und Katja hatten sich meine Freundin geschnappt, und ich musste sie mit dem Zettel auslösen.

Mir fiel die Gräfin ein. Dort hatte ich Ada zum letzten Mal gesehen. Und Katja Lessner war ihre Haushälterin gewesen. Also dürfte die Alte zumindest eine Adresse von ihr haben.

»Zurück in die Hompeschstraße!«, sagte ich dem Taxifahrer, der wieder nur nickte und zufrieden auf den Zählerstand blickte. Ich war jetzt bei fünfundzwanzig Euro.

Ich ließ den Taxler ein Stück vom Haus der Gartow entfernt parken und sah erleichtert, dass Licht in ihrer Wohnung brannte. Ich zahlte dreißig Euro, schälte mich aus dem Wagen und klingelte bei der Gräfin, die binnen

Sekunden den Türsummer zu ihrer Museumswohnung schnurren ließ.

Die Gartow stand in der Tür, als hätte sie seit Stunden auf mich gewartet. Sie hatte etwas Angewidertes in ihrem Gesichtsausdruck, eine vermutlich über Generationen vererbte Misanthropie, die mir seltsamerweise sofort sympathisch war. Sie wollte wissen, was mich zu ihr führe und wo ich meinen gebildeten jungen Kollegen gelassen hätte. Sie meinte Stephan Kammerer, und ich erklärte ihr, dass er einen Lehrauftrag an der Sorbonne angenommen habe. Sie hob die Augenbrauen, vielleicht weil sie erstaunt war, dass ein Prolet wie ich das Wort »Sorbonne« korrekt aussprechen kann. Dann nickte sie, als wollte sie Kammerers Entscheidung nachträglich ihren Segen geben. Mir verpasste dieser Moment einen tiefen Schlag in die Magengrube, weil ich im Zusammenhang mit meinem toten Freund Kammerer gelogen hatte.

Gerhild von Gartow bat mich nicht herein, sondern ließ einfach die Tür offen und ging Richtung Wohnzimmer, das mir diesmal noch musealer vorkam als bei meinem ersten Besuch. Irgendwie sah alles aus, als habe eine Stiftung die Räumlichkeiten zu Forschungszwecken erstanden. Ich folgte ihr unauffällig. Die Gartow hatte sich auf das kleine Sofa gesetzt und empfahl mir, auf dem Stuhl gegenüber Platz zu nehmen, von dem aus ich einen schönen Blick auf die Büste ihres großnasigen Vaters Wenzel von Gartow hatte. Ich hatte wenig Lust, mich mit Konventionen abzugeben, und fragte sie gleich nach Katja Lessner. Die alte Dame sah mich an, als hätte ich mich nach ihrem Liebesleben erkundigt.

»Frau von Gartow, ich muss wissen, wo sich diese Frau aufhält. Es ist lebenswichtig.«

Sie machte noch einen Versuch, die Grande Dame herauszuhängen zu lassen. »Soweit mir bekannt ist, hat Frau Lessner bereits einen Partner.«

»Er heißt Volker Quindel, ich weiß. Aber mich interessiert nicht das Privatleben von Katja Lessner, sondern ihr derzeitiger Wohnort. Ich nehme an, es ist Ihre alte Villa in Starnberg, nicht wahr?«

Die Gartow schlug die Beine übereinander, um entspannt und gleichgültig zu wirken, doch sie war weder das eine noch das andere. »Da irren Sie sich, junger Mann. Weder Herr Quindel noch Frau Lessner wohnt in meinem Haus. Herr Quindel hat sich in den Räumen im Keller lediglich einen Firmensitz eingerichtet. Wo er privat wohnt, entzieht sich meiner Kenntnis. Es interessiert mich, offen gestanden, auch herzlich wenig, genauso wenig, wie mir der Aufenthaltsort von Frau Lessner …«

Ehe die Gartow den Satz zu Ende bringen konnte, war ich aufgestanden und gemächlich zur Büste ihres großnasigen Vaters geschritten. Ich packte mir das Ding und hielt es in die Luft.

»Simpler Deal, Frau Gräfin: Sie sagen mir, wo Katja Lessner wohnt, und ich stelle ihren Daddy wieder auf die Konsole. Andererseits ist folgende Kausalkette möglich: Sie zicken weiter herum, und ich lasse den werten Herrn Papa in tausend Stücke zerspringen. Na, wie würden Sie entscheiden?«

Seltsamerweise ermahnte mich die Gartow nicht im Ansatz wegen meines ungebührlichen Verhaltens. Sie sah mich nur entgeistert an, und ich fürchtete ein paar Sekunden lang, die Büste ihres Vaters könnte ihr komplett egal sein.

»Ich frage mich, was Sie so aufregt, junger Mann, und was Sie mit Herr Quindel zu schaffen haben. Schauen Sie«, erwiderte die Gartow, »Herr Quindel hat den Auftrag, für mich ein kleines, albernes Accessoire, das mir bedauerlicherweise abhandengekommen ist, ausfindig zu machen.«

»Albern, sagen Sie?«, wiederholte ich.

»Aber ja, schauen Sie, es handelt sich um eine kleine Silberdose mit einigen grauenhaften Schmuckstücken in Herzform«, erklärte die Gräfin.

Da war ich doch erstaunt, dass sie so abfällig über einen Gegenstand sprach, der immerhin schon zwei Männer, nämlich Walter Lankomy und Stephan Kammerer, das Leben gekostet hatte. Wenn mich meine trüben Ahnungen nicht täuschten, so war der arme Lammhuber der Dritte im Bunde der Schmuckkästchenopfer.

»Doch, ich rede exakt von diesem Schmuckkästchen, Frau von Gartow. Es muss irgendetwas enthalten, worauf eine Menge Leute scharf sind«, sagte ich.

»›Eine Menge Leute‹, das ist ein recht unpräziser Begriff«, sagte sie, und ich glaubte schon, sie wolle ernsthaft mit mir in einen sprachkritischen Diskurs einsteigen. »Es sind«, fuhr sie fort, »exakt zwei Menschen mit einer mir unerklärlichen Zähigkeit hinter dieser billigen Schachtel her. Ich sage billig, weil ich den Aufwand nie begriffen habe, der betrieben wird, um an dieses langweilige und, entschuldigen Sie den Ausdruck, geschmacklose Ding zu kommen. Diese alte Schachtel hat einst meiner Mutter gehört, eine sehr liebenswerte Frau, die allerdings überhaupt keinen Geschmack besessen hat, wenn Sie verstehen, was ich meine.«

Ich nickte, um zu zeigen, dass ich verstand, was sie

meinte. »Sagen sie mir bitte, wer diese beiden sind?«, fragte ich.

»Der eine ist ein alter Freund meines verstorbenen Vaters. Er heißt Fallgrieser und beschäftigt sich seit dem Tod meines Vaters mit unserer Familiengeschichte.«

»Okay«, sagte ich, weil heute alle okay sagen, wenn sie glauben, etwas verstanden zu haben.

»Fallgrieser hat mich bekniet, ich solle alles daransetzen, dieses dämliche Kistchen wiederzubekommen. Er war richtig besessen davon, diese hässliche Schachtel aufzutreiben.«

»Und«, fragte ich, »was haben Sie unternommen?«

Die Gartow sah zur Decke, als wäre dort eine Art Teleprompter, der ihr die Antworten auf meine Fragen zeigte. »Lange Zeit habe ich gar nichts unternommen. Wissen Sie, ich hatte von dieser Kiste überhaupt keine Kenntnis. Daher konnte ich mir Fallgriesers Besessenheit nur mit seinem fortgeschrittenen Alter erklären.«

»Sie meinen also, dass es eine ganz natürliche Eigenschaft alter Menschen ist, wie bekloppt nach irgendwelchen Schmuckkästchen zu suchen?«

Die Gartow verzichtete mittlerweile auf jedes Mienenspiel, weil sie kapiert hatte, dass ich viel zu eindimensional war, um solche Signale interpretieren zu können. »Wissen Sie, Fallgrieser wusste im Gegensatz zu mir genau, was in unserer Familie bedeutsam war. Er hatte einen Adelstick, und mein Vater hat ihm alles gezeigt, was er wissen musste.«

»Was heißt alles? Wie ist Ihr Vater eigentlich so steinreich geworden?«, fragte ich.

»Er war Arzt, Gerichtsmediziner in Berlin. Das war alles, was wir in der Familie wissen mussten. Der Rest war meiner Mutter und mir vollkommen egal. Wir waren vermögend, verstehen Sie. Meine Mutter ist einmal im Monat nach Verona gefahren, um sich neue Kleider zu kaufen. Sie ist an die Cote d'Azur gereist, wann es ihr passte. Manchmal war mein Vater dabei, ein anderes Mal ist sie mit einer ihrer wohlhabenden Freundinnen gefahren, sehr oft durfte ich sie begleiten. Wir haben das geführt, was man heute wohl ein Jetset-Leben nennt.«

»Ihr Vater hat unterdessen an seinen Forschungen gearbeitet?«

Die Gartow lachte hell auf, und ich muss sagen, dass ihr dieser kurze Augenblick von Hysterie ganz gut stand. »Mein Vater war sehr gewissenhaft, was seine Pflichten als Versorger anging. Aber darüber hinaus hat er sich selten mit uns blicken lassen. Er hat das Familiendasein gehasst. Dafür hat er Frauen geliebt, und die Frauen haben ihn geliebt. Was die Forschungen betrifft, so hat er in frühen Jahren damit genug Geld verdient, und da mein Vater zu den wenig ehrgeizigen Menschen zählte, hat er sich auch nicht mehr mit Wissenschaft beschäftigt. So einfach und klar war das alles. Allerdings hatte er noch eine Eigenschaft, die uns alle zur Weißglut getrieben hat.«

»Welche?«

»Er hat es geliebt, sich über andere lustig zu machen. Er hat oft einen geradezu absurden Aufwand betrieben, um Menschen an der Nase herumzuführen, und er hat sich halb totgelacht, wenn er hinterher in ihre gekränkten und beleidigten Gesichter sehen konnte.«

Ich blickte mich in dem Zimmer um: die Biedermeiermöbel, die Stiche und Wandteppiche, dazu die riesige Büste des Vaters – alles Dekor aus reichen, längst untergegangenen Zeiten, in denen der Adel noch richtig was wert war. Es war keine Welt, in die eine Figur wie Volker Quindel ohne Weiteres Zutritt fand.

»Wie sind Sie eigentlich auf diesen Quindel gekommen?«, fragte ich.

»Fallgrieser hat ihn mir irgendwann vorgestellt«, sagte die Gartow. »Mir war der Mann nicht sonderlich sympathisch. Aber er hatte offenbar Kapital und war bereit, eine hohe Miete für die Räumlichkeiten zu zahlen.«

»Warum wollten Sie aus dem Chalet in Starnberg ausziehen?«, fragte ich.

»Ich bin zu alt und zu alleine, um in einem so großen Haus zu leben. Das Angebot war günstig, und ich hatte ohnehin schon länger mit dem Gedanken gespielt, wieder in die Stadt zu ziehen.«

»Fallgrieser war zufrieden?«

»Na ja, er hat aufgehört, mir mit dieser Schachtel in den Ohren zu liegen. Offenbar hat sich Herr Quindel kaum gekümmert. Herr Fallgrieser hat mir dann eines Tages auch diese Frau Lessner angedient.«

»Katja Lessner, die Frau von Volker Quindel?«

»Ja, die beiden waren offenbar befreundet. Aber Frau Lessner ist mir immer wie eine alte Jungfer vorgekommen. Sie hat sich in einem hochgeschlossenen Kleid vorgestellt, einer Art Gouvernantenkostüm.«

Das war also die andere Seite meiner Todesgöttin Katja. Die Rolle der alten Jungfer spielte sie offenbar genauso perfekt wie die der feurigen Liebhaberin.

»Was wollte Frau Lessner von Ihnen?«, fragte ich die Gräfin.

»Sie hat mir angeboten, mich in Finanzfragen zu beraten und mein Vermögen zu verwalten.«

»Darauf haben Sie sich eingelassen, obwohl Sie die Frau gar nicht kannten?«

Allmählich wurde der Gräfin das Gespräch unangenehm. Sie wechselte innerhalb von zwei Minuten dreimal die Beinstellung. Daran sehe ich so etwas immer. »Sie hat sich mir als gelernte Wirtschaftsprüferin vorgestellt und durchaus einen seriösen Eindruck gemacht. Außerdem hat mir Herr Fallgrieser in den Ohren gelegen.«

»Fallgrieser hat Sie so lange bearbeitet, bis Sie die Frau angestellt haben?«

»Ja, allerdings hätte ich mich wundern müssen, dass Herr Fallgrieser einen solchen Aufwand betreibt, um diese Frau bei mir unterzubringen.«

»Waren Sie etwa nicht misstrauisch?«

»Nein, zuerst nicht. Aber ich bin vorsichtig geworden, als ich Frau Lessner dabei überrascht habe, wie sie meine Schränke durchwühlte.«

»Wann war das?«, fragte ich, denn dass Katja Lessner gerne die Schränke fremder Leute inspizierte, hatte ich am eigenen Leib erfahren.

»Kurz nachdem ich sie eingestellt hatte. Ich habe sie zur Rede gestellt, woraufhin sie mir erklärt hat, sie habe meine Steuerunterlagen irgendwo deponiert und ihr sei entfallen, wo das war.«

»Interessante Ausrede. Was war der Anlass für die Kündigung?«

»Vor ein paar Tagen bin ich selbst zur Bank gegangen und habe einmal nachgesehen, wie es um meine finanziellen Verhältnisse bestellt ist. Ich war mir nicht mehr sicher, ob ich Frau Lessner vollkommen vertrauen sollte.«

»Und?«

»Sie hatte tatsächlich drei Überweisungen von meinem Konto auf eine tschechische Bank veranlasst – jeweils zweitausend Euro.«

»Auf eine tschechische Bank?« Ich musste an die Ceska 7,65 denken, mit der mein Freund Kammerer erschossen worden war. Ich dachte auch an den schwarzen BMW und an den Zwerg, der meine Wohnung auseinandergenommen und dem ich zwei Kugeln in den Körper gejagt hatte. Die zweitausend Euro waren vermutlich ein Teil des Blutgeldes für die Killer.

»Sie haben Frau Lessner daraufhin erneut zur Rede gestellt, nehme ich an?«

Die Gartow grinste mich an. »Ich hatte zu diesem Zeitpunkt bereits eine andere Dame mit meinen Angelegenheiten betraut.«

»Wie heißt die Dame?«, fragte ich, obwohl ich wusste, dass sie von Ada sprach.

»Das geht Sie nun wirklich nichts an, junger Freund. Es handelt sich um eine sehr kompetente und zupackende junge Frau, die wirklich etwas von Geld und Konventionen versteht. Sie stammt übrigens nicht aus der Welt, in der Sie verkehren.«

»Wenn Sie wüssten, wie recht Sie haben, Frau von Gartow. Eine Frage noch, dann lasse ich Sie in Ruhe.«

»Ruhe? Sie haben mir gedroht, die Büste meines Vaters zu zerstören, fragen mich nach unappetitlichen Menschen und erzählen mir etwas von Ruhe. Sie haben vielleicht Nerven, junger Mann.«

»Woran ist eigentlich Fallgriesers Frau gestorben?«

Die Gartow sah mich an, als hätte ich sie gefragt, mit wem sie das Bett teilt. Jedenfalls beendete sie abrupt ihre

Beinarbeit und stand auf. »Ich habe Ihnen, glaube ich, die wichtigsten Fragen beantwortet, junger Freund. Machen Sie etwas daraus, aber fragen Sie mich nicht nach Dingen, die Jahrzehnte zurückliegen. Ich habe mit Herrn Fallgrieser meinen Frieden gemacht, verstehen Sie? Er war ein Freund meines Vaters und lebt heute noch in dessen Welt. Bitte.« Sie streckte den rechten Arm aus und wies mir den Weg zur Wohnungstür.

Ich drehte mich nicht mehr um, als ich im Flur stand, weil ich spürte, dass mein Handy in der Jackentasche vibrierte. Hastig lief ich die Treppe hinunter, an all den Bauernmöbeln und Stühlchen vorbei, während ich mit der rechten Hand in der Jackentasche nach dem Telefon suchte. Als ich es endlich zu fassen bekam, stand ich auf der Straße, die mit einer feinen Schneeschicht überzogen war. Von einem Baumast in einem der Gärten fiel eine dicke Ladung Schnee herunter. Das Vibrieren hatte aufgehört. Ich fluchte und wollte das Ding schon ins Gestrüpp werfen, da sah ich, dass eine Nachricht gespeichert war.

»Mein Schatz, hier spricht Katja. Du weißt, dass dir nicht viel Zeit bleibt, nicht wahr? Deine Freundin weiß das übrigens auch. Aber ihre Zeit ist kostbarer als deine. Volker hat dir eine weiße Karte mit einer Adresse gegeben. Damals warst du noch ein Pole, aber du wirst dich trotzdem daran erinnern. Dort kommst du heute Nacht um elf hin. Bring bitte das mit, was du aus der Schmuckschatulle gestohlen hast. Du weißt sicher, dass die Polizei draußen bleibt, nicht wahr, mein Engel?«

Das war alles.

Ich fuhr in die Bauerstraße. Als ich vor Adas Wohnung hielt, standen dort zwei Mannschaftswagen der Polizei.

Ich erkannte Herrn Fritsch, der mich ebenfalls erkannte, und was soll ich sagen, der Mann war freundlicher als in meinen besten Wickiewicz-Zeiten und ließ mich einfach so in Adas Wohnung hochgehen.

Gegen 12.30 Uhr hatte die Kripo München vier Männer festgenommen, die in die Wohnung meiner Freundin eingedrungen waren. Einer der Polizisten, die Adas Wohnung bewachten, hatte es spitzgekriegt. Die Kerle hatten Werkzeug und Handfeuerwaffen dabei und leisteten der Polizei beim Zugriff erheblichen Widerstand. Bei der Vernehmung grinsten die Männer, die alle aus Tschechien und aus der Ukraine stammten, nur frech und erklärten Kommissar Graber, dass sie keinen Auftraggeber hätten und einfach nur einen normalen Einbruch hatten begehen wollen. Sie wussten angeblich auch nichts von einem bestimmten Gegenstand, der sich in der Wohnung von Ada befinden sollte.

»Warum ausgerechnet in einer einfachen Wohnung in einem nicht sonderlich exklusiven Viertel von München?«, fragte Graber. Die Männer müssen ihm ähnliche Antworten gegeben haben wie ich als Adam Wickiewicz, was den Kommissar wohl fast den Verstand gekostet hat. Jedenfalls hat mir das einer der Beamten später erzählt.

Ich ging an dem Chaos vorbei ins Bad, löste die Kachel und nahm den gelben Zettel heraus. Es war ein kleiner, vergilbter Zettel mit ein paar dämlichen Formeln drauf – dafür hatten zwei Menschen ins Gras beißen müssen. Dafür saß Ada in irgendeinem Kellerloch, bewacht von der Frau, mit der ich ein paar heiße Nächte auf meiner Federkernmatratze verbracht hatte. Was für eine erbärmliche Vorstellung! Ich setzte die Kachel wieder ein und machte mich auf den Weg zu Sven. Was soll ich sagen, ich hab mich sogar breitschlagen lassen, einen seiner kostbaren Weine zu trinken.

»Du wirst hinterher ein anderer Mensch sein«, sagte Sven. »Und Ada wird vielleicht ein bisschen mehr Zeit mit dir verbringen wollen, weil Weintrinker nun mal romantischer sind als Biersäufer.«

Ich hätte heulen können in dem Moment, aber ich durfte mir nichts anmerken lassen. Solange Katja Lessner und Volker Quindel Ada in der Gewalt hatten, verboten sich von selbst sämtliche Tricks. Vor allem hieß es für mich: Klappe halten und kein Wort zu niemandem, schon gar nicht zu Sven, der so diskret war wie ein Megaphon. Die Lessner wusste alles von mir, weil ich so dämlich gewesen war, ihr alles auf dem Präsentierteller zu servieren.

»Hast du schon die *Abendzeitung* gelesen?«, fragte Sven. Ich schüttelte den Kopf und hatte den Mund voll Rotwein.

»Da steht, dass Lammhuber seit mehr als einer Woche vermisst wird«, sagte Sven.

Ich schluckte das Zeug runter und griff mir die Zeitung vom Katzentisch. »Journalist vermisst«, stand da. Die haben den Reim bestimmt absichtlich gesetzt, um ihren ehemaligen Mitarbeiter Lammhuber zu demütigen, dachte ich spontan. Lammhuber war von seiner Exfrau als vermisst gemeldet worden. Petra kümmerte sich also um ihren armen Gernot, mir kamen fast die Tränen. Vermutlich hatte sie ihren neuen Lebensgefährten, den Redaktionschef, so lange belabert, bis er sich erbarmte, den Einspalter ins Blatt zu setzen. Aber da stand auch, dass sich Lammhuber zwei Tage nach seinem Verschwinden noch einmal bei Petra gemeldet und Andeutungen über seinen Aufenthaltsort gemacht hatte.

»Er wird sich vermutlich ins Ausland abgesetzt haben«, sagte Sven.

»Wieso Ausland, was soll er denn im Ausland?«

»Im Ausland kennt ihn keiner, da kann er jedem seine Storys auftischen.«

Ich ließ mir von Sven noch ein zweites Glas Wein einschenken und machte mich dann auf den Weg. Als ich die Tür öffnete, standen zwei Männer vor mir. Es waren die beiden Beamten, die ich am Tag zuvor an der gleichen Stelle abgehängt hatte.

»Habt ihr doch noch den Weg zu mir gefunden?«, sagte ich und lächelte die Männer an, was das Zeug hielt.

Von der Gegenseite kam jedoch nichts, was auch nur im Entferntesten mit Lächeln zu tun hatte. Verdammt, die fühlen sich von mir dermaßen über den Tisch gezogen, dass sie nur noch in Beamtensprache mit mir reden wollen, dachte ich.

»Bitte kommen Sie mit ins Kommissariat«, sagte einer der beiden, während der andere sanft meinen rechten Unterarm griff und mich in den bereitstehenden Wagen führte. Ich versuchte die ganze Fahrt über, mit den beiden zu reden, doch ich bekam nichts als Vorwürfe zu hören und Appelle an meine Vernunft, weil ich in großer Gefahr sei und all dieses Zeug. Dabei verstand ich davon deutlich mehr als diese beiden Männer, die in ein paar Stunden ihren Dienst beendeten und in ihre blitzsauberen Reihenhäuser in Gröbenzell oder Germering fuhren.

Ich rechnete fest damit, dass auch Kommissar Graber mir eine Standpauke halten würde. Dass er mir Vertrauensbruch vorwerfen würde oder Mangel an Professionalität, weil ich seine Anweisungen in den Wind geschlagen hatte. Aber als ich sein Büro betrat, stand er nur am Fenster und lächelte mich an wie der Dalai Lama auf dem Staatsbegräbnis von Fidel Castro. Es war das müde Lächeln eines Mannes, der sich ein paar glückliche Jahre lang mit Literatur beschäftigt hat und auf einmal herausfinden muss, warum Menschen einander blaue Diamantherzen an den Kopf schleudern oder sich mit tschechischen Killerwaffen die Organe in Fetzen schießen. Es war ein Lächeln, das sich gewissermaßen aus verlorenen Hoffnungen speiste, illusionslos und voller Traurigkeit.

»Schön, dass Sie kommen konnten«, sagte Graber und bot mir den Stuhl in seiner neuen Sitzecke an, die noch nach Fabrik roch und in mir eine leichte Übelkeit auslöste. Grüne, fette Polstermöbel, in denen ich versank wie in einem Morast.

»Espresso?«, fragte er.

Ich entgegnete, einen Espresso würde ich schon aus Prinzip nicht ablehnen.

Graber warf die Espressomaschine an, aber sie klang deutlich mühseliger und bei Weitem nicht so mezzogiornohaft wie die von Sven.

»Wir haben uns ein wenig über Stephan Kammerer kundig gemacht«, sagte er, während er mir die Espressotasse in die Hand drückte.

Ich hätte sie fast fallen lassen, als der Kommissar anfing, von Stephan zu reden. Sie haben es also rausbekommen, schoss es mir durch den Kopf, natürlich, immerhin ist Graber ein ziemlich schneller Denker. Es wird wohl bis in alle Ewigkeit so bleiben, dass ich zusammenzucke wie ein erschrockenes kleines Mädchen, sobald Stephans Name fällt. »Wieso über Stephan?«, fragte ich.

Aber ich bin mir heute sicher, Graber wusste genau, dass ich ihm etwas vorspielte. Er wusste vermutlich längst, dass ich über Stephans Tricks und Machenschaften informiert war.

»Wir haben bisher keinen Hinweis auf den Aufenthaltsort von Volker Quindel«, sagte der Kommissar.

Das war die einzige frohe Botschaft für mich seit langem. Denn wenn die Polizei nicht wusste, dass Quindel seine Geschäftsräume in der Gartow-Villa hatte, konnte sie sich auch nicht in Adas Entführung einmischen.

»Dafür haben wir, was Sie sich bestimmt denken können, die Festplatte von Kammerers Laptop analysiert. Doktor Kammerer ist ein Mordopfer, und da müssen wir alle Möglichkeiten ausschöpfen.«

»Geschenkt«, sagte ich. »Und weiter?«

»Wir haben Kammerers E-Mail-Verkehr zumindest teilweise rekonstruiert.«

»Und?« Ich stellte die Espressotasse auf die Armlehne des froschgrünen Morastsessels.

Die von Graber stand die ganze Zeit auf dem Tischchen. »Wir haben darunter zwei verschlüsselte E-Mails an eine verschlüsselte Adresse entdeckt.«

»Interessante Recherche«, sagte ich. »Wie ziehen Sie daraus den Schluss, dass diese verschlüsselte Adresse Quindel gehört?«

Graber sah mich ernst und voller Mitleid an. Eine Kombination, die mir verdammt unangenehm war. »Wir haben gar keinen Schluss gezogen, Herr Celle. Wir haben vielmehr den E-Mail-Anbieter kontaktiert, und der hat uns schriftlich mitgeteilt, dass es sich um die Adresse von Volker Quindel handelt.«

»Das muss ein Irrtum sein, Herr Graber«, sagte ich.

»Wie sollte Stephan an die Adresse von Quindel kommen? Und weshalb sollte Quindel ihm eine E-Mail schicken?«

Der Kommissar stand auf und ging ans Fenster. Er wirkte wie einer dieser schwermütigen Ermittler aus den französischen Noir-Filmen, die ich so gerne sehe. Er drehte sich rasch um.

»Herr Quindel hat Stephan Kammerer keine E-Mail geschrieben«, sagte Graber. »Der einzig aktive Kommunikator war Stephan Kammerer.«

»Der einzig aktive Kommunikator. Ein großes Wort. Dann wird Kammerer eben ein paar Recherchen für mich gemacht und leichtsinnigerweise bei Quindel angefragt haben. Eine E-Mail-Adresse herauszubekommen ist für einen Wissenschaftler von Stephans Format kein großes Ding.« Keine Ahnung, weshalb ich die Nummer durchzog. Vielleicht wollte ich selbst nicht glauben, was ich von Sina erfahren hatte: dass Kammerer ganz schön tief in der Sache drinsteckte.

»Wollen Sie nicht wissen, welchen Inhalts die Mails sind?«

Ich nickte, weil ich Grabers Frage bejahen musste. In Wahrheit hätte ich lieber nichts davon gewusst, weil ich die schlimme Ahnung hatte, dass mein Bild von Stephan in den nächsten Minuten vom Wanken ins Kippen geraten würde.

»Es sind Erpresserbriefe.«

Manche Sätze sind wie fette Giftspritzen. Noch während du sie hörst, spürst du einen kalten, stechenden Schmerz. Die nächsten Sekunden gehören dem Serum, das langsam alle deine Adern besetzt. Das dich von innen kalt macht und dich lähmt.

»Was für Erpresserbriefe?«, sagte ich, das heißt, ich hauchte es nur, weil meine Stimme irgendwie in den grünen Sofamorast gesickert sein musste.

»Kommen Sie«, sagte Graber und winkte mich hinter seinen Schreibtisch, der vollkommen leer war. Nur der Flachbildschirm stand wie ein feines Segel hinter der schlanken Tastatur. Vermutlich ist es lebensnotwendig, dass man sich in einem solchen Beruf zumindest ein Minimum an Ästhetik leistet, sonst geht man unter im Sumpf des Verbrechens. Graber drückte die Cursortaste, und binnen zwei Sekunden baute sich knisternd ein Schriftbild auf.

du wirst nichts zu geld machen ohne mein plazet. ich kenne die gleichung, und ich kenne die lösung. und den preis.

»Verstehen Sie das?«, fragte Graber und streckte die Hand in Richtung der Morastsitzgruppe aus.

»Ich verstehe nur, dass die E-Mail-Adresse den Namen von Stephan trägt. Aber ich weiß weder, von welcher Gleichung er spricht, noch welche Lösung er meint.«

Die Gleichung. Das kann nur die Formel auf dem gelben Papierfetzen sein, dachte ich. Stephan muss gewusst haben, was sie bedeutet und für welche miesen Geschäfte man sie gebrauchen kann.

»Sind Sie sicher«, fragte ich, »dass Stephan diesen Quindel erpressen wollte? Womit denn?«

Graber sah mich an, als hätte ich mich erkundigt, ob auf dem Mars auch Fertighäuser gebaut werden. »Ich weiß, dass Sie die Frage am besten selbst beantworten könnten, Herr Celle«, sagte er.

»Wieso?«

»Weil Sie etwas wissen oder besitzen, das Sie permanent in Gefahr bringt. Kammerer haben Sie in Ihr Wissen eingeweiht oder ihm zumindest erzählt, was Sie versteckt halten. Solange Sie mir nicht sagen, was das ist, sind Sie und übrigens auch Ihre Freundin in großer Gefahr.«

Als er Ada erwähnte, dachte ich für eine kurze Schrecksekunde, er hätte von der Entführung Wind bekommen. Dann hätte er vermutlich seinen gesamten polizeilichen Apparat in Aufstellung gebracht. Es war grausam, nicht zu wissen, wo Ada steckte. Und ich dachte wieder an den Tag, als wir uns vor Rubens *Höllensturz* kennengelernt hatten. Der verdammte *Höllensturz* war vielleicht eines der beschissensten Vorzeichen, die man sich denken kann. Wo war Ada? Ich biss mir auf die Unterlippe und hoffte, Graber merkte nichts. Aber er war ein Menschenkenner erster Güte, ein melancholischer Jäger, der Fährten im Gesicht seines Gegenübers lesen konnte.

»Danke, dass Sie mich informiert haben, Herr Graber«, sagte ich und wollte gehen.

Aber der Kommissar machte eine Handbewegung, als wollte er Dampf in einen Kessel zurückdrücken. Ich wusste, dass ich mich noch lockerer geben musste als geplant, und dass ein nicht unwichtiges Detail des ganzen Dilemmas bis vor Kurzem hinter einer Kachel in Adas Badeparadies gesteckt hatte und jetzt in meiner Jackentasche war, wusste ich auch. Was ich dagegen nicht wusste, war, ob Graber das alles wusste.

»Haben die Typen, die sie festgenommen haben, denn gestanden?«, fragte ich überraschend schnell und klar.

»Nein. Die Herren schweigen. Angeblich sprechen sie kein Deutsch, nur Tschechisch. Und dem Dolmetscher gegenüber behaupten sie, sie sprächen Slowakisch.«

»Gut, wenn man mehrere Sprachen beherrscht«, erwiderte ich und tippte mir zum Gruß gegen die Stirn.

»Herr Celle«, sagte Graber, als ich schon die Türklinke in der Hand hatte. Ich drehte mich um und sah ihn kerzengerade hinter seinem Bildschirmsegel stehen. »Was hat es eigentlich mit dem Gedicht auf sich, nach dem Sie mich neulich gefragt haben?«

»Das war mein Konfirmationsspruch«, sagte ich und ging.

14

Am Abend fing es wieder an zu schneien, und die Flocken tanzten im Licht der Straßenlaterne wie Popcorn in der Popcornmaschine. Die Lessner hatte nicht wieder angerufen, und in einer Stunde musste ich an dem Ort sein, der auf der Visitenkarte angegeben war. Es war in der Schleißheimer Straße, und ich hatte das postmoderne Gefühl, dass ich mit dieser Adresse etwas verband.

Um halb elf zog ich die Jacke an, knipste das Licht aus, trat aus dem Haus und ging durch den frischen Schnee, der unter meinen Schuhen knirschte wie die Ledermontur eines Sadomaso-Fetischisten.

Vielleicht war die Sache, die ich hier durchzog, ein paar Nummern zu groß für mich. Vielleicht würde ich am Ende tot in einem riesigen Einmachglas liegen, und Quindel und Fallgrieser würden mit Hilfe der Formel einen dicken blauen Diamanten aus mir zaubern. Vielleicht wäre es tatsächlich besser gewesen, Graber anzurufen und ihm alles haarklein zu erzählen, auch die Sache mit dem Schmuckkästchen. Aber ich hatte an diesem kalten Winterabend nur ein Ziel: Ich musste meine Freundin finden, und ich musste die Lösung zu dem ganzen Schlamassel finden, von dem ich längst ein Teil geworden war. Immerhin hatte ich Beweismaterial unterschlagen, und wenn ich Graber das gestand, war ich geliefert.

Wie ein armer Sünder schlich ich durch die Straßen,

sah in die Wohnungen, blieb für ein paar Sekunden sogar stehen, wenn hinter einem Fenster im Parterre eine Familie vor dem Fernseher saß. Ich zitterte in dieser verdammten Winternacht, in der zentimeterlange Eiszapfen an den Verkehrsschildern hingen und den Tauben die Krallen in der Dachrinne festfroren.

Jener Tag in Starnberg, als Kammerer und ich uns auf die Suche nach dem Gartowschen Chalet gemacht hatten – wieso war Stephan so lange verschwunden? Hatte er wirklich die Nachbarn befragt? Wieso wusste er plötzlich die Adresse von Fallgrieser, und weshalb hatte Quindel das Gespräch mit mir so abrupt beendet? Hatte er etwa eine Verabredung mit Kammerer, der irgendwo in der Nähe auf ihn wartete und seine Forderungen stellte?

Die Adresse auf der Visitenkarte führte mich zu einer Firma im hinteren Ende der Schleißheimer Straße, die hier nur als Einbahnstraße zu befahren ist.

Mir ging die Sache mit Kammerer nicht aus dem Kopf. Stephan hatte Quindel gekannt und Geschäfte mit ihm gemacht. Und mir hatte er gleichzeitig als Doktor Watson gedient. Josef Celle, Diplom-Menschenkenner – da ist wirklich drauf geschissen.

Ich sah mich um, bevor ich in die dunkle Einfahrt ging. Im Hof standen vier Baracken in ziemlich konfuser Anordnung. An jener, die linker Hand lag, hing ein Firmenschild: Hermes Zeitarbeit. Ich war überzeugt, dass es sich um die Firma handelte, von der Lammhuber glaubte, sie betreibe Menschenhandel. Ein Irrtum, der den armen Kerl letzten Endes den Job und wer weiß was noch alles gekostet hatte. In der anderen Baracke, auf die ich nun direkt zuging, brannte schwaches Licht. Die Tür war offen, also trat ich ein und stand mitten in einer leeren Halle.

Wenn hier eine Firma war, dann dürfte sie alle Arbeitsplätze mittlerweile ins Ausland verlagert haben. Von den Neonröhren an der Decke war gut die Hälfte zersplittert, und die Hebebühne sah aus, als sei sie eingerostet. Vermutlich war hier früher mal eine Kfz-Werkstatt, keine Ahnung.

Ich blickte mich in dem Schuppen um, wo es aussah wie in einem alten Industriemuseum, das noch auf einen gebildeten jungen Kurator wartete, der zweisprachige Erklärungstafeln an das verrostete Gerümpel anbringen würde. Nach einer Viertelstunde hatte ich mir alles angesehen und wollte wieder verschwinden, weil hier offenbar kein Mensch auftauchte. Plötzlich hörte ich, dass jemand über den Hof ging. Ich stellte mich in eine der Ecken, in welcher besonders viele Neonröhren kaputt waren, und beobachtete, wie die Tür aufging. Zwei Männer kamen herein, Plastiktüten in der Hand, und schauten sich professionell nach Verwertbarem um. Typische Nordfriedhof-Penner, die von Katja Lessner sicher eine der blütenweißen Visitenkarten in die dreckigen Pfoten gedrückt bekommen hatten. Sie mussten sich also alle hier einfinden, bereit zum Abtransport an irgendeinen abgelegenen Ort, wo sie anschließend verwurstet wurden. Jedenfalls ließ die Tatsache, dass sie alle auf Nimmerwiedersehen verschwanden, darauf schließen.

»Hier ist kein Aas«, sagte der eine.

»Lass uns einen Moment warten«, sagte der andere.

Aber nein, es war gar kein Typ, sondern eine Frau, die in die Dunkelheit blinzelte, als müsste auf Teufel komm raus etwas zu erkennen oder zu holen sein.

»Er hat gesagt, dass wir hier warten sollen«, betonte die Frau noch einmal. Was ich so sehen konnte, sah gar nicht so übel aus, wenn man das ungepflegte Äußere einmal abzog. Sie war noch relativ jung, etwa mein Alter, würde ich sagen, und hatte eine einigermaßen passable Figur vorzuweisen. Eine Dreiviertelstunde beim Visagisten, und die Frau konnte sich nahtlos in Svens Kundenstamm eingliedern.

»Aber hier ist keine Sau, Erika. Komm, lass uns wieder abhauen, das ist nicht koscher hier.«

»Halt mal die Klappe!«, zischte Erika, und das Zischen ging durch die Halle wie Sand, der aus einem kaputten Sack fließt. »Da kommt einer«, sagte sie.

Tatsächlich konnte auch ich hören, wie jemand über den Hof schritt. Die Tür ging auf, und der Kegel einer Taschenlampe nickte in der Dunkelheit, bevor er sich abwechselnd auf die Gesichter der beiden legte.

»Schön, dass Sie da sind«, sagte eine Stimme mit tschechischem Akzent.

Ich beugte mich vorsichtig aus meiner Ecke vor und erkannte einen kleinen, festen Typen im schwarzen Anzug, der exakt so aussah wie der Killerzwerg, den ich in meiner Wohnung per Ceska 7,65 kaltgemacht hatte. In der offenen Tür, durch die der schwache Schein der Hofbeleuchtung drang, stand ein zweiter Typ, etwas größer als sein Kollege. Er war für die Ausleuchtung der Szenerie verantwortlich; jedenfalls ließ die Choreographie seiner Lichtinszenierung mit der Taschenlampe darauf schließen.

Die Penner ließen sich von den beiden Typen nach draußen begleiten wie zwei Diplomaten, die in ihre Suiten gebracht werden. Ich blieb in der Ecke hocken, bis ich einen Motor starten hörte. Dann löste ich mich aus meinem dunklen Versteck und schlich langsam zur

Tür. Ich hatte gerade die Klinke in der Hand, als wieder ein Auto in den Hof fuhr. Die Kerle haben wohl etwas vergessen, dachte ich. Vielleicht haben sie vergessen, die Halle in Brand zu stecken, was weiß ich. Aber als ich auf den Hof trat, blendete das Fernlicht auf und ließ mich wie das Kaninchen vor der Schlange Wurzeln schlagen. Der Wagen hielt zwar an, doch das Licht ging nicht aus. Ich hatte Schiss, dass sie mich in diesem Flutlicht wie eine Ratte erschießen würden, und hielt mir die Hand abschirmend über die Augen. Dass die Fahrertür aufging, konnte ich nur am Geräusch erkennen. Die ganze Aktion war für mich eher ein Hörspiel.

»Steigen Sie ein, Herr Celle«, sagte Quindel. Es ist schon eigenartig, wie genau du Geräusche wahrnimmst, sobald du nichts mehr siehst. Das Klicken einer sich öffnenden Autotür zum Beispiel. Das Geräusch eines Mantels, dessen Träger sich nach etwas bückt. Ich trat nach links, um dem Scheinwerferkegel zu entkommen.

»Ich hoffe, Sie haben alles dabei«, fuhr Quindel fort, in dessen ernstes, hartes Gesicht ich blickte. Ein Gesicht, aus dem ich die Bereitschaft las, aus mir spontan einen Brotaufstrich zu machen, wenn ich den Anweisungen nicht folgte. Der Immobilienmakler stand da in einem beigefarbenen Wintermantel, einen gelben Schal um den Hals, die Haare akkurat gescheitelt wie bei einem Wehrmachtsoffizier, der nur mit großem Widerwillen das Casino verlässt, um auf seinem Frontabschnitt nach dem Rechten zu sehen und ein paar Deserteure per Genickschuss zu maßregeln.

»Wenn Sie nicht alles dabeihaben, wird ein furchtbares Unglück geschehen«, drohte Quindel und wies mit der rechten Hand in den Fond des BMW.

Ich fragte mich in der Sekunde, wie viele verdammte BMWs diese Clique eigentlich besaß. Oder war das bloß ein Hütchenspielertrick von denen? Simulierten die etwa mit geschickten Auftritten eine viel größere Anzahl an Fahrzeugen, als sie in Wahrheit zur Verfügung hatten?

Ich kletterte auf den Rücksitz, auf dem bereits ein schwarz gekleideter Tscheche hockte, und kaum dass ich saß, ging die Tür auf, und ein zweiter Tscheche rutschte an meine grüne Seite. Der Fahrer drehte sich nicht zu mir um, als ich einstieg, und ich blickte auf seine schwarze Wollmütze. Er wartete, bis Quindel neben ihm Platz genommen hatte. Quindel nickte kurz, ohne den Fahrer dabei anzusehen. Vermutlich verständigten sie sich untereinander nur durch Kopfnicken. Dann machte er einen kleinen Bogen durch den Hof, fuhr vorsichtig aus der Ausfahrt und reihte sich elegant in den Verkehr auf der Schleißheimer Straße ein.

»Darf ich fragen, wohin es geht?«, erkundigte ich mich und blickte zwischen Quindel und dem Fahrer hindurch auf die Straße, die inzwischen eine Autobahn war und meiner Orientierung nach in Richtung Starnberg verlief.

»Das liegt ganz bei Ihnen, Herr Celle. Es liegt vor allem daran, ob Sie das dabeihaben, was wir von Ihnen verlangen.«

»Sie sprechen sicher von dem Zettel mit den Formeln.«

»Ich sehe, wir brauchen keine großen Debatten miteinander zu führen.«

»Ich kann Ihnen den Zettel meinetwegen sofort geben, und Sie geben mir meine Freundin zurück.«

Quindel lachte heiser auf. Es war kein unangenehmes,

eher ein verständnisvolles Lachen. »Das wäre die einfachste Lösung, Herr Celle«, sagte er dann.

Der Fahrer nahm die Ausfahrt Starnberg. Er hatte die ganze Fahrt über keinen Ton gesagt, und ich hatte große Lust, ihn anzusprechen, ihn vielleicht zu beleidigen, weil dieses professionelle Schweigen Wutwellen in mir erzeugte.

»Aber wir müssen auf Nummer sicher gehen, besonders in Ihrem Fall. Schließlich haben Sie uns schon einmal zu täuschen versucht.«

»Was heißt uns?«, fragte ich. »Reden Sie von sich und Katja Lessner? Reden Sie von sich und Frau von Gartow? Oder von sich und Stephan Kammerer?«

Bei dem letzten Namen drehte Quindel den Kopf ins Halbprofil, und beim Anblick seiner scharfen Nase wurde mir schlagartig wieder bewusst, dass ich im Nest eines Raubvogels saß. Der Fahrer steuerte den Starnberger S-Bahnhof an, hinter dem der See lag. Er hielt auf dem leeren Parkplatz und blieb stumm und reglos am Steuer sitzen. Quindel stieg aus und öffnete die Fondtür. Ich schaute nach vorne und spürte nur die Kälte der Winternacht ins Wageninnere kriechen wie ein Skorpion. Ganz langsam drehte sich die schwarze Skimütze, bis ich das Profil des Fahrers erkannte. Eine schmale weiße Hand griff nach der Mütze und zog sie mit einem Ruck vom Kopf. Schwarzes Haar ergoss sich über die Schultern meines Chauffeurs.

»Wir sind da, mein Engel«, sagte mit dunkler Stimme der Chauffeur, der in Wahrheit eine Chauffeurin mit dunkler Stimme war.

»Katja«, ich bellte den Namen in die Kälte, »komm, lass uns vernünftig reden.«

»Josef«, die Stimme hatte den gleichen Samt wie immer, »ich verspreche dir: Eines Abends werde ich etwas Schönes für dich kochen.« Sie zog den Schildpattkamm aus der Jackentasche und band sich lächelnd das Haar zusammen. Ich wollte noch irgendetwas sagen, wollte Katja fragen, wo Ada war, aber da hatte ich schon eine schwere Hand auf der Schulter liegen.

»Steigen Sie aus, Mann«, sagte Quindel. Er brauchte nicht mehr höflich zu sein, weil wir an einem Ort ohne Zeugen waren und sich langsam der Schlussakt seiner großen Oper ankündigte. Als ich aus dem Wagen kletterte, sah ich, wie ein weiteres Auto ziemlich dicht neben uns parkte. Es war ebenfalls ein schwarzer BMW, und wenn mich mein Humor nicht gerade in diesem Augenblick verlassen hätte, hätte ich Quindel gefragt, ob er Rabatt auf die Schlitten bekam. Innerhalb von fünf Sekunden war ich von vier Kerlen in dunklen Lederjacken umstellt, die mich nicht einmal sonderlich feindlich musterten. Es waren Gesichter, die nicht viel physiognomischen Spielraum besaßen. Sie konnten mir die Kugel ins Gesicht ballern oder mit mir an der Theke ein Pils trinken – der emotionale Gehalt wäre derselbe. Einer der Männer streckte die Hand aus und machte eine Bewegung mit vier Fingern. Ich sollte irgendetwas herausrücken, und ich wusste natürlich, dass sie den Zettel wollten. Als ich an meine Gesäßtasche griff, zogen zwei von ihnen die Pistolen.

»Ruhig, Jungs«, sagte ich. »Was ihr haben wollt, ist in meinem Portemonnaie. Könnte übrigens ein schöner Schlagertitel von Udo Jürgens sein. *Was ihr haben wollt, ist in meinem Portemonnaie*, oder?«

»Herr Celle, geben Sie jetzt endlich das Dokument

her, wir haben keine Zeit für Ihre Witze«, sagte einer der Kerle mit slawischem Akzent.

Quindel hielt sich aus den Verhandlungen völlig heraus. Vielleicht wollte er nichts sehen und hören von dem, was seine Männer gleich mit mir machten. Vielleicht war es für ihn auch mittlerweile Routine. Jemand liefert die bestellte Ware und bekommt zur Belohnung ein paar Kügelchen aus einer Ceska 7,65 auf den Pelz gebrannt. Ich zitterte wie Mister Parkinson persönlich, als ich meinen Geldbeutel aus der Hosentasche zog und mit einem Griff den verfluchten gelben Zettel herausfischte. Der Kerl, der als Einziger mit mir sprach, riss mir den Zettel aus der Hand und gab ihn in Sekundenschnelle an Quindel weiter, als handele es sich um ein Stück heißen Stahl.

»Was ist mit Ada?«, fragte ich.

Quindel drehte sich um und öffnete die Fondtür seines Wagens. Katja hatte die ganze Zeit den Motor laufen lassen. »Ihr macht das, ja?«, rief er den Männern zu, die mich immer noch umstanden wie Touristen ihren Fremdenführer.

»Katja, was habt ihr mit ihr gemacht?«, schrie ich.

Katja Lessner starrte durch die Windschutzscheibe, und Quindel stieg dort ein, wo ich auf der Herfahrt gesessen hatte. Als sich der Wagen in Bewegung setzte, klickten mindestens zwei Pistolen gleichzeitig. Ich fühlte mich waffentechnisch mittlerweile bewandert genug, um mit hundertprozentiger Sicherheit sagen zu können, dass es sich bei beiden um eine Ceska 7,65 handelte.

15

Wenn ein menschlicher Körper in einen eiskalten See fällt, ist das ein bisschen wie beim Tauchsiederprinzip, nur dass es kein richtiges Zischgeräusch gibt. Aber letzten Endes stürzt doch etwas relativ Warmes in etwas sehr Kaltes, und das ruft auf jeden Fall eine Reaktion hervor. Als der bayerische König Ludwig II. am 13. Juni 1886 bei Schloss Berg in den Starnberger See stürzte, hatte das Wasser eine einigermaßen akzeptable Temperatur. Wie auch immer der liebe König gestorben ist, Unterkühlung kann auf keinen Fall die Todesursache gewesen sein. Wenn ein Mensch in einen eiskalten See fällt, hat er zwei Möglichkeiten: Entweder er stirbt sofort an einem Schock, oder er versucht, sich im Wasser einigermaßen geschickt zu bewegen, damit er nicht steif wird.

Heutzutage gibt es sowieso zwei Arten von Temperaturen: die gemessene und die gefühlte Temperatur. Wenn man allerdings mit einer Kugel im Rücken in den See fällt, ist man kein geeigneter Proband für das Messen der gefühlten Temperatur. Man hat vermutlich den ersten Schock in dem Moment bekommen, da die Kugel durch die Haut in das Fleisch und schließlich in die Knochen eindringt oder in irgendeinem verdammten Organ stecken bleibt. Es gibt immer wieder Verschwörungstheoretiker, die felsenfest davon überzeugt sind, dass König Ludwig II., auch »der Märchenkönig« genannt, mit einer Kugel im Rücken in den Starnberger See geglitten sei. Niemand kann mit Sicherheit sagen, ob das stimmt oder nur eine Legende ist, denn dazu müsste man die Leiche des Märchenkönigs obduzieren. Aber das Haus Wittelsbach ist dagegen, den König aufzuschneiden, vermutlich, weil sonst eines der letzten großen Geheimnisse des europäischen Hochadels entzaubert werden könnte.

Wie komme ich eigentlich auf den Märchenkönig? Ach ja, ich wollte erzählen, wie die Sache auf dem Parkplatz weiterging, wo ich den vier Tschechen in die Augen sah.

»Los, gehen wir«, sagte der eine von ihnen.

Was soll ich sagen, sein tschechischer Akzent wärmte mich in dieser nächtlichen Eiseskälte. Ich stand inmitten der vier schwarz gekleideten Kerle wie in einer großen Blase, die sich langsam bewegte und in der ich mich genauso langsam mitbewegte. Sie wollten vom Parkplatz weg und möglichst irgendwohin gehen, wo niemand etwas mitbekam. Zwar war nachts um halb drei ohnehin kein Mensch am See unterwegs, aber in der Ferne brannte in irgendeinem Haus ein schwaches Licht. Sie schoben mich durch die Dunkelheit, stießen mich über die S-Bahngleise, und beinahe hätte ich mich langgelegt.

»Los, weiter, weiter!«, zischte einer der Kerle, und ich fragte mich, wie sie mich über den Stahlzaun hinter den Schienen bugsieren wollten. Aber dann schubsten sie mich leicht nach links, und plötzlich standen wir an einer Stelle, wo der Stahlzaun von einem morschen Jägerzaun abgelöst wurde. Durch die Lücke zwischen den beiden drängten sie mich hindurch bis zu der schmalen Liegewiese neben einem schmucken Pavillon. Die vier nickten mir zu, ich solle vorwärtsgehen. Ich sah immer nur nickende Köpfe vor mir, vier nickende Köpfe in schwarzen Mänteln, die mich aus der Welt nicken wollten wie einen ungebetenen Gast.

»Du hast Jiri umgebracht?«, fragte einer.

Ich wusste nicht, ob ich ja oder nein sagen sollte. Es stimmte zwar, dass ich eine von diesen Killermaschinen in meiner Wohnung abgeknallt habe, wenn auch nur, weil der Kerl mir vorher den Laminatboden verwüstet hat, doch ob er Jiri hieß, wusste ich nun wirklich nicht.

»Ich kenn keinen Jiri«, sagte ich folglich, und der Satz war ebenso unbeholfen wie wahrheitsgemäß.

In der Dunkelheit schimmerte der Schnee hell auf den abgedeckten Booten und dem schmalen Holzsteg, der dezent ins Wasser ragte. Der See war eine finstere Ebene, die sich mit dem Schwarz der Nacht und dem des Himmels zusammengeschweißt hatte. Kurz gesagt: ein erbärmliches Panorama, um abzutreten.

»Du hast Jiri umgebracht, deshalb musst du sterben«, sagte der Kerl in einem Ton, in dem er auch *Biene Maja* hätte singen können.

Was hätte ich darauf antworten sollen? Ich liebe die Tschechen und die tschechische Republik? Havel, Dubcek, Karel Gott, Budweiser und all das Zeug, das kein Mensch mehr braucht?

»Das war Notwehr«, erklärte ich.

In den Gesichtern der Tschechen regte sich nichts. Hinter mir schwappte das schwarze Wasser. Ich drehte mich schnell um und sah, dass ich nur noch einen halben Schritt nach hinten machen konnte, bevor ich im See lag. Die vier kamen auf mich zu wie eine dunkle Wand, die alles plattmachte.

Dann fielen die Schüsse. Zwei kalte, peitschende Schüsse brachten den ersten Mann zum Tanzen. Der Tscheche schrie kurz auf und taumelte auf mich zu. Geistesgegenwärtig trat ich einen halben Schritt zur Seite, sonst wäre der Weg in den See für ihn nicht frei gewesen. Ich muss gestehen, dass ich mich an das Geräusch, mit dem er auf dem Wasser aufschlug, nicht mehr erinnern kann. Denn im selben Moment peitschte noch einmal eine Ladung Schüsse durch die Nacht. Der andere Tscheche machte einen Satz nach vorne, stolperte über seinen rechten Fuß, und diesmal konnte ich hören, wie es klang, wenn ein stämmiger Tscheche im schweren Wintermantel auf dem schwarzen, kalten Spiegel des Starnberger Sees aufschlägt.

Die Vorstellung war damit allerdings noch nicht zu Ende. Drei Schüsse peitschten den mit Dreck vermischten Schnee auf, ein weiterer jagte den beiden Fliehenden hinterher, die nach links in die Dunkelheit rannten. Einer von ihnen drehte sich im Laufen um und richtete seine Pistole auf mich. Ich warf mich in den Schnee und hörte die Kugel über mich hinwegpfeifen wie eine Silvesterrakete. Es folgten zwei weitere Schüsse, die Kerle feuerten blind in die Nacht, und eine der Kugeln knallte hart gegen einen Metallpfahl. Das Echo hatte ich noch eine halbe Minute später im Ohr wie eine Stimmgabel, die sich nicht von ihrem schönen metallenen Klang verabschieden möchte. Dann Stille. Ich lag im Schnee und nahm jedes Geräusch wahr wie ein Tier, das sich gegen seine natürlichen Feinde wappnen muss. Ich wartete auf den nächsten Schuss, auf das Peitschen der nächsten Kugel über meinem Kopf. Aber es war nur kalt und still.

Dann ertönte eine Stimme.

»Ach, der Mann mit dem zerknirschten Gesicht. Sie müssen sich keine Sorgen machen, Herr Celle. Mein Bruder ist tot, und das ist nicht Ihre Schuld.«

Ich hob den Kopf und wagte sogar, mich ein wenig aufzurichten und in die Richtung zu blicken, aus der die Stimme kam. Sina Kammerer stand hinter dem Zaun und hielt ein kleines Gewehr in der Hand.

»Kommen Sie vom Wasser weg«, sagte sie, »es bringt Unglück, so dicht an einem See zu stehen, in dem zwei frische Leichen schwimmen.«

Ich ging ein paar Schritte auf Sina zu, und ich hätte mich nicht gewundert, wenn sie noch einmal abgedrückt hätte. Warum auch nicht? Ich war Zeuge geworden, wie sie die tschechischen Kerle wie Schießbudenfiguren abgeschossen hatte. Außerdem hätte sie mir eins draufbrennen können, weil ich ihren Bruder auf dem Gewissen hatte. Aber hatte sie nicht gerade das Gegenteil behauptet? »Danke«, sagte ich.

»Wofür, Herr Celle? Ich habe zwei der Männer erschossen, die meinen Bruder getötet haben. Sie profitieren zufällig davon, das ist alles. Ich bin nicht gekommen, um Sie zu retten.«

Vielleicht ist das mein Geheimnis: Ich bin immer zum richtigen Zeitpunkt am richtigen Ort und profitiere immer zufällig vom Glück der anderen. Besonders von Adas Glück. Allein deshalb musste ich Ada irgendwie aus diesem Killerhaufen raushauen, denn ohne sie wäre vielleicht auch mein Glück zu Ende.

Sina drehte sich um und ging ziemlich schnell Richtung Bahnhofsgebäude. Ich lief hinterher. An der Straße hatte sie ihr Auto geparkt, einen kleinen grünen Corsa, den sie seelenruhig aufschloss, als hätte sie nur mal eben ein bisschen frische Luft geschnappt und nicht zwei tschechische Killer erschossen.

»Woher wussten Sie, dass ich hier bin?«, fragte ich. Sie setzte sich ans Steuer und steckte den Zündschlüssel ins Schloss. »Weibliche Intuition«, sagte Sina. »Steigen Sie ein.«

Großartig, dass mein Leben von weiblicher Intuition abhängt, dachte ich, der Verzweiflung nah. Ich setzte mich auf den Beifahrersitz und spürte, wie die Angst in mir hochkroch. »Was haben Sie jetzt vor?«, fragte ich.

»Ich werde mich rächen«, sagte Sina. »Das heißt, ich werde fortfahren, mich zu rächen. Der Anfang ist gemacht.«

»Bitte erklären Sie mir, wieso Sie hier sind«, sagte ich.

Sina starrte geradeaus, als wären auf der Windschutzscheibe demnächst weitere Anweisungen für ihren Rachefeldzug zu lesen. Ich dachte an Sven und seinen Monitor mit den neuen Weinsorten.

»Sicher nicht Ihretwegen«, sagte Sina.

»Etwa wegen Quindel?«

Sie starrte immer noch auf die Scheibe, aber sie nickte deutlich auf meine Frage. Es fing wieder ein bisschen an zu schneien, aber so, dass es romantisch aussah und nicht nach Klimakatastrophe.

»Sie wollen also mit Ihrem Exfreund das Gleiche machen, was sie soeben mit den beiden Tschechen gemacht haben?«

»Ja, vielleicht lasse ich ihn noch ein bisschen länger leiden, kommt ganz auf die Situation an.«

»Frau Kammerer«, sagte ich, »ich muss Quindel finden, weil er meine Freundin in seiner Gewalt hat. Er wird sie umbringen.«

»Das tut mir leid für Ihre Freundin«, sagte Sina.

»Woher haben Sie gewusst, dass Quindel mich an den Starnberger See geschleppt hat?«, fragte ich.

Sina griff nach dem Handschuhfach und holte eine weiße Visitenkarte hervor. Es war eine dieser Karten, die Katja Lessner auf dem Friedhof an die Penner verteilt hatte und auf denen die leerstehende Werkstatt in der Schleißheimer Straße eingezeichnet war. »Ich habe diese Karte in Stephans Unterlagen gefunden. Als Sie mich bei Ihrem Besuch nach der Gedichtzeile gefragt haben, wusste ich, dass Volker mit der Sache zu tun hat.«

»*Dein Herze kann allein zu aller Zeit bestehen …*«

»Ja«, sagte sie ärgerlich und winkte mit der rechten Hand ab. »Ein wunderschöner Satz mit einer grauenhaften Bedeutung. Es war Volkers und mein Verlobungsspruch. Stephan hatte ihn ausgesucht.«

»Er hat das Gedicht von Hofmannswaldau gekannt?«

»Nein«, sagte Sina. »Er hat das Gedicht aus dem Nachlass dieses perversen Pathologen.«

»Sie sprechen von Graf Gartow.«

»Gartow war ein Leichenfledderer, ein skrupelloser Gangster, der mit Kadavern experimentiert hat. Er hat eine Methode entwickelt, mit der man aus den Resten toter Menschen Diamanten gewinnen kann.«

»*Dein Herze kann allein zu aller Zeit bestehen, Dieweil es die Natur aus Diamant gemacht.*« Damit hatte ich das Zitat doch noch untergebracht.

Sina nickte. »Eine ähnliche Methode bieten heute amerikanische Bestattungsunternehmen an. Allerdings unterscheiden sich diese Trauerdiamanten von den Gartowschen in einem wichtigen Punkt.«

»Und der wäre?«

Sina steckte die Visitenkarte zurück ins Handschuhfach. »Die sind nichts wert.«

»Die von Gartow dagegen schon?«

»Graf Gartow hat eine Formel gefunden, nach der man den Kohlenstoff, der aus den Leichen gewonnen wird, mit echten Diamanten anreichert. Es genügt ein sehr geringer Anteil an Rohdiamanten, allerdings muss die Mischung haargenau stimmen, sonst zerfällt das Zeug wie Staub.«

»Und um die Balance genau hinzubekommen, braucht man die Formel, auf die Quindel so scharf ist?«

»Die Formel hat Gartow seinerzeit angeblich in einer Schmuckschatulle versteckt, damit die Nazis sie nicht in die Finger bekamen. Denn so skrupellos der Graf in Geldangelegenheiten auch war – die Nazis hat er gehasst wie die Pest. Die sollten seine Erfindung auf keinen Fall in die Hände bekommen.«

»Haben sie es denn versucht?«

»Und ob. Sie haben Gartow bedroht und einmal sogar im Gestapogefängnis verhört. Aber er ist hart geblieben. Sie haben ihn bis zum Ende des Krieges traktiert, aber nichts aus ihm herausbekommen.«

Das passte zu dem, was ich über Gartow gelesen hatte. Selbst der alte Fallgrieser, der ein Leben lang versucht hatte, hinter die Sache zu kommen, war an dem Geheimniskrämer gescheitert.

»Und Gerhild, die Tochter, was wusste die davon?«

Sina hob die Schultern. »Keine Ahnung. Ich kenne die Frau nicht. Jedenfalls habe ich Sie seit Ihrem Besuch bei mir nicht mehr aus den Augen gelassen. Ich habe Sie beschattet, Herr Celle, und Sie haben es nicht bemerkt.« Sie lachte leise.

»Übrigens haben Sie eine ziemliche Fangemeinde, es gibt einen richtigen Beschattungswettbewerb um Ihre Person.«

»Sie meinen Graber und seine Abteilung?«, fragte ich.

Sina nickte. »Ich habe Ihnen die Leute ein bisschen vom Leib gehalten.«

»Wie haben Sie das angestellt?«

»Indem ich den Polizeiwagen zugeparkt habe.«

Am liebsten hätte ich sie geküsst. »Fahren Sie los!«, sagte ich stattdessen.

Sina drehte den Zündschlüssel um, und wir fuhren durch die kalte Nacht und ließen die Leichen im eiskalten, dunklen Märchensee hinter uns.

Die Strecke kam mir in dieser Nacht kurvenreicher vor, obwohl ich nicht das Geringste sehen konnte. Die Scheinwerfer leuchteten nur einen schmalen weiß-grauen Streifen der Strecke aus. Der Mond stand wie ein großer Arsch über dem Starnberger See, ich sah ihn zwischen zwei kleinen Waldstücken.

»Fahren Sie langsamer, junge Frau!«, sagte ich.

»Haben Sie etwa Angst?«, fragte Sina mit dünner, spitzer Stimme zurück.

»Wenn Sie dabei sind, nicht.«

Ich lotste Sina durch die Possenhofener Straße und in Feldafing den steilen Weg hinauf zu Fallgriesers Haus. An der Straße parkten wir den Wagen etwas versetzt vom Grundstück. Ich lief schon los, während Sina noch hinter dem Fahrersitz kramte. In diesem Augenblick klingelte mein Handy: Graber.

»Kein schlechtes Timing«, sagte ich, weil ich just in diesem Moment spontan entschlossen hatte, den Kommissar in die Sache einzuweihen. Irgendwie fand ich, dass Grabers Stunde schlagen musste. Außerdem sind spontane Entscheidungen immer etwas Feines, finde ich. Wie es aussah, drohten mich die nächsten Schritte in eine eher unkomfortable Lage zu bringen, und da war ein bisschen staatliche Schützenhilfe nicht zu verachten.

»Herr Kommissar«, sagte ich, »wenn Sie an diesem frühen Morgen noch nichts vorhaben, gönnen Sie sich doch einen schönen Ausflug an den Starnberger See. Ich weiß nicht, ob Sie Feldafing kennen.«

»Wo ist Ihre Lebensgefährtin?« Graber fragte tatsächlich nach Ada, und ich fragte mich, woher er wusste …

»Wir wollen Ihre Partnerin vernehmen, weil sie offenbar Kenntnis von der Sachlage hat. Also, wo ist sie?«

Ich kam nicht umhin, Graber einen kurzen, fetzigen Abriss der Situation zu geben. Er stieß einen zischenden Fluch aus, der klang, wie wenn etwas Heißes in etwas sehr Kaltes fällt, aber das Thema habe ich ja schon erörtert. Als ich mich umdrehte, machte sich Sina Kammerer immer noch an ihrem Wagen zu schaffen.

»Was suchen Sie denn noch?«

»Das hier«, sagte sie und hielt das Gewehr hoch, mit dem sie die beiden Tschechen erledigt hatte.

Graber ließ sich unterdessen von mir die Koordinaten durchgeben und drohte mir, mich anzuzeigen. Ich sagte, dass ich Schluss machen müsse, denn Sina kam auf mich zu.

Der Garten war komplett eingeschneit und bot zu

wenig Schutz, um von dort aus in Fallgriesers Haus einzudringen. Also schlichen wir ums Haus herum, wo wir eine seltsame Konstruktion aus schiefen Dachwinkeln, Holzvorbauten und Ruinen alter Kaninchenställe vorfanden. Die grüne Tür bestand aus unterschiedlich langen, schlampig zusammengenagelten Brettern, die an beiden Enden abgesplittert waren. Nachdem ich das Vorhängeschloss mit dem linken Fuß aufgetreten hatte, lag eine Steintreppe vor uns, die in einen Keller führte. Zunächst sah ich jedoch nur ein düsteres Loch.

»Rauchen Sie eigentlich?«, fragte Sina.

»Nein, wieso wollen Sie das ausgerechnet jetzt wissen?«

»Ich hätte Feuer für Sie.« Das Feuerzeugrädchen ratschte, und Sina stand lächelnd in einem schmalen Lichtschein.

Sie ging mit ihrer Daumenfackel voran, und je tiefer wir in den Keller kamen, desto größer war der Kegel, den sie warf. Sie leuchtete von alten Spinnennetzen geschwärzte Ecken aus, illuminierte eine halb skelettierte Ratte und ließ ein verrostetes Fahrrad erkennen, das vermutlich aus der Vorkriegszeit stammte.

»Hier gehen überall kleinere Gänge ab«, bemerkte Sina nach einer Weile fachmännisch und leuchtete, wie um ein Beispiel zu geben, in einen dunklen Wegschlund, an dessen Ende irgendetwas gelagert war. »Der scheint sein ganzes Gerümpel hier unten zu horten«, sagte sie und bewegte den Leuchtdaumen schon wieder Richtung Hauptgang.

Ich griff nach ihrer Faust und drehte sie zurück in den Seitengang. Das Licht reichte nicht bis nach ganz hinten, aber irgendetwas gefiel mir nicht an dem Gerümpel, das dort abgestellt war.

»Riechen Sie den Gestank nicht?«, fragte ich Sina.

Sie nickte. »Sicher rieche ich den Gestank, aber wir befinden uns auch in einem tausend Jahre alten Keller eines tausend Jahre alten Mannes. Er wird hier seine Vorratskammer angelegt und sie irgendwann vergessen haben. Das sind Essensreste, die verrotten wie auf einem alten Komposthaufen.«

»Kommen Sie, lassen Sie uns hier reingehen«, sagte ich.

Sina folgte mir mit ihrem brennenden Daumen den Gang entlang. Der Geruch wurde immer stärker, und ich merkte ebenfalls, dass da hinten etwas verflucht Morphologisches auf uns wartete.

»Es riecht nach verfaulten Lebensmitteln«, flüsterte Sina.

»Das sind Särge!«, stieß ich aus, weil mir allmählich dämmerte, dass wir nicht Fallgriesers Speisekammer betreten hatten, sondern seine private Leichenhalle.

Sina streckte den Daumen weit aus. Vor uns standen exakt acht schlecht zusammengezimmerte Holzkisten, allesamt geschlossen.

»Los, näher ran«, zischte ich, weil meine Begleiterin wie angewurzelt dastand und sogar kurz das Feuerzeug ausgehen ließ.

Auf einmal kroch mir die Panik wie eine fette, ausgehungerte Schlange den Hals hoch. In Sekundenschnelle hatte sie meinen Kehlkopf so fest im Griff, dass ich fast würgen musste. Acht Särge, in denen Leichen lagen. Und in einem davon konnte Ada liegen. Quindel hatte sie umgebracht und dem alten Leichenfledderer für seine Frankensteinsammlung geschenkt.

»Wir müssen die Särge öffnen«, sagte Sina kühl.

»Nein«, widersprach ich. »Ich kann das nicht. Wenn meine Freundin in einem davon liegt, weiß ich nicht, was …«

»Wir müssen sie öffnen«, wiederholte Sina kalt und betonte jedes Wort einzeln, als bereitete es ihr sadistischen Genuss. Sie hielt das Feuerzeug an die erste Kiste, und wir erkannten, dass die Deckel lose auf den Särgen lagen. »Ich halte die Flamme und Sie heben den Deckel hoch.«

»Ich kann nicht, weil …«

»Hören Sie auf, Herr Celle. Wollen Sie die Wahrheit erfahren, oder nicht?«

Natürlich will ich immer die Wahrheit wissen, schließlich bin ich Detektiv. Wenn Ada jedoch tot war und Quindel sie in eine der Kisten gelegt hatte, aus der sie mich bleich und steif anblicken könnte, wollte ich die Wahrheit doch lieber nicht wissen. Um keinen Preis. Denn wenn sie tot war, war ich daran schuld, weil ich diesen Wahnsinn hier angezettelt hatte. Himmel, hoffentlich ist es nicht zu spät, dachte ich, während Sina mir das Feuerzeug unter die Nase hielt, so dass ich die Hitze auf der Haut spüren konnte.

»Machen Sie schon«, sagte sie fast zärtlich.

Ich nahm den Deckel des ersten Sarges in die Hand, riss ihn herunter und schloss die Augen oder drehte den Kopf zur Seite. So genau weiß ich das nicht mehr.

»Ein Mann«, bemerkte Sina in einem Ton, als machte sie einen Sehtest beim Augenarzt.

Ich warf einen vorsichtigen Blick in den Sarg und starrte in ein angeschwärztes Männergesicht, von dem sich eine Kompanie Schmeißfliegen erhob. Angeekelt hielt ich mir die Armbeuge vor den Mund und sah ein zweites Mal hin. Der Tote im Sarg war Walter Lankomy, der Mann, in dessen Auftrag ich unterwegs war. Fallgrieser hatte die Leiche offenbar aus dem Gerichtsmedizinischen Institut stehlen und hierherbringen lassen, anstatt ihn, wie ursprünglich vorgesehen, beerdigen zu lassen.

»Kennen Sie den Mann?«, fragte Sina.

Ich schüttelte den Kopf und zerrte den Deckel wieder auf den Sarg.

»Den nächsten, los machen Sie schon.« Sina hielt das Feuerzeug an den zweiten Sarg. Ich nahm den Deckel ab und starrte erneut ins Dunkel, bis Sinas Stimme Entwarnung gab. »Wieder ein Mann.«

Ich blickte in das Gesicht eines jüngeren Typen und war mir ziemlich sicher, dass es der Knabe vom Alten Nördlichen Friedhof war, den ich damals nach der Beschattung von Katja Lessner angesprochen hatte.

»Der Typ ist höchstens dreißig«, sagte Sina und leuchtete das noch einigermaßen intakte Gesicht des Mannes aus.

In den Kellerräumen war es noch ein paar Grad kälter, als es draußen ohnehin war. Fallgrieser besaß demnach eine Art natürliche Kühlkammer für seine Toten.

»Nummer drei«, forderte Sina knapp.

Ich wusste, dass es keinen Sinn hatte, sich zu wehren, und hob den nächsten Sargdeckel herunter. Wieder schloss ich kurz die Augen, aber Sina erlöste mich schnell mit der Bemerkung: »Noch ein Mann.«

Diesmal handelte es sich um den Obdachlosen vom von-der-Tann-Grab, den Katja Lessner nach ihrer Friedhofsbesichtigung angesprochen hatte. Langsam begann ich, innerlich ruhiger zu werden.

»Und vier«, Sina hielt die Flamme an die nächste

Kiste. Ich öffnete, und diesmal lachte sie ein bisschen wegen des Wiederholungseffektes. Es lag nämlich wieder ein Mann im Sarg. Offenbar lag er schon eine gute Weile darin, denn der Geruch, der sich ausbreitete, war süß und scharf zugleich. Ich musste dreimal würgen und zweimal durchatmen, so widerlich war der Gestank.

»Gehen wir auf fünf?« Sina sprach jetzt im Günther-Jauch-Tonfall.

Obwohl ich meine Angst schon fast vergessen hatte, blickte ich zur Seite, nachdem ich den Deckel von der Kiste gezerrt hatte. Wieder schloss ich die Augen wie in einem Versteckspiel und wartete auf Sinas erlösendes »Noch ein Mann«, aber es kam nicht. Ich stand im Finstern und wartete auf die Bestätigung, dass ein Mann im Sarg lag. Aber Sina schwieg, stundenlang, jahrelang, so kam mir das jedenfalls vor.

»Es ist«, sagte sie nach einer halben Ewigkeit, »eine tote Frau.«

Ich wusste es, hatte es von Anfang an gewusst. Ada war tot. Die Lessner hatte sie in ihre klebrigen Spinnenfäden gewickelt und hierhin zu Quindel gebracht, der sie einem seiner tschechischen Untiere gab, das Ada mit einem Schuss aus der Ceska 7,65 niederstreckte. Und anschließend schenkten sie Adas Leiche dem alten Fledderer Fallgrieser für sein Wachsfigurenkabinett.

»Es tut mir leid, Herr Celle«, sagte Sina nun mit einer Stimme, die klang wie die einer Dame vom Kriseninterventionsteam. Als wäre sie eine von jenen Leuten, die zu dir nach Hause kommen, wenn ein Angehöriger tot aufgefunden wird.

»Sie müssen sich die Frau ansehen, Herr Celle«, sagte Sina.

Ich machte die Augen auf und blickte zuerst Sina an. Sie wirkte erschrocken. »Wie alt ist die Frau?«, fragte ich, weil ich mich vorsichtig an mein Unglück herantasten wollte und die leise Hoffnung hegte, es könne jemand anders sein.

»Etwa vierzig«, sagte Sina.

Etwa vierzig, das war Ada. Sie war einen Tag jünger als vierzig geworden. Sie hatte es nicht geschafft, verdammt.

»Bitte«, sagte Sina und zog mich am Ärmel.

Ich ging einmal um den Sarg herum und blickte in das tote Gesicht von ... Erika. Das war die Frau aus der Kfz-Werkstatt in der Schleißheimer Straße, als ich mich dort versteckt gehalten hatte. »Gott sei Dank«, war das Einzige, was ich herausbekam.

»Kennen Sie die Frau?«, fragte Sina.

»Ja, flüchtig«, sagte ich. »Sie hat den gleichen Job gewollt wie ich. Wie es aussieht, ist sie ausgeschieden, und ich bin in der Endrunde.«

»Wollen wir die anderen Särge auch noch öffnen?«, fragte Sina.

»Nein, mir reicht's. Da sind sowieso nur tote Penner drin, das heißt, warten Sie.«

Mir fiel Lammhuber ein, mein alter Feind und Kupferstecher, den ich im Pennerkostüm in die Winterkälte geschickt und von dem ich seitdem kein Lebenszeichen mehr bekommen hatte.

»Wir öffnen die anderen Särge ebenfalls«, sagte ich.

Diesmal ging es schneller, weil wir auf das Spiel mit den geschlossenen Augen verzichteten. Ich konnte auch jeder verschmutzten Leiche ins wächserne Antlitz blicken, weil ich mir sicher war, dass Ada noch am Leben war. Es waren wie erwartet drei tote Obdachlose in den restlichen Särgen. Lammhuber war nicht dabei.

»Gott sei Dank«, sagte ich wieder. Nicht, weil ich froh war, dass Lammhuber noch lebte, sondern dass ich nicht an seinem Tod schuld war. Ich musste an die toten Tschechen im See denken und daran, dass Ada verloren sein würde, wenn Quindel erfuhr, dass ich seinen böhmischen Gorillas entkommen war.

»Die haben sich hier einen Vorrat an Leichenmaterial angeschafft, diese perversen Schweine«, sagte Sina. »Ihr einziges Problem ist, dass sie die Formel noch nicht haben.«

»Sie haben sie inzwischen«, erwiderte ich resigniert.

»Was soll das heißen?« Sina sah mich entsetzt an.

»Quindel hat mir die Formel am Starnberger See abgeluchst, kurz bevor seine tschechischen Freunde mich zum König Ludwig der Neuzeit machen wollten.«

»Dann ist Ihre Freundin verloren«, stellte sie nüchtern fest.

Ich konnte mich über so viel Pessimismus noch so sehr aufregen – sie hatte recht. Quindel hatte bekommen, was er wollte. Warum sollte er da noch zögern, Ada umzubringen?

»Wir müssen in das verdammte Haus«, sagte Sina.

»Sie müssen gar nichts«, entgegnete ich. »Ich geh da rein. Das ist meine Sache, ich muss meine Freundin retten.«

»Und ich muss meinen Exfreund töten«, sagte Sina und hielt das Gewehr hoch, mit dem sie mir das Leben gerettet hatte.

»Woher haben sie eigentlich das Ding da?«, fragte ich und zeigte auf die Flinte.

»Altes Familienerbstück. Stephan hatte es in seinem Kleiderschrank. Er hat es nie benutzt, natürlich nicht. Einer wie Stephan ist viel zu ungeschickt, um sich wehren zu können. Das war schon als Kind so, wissen Sie. Jedes Mal, wenn Stephan Ärger mit anderen Jungen aus dem Block hatte, musste ich einschreiten und die Bagage verjagen. Ich hatte immer schon mehr Mut als mein Bruder. Und mehr Kraft.«

»Ich will aber nicht, dass Sie Ihr Leben riskieren. Sie haben einen Mann, und Sie bekommen ein Kind.«

Sina hielt ihr Gesicht ganz nahe an meines. »Ja, und bevor ich dieses neue Leben beginne, muss ich mein altes abschließen.«

Somit hatten wir beide zwar diametral entgegengesetzte Ziele, aber denselben Austragungsort, und der befand sich meines Erachtens rechts von dem Seitentrakt. Wir schlichen an der Wand entlang bis zum Hauptgang vor, und Sina leuchtete wieder mit dem Feuerzeug. Trotzdem arbeiteten wir uns wie Maulwürfe nach vorne. Irgendwann hatte ich das Gefühl, an eine Holztür zu fassen, die ich hektisch abtastete, bis ich die Klinke fand, sie drückte und mich vorsichtig dagegenstemmte. Die Tür gab sofort nach, und ich stand in einer Art Treppenhaus, nur dass die Stufen von keinem Geländer eingerahmt waren. Von einer Tür am oberen Ende der Treppe fiel ein schwaches Licht auf das Treppengrau. Wir waren in Fallgriesers altem Haus. Dem Haus des Heimatforschers und Privatgelehrten Anton Fallgrieser, der im Keller, einem Ort, an dem andere Menschen ihren Wein lagern, acht Särge mit Leichen aufbewahrte.

Ich bin weiß Gott niemand, der alles, was er an Grauenhaftem erlebt, nach ein paar Minuten abschüttelt. Die

Leichen im Keller haben sich in meinem Kopf festgesetzt wie Alptraumzecken. So muss es auch im Keller von Peter Paul Rubens ausgesehen haben. Schade, dass ich nicht malen kann.

»Sina, bitte warten Sie hier unten. Ich muss versuchen, Ada zu finden.«

Sina nickte und hielt das Gewehr hoch. Sie würde mir glatt noch einmal das Leben retten. Sie würde auch noch einmal töten, wenn es sich anböte. Sehr gerne sogar.

Ich ging in das Fallgriesersche Wohnzimmer, das ich bereits von zwei Besuchen kannte und aus dem ich das Diamantherz mitgenommen hatte, das Kammerer so ungeschickt vom Regal gewischt hatte. Im Nachhinein ist mir natürlich klar, dass er in dem Augenblick, als er das Herz gefunden hat, genau wusste, womit er es zu tun hat. Dass ihm in der Sekunde womöglich auch in den Sinn kam, dass er es mit dem früheren Vertrauten des Grafen Gartow zu tun hat. Ich bin sicher, dass Kammerer den Plan, Quindel zu erpressen, längst gefasst hatte, als ich laut darüber nachgedacht habe, welche Leichen Fallgrieser wohl im Keller hat. Ich meine, hallo: Ich hab das nur so dahingesagt. Dass Fallgrieser tatsächlich eine private Gruft in seinem Keller angelegt hat, habe selbst ich, der prophetischste unter den privaten Ermittlern, nicht ahnen können.

Das Wohnzimmer war dunkel, also bewegte ich mich vorsichtig, damit ich mich nicht durch knarzende Dielen verriet. Alles sah aus wie in einem Heimatmuseum: unverrückbar und steril. Es war derart sauber, dass keinerlei Spuren zu sehen waren. Genau so wie seine jung verstorbene Frau keine Spuren hinterlassen hat, außer dem blauen Diamantherz, an dem der Alte angeblich so hängt.

Plötzlich regte sich oben etwas. Ich hörte eine Stimme, eine männliche. Kurz darauf Schritte. Ich war sicher, dass es männliche Schritte waren, wenn man so etwas überhaupt unterscheiden kann. Ich blieb stehen, als sei ich zur Salzsäule erstarrt. Den einen Fuß hatte ich sogar schon nach vorne gestellt, doch ich verharrte, weil ich den Schritten oben lauschen und zudem unbemerkt bleiben wollte. Oben war jetzt irgendetwas im Gange, das mich beunruhigte. Es hörte sich an, als würden Möbel gerückt. War Ada da oben, oder hatte Quindel sie schon dematerialisiert? Auf einmal waren die Schritte einer zweiten Person zu hören. Ich wusste nicht, ob Ada da oben mit Volker Quindel im Turmzimmer saß oder vielmehr von ihm zum Aufbruch gezwungen wurde, oder ob Katja Lessner meine gefesselte und geknebelte Managertrainerin bewachte.

Ich stand mitten im Wohnzimmer, die Standuhr tickte in der Stille, und über dem See wurde es langsam hell. Oben ging eine Tür auf, die Schritte wurden lauter, als sie ins Treppenhaus wechselten. Im Panoramafenster zeigte der Mond, wie man professionell einen großen See ausleuchtet. Ich war nahe dran, mich diesem Naturerlebnis hinzugeben, ich meine, wann siehst du das als Stadtbewohner schon mal? Aber dann geschah im Panoramafenster noch etwas, das mich, wie ich zugeben muss, stärker in den Bann zog als der neu erwachende Wintertag über dem Starnberger See.

Unten an der frisch eingeschneiten Straße standen die beiden Tschechen, die Sinas Schüssen entkommen waren. Sie hatten ihren Wagen direkt am Zaun geparkt und zeigten auf das Haus, in dessen Wohnzimmer ich stand und aus dem Fenster starrte. Sie sprachen irgendetwas ab, kurz und knapp, wie Killer alles immer kurz und knapp regeln. Das hatte zum Ergebnis, dass einer von beiden links ums Haus ging und der andere rechts. Vor der Eingangstür würden sie sich wieder treffen, so viel stand fest. Die schwarz gekleideten Aasgeier machten sich sofort auf den Weg. Einer von ihnen hinkte leicht, vermutlich hatte Sina ihn am Bein erwischt.

So ergab sich an diesem frühen Samstagmorgen folgende Situation: Ich stand im Wohnzimmer des Hauses, in dessen Keller acht Leichen in gammeligen Holzkisten lagen, während vom Obergeschoss her die Schritte zweier Personen, vermutlich Quindels und Adas, vielleicht auch Quindels und Katjas, langsam herunterkamen, Sina Kammerer sich mit ihrem geladenen Gewehr im Flur versteckt hielt und zwei tschechische Killer mit geladenen Ceskas von zwei Seiten auf das Haus zugingen.

Im selben Moment stand die Sonne, die den Mond offenbar in die Kulissen geschickt hatte, weiß und trüb im Granithimmel über dem See, und ich wusste mir nicht anders zu helfen, als die Fäuste zu ballen und mich auf das Ticken der Standuhr zu konzentrieren. Da hörte ich, wie Ada hinter mir meinen Namen rief. Ich drehte mich um und sah, wie Volker Quindel Ada den Mund zuhielt und seine Pistole auf mich richtete. Ich dachte, Junge, du musst schon schwer danebenliegen, wenn es sich dabei nicht um eine Ceska 7,65 handelt.

16

An diesem Samstagmorgen, Adas vierzigstem Geburtstag, maß das Deutsche Wetteramt in Starnberg minus zwölf Grad, was kein Kälterekord, aber schon außergewöhnlich niedrig war. Die wenigen Boote im Yachthafen waren festgefroren, und den Besitzern dürften einige nette Sümmchen an Reparaturkosten ins Haus gestanden haben.

Was die Temperaturen in Fallgriesers Haus angeht, so muss ich sagen: Gegen das, was hier an Kaltblütigkeit abging, war der Winter draußen global warming at its best.

Als ich mich in Fallgriesers Wohnzimmer umdrehte, war es erst 08.10 Uhr, sofern ich der alten Standuhr vertrauen konnte. Quindel hatte den linken Unterarm über Adas Brust gespannt, während er mit der rechten Hand seine Ceska 7,65 ziemlich direkt auf meinen Kopf gerichtet hielt.

»Wenn Sie wollen, dass Ihre Freundin hier heil wieder herauskommt, sollten Sie mir nicht länger nachspionieren«, sagte Quindel und wirkte dabei kein bisschen nervös. Ganz im Gegenteil: Selbst mit Ada als Geisel im Arm war er noch der kühle Businesstyp. Für einen kurzen Moment dachte ich sogar, Ada habe ihn gecoacht. Jedenfalls wirkte sie überhaupt nicht eingeschüchtert. Ihre Frisur war ein wenig aus der Fasson, aber sie war unverletzt.

»Ada, keine Angst, ich hol dich da raus.«

»Geh weg, Josef«, sagte sie.

Ich nehme mal an, dass es nicht grundsätzlich gemeint, sondern der besonderen Situation geschuldet war. Noch während sie sprach, stellte ich mir vor, wie in diesen Sekunden ein Tscheche von links sowie ein weiterer von rechts auf das Fallgriesersche Grundstück vorrückten.

»Sie sollten tun, was Ihre Freundin vorschlägt, Herr Celle. Andernfalls werden Sie sie nicht wiedersehen, jedenfalls nicht lebend.« Quindel ließ den Arm langsam an Adas Körper hinunterwandern, bis er die ausgebeulte Tasche seines Trenchcoats erreicht hatte, auf die er klopfte, wie um sich der Unwiderruflichkeit seiner Eroberung zu versichern. Eigentlich hatte Quindel alles, was er wollte, und er hatte auch alle Argumente auf seiner Seite, Ada die Kugel in den Kopf zu schießen. Aber er brauchte sie jetzt als Geisel, um aus Fallgriesers Haus zu kommen.

»Ich werde jetzt das Haus verlassen, und Ihre Freundin wird mich eine Weile begleiten«, sagte Quindel.

»Sie werden nicht weit kommen«, erwiderte ich so sphinxisch wie möglich. Dann ging alles sehr schnell, und trotzdem habe ich es wie in Zeitlupe in Erinnerung: Quindel drehte sich langsam zur Tür um, die mit einem gewaltigen Schlag aufsprang. Das Pendel der Standuhr schwenkte nach links, da stand der linke Tscheche im Flur. Das Pendel schwenkte nach rechts zurück, da hatten Sina Kammerer und der zweite Tscheche, beide kamen sie von rechts, den Flur geentert. Was soll ich sagen, drei Ceska 7,65 waren auf zwei Ziele gerichtet: Quindel zielte auf Ada, die beiden Tschechen zielten auf Quindel und damit natürlich auch auf Ada. Auf mich zielte niemand mehr, aber was nützte das in dem Augenblick, da auch noch Sina Kammerer ins Wohnzimmer kam und ihr Minikalibergewehr direkt auf die Visage ihres Exverlobten richtete.

»Sina, wie kommst du hier …«, sagte jetzt überraschenderweise Volker Quindel, der aber seinen Arm nicht von Ada lassen wollte, und auch seine Ceska 7,65 klebte fest an Adas Schläfe.

»Ich habe die Formel, damit kann ich mir ein Vermögen aufbauen.«

»Die Formel ist ein gutes Stichwort«, sagte Sina Kammerer. »Du legst jetzt nämlich die Waffe auf den Boden, lässt die Frau los und ziehst langsam den Zettel aus der Manteltasche.«

»Sina, sei doch vernünftig. Alleine hast du nicht den Hauch einer Chance, hier herauszukommen.«

Die beiden Tschechen standen noch immer in der Tür – kalt und jederzeit bereit abzudrücken. Mit Sicherheit war es ihnen vollkommen gleichgültig, wer dabei draufgehen würde: Ada, ich oder Volker Quindel, der immer noch unerschütterlich wirkte. Vielleicht würden sie noch ein Quäntchen mehr Enthusiasmus in Sinas Ermordung legen, immerhin hatte Kammerers Schwester ihre Kumpels in den Starnberger See gefeuert.

Ich fragte mich, wo Graber blieb. Sonst hat er es auch immer verdammt eilig, mit seinen Männern genau dort zu sein, wo auch ich mich aufhalte.

»Sie und Ihre Freundin Katja Lessner haben Münchner Obdachlosen vorgegaukelt, sie könnten ihnen Arbeit verschaffen. Stattdessen haben sie die Männer in eine leerstehende Fabrikhalle gelockt und nach Starnberg verschleppt, wo Sie sie mit ein paar stumpfen Schüssen umgenietet haben.«

»Schön formuliert, Herr Detektiv«, sagte Quindel.

»Sie haben die Toten hier und vermutlich im Chalet Gartow deponiert. Ich kann Ihnen auch sagen, wer Sie auf die Idee mit den Morden gebracht hat.«

»Josef, lass doch«, sagte Ada.

Diesmal erschrak ich wirklich, weil ich die Angst in ihrer Stimme hörte, dennoch fuhr ich fort. »Sie haben vor ein paar Monaten Kontakt zu Anton Fallgrieser aufgenommen, einem alten Freund des Grafen von Gartow, über den Sie gemeinsam mit Stephan Kammerer Forschungen angestellt haben. Das können Sie nicht abstreiten.«

Quindel grinste mich an. »Warum sollte ich irgendetwas abstreiten, Herr Celle? Sie vergessen, dass ich immer noch Ihre Freundin in meiner Gewalt habe, und wenn Sie nicht schleunigst dafür sorgen, dass ich freies Geleit bekomme, wissen Sie, was geschehen wird.«

Ada schloss die Augen, weil jedes Wort von Quindel sie wahnsinnig machte.

»Sie haben gewusst, dass Fallgrieser genau wie sie hinter den Formeln her war, mit denen man aus den Resten kremierter Leichen passabel karätige Diamanten herstellen kann.«

»Respekt«, erwiderte Quindel.

»Was sagst du denn da?«, mischte sich Ada wieder ein.

Ich hätte ihr am liebsten gesagt, sie möchte bitte den Mund halten und mich reden lassen. Schließlich hatten wir es hier nicht mit einem Manager-Coaching zu tun, sondern mit einer Handvoll Verrückten.

»Irgendwann haben Sie zufällig Walter Lankomys Anzeige im Internet entdeckt, in der er die besagte Schatulle zum Verkauf angeboten und sich im Gegenzug Informationen zu seiner Familie erhofft hat.«

»Sie können ja richtig gut recherchieren, Herr Celle.« Quindel blieb gelassen.

»Sie haben den Mann nach München kommen und ihm ein Zimmer in der Pension Kaisereiche reservieren lassen. Kaum war Lankomy dort abgestiegen, haben Sie einen Ihrer freundlichen Tschechen dort aufkreuzen und den armen Mann über den Haufen schießen lassen. Leider hatten Sie ein bisschen Pech, weil nämlich ein kleiner, neugieriger Privatdetektiv namens Josef Celle die Schmuckschatulle an sich genommen hatte.«

»Sie sind ein elender Amateur«, blaffte Quindel.

Was soll ich sagen: Irgendwie hat mir diese Kritik einen leichten Stich versetzt.

»Lankomy ist tot, und seine Leiche liegt im Keller dieses Hauses«, fuhr ich fort, und noch während ich sprach, fasste ich die beiden Fakten zu einer Schlussfolgerung zusammen. Wenn sie die Formel hätten, wäre Lankomy, mein armer alter Auftraggeber mit der Tränenflüssigkeit in den traurigen Augen, längst ein kompaktes blaues kleines Herzchen. Die Herrschaften haben sich einen Vorrat an Leichenmaterial angelegt, das sie in Herzform gießen würden, sobald sie die Formel hätten.

»Was Sie nicht sagen.« Quindel streichelte Ada über die Wange, was ihn in meinen Augen zu einem Todeskandidaten gemacht hätte, wären die Kräfteverhältnisse auch nur ansatzweise zu meinen Gunsten gewesen.

»Dann wird Fallgrieser ihn wohl getötet haben«, fügte er hinzu und wischte mit dem Zeigefinger an Adas Wange rauf und runter.

»So, wie du Stephan getötet hast, nicht wahr?«,

mischte sich Sina Kammerer ein. Sie hielt das Kleinkalibergewehr nach wie vor auf Volker Quindel gerichtet, ihren Exfreund, den Mann, mit dem sie ein Kind hatte und der ihren Bruder auf dem Gewissen hatte. »Du bist in die Wohnung dieses Detektivs gegangen und hast Stephan erschossen. Er hatte dir eine Stunde zuvor gesagt, dass er weiß, wo der Zettel ist. Und dass er dir das Ding nur gegen zwei Millionen Euro in bar aushändigen würde.«

»Stephan war komplett übergeschnappt«, sagte Quindel, und seltsamerweise wurde er plötzlich redselig. »Er hat das Gartowsche Verfahren natürlich gekannt. Wir haben in Berlin oft nächtelang zusammengesessen und versucht herauszufinden, wo diese verdammten Formeln waren.«

»Weil Sie mit Leichen Geld verdienen wollten«, sagte ich angewidert.

»Nein.« Quindel sah nachdenklich, fast ein bisschen verträumt zur Decke. »Nein, am Anfang war unser Interesse rein wissenschaftlich. Wir wollten herausfinden, was die Nazis von Gartows Methode gehalten haben. Aber der Graf hatte mit den Braunen nichts zu schaffen und hat die Formelkette irgendwo versteckt. Stephan war eigentlich viel fanatischer als ich. Er hat sich in alle möglichen Archive vergraben, nach Namen und Forschern gesucht, die mit Gartow zu tun hatten. Vergeblich.« Quindel redete inzwischen wie ein Fremdenführer, vielleicht weil er glaubte, sich reinwaschen zu müssen, bevor er hier in Rauch aufging.

»Sie dagegen hatten mehr Erfolg?«

»Ich hatte im vergangenen Jahr zufällig in München zu tun und war für drei Tage auf einer Tagung in Feldafing.

In irgendeiner Kaffeepause ist mir das *Starnberger Lokalblatt* in die Hände gefallen, und da habe ich tatsächlich einen Artikel über diesen Heimatpfleger Fallgrieser entdeckt. Es war nur ein Nebensatz, aber Sie können sich denken, dass ich den Artikel sofort ausgerissen habe, als ich las, dass dieser Fallgrieser der Vertraute Wenzel von Gartows war.«

»Daraufhin haben Sie ihm geschrieben und sind ins Geschäft gekommen.«

»So ungefähr. Fallgrieser ist ein Fanatiker, er ist vollkommen auf dieses Zeug fixiert. Er hatte die irre Idee, Tausende von Diamanten aus den Resten von Toten zu gewinnen. Er hat mir das alte Chalet vermittelt, das ich zu einem guten Preis pachten konnte, weil Gartows Tochter Gerhild ohnehin in die Stadt ziehen wollte.«

»Wann haben die Morde an den Obdachlosen angefangen?«

»Kurz bevor Lankomy nach München gekommen ist. Fallgrieser war davon überzeugt, dass die Formelkette in der Schmuckschatulle war, die Lankomy nach München mitbringen würde. Der Mann war besessen davon, einen Vorrat an Menschenmaterial anzusammeln. Er hatte zuvor Katja Lessner bei Gartows Tochter Gerhild als Hausdame untergebracht. Katja sollte herausfinden, ob Gerhild die Schatulle in ihrer Wohnung versteckt hat. War aber Fehlanzeige.«

»Dann musste die Lessner Obdachlose aufsammeln«, sagte ich.

»Exakt. Katja sollte die Kulturtante spielen, die irgendwelche Geschichtsdeppen über die Münchner Friedhöfe schleift. Sie hat sich natürlich die Friedhöfe ausgesucht, auf denen die meisten Penner campieren. Denen hat sie dann Jobs versprochen, und die meisten haben auch sofort angebissen.«

»Und anschließend ins Gras. Als ich dann die Schatulle aus der Pension mitgenommen habe, war ich die Beute für die Lessner.«

Quindel lachte kurz und trocken auf. »Katja hat ihre Arbeit nicht gut gemacht. Sie hat sich wirklich in Sie verliebt, Herr Celle. Sie wollte mich sogar verlassen. Wissen Sie, verliebte Frauen sind für das, was ich vorhabe, ein schlechtes Kapital. Ich musste sie wegschaffen.«

»Sie haben Katja umgebracht?«, fragte ich.

Ada öffnete mit einem Mal die Augen und sah mich an, als wollte sie mich unverzüglich in die Abläufe des Rubensschen *Höllensturzes der Verdammten* einbeziehen. Offenbar war inzwischen auch der letzte Zweifel beseitigt, dass damals keine Praktikantin in meiner Wohnung gewesen war, sondern die Lessner.

Quindel lachte kurz auf. »Umgebracht? Nein, niemand hat Katja umgebracht, Herr Celle. Sie ist gegangen, kurz nachdem wir Sie am See zurücklassen mussten. Ich könnte auch sagen, sie hat sich aus dem Staub gemacht, vielleicht, um Sie zu suchen.«

Sina hatte das Gespräch mit wachsender Ungeduld angehört, und plötzlich war ihre Stimme ganz spitz und hell, weil sie schrie. »Ich leg dich um, Volker, du hast mein Leben kaputtgemacht, und jetzt mach ich deins kaputt!« Natürlich war das einer von diesen typischen Sätzen gewaltbereiter Hysterikerinnen, aber Sina nahm tatsächlich das Gewehr in beide Hände und zielte genau auf Quindels Kopf.

Der zog den Kopf ein und versteckte sich hinter Ada.

»Sina«, schrie ich, »denken Sie doch an Ihr Kind. Wollen Sie es etwa hinter Gittern aufziehen?«

Quindel blickte kurz verdutzt auf. »Du bekommst ein Kind?«, fragte er.

Was soll ich sagen, es klang fast zärtlich, und er lächelte auch ein bisschen scheu.

»Ja«, erwiderte Sina. »Es ist das zweite Kind, das ich bekomme. Unseres starb, kurz nachdem es auf die Welt kam. Und du wolltest einen Diamanten aus ihm machen.«

»Damit wir etwas Bleibendes haben, Sina!«

Ich rede jetzt wieder von Sekunden, wenn ich beschreibe, wie sich Ada unvermittelt einer Schraube gleich auf dem Boden drehte, wie kurz danach vor Sinas Brust ein Feuerball erschien, und wie Quindel, einer Stele gleich, nach hinten kippte. Er krachte auf das Holzparkett wie ein alter Schrank, den die Holzwürmer zu Fall gebracht hatten. Was soll ich sagen, das Hauptziel war damit weg. Aber die beiden Tschechen hatten noch ihre beiden Ceska 7,65, mit denen sie irgendjemanden töten mussten.

»Jetzt wird heimgezahlt«, sagte einer von ihnen. Sina wusste am ehesten, worum es ihnen ging, schließlich hatte sie die beiden Kameraden der Männer im kalten See versenkt. Sie war dran. Sie musste als Nächste sterben. Die beiden Kerle gingen lässig auf Sina zu, jeder eine Hand in der Hosentasche, die andere mit der Waffe nach vorn gestreckt.

Ich sah zu Ada hinüber, die mit weit aufgerissenen Augen auf dem Boden kauerte. Dann musterte ich Quindel, der vermutlich tot war, aber in seiner aufgefächerten Hand noch die Ceska 7,65 liegen hatte.

»Nichts für ungut, wir machen nicht gern Frauen tot«, sagte der eine Tscheche und hielt seine Waffe direkt an Sinas Schläfe.

Sina kniff die Augen zu. Ich versuchte, die Ceska aus Quindels toter Hand zu klauben, aber der Typ hielt das Ding so fest wie der Papst die Bibel. In diesem Augenblick merkte ich, dass er gar nicht tot war. Er hatte einen kräftigen Knall in die linke Schulter abbekommen, der ihm kurzzeitig das Licht ausgeblasen hatte. Mit einem Mal klebte mir die Ceska 7,65 direkt an der Nasenspitze.

»Jetzt machen wir es uns ein bisschen einfacher, ja?«, sagte Quindel mit leiser, fast hätte ich gesagt gelöster Stimme.

Ich weiß nicht mehr genau, ob ich sogar genickt habe, als Quindel so nett zu mir sprach. Ich weiß nur noch, dass ich im Panoramafenster den Widerschein des Blaulichts sah. Ich weiß ferner, dass die Tschechen von einer Sekunde auf die andere ihre Ceskas einsteckten und aus dem Haus stürzten und dass ich mich mit Sina, Ada und Quindel im museal gehaltenen Wohnzimmer des Heimatforschers und Leichensammlers Anton Fallgrieser befand. Und dass es eigentlich eine Sache von Sekunden hätte sein müssen, bis Volker Quindel den Hahn ziehen und mich komplett umpusten würde. Aber dann bemerkte ich den Blick, den Ada Sina zuwarf. Und ich bemerkte den Blick, den Sina Ada zurückwarf. Und dann bemerkte ich, wie beide auf die dunkelblaue große Blumenvase starrten, die nun neben dem Regal stand, aus dem mein Freund Stephan den kleinen Herzdiamanten auf den Boden gefegt hat.

Dazu muss ich eines sagen: In dem Moment, als die beiden die Vase hochhoben, war überhaupt nicht ausgemacht, auf wessen Kopf die Vase zerschellen sollte. Natürlich favorisierte Sina den Schädel von Quindel. Ada dagegen, und ich muss an dieser Stelle noch einmal auf ihren ungewohnt kalten Blick zurückkommen, nachdem sie erfahren hatte, dass ich eine Affäre mit der Lessner hatte, dürfte einen großen Drang verspürt haben, die dunkelblaue Vase mir überzuziehen. Zwei Frauen, zwei Männer, eine Vase. Ich beobachtete über den Lauf von Quindels Waffe hinweg, wie Sina und Ada das Schmuckstück gemeinsam hochhoben und, ohne dass bereits eine Tendenz erkennbar gewesen wäre, mit dem schweren Ding auf uns zustürzten. Ich schloss die Augen, hörte den Knall, den Aufprall der tausend Splitter auf dem Boden und die Schritte, die plötzlich den Raum füllten. Als ich die Augen wieder öffnete, lag Volker Quindel neben mir in einer Blutlache.

»Der Mann lebt«, sagte einer der drei Polizisten, die vor ihm knieten. Der Mann drückte mir seinen rechten Schuh in die Taille.

»Für die ganze Geschichte müsste ich Sie eigentlich sofort in Untersuchungshaft nehmen«, sagte Kommissar Jochen Graber, der mit sieben Starnberger Kollegen das Haus betreten hatte.

Die Handschellen klickten um die Gelenke von Sina Kammerer. Zwei Beamte drehten Volker Quindel, der sich nach der Begegnung mit der Vase spontan für die Bauchlage entschieden hatte, auf den Rücken. Er hatte die Augen geschlossen, und sein Mund bildete beim Atmen kleine blutige Blasen. Ein deutliches, wenn auch leicht unappetitliches Zeichen dafür, dass unser Freund noch am Leben war.

»Wenn Sie damit bis morgen warten könnten«, erwiderte ich, »wäre ich glücklich, weil diese Dame dort heute ihren vierzigsten Geburtstag feiert und mich als Ehrengast gerne bei sich hätte.« Allerdings war ich mir gar nicht mehr sicher, ob Ada an meiner Gesellschaft so sehr interessiert war, schließlich hätte sie mir fast die Vase über den Schädel gezogen.

Noch während ich sprach, fiel mir auf, dass Ada ziemlich klar in Distanz zu mir stand und aus dem Panoramafenster starrte, durch das die ersten klaren Sonnenstrahlen nach der Morgendämmerung brachen. Adas vierzigster Geburtstag fiel also auf einen herrlich klaren, eiskalten Januarsamstag mit stabilen Minustemperaturen, erheblichem Schneefall und geruhsamem Rauch, der am anderen Ufer aus den Kaminen der Häuser aufstieg.

17

In den frühen Morgenstunden fing es heftig an zu schneien. Etwa zu dem Zeitpunkt, als der Krankenwagen den schwerverletzten Volker Quindel in die Neurologische Chirurgie des Bogenhausener Krankenhauses brachte, fielen dicke, trockene Flocken vom Himmel. Ich stand neben Ada am Fenster und sah zu, wie sich die Flocken vor dem Blaulicht des Krankenwagens schön einfärbten. Kommissar Graber saß in der Starnberger Polizeiwache und schlang beide Hände um seine Kaffeetasse.

»Sie haben im Alleingang gehandelt«, sagte er, ohne mich eines Blickes zu würdigen. »Sie haben sich und Ihre Freundin in Lebensgefahr gebracht. Und Sie haben der Polizei Informationen über ein Verbrechen vorenthalten.«

»Dann bin ich jetzt wohl festgenommen?«

»Hören Sie endlich auf mit Ihrem Gewitzel!« Graber schlug mit der Faust auf den Tisch, woraufhin ihm ein Schwall Kaffee über die Hand schwappte und eine hellbraune Lache auf der Tischplatte bildete. »Das hier ist keine kleine Ganovengeschichte, Herr Celle, sondern ein schweres Verbrechen mit mafiösem Hintergrund. Sie hätten uns über jeden Ihrer Schritte informieren müssen. Ach was, Sie hätten überhaupt keine Schritte unternehmen dürfen. Vielleicht wäre dann Stephan Kammerer noch am Leben.«

»Aber ich wäre dafür tot«, entgegnete ich.

Graber ließ sich von einem seiner Kollegen einen Lappen geben und wischte die Tischplatte sauber. »Wir haben zwei von Quindels Männern tot im Starnberger See gefunden.«

»Notwehr«, sagte ich.

»Das wird noch zu ermitteln sein«, konterte Graber und ließ seinen Kugelschreiber über die Zeilen des Protokolls wandern, das er offenbar soeben bekommen hatte.

»Darf ich mal sehen?«, fragte ich und erwartete eigentlich, dass Graber mir sagte, ich solle meine Griffel von dem Blatt nehmen. Aber ich glaube, dass er es mittlerweile aufgegeben hatte, den Celle in seine Schranken zu verweisen, weil der Celle irgendwie gar keine Schranken hatte. Er schob mir die Unterlagen rüber, und ich las noch einmal die offizielle Version dessen, was mir gerade passiert war.

Gegen 07.30 Uhr war bei der Starnberger Polizei ein Anruf eingegangen, den ein älterer Mann getätigt hatte.

Der Mann war mit seinem Hund, einem Golden-Retriever-Welpen, am See entlanggegangen. Im nahen Uferwasser habe der Mann zwei schwarze Tuchplanen entdeckt, die in einer leichten Eisschicht schwammen und die er zunächst für Abdeckungen von Segelbooten hielt. Aber weil der kleine Hund dauernd gebellt habe, sei der Mann stutzig geworden. Er habe sich dann in die Hocke begeben und mit der Schuhspitze vorsichtig eines der beiden Bündel angetippt. Daraufhin sei das Bündel zunächst ein Stück abgesunken, dann aber mit einer gewissen Macht wieder hochgekommen, und weil es plötzlich seitlich lag, habe der Mann erkennen können, dass es sich um die Leiche eines Menschen handelte.

Wenige Minuten später hatte die Polizei das Gelände weiträumig abgeriegelt,

Die beiden Leichen wurden aus dem See geborgen und ins Rechtsmedizinische Institut nach München gebracht. Es handelte sich um zwei tschechische Staatsbürger ohne Aufenthaltsgenehmigung in Deutschland. Die tödlichen Schusswunden sind den Männern mit einer Pistole der Marke Ceska 7,65 zugefügt worden.

»Wo ist eigentlich Fallgrieser? Ich nehme an, Sie haben ihn nach München in Untersuchungshaft bringen lassen«, fragte ich.

Graber wendete den Blick von mir ab und wischte mit der Faust noch einmal über die Tischplatte, die längst keine Kaffeespuren mehr aufwies. »Wir haben Herrn Fallgrieser selbstverständlich auf freien Fuß gesetzt.«

Ich stand auf. Nein, der Stuhl kippte nicht hinter mir um, so was ist mir zu theatralisch. »Sie haben den Mann freigelassen, obwohl er für den Mord an Walter Lankomy und den Obdachlosen verantwortlich ist? Der Mann hat seine junge Frau auf dem Gewissen. Sie lassen einfach so einen Mörder frei?«

»Herr Celle«, sagte Graber betont ruhig, »wir haben Herrn Fallgrieser freigelassen, weil gegen ihn nichts vorliegt. Die Morde an den obdachlosen Männern hat Volker Quindel begangen. Den Rest der Geschichte kennen Sie ja wohl.«

»Wer hat dann Walter Lankomy getötet?«

Graber schob die Hände ineinander, weil er nervös war.

»Lankomy hatte eine eigenartige Verletzung an der Stirn, vermutlich die Todesursache.«

»Richtig, mein Mandant ist nicht mit einer Ceska 7,65 ermordet worden«, ergänzte ich.

»Wir können die Akte Lankomy wohl nicht ruhigen Gewissens schließen, obwohl ich vermute, dass einer der Profikiller den Mord ausgeführt hat. Die Vernehmung wird das zeigen.«

»Und Sina Kammerer?«

»Frau Kammerer ist festgenommen worden, weil sie als Trittbrettfahrerin versucht hat, an Unterlagen zu kommen, die Sie, Herr Celle, zurückgehalten haben. Und sie hat zwei Menschen erschossen, auch wenn es geschah, um Ihr Leben zu retten. Frau Kammerer ist eine unglückliche Frau. Sie hat ihren Bruder verloren – ein Umstand, der nicht zuletzt Ihrer Fahrlässigkeit zu verdanken ist.«

»Sie wollen behaupten, dass ich Stephan Kammerer auf dem Gewissen habe?«

»Sie haben den Mann in die Sache hineingezogen!«, sagte Graber jetzt wieder mit deutlich schärferer Stimme. Dann fügte er leiser hinzu: »Sicherlich ist zu berücksichtigen, dass Herr Kammerer versucht hat, sich zu bereichern. Als er mitbekam, dass Volker Quindel in Ihren Fall verwickelt war, hat er die Gelegenheit genutzt und seinen alten Freund erpresst. Der hat ihn dann umbringen lassen.«

Ich fragte einen der Starnberger Beamten, ob ich ebenfalls einen Kaffee bekäme. Der Staatsbedienstete musste sich erst einen zustimmenden Blick von Graber einholen, um mir einen beschissenen Kaffee in eine beschissene Tasse zu schütten.

»Immerhin haben Sie ja wohl diese verdammten Formeln sicherstellen können«, sagte ich möglichst beiläufig und nahm einen heißen Schluck. Graber sah mich an, als wisse er nicht, ob er Ironie oder professionelle Ernsthaftigkeit in seinen Blick legen sollte. Deshalb hakte ich lieber nochmals nach. »Sie haben doch die Formeln sichergestellt, oder? Quindel hatte sie bei sich.«

»Ja, Herr Celle«, sagte Graber. »Volker Quindel hatte die Formeln bei sich, einen alten, vergilbten Zettel.«

»Sag ich doch.«

»Allerdings sind es Formeln zur Herstellung eines Haarwuchsmittels.«

»Sie scherzen, dabei ist es noch so früh am Morgen«, erwiderte ich. Den Kaffee hätte ich am liebsten auf die Tischplatte ausgekippt.

»Nein, ich scherze nicht, Herr Celle. Das macht mich ja so fassungslos. Die ganze Jagd und vor allem Ihr kriminelles Versteckspiel waren so sinnlos wie ein Flammenwerfer im Fegefeuer. Sie haben Ihr Leben für ein Haarwuchsmittel aufs Spiel gesetzt. Die Formel ist übrigens über siebzig Jahre alt. Ich denke, es gibt mittlerweile ausgefeiltere und effektivere Produkte.«

Graber fixierte mich wie eine Dartscheibe, in die man den letzten Pfeil jagen will. »Ich will nicht noch einmal erleben, dass Sie die Polizeiarbeit behindern. Sonst werde ich Ihnen die Lizenz entziehen lassen.«

Ada hatte die ganze Zeit neben mir gesessen, ohne ein Wort zu sagen. Es war nicht sicher, ob sie überhaupt jemals wieder mit mir reden würde. Graber bot uns an, uns mit einem Streifenwagen in die Stadt bringen zu lassen, aber ich zog es vor, uns ein Taxi zu rufen.

Während der Fahrt schneite es, und mir wurde ein bisschen feierlich zumute. Vielleicht stand ich auch nur unter Schock, weil alles umsonst gewesen war. Ich sah Ada an, die mich ansah, und plötzlich überzog ein breites Grinsen mein Gesicht, während ich mit der rechten Hand in meiner Jackentasche fingerte und zwei von diesen elenden Diamantherzen hervorzauberte.

»Alles Gute zum Vierzigsten«, sagte ich, und die beiden Herzen kullerten in meiner Handfläche wie kleine, kostbare Käfer.

Ada lächelte nicht, klaubte mir aber die Steinchen einzeln aus der Hand. »Willst du nicht einen für deine Herzdame behalten?«, fragte sie.

»Ada, du musst das entspannt sehen«, erwiderte ich und ärgerte mich über die yuppiehafte Formulierung. »Ich musste so tun, als interessiere ich mich für die Lessner. Sonst wäre ich doch nie an Quindel und seine Mafiabande rangekommen. Das war mein Job, Schatz.« Ich rundete meine Erklärung mit einem Kuss auf Adas Wange ab.

»Dein Job?«, fragte sie und musterte mich seltsam lächelnd.

»Na ja«, antwortete ich. »Meine unentgeltliche Hauptbeschäftigung.«

Wir fuhren mit dem Taxi direkt zu Svens Cappuccinobar, denn mittlerweile war es kurz nach neun. Als wir reinkamen, holte Sven sofort den Champagner aus dem Gefrierschrank. Das war die eine Überraschung. Die andere war Gernot Lammhuber, der an der Theke stand und mich über seine dämliche Nasenklammerbrille hinweg ansah.

»Der Ausnahmedetektiv ist zurück«, sagte er ein wenig bitter und nippte an einem Gläschen Weißwein.

»Was machst du denn hier, Lammhuber?«, sagte ich

ehrlich enttäuscht, dass er hier war. Ich weiß, eigentlich hätte ich mich freuen müssen, dass er nicht tot war und in Fallgriesers Leichenkeller vor sich hin schimmelte. Aber Lammhuber ist einfach kein Mensch, dessen Wiederkehr man feiern mag.

»Ich habe mich eine Zeit lang als Penner rumgetrieben, wie du es von mir verlangt hast.« Es klang vorwurfsvoll und so, als hätte ich ihn in eine Sklavengaleere gesteckt.

»Sie haben dich demnach nicht verschleppt, die Menschenhändler?«

Lammhuber sah mich verächtlich an. »Vergiss die Geschichte. Ich habe einen Job in einer Packerei angenommen. Ich sage dir, was die mit den Arbeitern machen, ist eine Schande. Da wird es einen neuen Klassenkampf geben. Aufstände wie anno achtzehn. Ich habe mich in dem Laden ziemlich genau umgesehen. Undercover, verstehst du, wie Wallraff damals, nur geschickter.«

»Wo hast du eigentlich die ganze Zeit gesteckt, Josef?«, fragte Sven und drehte den Korken aus der Champagnerflasche.

»Ich war im Blue Spa, der Wohlfühlwelt im Bayerischen Hof. Kann ich dir nur empfehlen, Sven. Da hast du einen gigantischen Blick auf ganz München, liegst in einer mit Lotosblüten gefüllten Badewanne und wirst von willfährigen Thaifrauen massiert.«

»Von Thaigirls, Josef, echt?« Lammhubers Augen bekamen einen leichten Glanz, der sich aber nicht wirklich entfalten konnte, weil der Alkohol jeden Tropfen Flüssigkeit aus seinem verbrauchten Körper saugte.

»Behalt im Hinterkopf, was du sagen willst, Josef«, sagte Sven, denn er hatte Ada erblickt. Er flitzte auf sie zu und umarmte sie, wie ein Fischer den dicksten Fisch umarmt, den er in seinem Leben gefangen hat. Wobei ich jetzt nicht genau weiß, inwieweit Fischer ihre Fische umarmen. »Alles Gute, mein Schatz«, schmatzte er sie ab. »Wie ich unseren Privatermittler kenne, hat er sicher vergessen, dich so reich zu beschenken, wie du es verdienst.«

»Irrtum, Sven«, sagte Ada und hielt ihm die zwei Diamantherzen unter die Nase – beste Hehlerware, dafür konnte ich garantieren.

Für mich war das ein vergiftetes Geschenk von Anfang an. Wenn diese dämliche Formel, wegen der mein Freund Kammerer verreckt war, nur eine elende Haarwuchsessenz hervorbrachte, dann war die ganze Geschichte umsonst gewesen. Und ich stand mit diesem von Beginn an absurden Fall, für den ich nicht mal einen Auftraggeber hatte, wie ein Idiot da.

»Lasst uns anstoßen, Kinder, ich hab auch was Leckeres zu essen gemacht!«, Sven hielt mir ein Champagnerglas hin.

»Lesbenschampus?«, fragte ich.

»Idiot«, zischte Sven und lächelte Ada marzipansüßlich an.

»Du, Josef«, Lammhuber zog mich zur Seite. »Was meinst du damit, dass Quindel nur ein Teil der Lösung ist?«

Ich skizzierte dem Starreporter Lammhuber kurz die Lage.

»Dann hast du am Ende also gar keinen Täter vorzuweisen?«

»Würd ich nicht sagen. Immerhin hat Quindel gestanden, Stephan Kammerer umgebracht zu haben.«

»Und die Organgeschichte? Ist da etwa auch nichts dran?«

»Welche Organgeschichte?«

»Na ja, dass Quindel den Pennern die Organe entnehmen und im internationalen Handel verscherbeln wollte.«

»Doch, doch, da ist schon was dran, Lammhuber«, sagte ich nach kurzem Zögern. »Das kannst du auf jeden Fall in der *Abendzeitung* schreiben. Organhandel in ganz großem Stil, völlig klar.«

»Mann, Josef«, Lammhubers Kopf war rot wie eine Kirschtomate, »du hast mich nicht vergessen, das wusste ich. Ich fang noch heute Abend mit der Reportage an.«

»Über die Packerei-Ausbeuter?«

Lammhuber winkte ab. »Das hat Zeit. Ich mach erst die Organhandelstory. Du musst mir gar nicht viel erzählen, ich kann schließlich eins und eins zusammenzählen. Ich mach das Ding fertig und biete die Geschichte dem *Spiegel* an. So läuft das Business, mein Lieber.«

Er ging zurück an die Theke und ließ sich nachschenken.

Irgendwann begann Sven damit, ein gigantisches Geburtstagsdefilee aufzutragen und das Schild *Geschlossene Gesellschaft* an die Tür zu hängen.

»Erschossene Gesellschaft würde besser passen«, sagte ich so leise, dass es nur Ada hören konnte.

»Versuch mal, ein bisschen abzuschalten, ich versuch's auch«, erwiderte sie. Just in dem Moment wurde mir klar, dass sie am meisten unter der ganzen Geschichte zu leiden hatte. »Entschuldige, Ada«, sagte ich, und legte ihr die Hand in den Nacken, die sie sofort ergriff und wegdrückte.

»Fang bloß nicht an, zutraulich zu werden«, sagte sie, doch es klang nicht böse, sondern einfach nur erschöpft. Schließlich war es eine halbe Ewigkeit her, dass sie geschlafen hatte. Schließlich war sie die Geisel gewesen, nicht ich. Das heißt, ich war im Grunde genommen auch eine Geisel gewesen – von Katja Lessner, wenn auch nur für kurze Zeit, und so ganz unangenehm hatte es sich ja auch nicht angefühlt. Der einzige Wermutstropfen war, dass Ada von der kleinen Geschichte Wind bekommen hatte. Ich war mir nicht sicher, ob sie mir das verzeihen würde. Aber die Situation gebot einfach, sie nicht danach zu fragen. Ich hätte auch sehr gerne gewusst, was Ada über das Verschwinden von Katja Lessner wusste. Doch damit konnte ich ihr nach der ganzen Geschichte nicht kommen, schon gar nicht auf ihrem Geburtstagsfest.

Sven hatte sich unglaublich viel Mühe gegeben. Ein gigantischer Lachs lag in einem Bett aus Meeresfrüchten und Salat und starrte in den Wintertag. Dazu gab es kleine, tuffige Kanapees, Cremes aus Avocado und Karpfensperma – also alles, was ich eigentlich nicht esse. Aber es war eine noble Geste von Sven, der normalerweise ein elender Geizkragen ist.

»Wieso machst du das eigentlich?«, fragte ich ihn.

»Was meinst du?«

»Na, diese ganze Show hier. Ich meine, wieso bist du so spendabel?«

»Wieso spendabel? Das ist ein Auftrag, wusstest du das denn nicht?«

»Von wem?« Ich hatte gerade in ein Artischockenherz gebissen und verschluckte mich fast daran.

»Von Frau Doktor Lessner. Sie ist gestern vorbeigekommen und hat mich gebeten, für ihre liebe Freundin Ada ein Essen auszurichten. Ich schätze, dass sie später auch noch vorbeischaut. Woher kennen Ada und die Frau Doktor sich eigentlich?«

Ich musste das Artischockenherz dringend mit dem Schampus runtergurgeln. Die Lessner war zumindest vor drei Tagen noch am Leben, natürlich. Noch ätzender machte die Sache für mich, dass Ada vermutlich wusste, wo sich die Lessner rumtrieb. Vielleicht haben die beiden Weiber gemeinsame Sache gemacht, überlegte ich. Die Lessner wollte mich beherrschen, das war klar. Sie lauerte wie eine schwarze, schöne Spinne irgendwo in dieser Stadt und wollte mich in ihr Netz ziehen. Sie hatte das Geburtstagsfest für meine Freundin organisiert – eine Surprise-Party mit kulinarischen Extravaganzen, das Ganze kostete sicher an die fünfhundert Euro. Katja Lessner hatte überall die Finger drin. Sie wollte mich Ada ausspannen, und ich konnte nicht einmal schwören, dass sie erfolglos bleiben würde.

Ich hatte Graber nichts von Katja Lessner erzählt, keine Ahnung wieso. Vielleicht weil ich irgendwie das Gefühl hatte, dass diese Frau für mich noch bedrohlicher würde, wenn die Polizei erst nach ihr fahndete. Auch Ada hatte nichts gesagt, und Quindel – gut, der konnte nichts sagen, weil er noch mit den Folgen der Blumenvasenattacke kämpfte. Katja Lessner befand sich also irgendwo, und dennoch hatte ich das Gefühl, dass sie sich ständig in meiner Nähe aufhielt.

Ich wollte mir gerade einen von den verdammten Cabernets einschenken lassen, als mein Handy klingelte. Das war sie, die Lessner, und ich hätte vieles darum gegeben, das Telefon einfach ausschalten zu können. Doch es war ein verdammtes Klapphandy, das nicht aufhörte, in meiner Hosentasche zu klingeln und zu vibrieren. Ich wollte es nicht herausholen, damit Ada nicht mitbekam, dass mich meine Geliebte anrief. Ich kämpfte mir den Weg zur Tür frei und trat auf die Schellingstraße.

»Ja, hier Celle«, sagte ich und machte die Augen zu, weil ich mich ganz auf die Alexandra-mein-toter-Zigeunerjunge-ist-ein-Baum-Stimme konzentrieren wollte.

»Hier spricht Christine«, sagte die Stimme, eindeutig eine normale, helle Frauenstimme. Ich wollte schon fragen, wer zum Teufel jetzt auch noch Christine sei und was sie von mir wolle, weil ich eigentlich keine Lust hatte, die Bekanntschaft einer weiteren Frau zu machen. Ada war schließlich da, das dürfte reichen. Gut, die Erinnerung an Yvonne Unbehauen war eine süße, die an Sina Kammerer eher eine bittere, und die Lessner schwebte sowieso als ständige Möglichkeit, in die Hölle zu stürzen, über mir. Und jetzt auch noch Christine, nein, nein, nein.

»Sie haben mich vor etwa zwei Wochen angerufen, um sich über den Verbleib von Frau Lankomy zu erkundigen«, sagte Christine.

Ich lehnte mich an die Hauswand, um mich von dem Schrecken zu erholen. »Ja, ich erinnere mich,« sagte ich mit einer Stimme, die belegt zu nennen eine Schmeichelei wäre.

»Damals habe ich Ihnen nicht weiterhelfen können, aber heute Morgen habe ich die Bewohnerakten durchgesehen, weil die Uni München eine geriatrische Studie machen will. Und da ist mir aufgefallen, dass unsere Frau Hoffmann eine geborene Lankomy ist.«

»Frau Hoffmann«, wiederholte ich, als müsste ich mir

langsam wieder die deutsche Sprache beibringen, autologopädisch sozusagen.

»Ja, Frau Hoffmann lebt seit sieben Jahren bei uns. Sie ist vierundachtzig und kann nicht mehr laufen. Aber hier oben …« Offenbar sollte ich mir vorstellen, wie sich Christine mit dem Zeigefinger gegen die Stirn tippte.« … hier oben ist sie ziemlich klar.«

»Kann ich sie sehen? Ich meine, kann ich Frau Hoffmann besuchen?«

»Ich weiß nicht«, sagte Christine. »Frau Hoffmann ist eine alte Frau. Ich müsste sie fragen. In welcher Angelegenheit wollen Sie denn mit ihr sprechen?«

»Ich bin ihr Detektiv«, sagte ich, weil mir nichts Besseres einfiel und vor allem weil ich nichts Besseres war. Ich hatte mich erst als Enkel ausgeben wollen, aber das würde die Frage aufwerfen, warum der Knabe sich erst jetzt bei seiner Großmutter meldet.

»Und was wollen Sie von Frau Hoffmann erfahren?«, fragte Christine jetzt mit einer nach Misstrauen klingenden Schwingung in der Stimme.

»Es geht um eine Erbschaftssache«, sagte ich, »vielleicht kann mir Frau Hoffmann helfen.«

»Na ja, wenn es um Geld geht, sollten Sie vielleicht möglichst schnell vorbeikommen, Frau Hoffmann ist weit über achtzig.«

»Dann mache ich mich jetzt auf den Weg«, sagte ich und verabschiedete mich. Als ich mein Handy in die Hosentasche schob, sah ich von außen, wie sich Lammhuber an Ada heranmachte, und fragte mich, ob ich die Sache mit Frau Hoffmann nicht besser auf den nächsten Tag hätte verschieben sollen. Aber ich hatte irgendwie im Hinterkopf, dass ich immer dann am erfolgreichsten bin, wenn ich die Dinge spontan anpacke. Dass ich so wenig erfolgreich bin, liegt allein daran, dass ich zu selten spontan bin.

Der Grappa und der Schampus hatten Lammhuber wohl animiert, Ada um die Taille zu greifen. Ich beobachtete ihn einen Moment und war ein bisschen glücklich, dass ich Adas Freund war und dass sie nicht von einem durchgeknallten Diamantenhändler erschossen worden ist.

»Das ist nicht dein Ernst «, sagte Ada, als ich ihr erklärte, dass ich noch einmal fortmüsse. Aber sie lächelte auch und wischte mir die Schneeflocken aus den Haaren. Sie lächelte, weil normalerweise Ada immer wegmuss und ich dann sage: »Das ist nicht dein Ernst.«

»Es geht noch einmal um den Fall«, sagte ich.

Lammhuber drehte sich um und wollte gerade fragen, was los sei. Doch da hatte ich schon die Tür aufgemacht und lief über die Schellingstraße Richtung Schraudolphstraße, wo ich in meinen blauen Polo stieg.

Das Altenheim sah aus wie ein altes Schloss und lag ziemlich nah am Mittleren Ring. Das Schöne am Alter ist ja, dass man blind und taub wird und deshalb weder die Hässlichkeit seiner Umgebung noch den höllischen Lärm von der Straße mitbekommt. Ich parkte auf dem großen Aschenplatz, der so ungenutzt aussah wie die Biografie mancher Neunzigjähriger, die hinter den Mauern an ihren Schnabeltassen saugten.

Wenn ich Altenheime sehe, nehme ich mir immer vor, mir sämtliche alten, gesundheitsschädigenden Angewohnheiten wieder zuzulegen. Vor fünf Jahren habe ich aufgehört zu rauchen. Wozu? Um in vierzig Jahren in einem Bett mit einem schwebenden Plastikdreieck über mir zu liegen?

Ich ging in die Halle, die keinen üblen Eindruck machte. Es roch frisch nach Zitrone, und überall standen Benjamini fici – ich hoffe inständig, dass ich den Plural richtig verwendet habe. Die Anmeldung befand sich in einem glasverschalten Zimmer, in dem zwei Schwestern saßen: eine ältere mit Brillenschnur um den Hals und eine jüngere mit aschblonden, vom Färben leicht mitgenommenen Haaren.

Ich sagte, dass mein Name Celle sei, woraufhin die jüngere sagte, sie heiße Christine, und mir die Hand gab.

»Ich habe Frau Hoffmann schon erzählt, dass Sie kommen.« Christine führte mich zum Aufzug, der im selben Moment aufging. Drinnen stand ein spindeldürrer Zivildienstleistender mit einem Wäschewagen. Er grüßte scheu, als Christine fragte, ob er nach unten fahre, dann nickte er und senkte den Kopf, bis die Fahrzeugtür wieder geschlossen war.

»Die Station ist im zweiten Stock, wollen wir laufen?«, fragte sie dann, und ich folgte ihr durch den blank geputzten Hausflur nach oben. Die breiten Holzstufen gaben dem Haus etwas Strenges und Regimentartiges. Vermutlich mussten hier in früheren Zeiten junge Rekruten rauf- und runterlaufen, schikaniert von zwirbelbärtigen Leutnants. Inzwischen lagen die ehemaligen Rekruten alle in verstellbaren Betten auf Gummiunterlagen.

Im zweiten Stock saßen zwei alte Frauen auf einer ausrangierten Couch und starrten vor sich hin. Ein kleiner, dünner Mann beugte sich in seinem Sessel vor und rief fragend: »Herr Pfleger?« Vor ihm hockte eine krähenartige Frau in einem Rollstuhl und hantierte ungeschickt mit einer brennenden Zigarette herum.

»Hier geht's lang«, sagte Christine, und für Sekunden kam ich mir selbst wie einer der Bewohner vor, dem gezeigt wird, wo es langgeht. Vor dem zweiten Zimmer blieb meine Begleiterin stehen, hielt den Zeigefinger an ihre zartrosa geschminkten Lippen und nickte mir zu. Dann zog sie die Tür auf, eine Schiebetür wie bei einem begehbaren Kleiderschrank, und ich trat in das Zimmer.

Im ersten Bett lag eine alte Frau mit schneeweißem Gesicht und geschlossenen bläulichen Augenlidern. Ich starrte zwei Sekunden lang auf die Bettdecke und sah, dass sie sich leicht hob und senkte. Ein gutes Zeichen, dachte ich. Das Bett dahinter war leer. Frau Thekla Hoffmann, geborene Lankomy, saß auf dem Stuhl davor. Ihre Haare standen wie Zuckerwatte nach allen Seiten. Sie trug eine riesengroße Brille, die ihr kleines, faltiges Gesicht förmlich zu verschlucken schien. Sie lachte mich an, und ihre großen Zähne warteten auf den Klavierstimmer.

»Bringst du mir junge Männer, mein Schätzchen?«, sagte sie mit dunkler Stimme.

Ich erschrak ein bisschen, denn meine letzte Frau mit dunkler Stimme war Katja Lessner.

»Das ist Herr Celle, Frau Hoffmann. Er ist Detektiv und möchte Ihnen ein paar Fragen stellen.«

»Fragen?« Die Alte legte eine Spur Misstrauen in ihre Züge. »Was wollen Sie mir denn für Fragen stellen, junger Mann? Ob ich meine Steuern pünktlich zahle?« Ich ging auf Frau Hoffmann zu und gab ihr die Hand. Sie hatte einen bemerkenswert festen Händedruck.

»Ich bin gekommen, um Sie nach dem Grafen Gartow zu fragen.« Vermutlich erleidet sie jetzt einen Schwächeanfall, dachte ich, oder etwas noch Schlimmeres, das mich als Greisinnenkiller vor Gericht bringt. Aber im Gegenteil: Sie lachte. »Ach, Schwester Christine«, sagte sie, »seien Sie doch bitte so gut, und lassen Sie mich und den Herrn Celle ein bisschen alleine, ja?«

Christine lächelte ihr gütiges Pflegekräftelächeln und ging rückwärts aus dem Zimmer.

»Graf von Gartow, junger Freund, ist seit Ewigkeiten tot und vergessen, und das nicht ganz zu Unrecht.«

»Wie meinen Sie das?«

Frau Hoffmann setzte sich aufrecht hin, wodurch ihre Brille ein wenig verrutschte, was sie mit dem linken Zeigefinger korrigierte. »Der Herr Graf war ein Frauenheld, der seine Ehefrau nach Strich und Faden betrogen hat. Immerhin hat er ihr genug Geld gegeben, damit sie sich ein schönes Leben machen konnte.«

»Waren Sie die Geliebte des Grafen?«, fragte ich.

Jetzt nahm Frau Hoffmann die Brille ab, legte sie in ihren Schoß und sah mich aus klaren grünen Augen an. »Sie sind ganz schön indiskret, junger Mann. Aber ich will es auch sein. Alt genug dafür bin ich ja. Ich war in der Tat die Geliebte von Graf Gartow. Allerdings war das weniger angenehm, als Sie es sich vorstellen.«

»Wie meinen Sie das?«

»Ich war Zimmermädchen im Starnberger Chalet der Gartows, und Wenzel hat mich bereits zwei Tage, nachdem ich meinen Dienst bei ihm angetreten hatte, verführt. Darf ich Sie bei der Gelegenheit auch etwas fragen?«

»Ja, natürlich«, sagte ich.

»Wer sind Sie eigentlich, und warum fragen Sie mich das? Mein Neffe sind Sie ganz sicher nicht, weil ich nämlich keine Geschwister habe.«

Ich erklärte Frau Hoffmann, geborene Lankomy, dass ich im Auftrag der Familie Gartow ein Familienerbe suchte.

»Was für ein Erbe soll das sein?«, fragte Frau Hoffmann.

»Nun, es handelt sich um eine Schatulle, in der ein Zettel mit einer chemischen Formel versteckt ist.«

Wie auf Kommando fing die alte Dame kreischend an zu lachen. Sie lachte, als wollte sie bei *Deutschland sucht den Superlacher* mitmachen. »Wissen Sie«, sagte sie dann, »diese Schatulle war ein Fluch. Alle wollten diese verdammte Schatulle haben, weil sie glaubten, damit viel Geld machen zu können. Wenzel hat mir die Schatulle gegeben und mich gebeten, sie zu verstecken.«

»Vor wem?«

»Vor einem eifrigen jungen Mann, der sich bei Wenzel eingeschmeichelt, sein Vertrauen erschlichen hatte und unbedingt an seine Forschungsergebnisse heranwollte. Wenzel hat ihm misstraut.«

»Heißt der Mann zufällig Fallgrieser?«

»Ja«, sagte Frau Hoffmann, »Anton Fallgrieser. Er hatte eine junge Frau, Rosa.«

»Sie ist unerwartet gestorben.«

Frau Hoffmann sah mich an und schwieg, als müsste sie jedes weitere Wort auf ihrem Gebiss hin und her kauen. »Sie ist nicht unerwartet gestorben.«

»Wie meinen Sie das?«

»Rosa hatte ebenfalls ein Verhältnis mit Gartow. Jede Frau in seiner Umgebung hatte was mit Wenzel. Besser gesagt, er hatte etwas mit jeder Frau. Das Problem war nur: Rosa war schwanger von ihm, deshalb musste sie sterben. Fallgrieser hat sie getötet. Er hat ihr Gift ins Essen gemischt.«

»Aus Eifersucht«, sagte ich.

Wieder lachte Frau Hoffmann schrill auf. »Aus Eifersucht? Solche Gefühle hat Fallgrieser nicht gekannt. Er hat befürchtet, dass der Balg einen Erbanspruch hat.«

»Er hätte das Kind als seines ausgeben können.«

»Ja, aber Rosa wollte das nicht. Sie wäre von Fallgrieser weggegangen. Sie war selbstbewusst.«

»Sie haben damals bei der Polizei ausgesagt, dass Sie Zweifel an Rosas Tod hatten.«

»Zweifel?«, Frau Hoffmann schüttelte den Kopf, »ich hatte ja den Beweis.«

»Welchen Beweis?«

»Na, den Brief, in dem Rosa schreibt, dass Fallgrieser ihr etwas ins Essen geschüttet hat. Machen Sie mal den Schrank auf.«

Ich stand auf und schob die Schranktür zur Seite. Alles ging hier offenbar durch Hin- und Herschieben auf und zu.

»Ganz oben, bei den Unterhemden.«

Ich kramte in den Unterhemden der alten Frau, bis ich einen knittrigen Umschlag in der Hand hielt.

»Ja, machen Sie ihn auf, machen Sie ihn auf, nur keine Scheu.

Ich zog den Bogen auseinander und las die wenigen Zeilen, in denen Rosa Fallgrieser ihren Mann beschuldigte, sie langsam zu vergiften. Sie schrieb, er dränge ihr nun seit zwei Wochen einen Pudding auf, von dem sie jeden Tag essen müsse. *Es geht mir seit einer Woche so schlecht, dass ich mich ständig übergeben muss. Das kann nicht an der Schwangerschaft liegen.*«

»Fallgrieser hat Rosa nach ihrem Tod verbrennen lassen. Er wolle sie nicht in der Erde vermodern lassen, hat er immer gesagt.«

»In Wirklichkeit wollte er eine Obduktion verhindern?«

Frau Hoffmann nickte. »Ich war auch schwanger, Herr Celle. Ebenfalls von Gartow.«

Sie nahm die Brille ab, und ihre Augen schwammen ein bisschen. »Mein Junge heißt Walter, und ich habe ihn an Pflegeeltern ins Schwäbische gegeben.«

»Sie haben ihn nie wiedergesehen?«

Sie schüttelte den Kopf. »Ich habe ihn weggegeben, als er eine Woche alt war. Aber ich habe ihm etwas mitgegeben.«

Ich wusste, wovon sie sprach.

»Eine Schatulle mit ein paar Herzen, die Wenzel mir geschenkt hatte. Wenzel wollte, dass ich einen Zettel darin verstecke. Aber ich habe einen anderen Zettel hineingelegt, den ich auf seinem Schreibtisch gefunden habe.«

»Sie haben einfach einen falschen Zettel in die Schatulle gelegt? Warum?«, fragte ich.

Die Hoffmann lachte hinter ihrer großen Brille.

»Wenzel von Gartow war ein geschickter Mann, glauben Sie mir. Aber er war nicht so geschickt wie ich. Mir ging es darum, Fallgrieser auf eine falsche Fährte zu locken. Ich wusste, dass er hinter der Schatulle her war wie der Teufel hinter der armen Seele. Und von mir aus sollte er die Schachtel haben, aber nicht mit dem Zettel, den Wenzel mir gab. Den habe ich in Wenzels Büste versteckt. Ich habe das Papier zusammengerollt und in eines der Nasenlöcher geschoben. Danach habe ich die

Öffnung zugegipst. Ich war ein schlaues Mädchen, junger Mann«, sagte sie und lachte hexenhaft.

Die Büste – sie befand sich im Wohnzimmer von Gerhild von Gartow, auf der Anrichte, Ich hatte schon zweimal davorgesessen, als ich dort zu Besuch war. Lankomy musste also sterben, weil Fallgrieser glaubte, dass er die Formel besaß.

»In dem Schmuckkästchen war die Formel für ein Haarwuchsmittel. Fallgrieser dürfte sich schwer geärgert haben«, lachte die Greisin. Die Frau ahnte nicht einmal, was sie für ein Elend angerichtet hatte. »Der Graf war ein lustiger Mensch, wenn Sie verstehen, was ich meine.«

»Ja, er hat Frauen und Kinder geliebt«, sagte ich.

»Richtig«, erwiderte Frau Hoffmann, »und er hat Kinderspiele geliebt. Er hat oft ganze Heerscharen von Dorfkindern in seinen Garten geholt und sie mit einer Zwille die Birnen von den Bäumen schießen lassen.

»Mit einer Zwille, sind Sie sicher?«, fragte ich. Lankomy hatte eine Wunde auf der Stirn, die von einem Stein herrührte, der mit einer unbekannten Waffe geschleudert worden war. Warum nicht mit einer verdammten Zwille?

»Sie sind Detektiv, nicht wahr?«

Ich nickte wie jemand, der geständig ist.

»Wissen Sie was?« Auf einmal kam richtig Leben in die alte Dame. »Ich beauftrage Sie hiermit, meinen Sohn Walter zu finden. Ich habe ihn nach Stuttgart zu Pflegeeltern gegeben. Er müsste jetzt neunundsechzig Jahre alt sein. Finden Sie meinen Walter, Herr Celle. Schaffen Sie das?«

Ich nickte. Walter Lankomy hatte seine Mutter wiederfinden wollen und er hätte es fast geschafft. Nur die verfluchte Schatulle hätte er zu Hause lassen sollen, dann könnte er an meiner Stelle hier an ihrem Bett sitzen.

»Ich muss diesen Brief mitnehmen«, sagte ich und steckte das Schreiben von Rosa Fallgrieser in die Jackentasche.

»Was wollen Sie denn noch damit?«, fragte Frau Hoffmann. »Das sind doch alles alte Geschichten.«

»Warum sind Sie damals nicht zur Polizei gegangen, Frau Hoffmann?«, hakte ich nach.

»Ich war doch bei der Polizei. Der leitende Beamte meinte, ich wolle nur Geld aus der Geschichte herausschlagen. Als ich ihm den Brief zeigen wollte, hat er mich weggeschickt.« Die alte Dame lächelte leicht, so als habe sie gerade von ihrer Hochzeit erzählt.

Keine Ahnung, ob es stimmt, aber man sagt ja, dass einen das Alter selbst bei der Erinnerung an die übelsten Schicksalsschläge milde stimmt.

»Kennen Sie die Tochter von Herrn Gartow?«, fragte ich.

»Gerhild?« Frau Hoffmann verzog die Mundwinkel halbmondförmig.

»Natürlich kenne ich Gerhild. Sie war Fallgriesers Geliebte.«

»Sie war was?« Ich merkte, dass ich etwas laut geworden war, was man bei Todesstrafe in einem Altenheim nicht tun darf. Vermutlich kamen jede Minute zwei schrankgroße Pfleger herein, um mich wegzutragen.

»Warum haben Sie mir das nicht gleich erzählt?«, fragte ich.

Thekla Hoffmann sah mich erstaunt an. »Sie haben mich nicht danach gefragt, junger Mann«, entgegnete sie und legte ihre Brille auf das Nachtschränkchen. »Anton und Gerhild waren wie der Teufel hinter dem Schmuckkistchen her. Gerhild hat ja geglaubt, dass darin die Formeln stecken. Und Anton ebenfalls.«

»Nur Sie haben gewusst, dass die Formeln in der Büste stecken?«

»Ja«, sagte Frau Hoffmann.« Selbst Wenzel hatte keine Ahnung. Ich habe die Geschichte mit dem Kistchen verbreitet, und keiner hat geahnt, dass der Graf das Zeug gewissermaßen in der Nase hatte.«

Ich konnte der armen Frau unmöglich erzählen, dass wegen dieses geschickten Täuschungsmanövers ihr armer Sohn in einem Schwabinger Hotelzimmer hatte dran glauben müssen. Fallgrieser hatte ihn also nach München locken lassen, weil er glaubte, dass in der Kiste sein Schlüssel zum Reichtum lag. Er hatte Walter Lankomy vollkommen umsonst umgebracht. Genauso wie Quindel den armen Stephan Kammerer umsonst ermordet hatte.

»Frau Hoffmann », sagte ich und sprang vom Stuhl auf, »was ist denn eigentlich mit der Schatulle passiert?

Die Alte sah mich mit zusammengekniffenen Augen an, als müsste sie die Antwort mühsam von meiner Stirn ablesen. »Ich weiß es nicht mehr genau. Aber ich glaube, sie war verschwunden, kurz nachdem ich Walter an eine Pflegefamilie abgegeben habe.«

»Ich muss los«, sagte ich und streckte der Hoffmann meine Hand entgegen, die sie ignorierte.

»Hören Sie!« Die alte Dame hatte eine erstaunlich scharfe Stimme. »Denken Sie an den Auftrag, den ich Ihnen erteilt habe.«

»Ihren Sohn zu finden, ich weiß, Frau Hoffmann, ich werde mein Bestes tun.«

»Hoffentlich reicht das aus.«

Ich sprang wie ein Flummi die Treppe hinunter und hatte nicht einmal Zeit, mich von Schwester Christine zu verabschieden. Kaum im Auto, ließ ich den Motor an und fuhr los.

Es fing wieder an zu schneien, deshalb kam ich nicht so schnell vorwärts wie geplant. Auf dem Mittleren Ring hatte sich ein Schneeteppich gebildet, auf dem die Autos dahinschlichen wie hässliche Reptilien. Die Schneewand wurde immer dichter, und ich sah mich schon im Stau verenden, in einer Schneehülle erstickt.

Als ich endlich gegen drei in die Hompeschstraße einbog, stellte ich mit einem Blick fest, dass die Wohnung der Gräfin dunkel war. Ich ging zur Haustür und drückte auf den Klingelknopf, und siehe da, mir ward aufgetan. Auf der Treppe stand ein Mann im schwarzen Pullover, etwa sechzig Jahre alt, eine Lesebrille auf der Nase. Er lächelte, vermutlich hatte ich ihn gerade bei einer zauberhaften Lektüre gestört.

»Sie wollen bestimmt nicht zu mir, oder?«, sagte er, immer noch lächelnd. Die Frage war voller freundlicher Ironie.

»Nein«, erwiderte ich, »zu Frau von Gartow.«

Der Mann nahm die Lesebrille von der Nase, klappte sie zusammen und versteckte sie in seiner Faust. »Ach, sind Sie näher bekannt mit ihr?«

»Ich bin ihr Neffe«, sagte ich, weil sich die Version schon einmal bezahlt gemacht hatte. »Ich will mal nach dem Rechten sehen, weil sich meine Tante so lange nicht gemeldet hat.«

»Das ist auch dringend nötig«, entgegnete der Mann, immer noch lächelnd. »Bitte kommen Sie doch herein.

Mein Name ist übrigens Löwe«, sagte er und ergriff meine Hand mit einer leichten Verbeugung.

Die Wohnung von Herrn Löwe stand ganz im Zeichen der Literatur und der Musik, denn die Wände in Flur und Wohnzimmer waren komplett mit Bücher- und CD-Regalen vollgestellt.

»Setzen Sie sich doch schon mal«, Herr Löwe wies auf eine Polstergruppe aus dunkelblauem Leder. »Möchten Sie vielleicht ein Getränk?«

»Wenn Sie ein Bier hätten«, sagte ich.

Herr Löwe ging in die Küche und kam mit einer kleinen Bügelflasche Bier, einer bauchigen Flasche Perrier und einem halben Glas Wein zurück.

»Wissen Sie …«, er ordnete die Getränke auf einem kleinen Glastisch an, von dem er zuvor den Wirtschaftsteil der *Frankfurter Allgemeinen Zeitung* und eine Klassikzeitschrift entfernen musste. »Ich hatte keinen besonderen Kontakt zu Frau von Gartow. Sie wohnt seit ein paar Wochen hier im Haus, ist immer freundlich-distanziert und spricht gelegentlich ein paar Worte mit mir. Ansonsten ist von ihr nicht viel zu bemerken.«

»Was nicht ungewöhnlich ist für eine Dame ihres Alters«, sagte ich.

»Sie haben vollkommen recht«, erwiderte Herr Löwe. »Aber heute ist etwas passiert, was mir sehr merkwürdig vorkommt.«

»Und das wäre?« Ich schenkte mir das Bier ein.

»Frau von Gartow ist offenbar ausgezogen.«

»Sie ist was?« Ich war drauf und dran, aufzuspringen und in die Nachbarwohnung einzudringen, um nachzusehen, ob die Gartow die Büste ihres Vaters mitgenommen hatte.

»Ja, sie hat einen Möbelwagen kommen lassen, der ihre Antiquitäten abgeholt hat. Es waren sehr schöne Stücke dabei, Empirestühle, ein Biedermeiersekretär.«

»Herr Löwe, wann genau war das?«

»Das Biedermeier?«

»Nein, der Auszug von Frau von Gartow.«

»Ich schätze vor etwa zwei Stunden. Kurz bevor es wieder so heftig anfing zu schneien. Das ist ein Winter wie bei Adalbert Stifter, nicht wahr?«

»Keine Ahnung, bei dem bin ich so selten. War Frau von Gartow alleine?«

»Nein, die Möbelpacker waren natürlich auch dabei.«

»Die meine ich nicht«, sagte ich. »War Frau von Gartow in Begleitung eines Mannes?«

»Ja, der ältere Herr, der sie öfter besucht hat, war bei ihr. Ein Mann ganz in Loden. Ich wusste gar nicht, dass es so etwas noch gibt. So konservativ.«

»Kennen Sie zufällig seinen Namen?«

»Nein«, erwiderte Löwe und schnupperte an seinem Rotwein.

Ich beneide Menschen, die an Getränken riechen, weil Bier immer gleich riecht, nämlich nach Bier.

»Das heißt, ich glaube, Frau von Gartow hat ihn Toni genannt.«

»Das ist er«, sagte ich und nickte.

»Wissen Sie, ich kümmere mich nicht allzu sehr um meine Nachbarn. Natürlich bekomme ich hin und wieder mit, wer aus dem Haus geht oder wer kommt. Ich bin Literaturwissenschaftler und lebe allein. Nächstes Jahr werde ich pensioniert, dann muss ich endlich keine Proseminare mehr für schwer erziehbare Philologen geben, haha.« Löwe lachte ein bisschen zu laut, wie alle Menschen, die ein bisschen einsam sind.

»Wenn Sie Germanist sind, kennen Sie bestimmt die Zeile: *Dein Herze kann allein zu aller Zeit bestehen ...*.«

»*Dieweil es die Natur aus Diamant gemacht*«, komplettierte Herr Löwe. »Natürlich, das ist großartig, nicht wahr? Hofmann von Hofmannswaldau, eigentlich ein eher minderbegabter Barockdichter. Aber etwas Finstereres als die Vergänglichkeit der Schönheit kann man sich kaum vorstellen?«

»Da haben Sie allerdings recht«, sagte ich und stand auf.

Herr Löwe begleitete mich zur Tür. »Da fällt mir noch etwas ein«, sagte er, als er die Haustür schon geöffnet hatte. »Die Frau von Gartow hatte eine seltsame Angewohnheit, seit sie diesen älteren Herrn kannte.«

»Nämlich?«, fragte ich.

»Na ja, sie ist mit ihm in eine Lokalität gegangen, die so gar nicht zu ihrem blaublütigen Image passt.«

»Einen Swingerclub?«, fragte ich.

Loewe lachte kurz und laut auf. »Aber nein, so weit ging es dann wohl doch nicht. Nein, Frau von Gartow hat mir mehrmals von einem All-you-can-eat-Asiaten in Schwabing vorgeschwärmt. Sie hat das Wort sogar ohne Probleme über die Lippen bekommen.«

»Meinen Sie den All-you-can-eat-Chinesen in der Hiltenspergerstraße?«

»Das weiß ich nicht, Herr ...«

»Celle, Josef Celle.«

»Herr Celle. Sie hat immer nur gesagt, wie wunderbar sie es finde, dass man sich einen Teller so vollschaufeln könnte, bis alles über den Rand fällt. Das sei eine derart wunderbare Verletzung der gräflichen Konventionen, dass es geradezu eine Wonne sei, sich so schlecht zu benehmen.«

»Danke, Herr Löwe, Sie haben mir sehr geholfen. Servus.«

»Ja, servus auch für Sie.« Er drückte mir die Hand und machte wieder eine kleine Verbeugung dazu.

»Und vergessen Sie nicht«, rief er durch den Hausflur, als wir schon an der Eingangstür standen: *»Dein Herze kann allein zu aller Zeit bestehen!«*

»Alles klar«, rief ich hinauf. »Gut gebrüllt, Herr Löwe.«

Mein blauer Polo war komplett eingeschneit.

18

Dieser Samstag, an dem Ada ihren vierzigsten Geburtstag feierte, war ein echter Katastrophentag für die Münchner Stadtwerke. Die Streufahrzeuge kamen nicht mehr nach. Straßenbahnen mussten in den Depots bleiben, weil die Schienen komplett vereist waren. Den ganzen Tag fielen dicke, trockene Flocken vom Himmel, der weiß und grau aussah, weil er geradezu überfüllt war mit künftigem Schnee. Die Marienkirche hatte zwei weiße Hauben, die Feldherrnhalle war nicht begehbar, und die Leopoldstraße sah aus wie der Schleichweg nach Wladiwostok.

Ich schaufelte ganze Schneemassen von meinem blauen Polo herunter. Ich arbeitete wie ein Polarforscher. Wobei ich nicht genau weiß, ob die auch Autos freiräumen müssen. Irgendwann hatte ich es zwar geschafft, den Schnee vom Wagen zu hieven, aber dieser Samstag, an dem Ada vierzig Jahre alt wurde, war auch ein Tag, an dem alle scheitern mussten, die wie ich mit Sommerreifen durch die Gegend fuhren. Ich kam gar nicht erst raus aus der Hompeschstraße. Durch das Wagenfenster sah ich sehnsüchtig zum matt beleuchteten Fenster von Herrn Löwe hinauf, der jetzt vermutlich eine Schubert-Symphonie hörte, an seinem Rotwein schnupperte und Thomas Mann las.

Ich disponierte kurzfristig um, lief zur Ismaninger

Straße und hielt ein Taxi an, das im Schneckentempo über die Schneedecke schlich. Der Taxifahrer war ein Exiliraner, der kaum Deutsch verstand. Er wollte allen Ernstes zuerst in der Zentrale anrufen, um zu erfragen, wie er in die Hiltenspergerstraße kam. Ich nahm das dann aber selbst in die Hand und lotste ihn über die Prinzregentenstraße nach Schwabing.

Als ich ausstieg, war die Hiltenspergerstraße voll mit Leuten, die Fotos schossen. Sie knipsten die riesigen Schneeberge am Straßenrand und machten digitale Aufnahmen von den schneebeladenen, dürren Ästchen der Straßenbäume. Sie fotografierten den Schnee, als hätte die Stadt München einen Fotowettbewerb zum Thema »Winter in der Stadt« ausgelobt.

Ich fand den All-you-can-eat-Asiaten relativ schnell. Unten begrüßte mich derselbe Typ, der mir neulich Auskunft über Walter Lankomys letzte Mahlzeit gegeben hatte. Hier hatte Lankomy den Glückskeksspruch von einer Frau bekommen. Damals dachte ich noch, die Frau sei Katja Lessner gewesen.

Ich beschrieb dem Asiaten Anton Fallgrieser und erkundigte mich nach ihm.

»Ja, der Herr, den Sie suchen, war bis vor einer Stunde hier«, sagte der Chef des Lokals. »Mit einer Dame.«

»Wissen Sie, in welche Richtung die beiden gefahren sind?«

»Entschuldigen Sie, aber wir spionieren unseren Gästen nicht hinterher.«

Ich betrachtete die trüben Fische im Aquarium, blickte auf das Buffet, das gar nicht so übel aussah, jedenfalls wenn man so großen Hunger hatte wie ich. Ich dachte kurz an Sven und seine Kanapees, die Ada sich schmecken ließ, während ich in einem funzeligen All-you-can-eat-Schuppen rumstand und mir nicht mehr sicher war, was ich hier ausrichten sollte. Hatte ich ernsthaft erwartet, dass die Gartow und Fallgrieser hier saßen und Hühnchenschenkel in Currysauce in sich hineinschaufelten?

»Möchten Sie etwas vom Buffet?«, fragte der Asiate.

Ich muss sagen, dass ich kurz überlegte, und wenn ich nicht auf dem schnellsten Weg zu Adas Geburtstagsparty hätte fahren müssen, wer weiß, vielleicht hätte ich mir die frittierte Hühnerpampe in den Hals gestopft. Wenn Ada nicht gewesen wäre, hätte ich die S-Bahn genommen und mich irgendwie zum Starnberger See durchgeschlagen, um das Gerontopärchen zu finden. Aber ich hatte schon genug Ärger.

Bis zur U-Bahn-Station Hohenzollernplatz waren es nur fünf Minuten zu Fuß. Ich fuhr bis zum Josephsplatz und lief im Eilschritt zu Svens Cappuccinobar, in der inzwischen richtig der Teufel los war. Offenbar waren Svens langhaarige Akademiker vorbeigekommen, um die Personallücke zu füllen. Als ich eintrat, war der ganze Laden voller Rauch und dampfender Körper. Zum ersten Mal fühlte ich mich in Svens Bar richtig wohl. Er hatte es geschafft, einen Hauch von Schelling-Salon in seinen Etepeteteschuppen zu ziehen.

»Super, was du aus deiner Pinte gemacht hast, Sven!«, rief ich.

Er lächelte mich an und rief in die Menge, dass endlich der unwürdige Lebenspartner des Geburtskindes gekommen sei, auf den es dennoch anzustoßen gelte.

Ich ging zu Ada und flüsterte ihr ins Ohr, was ich erfahren hatte.

Aber dann kam Sven und sagte: »Ada, komm her, mein

Schatz.« Er küsste sie und entführte sie mir, wie die Spießer zu sagen pflegen.

In dem Augenblick sah ich Lammhuber an der Theke sitzen, und ich vermutete, dass er inzwischen seinen siebzigsten Grappa vor sich stehen hatte. Mir fiel sein alter Jeep ein, ein ziemlich teurer Schlitten, der zu den wenigen Dingen gehörte, die er nach der Scheidung nicht seiner Frau hatte abtreten müssen.

»Hast du noch deine Landadel-Spießerkarre?«, fragte ich ihn, und seine Augen leuchteten wie Halogenscheinwerfer, was sicher hauptsächlich am Grappa lag.

»Den Lancia? Ja, den hab ich noch, wieso? Willst du etwa noch aufs Land fahren bei diesem Sauwetter?« Lammhuber nickte nach draußen, wo der Schnee als Vorhang vor dem Fenster von Svens Bar hing.

»Ein Punkt für dich, mein Lieber«, sagte ich, und Lammhuber lächelte müde in sein Grappaglas. »Ich brauche deine Karre, weil ich nach Starnberg fahren muss.«

»Nach Starnberg? Jetzt? Du hast wohl 'ne Meise, ich leih dir doch nicht meinen guten Wagen, damit du ihn im Schneegestöber zu Schrott fährst.«

»Es geht um den Fall«, sagte ich leise und verschwörerisch.

»Der Fall ist doch abgeschlossen, hast du gesagt.«

»Für die Polizei vielleicht. Aber der Mörder von Lankomy ist noch nicht gefasst, das solltest du eigentlich wissen als Insider.«

Lammhuber sah sich kurz nach links und rechts um, weil er sichergehen wollte, dass niemand etwas spitzgekriegt hatte. »Du meinst, da ist noch Potenzial?«, fragte er dann.

»Für dich sowieso«, erwiderte ich und hatte eine gemeine Freude daran, zu sehen, wie sich Lammhuber wieder mal in eine Sache hineinmanövrierte, die mir nutzen und ihm schaden würde.

»Ist denn dieser Quindel nicht der Täter?«

»Quindel hat Stephan Kammerer umlegen lassen, das ist richtig. Er hat mitgeholfen, die Obdachlosen zu entführen, und seinen tschechischen Schergen den Auftrag gegeben, die Männer umzubringen. Aber du vergisst, dass ich noch einen Fall zu lösen habe, und der heißt Walter Lankomy.«

Lammhuber trank den Grappa aus, schüttelte sich wie ein Pudel und wischte sich mit dem Handrücken über den Mund. »Die Karre steht in der Türkenstraße, zweite Reihe.«

Zweite Reihe – das passt irgendwie zu Lammhuber.

»Lass uns gehen, ehe die anderen was merken. Ich mach die Geschichte exklusiv für …«

»Ja, komm, und vergiss den Autoschlüssel nicht.«

Ada war in den Fängen von Sven, der völlig im Rausch seiner Inszenierung versunken war. Er hatte die Cappuccinobar zu einem Festsaal umfunktioniert. Eine Party mit akademischem Mittelbau, wirklich faszinierend.

Der Schnee fiel dick und dicht vom Himmel, und Lammhuber musste eine Schaufel aus dem Kofferraum holen, um den Jeep einigermaßen freizubekommen. Ich setzte mich schon mal in den Wagen und sah ihm dabei zu. Ich sehe Verlierern nämlich gerne zu, weil ich dabei so schön vergessen kann, dass ich auch einer bin.

»So müsste es einigermaßen gehen«, sagte Lammhuber, wuchtete sich auf den Fahrersitz und warf mir den Strafzettel, der hinter dem Scheibenwischer geklemmt hatte, auf den Schoß.

»Wie viele Grappa hast du eigentlich intus?«, fragte ich.

»Kaum der Rede wert.« Lammhuber drehte den Zündschlüssel und fuhr los, ohne nach hinten zu blicken. Irgendjemand hupte hinter uns, doch er reagierte nicht. Er fuhr durch die Stadt, als wären wir zu einer Strandparty unterwegs. Als wir auf dem Mittleren Ring waren, schob er eine CD ein.

»Was ist das?«, fragte ich.

»Kennst du nicht. Camille Saint-Saëns, ›Samson und Dalila‹. Das ist etwas für Kenner.«

Ich beschloss, den Rest der Fahrt über die Klappe zu halten. Man muss Lammhuber in dem Glauben lassen, er sei einem überlegen. Vielleicht ist es gerade dieses Gefühl, das ihn so lange am Leben gehalten hat und all die Demütigungen ertragen lässt. Jedenfalls hatte ich allen Grund, ihn zu bewundern, weil er mit neunzig Stundenkilometern durch das betondichte Schneetreiben bretterte und per Lichthupe jeden aus dem Weg jagte, der seine rasante Fahrt zum journalistischen Erfolg hätte aufhalten können.

Die Räumfahrzeuge mühten sich sogar auf der Autobahn nach Starnberg ab. Ihre gelben Lichter flackerten im Flockengewimmel, und ich musste daran denken, dass ich in dieser Geschichte eigentlich von Anfang an der Gelackmeierte war. Der Auftrag, den ich von Walter Lankomy erhalten hatte, brachte mir keinen Cent ein, meine Wohnung war komplett zerlegt, und drei tote Tschechen gingen teils direkt, teils indirekt auf mein Konto.

»Wo müssen wir eigentlich hin?«, fragte Lammhuber.

Ich muss sagen, das war ausnahmsweise mal eine gute Frage von ihm. »Fahr einfach in Starnberg raus und durchs Zentrum Richtung Feldafing.«

Ich konnte mir gut vorstellen, dass Anton Fallgrieser und die Gräfin in sein altes Haus ziehen wollten. Die Büste des Grafen Wenzel mit der Formel im Nasenloch passte sicher prima zur musealen Einrichtung von Fallgriesers Wohnzimmer.

Lammhuber drosselte das Tempo ein wenig, weil wir in der Starnberger Innenstadt angekommen waren. Der Schneefall ließ etwas nach, und ich konnte das blinkende Gelblicht der ausgefallenen Ampeln gut sehen.

»Ich ruf gleich in der Redaktion an, damit die die Geschichte noch für übermorgen einplanen können.«

»Warte doch erst mal ab, bis wir vor Ort sind. Oder hast du das Recherchieren komplett eingestellt?«, fragte ich. »Fahr jetzt bitte rechts.«

Lammhuber scherte nach rechts ein, wir schlitterten auf der Possenhofener Straße entlang, und als wir am Prinzenweg angekommen waren, hatte ich plötzlich das Gefühl, wir müssten hier suchen. Ich rede nicht gerne von Gefühl, aber wenn man als privater Ermittler auf einen Stamm fachkundiger Mitarbeiter verzichten muss, ist das Gefühl manchmal der beste Kumpel. Warum sollte die Gräfin in das baufällige Haus von Fallgrieser ziehen? Wenn sie mit dem Alten zusammenleben würde, dann doch wohl nur standesgemäß im Chalet ihres Vaters, das nun wieder leerstand. Dass Volker Quindel aus existenziellen Gründen sein Büro verlassen musste, konnte die Gräfin noch nicht wissen. Aber der Typ hatte ohnehin nur ihren Keller okkupiert.

»Halt an«, sagte ich, und Lammhuber fuhr in die Straße

unterhalb des Gartowschen Chalets. »Wir machen einen kleinen Schneespaziergang.«

Lammhuber fluchte, weil er zu Fuß gehen musste. Aber den Wagen direkt vorm Chalet zu parken wäre zu riskant gewesen. Wir stapften den geschwungenen Weg hinauf zum Prinzenweg. Ich drehte mich um und war froh, dass jenseits der Häuser eine solche Waschküche war, dass man den See nicht sehen konnte.

»Wie lange müssen wir noch latschen?«, fragte mein Begleiter ungeduldig.

Ich zeigte auf das Chalet, dessen kräftiges Gelb in der Winterlandschaft wie eine Eierlikörpraline prangte. In einem der Zimmer über dem Balkon brannte Licht. Wir gingen über den Prinzenweg durch die Einfahrt zum Anwesen. Im Innenhof stand ein offener Möbelwagen. Gerhilds Sekretär war noch drin, und auf dem Sekretär hockte die Büste von Wenzel von Gartow, die lange Nase hochmütig gegen die rechte Möbelwagenecke gestreckt. Die Tür zum Chalet stand weit offen. Gleich würden die Möbelpacker herauskommen.

»Los, sieh nach, ob der Zündschlüssel steckt«, sagte ich. Lammhuber ging festen Schrittes nach vorne, kletterte völlig selbstverständlich auf den Fahrersitz und streckte, ohne sich nach mir umzudrehen, den Daumen hoch.

»Fahr los!«, rief ich und sprang in den Möbelwagen. Ich bekam es sogar hin, die Türen notdürftig zu schließen. Aber da hatte Lammhuber schon die ersten Meter im Rückwärtsgang zurückgelegt, und ich rutschte wie ein Koi-Karpfen über die Ladefläche in Richtung Graf Wenzel. Nach einer halben Ewigkeit stieß ich mit dem Rücken gegen das Tischchen, auf dem der langnasige Graf stand. Ich konnte die Büste gerade noch auffangen und rollte mich mit dem gräflichen Haupt in den Armen professionell am Boden ab.

»Alles klar bei dir da hinten?«, rief Lammhuber und schob mit der rechten Hand die Glasscheibe zur Seite, die Fahrerkabine und Laderaum trennte.

»Mensch, pass auf, wo du hinfährst!«, schrie ich.

Lammhuber lachte nur das Lachen eines Mannes, der siebzig Grappa trinken und trotzdem einen Möbelwagen durch eine extreme Winterlandschaft kutschieren kann.

»Josef, ich glaub, dein Opa hat was gemerkt.«

Ich sah über Lammhubers Schulter nach vorn und erkannte Anton Fallgrieser, der in der Tür stand und die Faust in unsere Richtung hob. Im selben Moment erschienen drei Möbelpacker, die schreiend auf ihren Lkw zurannten. Lammhuber hatte den Möbelwagen inzwischen so rangiert, dass wir mit der Schnauze zum Hauseingang standen. Ich kroch mit dem Grafenkopf zur Ladetür und stieß sie mit beiden Füßen auf.

»Lammhuber«, rief ich nach vorne, »fahr irgendwohin! Lenk sie ab, ich erklär dir später alles.«

Ich war mir erst gar nicht sicher, ob er mich gehört hatte, denn er fing an, den riesigen Möbelwagen derart umständlich zu rangieren, dass ich mich ganz gut hinter dem Ding verstecken konnte. Fallgrieser brüllte den Möbelpackern zu, sie sollten in seinen schwarzen Jeep steigen und dem Möbelwagen hinterherfahren, sobald er startete. Da dachte ich, dass es sicher auch im Interesse der Möbelpacker war, ihr Dienstauto zu retten, ehe Lammhuber es zu Schrott gefahren hatte.

Eine Sekunde später brach Lammhuber mit dem Möbelwagen aus dem Grundstück wie ein großes, verrückt gewordenes Wildschwein, aber Fallgrieser und die drei Möbelpacker waren ihm schon dicht auf den Fersen. Sie hupten, was allerdings völlig sinnlos war. Ein Mann, der siebzig Grappa trinkt und dabei noch einen Lkw stiehlt, lässt sich wohl kaum durch die Huperei von drei Möbelpackern und einem Alten in Lodenmontur aufhalten.

Ich stand auf dem Vorplatz des Chalets, den Kopf des Grafen von Gartow unter den rechten Arm geklemmt. Genau so marschierte ich die kleine Treppe zum Eingang hoch. Genau so, nämlich mit dem Haupt des einstigen Besitzers in der Hand, mit jenem Haupt, in dessen Nase ein Zettel steckte, wegen dem mein Mandant Walter Lankomy und Stephan Kammerer hatten sterben müssen, betrat ich das Chalet.

Volker Quindel hatte mich damals in der Vorhalle abgespeist, diesmal konnte ich dagegen unbehelligt eindringen. Ich stand im Treppenhaus, dessen Ambiente dem Jugendstil verpflichtet war, und sah mich um. Mein Geschmack ist das ja nicht, aber das war nun wirklich nicht die Stunde für Architekturkritik.

»Toni?«, rief eine Frauenstimme von links, die zweifelsfrei Gerhild von Gartow gehörte.

Ich ging nach links und kam in einen kleinen Salon. Gedeckter Tisch, Silbergeschirr, Blumenschmuck. Gerhild von Gartow saß am Tisch und starrte mich wie vom Donner gerührt an. Ehrlich gesagt, ich würde jemanden, der mit dem Kopf meines Vaters im Arm mein Esszimmer betritt, genauso anstarren.

»Wie kommen Sie denn hier herein?«, fragte die Gartow militärisch und ließ den Dessertlöffel sinken.

»Die Tür war offen, weil Ihr Liebhaber noch schnell

einen kurzen Ausflug zum See machen wollte. Herr Fallgrieser ist doch ihr Liebhaber, Frau von Gartow?«

»Machen Sie, dass Sie hier herauskommen, sonst ...«

»Sonst was?« Ich stellte den Kopf des Grafen auf den gedeckten Tisch, direkt neben die Schüssel mit den Frühlingskartoffeln.

Gerhild von Gartow nahm die Serviette vom Hals, faltete sie sorgfältig und legte sie neben den Teller.

»Ich dachte, sie bevorzugen die chinesische Küche«, sagte ich.

»Mein Geschmack ist international.«

»Kann sein. Jedenfalls war die Henkersmahlzeit, die Sie Ihrem Halbbruder Walter Lankomy spendiert haben, ein billiges Büffet beim Chinesen in Schwabing.«

Die Gräfin sah mich belustigt an. »Sie scheinen cleverer zu sein, als ich dachte.«

»Leider nicht so clever wie Stephan Kammerer, an dessen Tod Sie genauso schuld sind wie Volker Quindel.«

»Aber ich bitte Sie, junger Freund. Wie wollen Sie das vor Gericht beweisen? Niemand wird Ihnen in dieser Angelegenheit Glauben schenken.«

»Sie haben Walter Lankomy zwei Stunden vor seinem Tod beim Chinesen getroffen.«

»Wenn Sie das sagen. Warum sollte ich ihn auch nicht getroffen haben. Er ist schließlich mein Bruder, oder wie sagten Sie: Halbbruder? Was für ein Unsinn!«

»Walter Lankomy ist der Sohn Ihres Vaters und seiner Haushälterin Thekla Lankomy.«

»Eine entsetzlich faule Person, ich erinnere mich. Sie war nur auf das Geld meines Vaters aus.«

»Ihr Vater hat ihr vertraut. Und er hat ihr aufgetragen die Diamantenformel zu verstecken.« Ich sagte ihr absichtlich nicht, dass die Formel in der Büste ihres Vaters steckte, die langnasig auf dem Esstisch stand, der für zwei gedeckt war.

»Vertraut hat er jedem Weib, das ihm schöne Augen gemacht hat«, sagte die Gräfin plötzlich scharf und ein bisschen schrill. »Ich habe lange nichts von diesem Sohn gewusst. Erst als Anton Herrn Quindel aufgetan hat, der im Internet das Angebot eines gewissen Herrn Lankomy gefunden hatte, wusste ich, was auf mich zukommen würde. Der Name Lankomy war mir natürlich bekannt, wie Sie sicher wissen. Ich musste diesen Mann abfangen.«

»Sie haben ihn also in das Restaurant bestellt?«

»Ja, ich habe ihn dorthin gebeten, weil ich ihm ein Angebot machen wollte. Ich habe ihm vorgeschlagen, ihn angemessen zu entlohnen. Mein Vater hatte ein beträchtliches Vermögen, das zum Großteil aus ungeschliffenen Rohdiamanten bestand. Ich habe diese Diamanten in Leinensäckchen eingenäht und an einem Ort versteckt, auf den niemals ein Mensch kommen würde. Nicht einmal meinem Vater wäre es eingefallen, die Diamanten im Kopf seiner Büste zu verstecken.«

Nach dem letzten Satz hielt sich die Gartow plötzlich die Hand vor den Mund wie ein kleines Mädchen, dem ein schlimmes Wort entfahren ist. Sie hatte einen Satz zu viel gesagt, und sie konnte ihn weder nach Gräfinnenart weghüsteln noch mit der Hand aus dem Raum wedeln wie Zigarettenrauch.

Ich sah auf den Tisch, auf den Pudding, den Dessertlöffel, in das Gesicht von Gerhild von Gartow. »Bitte, könnten Sie das noch einmal wiederholen«, sagte ich. »Sie haben den Familienschatz ihres Vaters im Kopf dieser Büste versteckt?« Ich zeigte auf den Kopf, den ich aus dem Möbelwagen geholt hatte.

»Ich werde gar nichts wiederholen, junger Mann, und alles, was ich Ihnen hier erzähle, habe ich niemals gesagt. Vor Gericht werde ich alles abstreiten, und ich denke, der Richter wird einer Gräfin mehr Glauben schenken als einem schlecht gekleideten – ja, was sind Sie eigentlich?« Die Gartow grinste dabei wie jemand, der glaubt, den Trumpf gezogen zu haben.

»Keine Ahnung«, erwiderte ich. »Vielleicht wollen Sie mich zu Ihrem Privatsekretär machen? Ich bräuchte dringend eine neue Wohnung, meine alte hat sich gewissermaßen selbst zerstört.«

In dem Moment fiel mir ein, dass ich nicht als Einziger wusste, dass in dem Grafenkopf sowohl die Rohdiamanten als auch die Formel zur Herstellung der Leichenherzen steckten.

»Walter Lankomy wollte von Ihrem Angebot also nichts wissen?«, fragte ich.

»Der Mann war ein Idiot. Er wollte seine Mutter treffen, weil ich ihn mit dem Versprechen nach München gelockt hatte, er könne sie sehen. Dabei ist die Frau schon ewig tot.«

»Sie irren sich«, entgegnete ich. »Thekla Lankomy heißt heute Thekla Hoffmann und lebt in einem Münchner Altenheim.«

»Sie wollen mich wohl aufs Kreuz legen.«

»Warum sollte ich, Frau Gräfin? Sie haben geglaubt, kein Mensch würde sich die Mühe machen und nachforschen. Aber ich habe nachgeforscht, damit verdiene ich schließlich mein kleines Vermögen hier in München. Lankomys Mutter hat mir von Ihrem Verhältnis mit Anton Fallgrieser erzählt. Nach dem Tod seiner Frau hat er mit Ihnen zusammenleben wollen, nicht wahr?«

Gerhild von Gartow war aufgestanden und stand händeringend im Zimmer. »Anton ist ein aufdringlicher Mensch. Er will an den Familienschatz. Und er will an die Formel. Sein ganzes Leben lang hat er kein anderes Ziel, als an die verdammte Formel zu kommen.«

»Und nun hat er sie sogar dazu gebracht, mit ihm zusammenzuziehen?«

Die Gräfin zuckte die Schultern. »Ich bin eine alte Frau. Und ich lebe lieber mit einem Schurken zusammen als alleine.«

Ein guter Satz für eine Frau wie sie, dachte ich. »Warum haben Sie Walter Lankomy im Hotel aufgesucht?«

»Ich wollte ihn zur Vernunft bringen. Ich wollte ihn bitten, wieder abzureisen, die ganze Sache zu vergessen und mir die Schatulle zu übergeben. Die Schatulle ist Familienbesitz, und die Formel darin ist es auch.«

»Aber er hat sie Ihnen nicht gegeben.«

»Er war verrückt. Er wollte mich anzeigen, weil ich ihn seiner Meinung nach um sein Erbe betrogen habe. Er wollte zur Polizei gehen. Er hat gesagt, er habe einen Privatdetektiv beauftragt und all diese Dinge.«

»Dann haben Sie ihn getötet. Mit einer Zwille.«

Die Gräfin ließ ein verächtliches Schnaufen hören. »Wie wollen Sie das beweisen, Herr Celle? Wie wollen Sie darlegen, dass eine alte Frau einen Mann, der sich als ihr Halbbruder ausgibt, mit einem Kinderspielzeug getötet hat?«

»Ihr Vater hat eine Zwille besessen. Sie haben mir die Geschichte von den Kindern, die damit Obst von den Bäumen geschossen haben, selbst erzählt.«

»Ja, es ist eine bezaubernde Geschichte, Herr Celle. Die Polizei wird Ihnen allerdings kein Wort davon glauben. Sie können mir nichts nachweisen, da es keine Mordwaffe gibt.«

Ich strich mit der Hand über die Grafenbüste. »Ich habe einen Brief, den mir Lankomys Mutter gegeben hat. Daraus geht hervor, dass Fallgrieser seine erste Frau vergiftet hat.«

Gerhild von Gartow nickte. »Jeder aus unserer Familie hat gewusst, dass Anton Rosa getötet hat. Er hat ein Nervengift aus dem Labor meines Vaters gestohlen. Wenn das herausgekommen wäre, hätte sich mein Vater mitschuldig gemacht.«

»Immerhin hat Ihr Vater dafür gesorgt, dass die Leiche von Rosa Fallgrieser zu einem Herzdiamanten verarbeitet wurde.«

Plötzlich lachte die Gartow so schrill auf, dass ich zusammenzuckte. »Glauben Sie das im Ernst? Mein Vater hat Anton diesen Diamanten geschenkt, weil er ihn zum Narren halten wollte. Mein Vater hat nicht viel von Anton gehalten. Er hat von niemandem besonders viel gehalten, außer von sich selbst. Diese ganze Schatulle ist eine von den haarsträubenden Ideen meines Vaters.«

»Und die ausgestanzten Löcher mit den Initialen?«

Die Gartow legte schätzungsweise noch ein halbes Pfund Verachtung mehr in ihren Blick. »Die ausgestanzten Löcher tragen die Initialen seiner Geliebten: Die von Rosa, die von dieser Thekla und die meiner Mutter, wobei Letzteres eher ein Beleg für die Liebe meines Vaters zu seiner Frau ist als für seinen Zynismus.«

»Aber die Formel hat er doch in Berlin entwickelt?«

»Was die Leute so erzählen. Mein Vater war ein Meister darin, Legenden um seine Person zu entwickeln.«

»Sie meinen, es gibt überhaupt keine Formel?«

»Nein. Es gibt sie nicht. Mein Vater hat sein Geld mit der Erfindung eines Haarwassers verdient, das angeblich Geheimratsecken wieder auffüllt.«

»Funktioniert es?«

»Ja, teilweise. Das Mittel hat jedenfalls reißenden Absatz in den dreißiger Jahren gefunden. Mein Vater ist sehr reich damit geworden und hat ein paar Studenten die Geschichte von der Diamantenherstellung erzählt.«

»Und die Diamanten?«

»Die hat Vater zu Hunderten hergestellt. Sie sind zum Teil aus den Rohdiamanten geschliffen, zum Teil aus Glas, also nicht besonders viel wert.«

»Was ist mit dem Grabspruch und dem Gedicht?«

»Das hat sich mein Vater alles ausgedacht, weil er uns zum Narren halten wollte, besonders Anton. Das Ganze ist nichts weiter als eine Münchhausengeschichte, Herr Celle.«

»Allerdings mit tödlichem Ausgang. Wegen dieser Geschichte mussten etliche Menschen sterben.«

»Das ist nicht die Schuld meines Vaters, sondern von Menschen, die geldgierig und hinterhältig sind.«

»Nur Sie bilden die große Ausnahme, nicht wahr?«

»Ich habe das Familienerbe retten müssen. Und unsere Ehre, Herr Celle. Die Ehre ist nämlich das Wichtigste beim Adel.«

Ich nahm die Büste des Grafen in beide Hände, hielt sie ein paar Sekunden wie einen Pokal in der Luft und ließ sie dann auf den Marmorboden krachen, wo sie in tausend Stücke zerbrach.

»Sie sind wahnsinnig!«, schrie die Gräfin.

Währenddessen machte ich mich daran, die braunen Leinensäckchen mit den Rohdiamanten aufzulesen. Ich öffnete eines der Säckchen und holte tatsächlich eine halbe Handvoll kleiner, ungeschliffener blauer Edelsteine hervor. »Jetzt die Nase«, sagte ich.

Ich muss sagen, da war ich schon ein bisschen überrascht, dass die große Nase des Grafen nicht zerborsten war, sondern edel gebogen neben dem Tischbein lag. Ich sprang kurz hoch wie einst Hans Rosenthal und trat mit dem rechten Fuß mitten auf die Grafennase.

»Sie sind ein Vandale«, stöhnte die Gräfin und hielt sich die Hände vor den Mund.

Aber da hatte ich schon den Zettel in der Hand, den Thekla Hoffmann, geborene Lankomy, vor sechzig Jahren dort hineingesteckt hatte.

Jener Zettel, hinter dem Quindel, Fallgrieser und leider auch Stephan Kammerer her waren. Ich faltete ihn auseinander. Es war festes Büttenpapier, eine kleine Imprägnierung zeigte das Gartowsche Familienwappen, das Abbild des Chalets, in dem ich gerade mit Gerhild von Gartow vor der reich gedeckten Tafel stand.

Dein Herze kann allein zu aller Zeit bestehen, Dieweil es die Natur aus Diamant gemacht. Da dies mein Leitspruch ist, soll er auch dieses Testament eröffnen, in welchem ich den Familienschatz in Form von Rohdiamanten meiner geliebten Thekla Lankomy vermache. Sie war die Einzige in diesem Haus, die nicht nach meinem Geld getrachtet hat. Möge ihr Herz möglichst lange schlagen. Die Edelsteine sollen ihr und unserem Sohn Walter ein reiches Leben bescheren. Ferner vermache ich meinen gesamten Grundbesitz in Starnberg meinem

Sohn Walter Lankomy. Sobald er erwachsen ist, soll er zurückkehren und das Haus nutzen, wie es ihm gefällt. Meine neidische Tochter und meine genusssüchtige Frau sollen sich zum Teufel scheren. Und seht euch vor, dass Anton Fallgrieser keinen Wind davon bekommt. In ihm steckt der klassische Großganove. In Liebe, Wenzel von Gartow.

»Es hat also, ich fasse noch einmal kurz zusammen, niemals ein Rezept Ihres Vaters existiert, mit dem man Leichenreste zu Diamanten verarbeiten kann?«

Gerhild von Gartow saß wieder auf ihrem Stuhl und löffelte ihr Dessert in sich hinein.

»Was essen Sie da eigentlich?«

»Pudding, warum?« Die Gräfin zog es vor, meinen Blick zu meiden, und steckte sich stattdessen einen Löffel des cremefarbenen Desserts in den Mund. In dem Moment musste ich an das denken, was die alte Hoffmann mir erzählt hatte. Auch an den Brief von Rosa Fallgrieser musste ich denken, den ich aus Thekla Hoffmanns Unterhemdenabteilung geklaubt hatte. *Mir geht es von Woche zu Woche schlechter.* Hatte Fallgrieser seiner Frau Rosa nicht auch einen verdammten Pudding gekocht?

»Von wem ist dieser Pudding, Frau von Gartow?«

Die Gräfin sah mich an, als hätte ich sie gefragt, in welchem Jahr exakt Europa und Afrika aufgrund der Klimakatastrophe endgültig ununterscheidbar sein würden.

»Anton hat ihn zubereitet. Er hat ein Gefühl für gutes Essen. Übrigens auch für gutes Benehmen, junger Mann«, sagte die Gartow. So schnell, wie ich ihr den Pudding aus der Hand riss, konnte sie gar nicht empört sein. »Was fällt Ihnen eigentlich ein?«

»Dass Sie vielleicht innerhalb der nächsten halben Stunde eine Klinik aufsuchen sollten.«

»Wie bitte?«

Ich hielt das Schälchen mit dem Pudding in der Hand wie eine kontaminierte Frucht, die man nirgendwo ablegen darf. »Anton Fallgrieser, mit dem Sie Ihren Lebensabend zu verbringen gedenken, hat seine Frau Rosa mit einem selbstgekochten Pudding umgebracht. Das hat Rosa selbst in einem Brief an Thekla Hoffmann, früher Lankomy, behauptet. Das ist wie bereits erwähnt die Mutter des Mannes, den Sie in der Pension Kaisereiche erschossen haben. Die Mutter Ihres Halbbruders Walter Lankomy.«

Gerhild von Gartow griff sich an den Hals und sah mich an, als hätte ich sie mit einer Beutelratte gefüttert.

»Merken Sie schon etwas?«, fragte ich.

Sie schüttelte den Kopf.

»Wollen wir fahren?«

»Womit?«, fragte die Gräfin. Ich wollte gerade vorschlagen, ein Taxi zu rufen, da beantwortete eine Altherrenstimme hinter mir die Frage.

»Mit mir, wenn es genehm ist. Allerdings geht die Fahrt nicht in die Klinik, sondern direkt zur Hölle, wenn es genehm ist.«

Ich drehte mich um und sah Anton Fallgrieser mitten ins Altherrengesicht. Dann bemerkte ich die Pistole, die er auf mich richtete. Ich muss mich schon schwer irren, dachte ich, wenn das keine Ceska 7.65 ist.

19

»Sie stellen den Pudding jetzt ganz langsam auf den Tisch zurück«, sagte Fallgrieser.

Da erst fiel mir auf, dass ich immer noch das Schälchen in der Hand hielt. »Möchten Sie nicht doch noch einmal kosten, ob vielleicht irgendetwas fehlt?«, fragte ich.

Fallgriesers Augen blitzten. Offenbar hatte ich den alten Ganoven auf eine Idee gebracht. »Sie waren mir gleich suspekt, als Sie das erste Mal in mein Haus kamen«, sagte Fallgrieser und zielte direkt auf meine Brust.

»Als Stephan Kammerer das Herz aus Ihrem Regal gefegt hat, wussten Sie, wer vor Ihnen stand, nicht wahr?«

»Nicht sofort. Aber als ich Herrn Quindel über ihren Besuch informiert habe, da hat er mich um eine Beschreibung Ihres Freundes gebeten.«

»Er hat sofort gewusst, dass es Stephan Kammerer war, nicht wahr?«

»Ja, und weil Herr Doktor Kammerer sich kurz darauf gemeldet und seine Bedingungen für sein Stillschweigen genannt hat, gab es keinen Zweifel mehr.«

»Sie haben mit Quindel den Mord an Kammerer geplant, weil Sie keine Mitwisser haben wollten. Weil Sie und Quindel die Obdachlosen unter dem Vorwand, ihnen Arbeit zu verschaffen, in den stillgelegten Betrieb in der Schleißheimer Straße gelockt haben, um sie umzubringen.«

»Ja«, sagte der Alte, ohne seine Ceska 7,65 auch nur einen Millimeter zu senken. Das Schlimmste dabei war: Er zitterte keinen Deut, sondern hatte alles fest im Griff. Alles bezieht sich in diesem Fall auf die Gräfin und mich, der ich meinerseits immer noch die Puddingschale in der zitternden Hand hielt.

»Aber wir haben den Zettel gebraucht, auf dem Graf Gartow die Formel notiert hatte, mit der man aus dem Kohlenstoff Rohdiamanten herstellen kann. Ich war mir sicher, dass Gerhild den Zettel haben musste. Allerdings erst, nachdem der Zettel nicht im Schmuckkästchen war.«

»Wegen dieses Kästchens musste Stephan Kammerer sterben«, sagte ich. »Mein armer Klient Walter Lankomy ebenfalls, und zwar noch bevor er mir auch nur eine Anzahlung auf mein Honorar leisten konnte.«

»Ja, und Frau Lessner war ebenfalls nicht länger tragbar. Sie hat zu viel gewusst, übrigens auch eine Kleinigkeit, die selbst dir, verehrte Gerhild, entgangen ist. Leider ist uns Frau Lessner abhandengekommen, aber sie wird schon wieder auftauchen. Dann wird auch sie zum Schweigen gebracht.« Fallgrieser richtete die Waffe auf die Gräfin, die sich den Unterbauch hielt. Das Gift schien allmählich seine Wirkung zu entfalten. »Frau Lessner hat in den Tagen, da Sie für dich, liebe Gerhild, tätig war, beobachtet, dass die Büste deines werten Vaters, meines alten Freundes Wenzel von Gartow …«

»Dein Freund war Vater nie!«, presste die Gräfin hervor und hielt sich wieder den Unterbauch.

»… dass dic Büste des Grafen offenbar manipuliert worden ist.«

»Was heißt das?«

»Nun, irgendjemand hat etwas in die Nase gesteckt und das Nasenloch hinterher mit Gips versiegelt.«

»Und in diesem Nasenloch haben Sie den Zettel mit der Originalformel vermutet.«

»Nein, ich habe gar nichts vermutet, ich weiß, dass es darin ist.«

»Deshalb haben Sie Frau von Gartow angeboten, mit ihr zusammenzuziehen?«

»Wir waren immer schon sehr eng, nicht wahr, Gerhild?« Er nickte ihr zu.

Gerhild von Gartow schüttelte den Kopf, presste die Lippen zusammen und widmete sich ihren immer stärker werdenden Magenkrämpfen.

»Herr Fallgrieser«, sagte ich in seltsam offiziösem Tonfall, wobei ich die Puddingschüssel wie eine Reliquie hochhielt, »Sie stehen gerade auf den Trümmern Ihrer Hoffnung.«

»Wie bitte?«

Ich nickte zum Boden hin, wo Fallgrieser inmitten der Scherben der Büste stand.

»Wo ist der Zettel?«, fragte er und streckte den Arm mit der Waffe aus.«

»Dort«, sagte ich und deutete mit der freien Hand auf den Tisch, auf dem das Testament lag, in dem Wenzel von Gartow sein gesamtes Erbe Walter Lankomy und dessen alter Mutter vermachte.

Fallgrieser legte sich den Zettel so hin, dass er ihn lesen konnte. Dann lachte er mit seltsam hoher Stimme kurz auf. »Das spielt keine Rolle mehr. Walter ist tot, Thekla Lankomy auch, und was euch beide angeht, so werdet ihr die Liste der Verblichenen bald komplettieren.«

»Ich brauche einen Krankenwagen«, sagte die Gräfin.

»Der Notarzt wird nichts mehr ausrichten können, meine Liebe«, erwiderte Fallgrieser und richtete die Waffe gegen sie. Nach ein paar Sekunden blickte ich wieder in den Lauf der Ceska 7,65. »Ich werde mich zuerst um Sie bemühen müssen, junger Freund. Sie haben hier schon genug Ärger angerichtet. Nehmen Sie es mir nicht übel, aber …«

Ich machte die Augen zu. Ich habe mir immer geschworen, wenn ich jemals in die Situation kommen sollte, dass mich jemand abknallen will, mache ich einfach die Augen zu, damit der Bruch zwischen der Welt und dem Jenseits nicht so brutal wird. Ein ganz alter Tipp von meinem Freund Levinas übrigens.

Dann kam der Knall, und ich warf mich auf den Boden. Weil ich tot war. Wenn man tot ist, liegt man nämlich auf dem Boden. Das ist eine Sache der Ordnung. Ich wollte es genauso machen wie alle anderen vor mir. Wie Kammerer, wie die zwei Tschechen, die Sina Kammerer in den See befördert hatte, und wie der kleine Killer, den ich in meiner Wohnung erledigt hatte. Ich warf mich also auf den Boden, um nicht aus der Reihe zu fallen.

»Bleib, wo du bist!«, rief eine Stimme.

Ich kannte sie genau, schließlich hatte ich sie lange Zeit nicht gern gehört. Ich schaute kurz hoch und erblickte Gernot Lammhuber mit einer Zwille in der Hand.

»Ich hab das Höllending in dem Möbelwagen gefunden, Josi. Als Jungen haben wir damit Aussiedlerkinder abgeschossen.«

»Großartig, Lammhuber!«, war alles, was ich in dem Augenblick herausbrachte.

Die Gartow kauerte mit Magenschmerzen neben ihrem umgekippten Stuhl, Fallgrieser lag mit einem Loch im Kopf neben mir, und Lammhuber hatte mir das Leben gerettet.

»Womit hast du geschossen?«, fragte ich, während ich mich langsam aufrappelte.

Statt einer Antwort kniete sich Lammhuber neben den bewusstlosen Fallgrieser und hielt zwischen Zeigefinger und Daumen ein kleines blaues Herz. »Damit«, sagte er schließlich. »Das Ding hat auch im Möbelwagen gelegen. Es ist aus einer Kommode gefallen. Da waren übrigens Tausende von den Dingern drin.«

»Anrichte, meinst du«, korrigierte ich ihn, weil ich wusste, dass es sich um die Anrichte der Gräfin handelte.

Gerhild von Gartow besaß vermutlich eine stattliche Sammlung von diesen Herzchen, die der alte Graf wie Murmeln gesammelt hatte. Ausgerechnet mit einem solchen Herzen hatte mein dümmster Boulevardjournalist der Welt den Mann ausgeschaltet, der mich um ein Haar für immer aus dieser Welt der Finanzämter und Fluchtpunkte gefegt hätte.

Fallgrieser stöhnte vor Schmerz.

Ich muss schon sagen, Lammhubers Herzschuss hat ihm ein schönes, großes Loch in den Schädel gezaubert.

»Der Mann hätte tot sein können«, sagte ich.

Lammhuber zog das Gummi der altmodischen, aus Holz gefertigten Zwille nach hinten und ließ es zurückschnappen.

»Du hättest auch tot sein können«, entgegnete er.

»Ich ruf jetzt die Bullen«, sagte ich und tippte Grabers Nummer in mein Handy ein. »Sie sollten bitte gleich einen Krankenwagen mitschicken«, bat ich den Kommissar, nachdem ich ihm die Sachlage erklärt hatte.

»Nein, zwei Krankenwagen«, korrigierte ich mich, »ich glaube, die beiden möchten getrennt transportiert werden.« Ich holte kurz Luft.

»Sag mal, wo warst du eigentlich mit dem verfluchten Möbelwagen?«, fuhr ich Lammhuber an.

Er beugte sich kurz vor, als hätte er nur auf die Frage gewartet, weil er darauf brannte, mir seine Geschichte zu erzählen.

»Ich habe den Möbelwagen gekapert, das hast du ja wohl noch mitbekommen«, fing er an und spielte dabei unablässig mit der Zwille. »Natürlich ist der Alte mir hinterhergefahren, ist ja klar. Er wollte schließlich seine Möbel wiederhaben.«

»Ja, versteh schon, jetzt erzähl weiter, Gernot«, sagte ich, und sprach sofort wieder in mein Handy und erklärte Graber den Weg zum Chalet.

»Auf der Possenhofener Straße habe ich den Möbelwagen dann kreischend nach rechts ausbrechen lassen. Ich war gerade zwei Minuten auf der Landstraße unterwegs, da ist im Rückspiegel der Abstand zwischen mir und Fallgriesers schwarzem Jeep geschmolzen wie Gletschereis. In dem Jeep: ein rasender alter Mann und drei Möbelpacker. Josef, jetzt pass auf: Ich linse in den Rückspiegel, einer der Möbelpacker sitzt am Steuer, Fallgrieser auf dem Beifahrersitz. Verstehst du, die hatten es wirklich auf mich abgesehen.«

Ich steckte das Handy in die Tasche. »Kein Wunder, schließlich hast du ihnen den Lkw geklaut und Fallgrieser die Antiquitäten.«

»Okay«, machte Lammhuber und bedeutete mir mit ausgestreckten Handflächen, dass ich ihn auf keinen Fall unterbrechen dürfe. »Ich fahre also mit der Riesenkarre

Richtung Tutzing und sehe auf der Höhe von Possenhofen das Schild *Zum See*. Ich voll in die Kurve und den schmalen Weg runter zum Badestrand. Du kannst dir ja denken, dass da momentan nichts los ist, weil überall Schnee liegt.«

»Jetzt wo du's sagst, leuchtet es mir ein.«

Lammhuber nickte, als habe er nur auf meine Bestätigung gewartet, um seine Story weiterzuerzählen. »Ich lass also den Riesenkasten die verschneite Liegewiese runterzuckeln wie einen italienischen Eiswagen. Die Möbel sind hinten wie Murmeln durch den Wagen gekullert. Es war zum Kreischen, Josef.«

»Und die anderen?«

»Hatten mich natürlich bald eingeholt, weil es unten nicht weitergegangen ist. Da war ja der See. Jetzt stell dir das bitte vor: Vor mir der schwarze Starnberger See und hinter mir der schwarze Jeep mit den drei Möbelpackern. Ich habe den Möbelwagen gerade zum Stehen gebracht, da halten die den Jeep an und steigen aus.«

»Und?«

»Na ja, ich bin natürlich auch ausgestiegen.«

»Du hattest keine Angst?«

»Nö«, sagte Lammhuber und ließ wieder das Gummi der Zwille schnappen.

»Ich hatte ja die hier. Das Ding muss aus irgendeinem Schränkchen rausgepurzelt sein, zusammen mit einer Handvoll von diesen blauen Herzen. Ich hab nur nach hinten zu langen brauchen, um drei von den Dingern aufzulesen.«

»Du hast …«

»Richtig. Ich habe prophylaktisch eins von den Herzen abgefeuert und einen der Möbelpacker direkt an der

Stirn getroffen. Der Kerl ist umgefallen wie ein Kegel.« Lammhuber beschrieb mit der rechten Hand, wie etwas umfällt, das gerade noch stand.

»Und dann?«

»Hab ich das zweite Herz in die Zwille gespannt und auf den zweiten Möbelpacker gezielt. Der Idiot ist sogar direkt auf mich zugekommen und wollte mich vermöbeln. Ist ja auch ein Möbelpacker, gut was?« Lammhuber sah mich mit großen Kinderaugen an.

»Ich lach später. Du hast doch nicht etwa …?«

»Freilich, Josef. Ich hab das zweite Herz abgefeuert, und schon lag der zweite Möbelpacker im schönen weißen Schnee.«

»Der dritte …«

»Der ist abgehauen. Er hatte die Schnauze voll, glaube ich. Der wollte kein Herz am Schädel haben. Fallgrieser ist in seinen Jeep gesprungen und weggefahren. Den Möbelpacker hätte er fast noch umgefahren beim Wenden.«

»Und du?«

»Ich hab mir die beiden bewusstlosen Möbelpacker in den Lkw geladen und bin sofort wieder zurück.«

»Willst du damit sagen, dass du die beiden Typen hinten im Möbelwagen liegen hast?«

»Ja, die schlafen. Und weil ich noch ein paar von den Herzen übrig hatte, dachte ich, ich fahre hinter Fallgrieser her. Als ich gesehen hab, dass er tatsächlich wieder ins Chalet will, hab ich den Möbelwagen an der Straße geparkt und bin zu Fuß zurück aufs Grundstück. Das Einzige, was ich mitgenommen hab, ist diese geile Zwille.« Lammhuber rückte seine komische Klammerbrille zurecht und starrte das Ding an wie ein Sachverständiger ein besonders interessantes Objekt. »Meinst du, die ist was wert?«, fragte er dann.

»Vielleicht kannst du damit deine Kaution bezahlen, um aus dem Knast rauszukommen.«

»Wieso Knast? Ich hab dir schließlich das Leben gerettet. Und der Dame dort drüben auch.« Lammhuber nickte zur Gräfin hinüber, die am Boden kauerte und sich den Bauch hielt.

»Stimmt«, sagte ich. »Aber die Möbelpacker haben mit der ganzen Geschichte nichts zu tun. Du hast sie bewusstlos geschossen und sie eingesperrt, auf Juristendeutsch nennt man das schwere Körperverletzung und Freiheitsberaubung.«

»Ich hab mit einem Riesenabstand gefeuert, Josi. Da konnte nicht viel passieren.«

In dem Augenblick fuhren mehrere Streifenwagen auf das Grundstück. Graber kam mit den Streifenpolizisten ins Speisezimmer gestürzt, in dem es aussah, als wäre Lammhuber mit dem Möbelwagen bis an den Tisch gefahren.

Der Kommissar sah mich nicht an, als er das Wort an mich richtete. »Sie haben wieder mal auf eigene Faust gehandelt, Herr Celle.«

»Ja«, erwiderte ich, »aber in genau dieser Faust habe ich die Mörderin von Walter Lankomy, Herr Kommissar. Der Mann dort mit dem herzförmigen Loch in der Stirn hat übrigens vor vierzig Jahren seine Frau umgebracht und wollte die gleiche Methode bei Frau von Gartow anwenden. Die Dame müsste übrigens dringend ins Krankenhaus. Und jetzt entschuldigen Sie mich bitte, Herr Kommissar, meine Freundin hat nämlich heute Geburtstag.«

Ich drehte mich um und ging mit Lammhuber den schmalen Weg hinunter zum Auto. Wir brauchten eine Dreiviertelstunde, bis wir in Svens Bar eintrafen, wo Ada von innen die beschlagene Fensterscheibe freiwischte und lachte, als sie uns kommen sah.

Ada erzählte mir später, dass sie erst gegen Abend nach mir gesucht habe. Svens Cappuccinobar war voller Leute gewesen, die ihren Geburtstag feiern wollten; Leute, die sie zwar nicht kannte, die aber alle irgendetwas für sie mitgebracht hatten. Einer schenkte ihr eine Gesamtausgabe der Werke von Levinas, und da muss ich sagen, die Werke von Levinas habe ich selber. Die sind mir nämlich einmal ziemlich billig nachgeschmissen worden in einem Antiquariat in Wien. Und weil ich finde, dass es sich bei Klienten ziemlich gut macht, wenn ein privater Ermittler das Werk von Emanuel Levinas kennt, habe ich damals zugegriffen. Sven hatte ziemlich schnell spitzgekriegt, dass auch Lammhuber verschwunden war, und sich gefragt, was ich und Lammhuber Besseres zu tun hätten, als den vierzigsten Geburtstag von Ada zu feiern. Irgendwann hat Sven seine Bar abgeschlossen, so dass man durch die beschlagenen Scheiben gar nicht mehr durchschauen konnte. Draußen schneite es wie im Musical und die Streudienste kamen nicht mehr durch die Schellingstraße. Vielleicht hätte ich damals nicht weggehen dürfen, denn Ada war mir natürlich ziemlich böse. Ich hatte ihren Geburtstag verpasst, da hatte sie recht. Aber sie hatte im Grunde einen Großteil unserer Freundschaft verpasst, weil sie immer irgendwo anders war. Ich meine jetzt natürlich ihre Seminare rund um die Welt. Mein Leben war eigentlich viel weniger aufregend als

Adas. Allerdings entschädigten mich die Ereignisse der letzten Woche für manche langweilige Stunde. Obwohl ich hier natürlich auch wieder Einschränkungen machen muss, weil Ada ja herausbekommen hatte, dass ich mit der Lessner Sprungfedern aus der Matratze gekitzelt hatte. Himmel, die Lessner. Irgendwo auf diesem Stern, an irgendeinem Ort in diesem Land, vielleicht sogar in dieser Stadt musste auch die dunkelstimmige Todesgöttin Katja Lessner sein.

Am schlimmsten hatte es allerdings mein dicker Kater Egolf an diesem Abend getroffen: Er war alleine in Adas Wohnung. Und weil Egolf das Alleinsein so hasst wie Süßspeisen, hat er sich schon einmal darangemacht, Adas Designerwohnung zu dekonstruktivieren, um es mal mit Levinas zu sagen. Er war diesmal ziemlich weit gegangen, Egolf, meine ich. Mit seinen Krallen hat er tiefe weiß-graue Spuren in Adas Ledercouch gezogen, die vermutlich nie wieder weggehen. Er hat auf Adas Bett gepinkelt, also auf unser Bett letztendlich, und seine dekonstruktivistische Tour mit dem Umsturz der großen Dattelpalme in Adas Arbeitszimmer abgerundet. Kurzum, er hat sein eigenes ekstatisches Fest gefeiert, während Ada ihre Geburtstagsparty ohne mich begehen musste. Natürlich hätte ich mir auch etwas anderes vorstellen können, als in der Hand eines alten Mannes zu sein, gemeinsam mit einer alten Frau, die einen vergifteten Pudding im Magen hatte.

20

Irgendwie müssen wir wohl alle mit dem Schnee leben, wir tippten mal so die nächsten zweieinhalb Jahre. Niemals würde das aufhören. Niemals werden die Temperaturen so weit steigen, dass die schweren weißen Schneezungen von den Ästen kippen. Aber was scherte uns das, schließlich hatten wir in den letzten Tagen ein bisschen mehr durchstehen müssen als einen Extremwinter.

Adas Geburtstagsfest entwickelte sich noch zu einem richtigen Knüller. Lammhuber schaffte es – wen wundert's – in allerkürzester Zeit, sich dermaßen den Schädel vollzupumpen, dass er die Stimmung anheizte wie ein Kohleofen. Ich brauchte etwas länger, weil ich mit dieser Rotweintrinkerei einfach nicht gut klarkomme. Allerdings bekam ich es irgendwie hin, die ganze Bagage zu überreden, mit mir in den Türkenhof weiterzuziehen, wo wir gegen halb zwei eintrafen und den gesamten Tresen in Beschlag nahmen. Nur Ada war inzwischen nach Hause gegangen. Was ich übrigens gut verstehen kann, denn vierzig zu werden ist schon kein besonderer Spaß, besonders für eine Frau. Aber am vierzigsten Geburtstag auch noch einen auf Geisel machen zu müssen – danke, da würde ich auch lieber in die Falle verschwinden.

»Hier gehst du also immer hin, wenn du dich betrinken willst«, sagte Sven und inspizierte die Bar, die aus ein paar armseligen Flaschen Jägermeister, Metaxa und irgendwelchem Fusel bestand.

»Ja«, entgegnete ich, »hier gehe ich hin, wenn ich mal was anderes brauche als matschige Tramezzini und Cappuccini mit riesigen Schaummützen.«

Lammhuber war zu diesem Zeitpunkt unauffindbar, ich vermutete ihn in irgendeiner Bar, wo er literweise Whisky in sich reinschüttete, bis er zum Helden wurde.

»Glaubst du, dass sie ihn drankriegen werden?«, fragte Sven im Hinblick auf Lammhuber, den ich auf einmal sogar ein bisschen vermisste.

»Wegen der vermöbelten Möbelpacker auf jeden Fall. Andererseits hat er mit seinem Schuss auf Fallgrieser den Tod der alten Gräfin verhindert und außerdem dafür gesorgt, dass die Mörderin von Walter Lankomy gefasst wird. Noch dazu hat der Idiot in seiner tapsigen Treffsicherheit tatsächlich die Tatwaffe gefunden, mit der die Gartow ihren Halbbruder getötet hat. Die Polizei hat den Brief, den Walter Lankomy bekommen hat, in der Handtasche der Gräfin gefunden. Für mich schließt sich damit der Kreis, würde ich sagen.«

»Und die ganze Geschichte mit den Diamanten?«

»War nichts weiter als ein übler Scherz des alten Grafen von Gartow. Er hatte wohl seine geldgierigen Kinder satt und wollte denen eins auswischen. Dass deshalb so viele Menschen draufgehen würden, konnte er ja nicht ahnen.«

»Ada hat verdammtes Glück gehabt«, sagte Sven und hob sein Weißbierglas.

»Mit mir meinst du?«

Sven trank, ohne darauf zu antworten.

Ich kam in dieser Nacht ziemlich spät nach Hause, lass es drei Uhr gewesen sein. Ada lag schon im Bett, und als ich die Tür öffnete, kam mir mein dicker Kater entgegen. Ein runder schwarzer Schatten, lautlos und elegant, wie ich es gerne habe.

»Na, mein Genosse«, sagte ich und nahm ihn auf den Arm, »wie lebt es sich denn nun so ohne Eierchen.«

Katzen reden nicht, das ist bekannt. Dafür schlagen sie gerne mal zu. Egolf brauchte etwa eine halbe Sekunde, um mir seine Krallen durchs Gesicht zu ziehen. Ich spürte, wie sich warmes Blut rechts vom Nasenflügel den Weg nach unten suchte, und tastete mich ins Badezimmer. Ein Schlag auf den Schalter, und alles war in warmes Licht getaucht. Ich zog mir ein Hygienetuch aus dem Spender und tupfte mir das Blut aus dem Gesicht. Im Spiegel hinter mir sah ich den Garderobenhaken mit Adas Jacke. Aber, was war das? Da hing doch tatsächlich Lammhubers speckige Steppjacke an Adas Kleiderhaken. Er war hier, das heißt, er war genau dort, wo ich gerade hinwollte: in Adas Schlafzimmer.

Ich warf das Hygienetuch in den Mülleimer, machte vorsichtig die Tür auf und tastete mich durch das dunkle Treppenhaus auf die Straße, auf die der Schnee fiel wie in einem albernen Märchen. Ich sage immer, es ist gut, in solchen Momenten in der Maxvorstadt zu wohnen. Andererseits hat die Maxvorstadt natürlich auch begrenzte Öffnungszeiten. In dieser Nacht war alles dicht, selbst das Ungewitter in der Arcisstraße, eine Pinte, in der zwei dicke Frauen ständig Zwiebelkuchen backen und alles wie in den fünfziger Jahren riecht. Ich hatte die Schnauze gestrichen voll und machte mich auf den Weg in die Schraudolphstraße, wo ich demnächst ohnehin wieder einziehen würde, denn ich musste meinen dicken Kater und mich noch eine ganze Weile über Wasser halten.

Eigentlich empfand ich nichts, als ich die Haustür aufschloss. Verschwendete nicht mal einen Gedanken an Stephan Kammerer, dem sie hier das Licht ausgeblasen hatten. Es war alles ruhig, die Stadt schlief, und draußen fiel der Schnee. Das Flurlicht ging mit einem dumpfen Ploppgeräusch an. Langsam stiefelte ich die Stufen zu meinem Stockwerk hoch und kramte in der Hosentasche nach dem Wohnungsschlüssel. Als ich ihn herausgezogen hatte, brauchte ich ihn nicht mehr, denn die Tür stand freundlicherweise bereits offen. Ein schmaler Lichtspalt signalisierte, dass hier wieder mal jemand auf mich wartete. Inzwischen war ich es ja gewohnt, dass meine Bude in meiner Abwesenheit von verschiedenen Leuten beaufsichtigt wird.

»Wer ist da?«, fragte ich und stieß die Tür ganz auf. Ich spähte in den leeren Flur, an dessen Ende mein Schlafzimmer lag. Es war dunkel. Von rechts hinten fiel ein bisschen Licht aus der Küche in den Gang. Ich hatte noch immer die Wohnungstür in der Hand, als sie mir entgegentrat, seitlich angestrahlt von meinem Ikea-Leuchtkörper.

»Habe ich dir nicht gesagt, dass ich etwas für dich kochen werde, Josef?«

Ich nickte, natürlich. Ich konnte wirklich nichts anderes tun, als zu nicken, und ich nickte sogar noch, als sie sich schon mit einem Lächeln wegdrehte und in der Küche verschwand, in der es nach ein paar Minuten zigeunerjungenhaft duftete.